수호지

제3권

일백팔 인의 영웅 호걸

시내암 지음/ 최송암 옮김

태을출판사

머리말

 '수호지'는 중국 명나라 때 시내암이 쓴 장편소설로서, 주인공인 송강을 중심으로 108명의 협객들이 양산의 호숫가에 산채를 짓고 양산박(梁山泊)이라 일컬었으며, 조정의 부패를 통탄하고 관료의 비행에 반항하여 백성들의 갈채를 받는 이야기이다.
 등장하는 인물들의 성격이 매우 다양하며, 노지심, 이규, 무송 등과 같은 신분이 낮은 정의한이나, 임충, 양지, 송강 등과 같은 지주 출신자 또는 봉건 정권을 섬긴 적이 있는 활발하고 용감한 사나이들이 중심 인물이다.
 이 작품은 힘차고 발랄한 표현으로 계급과 유형이 상이한 인물을 그려내고, 이들 인물의 생활을 통하여 봉건 통치 집단의 암흑성과 서민의 어려운 생활, 용감한 투쟁 정신과 감정 등을 나타냈다.
 이 작품의 탁월한 인물 묘사의 기술과 표현 예술은 중국 소설 중에서 단연 뛰어난 것이다.
 '수호지'의 줄거리는 송나라와 원나라 때에 많은 사람들, 예능인, 문인 등의 손으로 창조되었던 것을 시내암이 정리한 것인데, 송대의 '선화유사'에서는 수호의 36명의 영웅 이야기가 있고, '계신잡지'에 의하면 송나라 말의 공성여가 36명의 화찬을 만들었다고 하며, '곡해총목제요'에 의하면 송나라의 화가 이숭이 화상을 그렸다고 한다.
 또 '취옹담록'이나 원나라의 잡극(雜劇)에서도 수호의 인물들이 나오며, 명나라 고유의 '백천서지'에는 시내암이 쓴 '충의 수호지' 100권이 기록되어 있다.
 그 일부를 제하고 편수한 것이 곽훈의 100회본이며, 이것이 조본(祖本)이 되어 여러 종류의 '수호지'가 출판되었는데, 그 중에서 양정견의 120회본 '충의수호지전'을 청나라 초에 김성탄이 다시 손질한 '제5재자서 수호지' 70회본이 유행하게 되었고, 이후로 '수호지'는 오랜 세월 동안 불후의 명작으로 전해졌고, 현대에 이르러 중국의 4대 기서(奇書) 중의 하나로서 유명하다.

수호지
제3권/ **일백팔 인의 영웅 호걸**
차례

제15장
호랑이를 잡은 이규/ 9

제16장
축가장을 치다/ 51

제17장
함정/ 116

제18장
고렴과의 일전/ 127

제19장
분노/ 134

제20장
복수의 무리들/ 172

제21장
청주성의 최후/ 207

제22장
조천왕의 죽음/ 226

제23장
북경 함락/ 255

제24장
일백팔 인의 영웅 호걸/ 313

제15장
호랑이를 잡은 이규

그날로 이규는 몸단장을 간단히 하고, 한 자루 요도 차고 박도를 끌고, 한 두레 큰 은자를 보따리에 넣고 몇 푼 은자는 전대에 넣고, 술잔을 먹은 후, 여러 사람에게 하직하고 산에서 내려 금사탄을 건너갔다.

조개와 송강이 여러 두령들과 같이 대채에 돌아와 청상에 앉으니, 송강이 마음을 놓지 못하여 여러 사람들을 보고 물었다.

"이번에 흑선풍이 떠난 뒤에 아무래도 실수를 할 것 같은데, 여러 두령들 가운데 누가 고향 사람이시오? 뒤를 따라가 봤으면 좋겠는데."

두천이 대답했다.

"주귀가 기수현 사람으로, 이규와 한 고향 사람입니다."

송강이 무릎을 치며 말했다.

"깜박 잊었었소! 전일 백룡묘에서 인사할 때에, 이규가 주귀와 같은 고향 사람이라고 하는 것을 들었소이다."
하고 그날로 사람을 보내어 주귀를 불러들였다.
"지금 이규가 제 고향에 늙은 어머니를 모시러 갔는데, 저의 술버릇이 곱지 못하여 사람을 하나 보내려고 하는데, 혹 길에서 실수할까 하여 그러니, 아우님은 이규와 한 고향 사람이니, 한 번 나가 저곳 소식을 알아 주겠소?"
"소제가 기수현 사람인데, 친동생이 하나 있으니, 부르기를 주부(朱富)라고 부릅니다. 서문 밖에서 술집을 벌이고 살고 있으며, 저 이규는 본시가 백장춘 동점동편에서 살며, 그의 친형은 이달(李達)이라 부르며, 남의 집 고용살이하며 살고 있습니다. 이규는 옛날부터 흉악하여 사람을 쳐서 죽이고 강호상에 도망하여 한 번도 돌아가지 않았는데, 지금 소제가 가서 보라고 하시어 가기는 어렵지 않습니다만, 주막을 살필 사람이 없어서 걱정이옵니다."
"그것은 마음 놓으시오. 석용을 보내어 살피게 하리다."
"그러시다면 소제가 고향에 다녀온 지도 오래이오니, 친동생도 한 번 찾아보고 이규의 소식도 들어보겠습니다."
하고 여러 두령들에게 하직하고 산에서 내려와, 가게에 와서 행장을 수습하여 가지고, 가게 안의 물건을 석용에게 맡기고 혼자서 떠났다.
이때, 이규는 양산박을 떠나 기수현 근방에 이르렀으나, 길에서 술을 먹지 않았기 때문에 기수현까지 무사히 왔다. 기수현 서문 밖에 다다르니, 사람들이 잔뜩 모여 서서 방 붙여 놓은 것을 구경하는데, 이규도 또한 그 사람들 사이에 서서 보고 있었다.

첫째, 강적(强賊) 하나는 송강이요

둘째, 종적(從賊) 하나는 강주 절급 대종이요
셋째, 종적(從賊) 하나는 기수현 이규라.

하였는데, 이규가 이 글을 보고 손발이 떨려 어쩔 줄을 모르고 섰는데, 한 사람이 이규의 허리를 안고 말했다.
"장형, 이곳에서 무엇을 하고 있는가?"
이규가 몸을 돌려 보니, 한지홀률 주귀였다.
이규가 놀라 물었다.
"아니? 언제 여기까지 무슨 일로 왔소?"
"그대는 묻지 말고 나를 따라오게."
하고 같이 서문 밖에 술집 한 곳에 들어가더니, 조용한 방을 치우고 앉힌 후, 주귀가 이규를 보고 말했다.
"그대가 정말 담도 크구려? 방에 분명히 송강을 잡으면 상전 일만 관을 주고, 대종을 잡으면 상전 오천 관을 주고, 이규를 잡으면 상전 삼천 관을 준다고 하였는데, 그대가 어찌 그리 경솔한가? 만일 눈이 밝고 손이 빠른 공인을 만나서 잡아다가 관가에 바치면 어떻게 하려오? 송공명 형님이, 그대가 일을 저지를까 하여 사람을 같이 보내지 못하고, 나더러 산에서 내려가 그대 소식을 알아 보내라고 하여, 나는 그대보다 하루 늦게 떠났기 때문에 지금 막 도착하였는데, 그대는 어찌 이제야 이르렀소?"
"형님이 나를 보시고 분부하기를 길에서 술먹지 말라고 하시기에 천천히 걸어 이제 이르렀지만, 그대가 어떻게 이 술집을 알며, 그대 살던 집은 어느 곳에 있는가?"
"이 술집은 내 친동생의 집이오. 나도 이곳에서 살다가 본전을 다 잃고 어쩔 수 없이 양산박에 낙초했다가 이제야 비로소 돌아오는 길이오."
하고 주부(朱富)를 불러서 이규를 대접하니, 이규가 말했다.

"우리 형님이 나보고 분부하시기를, 길에서 술을 먹지 말라고 하셨기 때문에, 여기 오기까지 술을 먹지 않았는데, 이제 한두 잔 먹었다고 무슨 일이 있겠소?"

주귀는 감히 막지 못하고 하는 대로 내버려 둘 수밖에 없었다. 밤늦도록 술먹다가 사경은 되어 국에다 밥을 먹고, 오경은 되어 이규가 달빛을 받으며 동점동(童店東)으로 갈제, 주귀가 당부했다.

"샛길로 가지 말고 좀 돌더라도 큰길로 가도록 하오. 대박수(大朴樹) 있는 데서 길을 꺾어서 동쪽 큰길을 곧장 나가면 백장촌(百丈村)이고, 동점동(童店東)은 그 중간에 있는데, 빨리 가서 모친을 모셔 나오도록 하게. 그리고 같이 산채로 돌아가자구."

그러나 이규는 주귀하곤 반대였다.

"나는 샛길로 갈 거요. 큰길로 나가면 쾌 많이 돌아간다구. 돌아간다는 건 본래 내 성미에 안 맞소."

"샛길로 가면 호랑이가 나오네. 호랑이가 안 나오더래도, 옷을 벗기는 도적떼가 우글거리고 있을 테니, 그러지 말고 아주 안전한 큰길로 가게."

"호랑이든 도적떼든, 그런 것은 하나도 무섭지 않소!"

이규는 끝까지 큰길로 가지 않고, 주귀가 보는 앞에서 전립을 머리에 쓰고 요도를 허리에 꽂고 박도를 집어 들기가 바쁘게 작별하고 백장촌으로 향해 갔다.

때마침 초가을이라 단풍빛이 한창이었다.

이규가 숲 근처까지 왔을 때, 갑자기 한 거한이 튀어나와 소리를 쳤다.

"말귀를 알아듣는 놈이라면 통행세를 내놓고 가거라! 조용히 내어 놓으면 다른 짐엔 손을 대지 않으마!"

이규가 그놈을 보니, 머리에 붉은 비단 두건을 쓰고 몸에 굵은 베옷 입고 손에 쌍도끼를 들고 얼굴에는 검은칠을 했다. 이규가 보고 큰소리로 호령했다.
"네놈이 어떤 놈인데, 감히 이곳에서 행인을 협박하느냐?"
"네가 만일 내 함자를 들으면 당장에 놀라서 기절할 것이니 나는 흑선풍이다! 네가 겁이 나거든 보따리를 통행세와 놓고 가거라. 그러면 네 목숨만을 살려 주마."
이규가 껄껄 웃고 말했다.
"이 어이없는 놈아! 너는 어떤 놈인데, 이곳에서 내 이름을 사칭하고, 감히 내 앞에서 겁박하려고 하느냐?"
하고 박도로 들어치니 그놈이 어떻게 당하겠소. 도망하려고 하다가 이규의 박도에 다리를 맞고 땅에 거꾸러졌다. 이규가 가슴을 발로 밟고 꾸짖었다.
"네가 나를 아는가?"
그놈은 땅에 자빠져서, 멍하니 이규를 쳐다보며 빌었다.
"네 죽을 때라 그저 잘못하였습니다! 목숨만 살려 줍쇼!"
"네 이놈 잘 듣거라! 내가 정말 강호상에서 호걸로 이름이 난 이규다! 네 이놈! 좀도둑질하는 놈이 어른의 함자를 더럽히었으니, 너 같은 놈은 도저히 그대로 둘 수가 없다!"
그놈이 황겁하여 싹싹 빌었다.
"그저 용서해 주십시오! 호걸께서 원체 유명하시어 그저 흑선풍 석 자만 내세우면 어떤 놈이든 보따리를 던지고 도망하는 까닭에, 그만 맛을 들여 함자를 써 온 것입니다. 그러나 사람은 여태까지 하나도 상하지 않았습니다. 제 이름은 이귀(李鬼)라고 하며, 살기는 요 앞 마을에서 삽니다."
이규는 화를 버럭 내며 소리쳤다.
"그놈 참 얌체로군! 여기서 남의 보따리를 빼앗고 내 이름을 더럽히다니, 아무래도 너를 살려 둘 수 없으니, 네 도끼로 너를 죽여서 후환을 덜겠다."
하고 도끼를 뺏어 그놈을 향하여 찍으려고 하니, 그놈이 애걸하며 말했다.

"호걸께서 저를 죽이시면 두 목숨을 죽이는 것이 됩니다!"

이규가 그 소리를 듣자 도끼를 멈추고 물었다.

"내가 너를 죽이면 어인 일로 두 목숨을 죽인다 하느냐?"

이귀가 대답한다.

"소인이 당초에는 이런 짓을 하려고 한 것이 아니라, 집에 구십 노모가 계신 까닭에 봉양할 길이 없어, 부득이 재물을 앗아 노모를 살렸습니다. 그러니 소인이 죽게 되면 집에 계신 늙은 어미는 자연히 굶어 죽게 되오니, 두 사람을 죽이게 되는 셈입니다."

이규가 비록 사람을 죽이고 눈하나 깜짝하지 않는 마군(魔君)이나, 늙은 어미를 봉양한다는 말을 듣고 속으로 생각했다.

'나도 늙은 어미를 모시러 가는 길인데, 만일 부모를 극진히 봉양하는 사람을 죽인다면 하늘이 나를 용납하지 않을 것이다.'

"네 말이 그러하면 살려 주마."

하고 잡아 일으키니 그놈이 일어서 도끼를 집어들고 절하기에 이규가 말했다.

"내가 흑선풍이다. 너는 앞으로는 다시 내 이름을 욕되게 하지 말아라."

"소인이 이번에 목숨을 살려 주셨으니, 집에 돌아가 마음을 고치고 다시는 호걸의 함자를 가지고 겁박질을 하지 않겠습니다."

"네가 그토록 착한 마음을 가졌으니, 정말 기특하구나. 내가 효성스런 마음에 감동하여 열 냥을 줄 것이니 본전을 삼아 생업을 바꾸어라."

하고 전대 속에서 은자 열 냥을 내어 줬다. 이귀가 받아 가지고 절하고 사례하고 가 버리자, 이규가 혼자 웃으며 생각했다.

'저놈이 내 손에 걸렸으니 그렇지만, 제가 효심이 있으면 이번에 가서 반드시 생업을 고칠 것이요, 만일 그러한 사람을 죽인다면 천지 신명이 나를 용서하시지 않을 것이며 내 행실도 그른 것이다.'
하고 박도를 집어들고 산벽 샛길로 가다가 날이 사시나 되어 시장한데, 사면을 아무리 살피어 보나 눈에 보이는 것은 청산뿐이요, 술집이 하나도 없고 하여, 마음에 민망하여 허둥지둥하더니 산 한편 오목한 데로 한 초가집이 보였다. 이규가 급히 그 집으로 찾아갔다. 집 뒤에서 젊은 부인 하나가 나오는데, 귀밑 머리에 한 송이 들꽃을 꽂고 두 뺨에 연지분을 곱게 단장하고 있었다. 이규가 박도를 버리고 말했다.
"아주머니, 나는 지나가는 길손이온데 배가 고픈데 마침 주막도 없으니, 몇 냥 은자를 드릴 것이니, 술과 밥을 좀 파실 수 없습니까?"
그 부인이 이규의 행색을 보고 없다고 거절을 못하고 말했다.
"술은 없고 밥이나 자시고 간다면 지어드리겠습니다."
"그러시다면 밥이라도 지어 주십시오."
"밥을 짓는데, 한 되만 하면 되겠습니까?"
"석 되는 지어야 할 것입니다."
그 부인이 그러마 하고 부엌으로 들어가 불 지피고, 개울가에 나가 쌀을 씻을제, 이규가 집 뒤로 돌아가 소피를 보는데, 한 사나이가 황급히 산 뒤에서 집으로 들어가니, 이규가 이상한 생각이 들어 집 뒤에서 가만히 엿보니, 그 부인이 마침 뒷산으로 나물을 캐러 나오다가 그 사나이와 마주쳐 물었다.
"어디 가서 다리를 다쳤소?"
그 사나이가 손을 저으며 말했다.
"말 말게. 하마터면 당신과 서로 만나보지 못할 뻔하였소!"
"무슨 일이 있었소?"

"내가 단신객을 반 달이나 기다려도 만나지 못하였는데, 오늘 아침에 하나를 만나니, 그놈이 진짜 흑선풍이라, 내가 어떻게 당하겠소? 그놈의 박도에 다리를 상하여 거꾸러졌는데, 그놈이 나를 죽이려고 하기에, 내 거짓으로 속여 나를 죽이면 두 목숨을 죽이는 격이라고 하며 꾸며대니, 그놈이 곧이 듣고 나를 살리고 또 은자 열 냥을 주면서 본전을 삼아 생업을 고치라고 하기에, 그놈이 다시 잡으러 올까 하여 급히 오다가 산골 계곡에서 한숨 자고 지금이야 집으로 돌아오는 길이오."

"목소리를 나직이 하시오. 지금 큰 사나이가 집에 와서 나를 보고 밥을 지어달라 하고 산에 올라가 앉았으니, 당신은 문틈으로 보고 그놈일 것 같으면 채소에 몽한 약을 섞어 먹여서 그놈을 죽여 버리고, 재물을 빼앗아 읍으로 이사하고 술집이나 하고 먹고 살면, 이곳에서 도적질하는 것보다 좋지 않소?"

그놈이 기뻐하는 것을 이규가 듣고 속으로 크게 노하여 생각했다.

'어떻게 사람이 저렇게 도리가 없을까? 내가 저놈을 살려 주고 또한 돈까지 주었는데, 도리어 나를 해하려고 하다니, 이것은 세상에 용서 못할 놈이다.'

하고 가만히 나가 뒷문으로 가서 보니, 마침 이귀가 문으로 나오는 것을 이규가 들어가며 머리를 움켜잡으니까 그 부인은 놀라 앞문으로 달아났다.

이규가 이귀를 땅에 거꾸러뜨리고 요도를 빼서 머리를 베고 급히 문으로 나와 부인을 찾으나, 벌써 어디로 갔는지 보이지 않았다.

집으로 돌아와 방안에 세간을 뒤져 보니, 농 속에 낡은 옷가지와 약간의 쇄은자와 차환들이 있어, 거두어 가지고 나와서 이귀의 몸을 뒤져, 먼저 주었던 은자 열 냥을 도로 전대에 넣고, 부엌에 지어 먹는 밥이 다 되었으나, 반찬이 없는 것을 맨 밥으로 한참 먹었다.

　밥을 다 먹은 다음에, 불을 놓아 집을 태우고, 박도를 끌고 동점동으로 와서, 이규가 집에 들어가서 보니, 마루에 늙은 어머니가 앉아서 물었다.
　"들어온 사람이 누구요?"
하는데, 이규가 보니 늙은 어머니는 두 눈이 멀어 마루에 앉아서 염불을 외우는데, 이규가 말했다.
　"어머니, 철우가 왔습니다."
　늙은 어머니가 이규의 음성을 듣고 반색하여 말했다.
　"우리집 아이가 어디 가서 여러 해 동안 오지 않더니, 이제야 돌아왔더냐? 몸 편히 있었느냐? 네 형은 남의 집 고용살이를 하여 밥을 얻어다가, 나를 먹이니 사는 게 항상 그 꼴이다. 나는 너를 생각하다가 눈물이 흘러 마를 때가 없더니, 그것으로 인하여 두 눈이 멀었다. 그런데 그동안 어디 있었느냐?"
　이규는 생각했다.
　'내가 만일 양산박에 낙초했다 하면 늙은 어머니가 필연 가지 않으려고 할 터이니 속여야겠다.'
　속으로 생각한 이규가 말했다.
　"철우가 이제 벼슬하여 부임하는 길에 어머니를 모시러 왔습니다."
　"그렇다면 얼마나 좋으련만, 나를 어떻게 데려 가려고 하느냐?"
　"철우가 업고 가려고 합니다."
　"어찌 먼 길을 업고 가느냐?"
　"업고 가다가 수레를 타고 가시게 하면 되지 않습니까?"
　"네 형이 오거든 의논하고 가자."
　"무슨 의논할 일이 있겠소 저와 같이 갑시다."

하고 마침 떠나려고 하니, 이달(李達)이 밥 한 사발을 가지고 왔다. 이규가 보고 절하고 말했다.

"형님, 여러 해를 뵙지 못하였습니다."

이달이 아무 대꾸도 없이 꾸짖었다.

"네 저놈이 무엇하러 왔느냐? 또 남을 못살게 하려고 하느냐?"

늙은 어미가 나서서 말했다.

"철우가 지금은 벼슬을 하였기 때문에 나를 데리러 왔단다."

"어머니는 그놈의 말을 믿지 마십시오. 저놈이 사람을 죽이고 도망을 하였기 때문에, 내가 칼을 쓰고 옥 속에 갇히어 천만 고초를 겪다가 겨우 벗어났더니, 요사이 또 들으니, 양산박 도적떼들과 작당하여 법장을 겁박하고 강주에서 소란을 피워 공문이 내려와, 나를 또 잡아가려는 것을, 주인이 관가에 들어가 말하기를, 저와 비록 형제나 십여 년을 보지 못하였으니, 생사를 모르고 또 동성 동명도 있는지 알겠소, 하고 또 아래위에 돈을 썼기 때문에 무사하였지만, 지금 삼천 관 상전을 내어 너를 잡으려고 하는데, 도리어 집에 와서 횡설 수설하느냐?"

이규가 말했다.

"형님은 너무 역정내지 마시오. 나와 함께 산채에 올라가셔서 편하게 지내시는 것이 어떠시오?"

이달이 크게 노하여 밥그릇을 놓고 밖으로 나가버렸다.

'형이 나갔으니, 주인의 집에 가서 말하고 사람을 데리고 나를 잡으로 올 것이다. 그러면 내가 달아나기 어려울 것이니 일찍이 달아나는 것이 상책이오. 나의 형이 이때까지 큰 재물을 보지 못하였으니, 내가 오십 냥 은자를 상 위에 놓아두고 가면 돌아와 은자를 보면 뒤쫓지 않을 것이다.'

하고 전대 속에서 은자를 내어 놓았다.

"어머니, 내가 모셔 가렵니다."

"네가 나를 업고 어디로 가려느냐?"
"어머니는 아무 말 마시고 나와 같이 가시면 편안히 살 것입니다"
하고 어머니가 좋아하든 싫어하든 간에 보지 않고 들쳐업고 박도를 끌고 문을 나서서 샛길로 달아났다.
한편, 이달이 주인집에 가서 장객 십여 명을 데리고 나는 듯이 집에 와 보니, 어머니와 이규는 간데없고 다만 상 위에 큰 은자가 한 두레 놓였는데, 이달이 은자를 보고 가만히 생각했다.
'철우가 저 은자를 놓고 어머니를 업고 어디로 갔는고 이것은 반드시 양산박 도적들과 같이 와서 한 것이니, 섣불리 따르다가는 되려 저놈에게 목숨을 상하기 쉽고, 저놈이 늙은 어미를 업고 산채에 올라갔으면 오히려 편안히 살 것이다.'
하고 주저하자, 여러 사람 또한 주저하다 헤어졌다.

이규가 제 형이 사람을 데리고 따를까 하여 늙은 어미를 업고 산 속 궁박한 지름길로 달아나다가 날이 점점 어두워지는데, 이규가 행하여 고개 밑에 이르니, 늙은 어미는 눈이 어두운 고로 아무것도 모르나, 이규는 이 고개가 기령(沂嶺)인 것을 자세히 알았다. 고개를 넘어가면 인가가 있을 것이다 하고 어미를 업고 고개 위에 올라오는데, 늙은 어미가 이규 등에 업혀 부탁했다.
"철우야, 내가 목이 말라 죽겠으니, 어디 가서 물 좀 얻어다가 먹게 하여 주렴."
"어머니, 조금만 참으십시오. 고개를 넘으면 인가를 찾아 편히 쉬시게 하겠습니다."
"내가 식전에 마른 밥을 먹고 목이 이렇게 마르니 견디기 어렵구나."

"나도 지금 목이 컬컬하여 불이 날 듯하니, 어머니를 업고 고개 위에 올라가면 물을 잡수시게 하겠습니다."

"내 목이 말라서 죽을 것 같으니, 나를 구하여 다오."

"나도 힘드니 고개 위에 올라가서 잠깐 쉬어 갑시다."

하고 올라오더니 소나무 가에 풀이 돋아 있는데, 늙은 어미를 내려놓고 박도를 옆에 세우고 말했다.

"어머니, 여기서 잠깐만 기다리시면 내가 물을 얻어갖고 오겠습니다."

하고 사면을 바라보는데, 어디서 시냇물 흐르는 소리가 들렸다 이규가 황급히 시냇가에 이르러 두 손으로 물을 움켜먹은 다음에 생각하니, 물을 떠갈 그릇이 없어 몸을 일으켜 동서 사방으로 바라보나 산머리에 고묘가 있는데, 이규가 칡넝쿨을 붙들고 기어올라가 묘 앞에 와서 문을 열고 들어가 보니, 원래 사주대성사(泗州大聖司)인데, 당(堂) 앞에 돌 향로만이 있었다.

이규가 두 손으로 향로를 들려고 하니, 원래 큰 돌에 붙박이로 새긴 향로라 꿈쩍도 않으니, 받침돌까지 한꺼번에 빼 가지고 시냇가에 이르러 받침돌을 깨어버리고, 향로를 깨끗하게 씻어 물을 떠 가지고 고개에 올라가서 소나무 밑에 돌상 앞에 왔으나, 늙은 어미는 간데없고 박도만 서 있었다.

"어머니! 물 떠 왔으니, 물 잡수십시오!"

하고 아무리 불렀으나, 종적이 없어 마음이 황망하여 물그릇을 놓고 눈을 크게 뜨고 사면을 살피나 어디 가서 찾으리오. 차츰차츰 찾아 삼사십 보 갔는데, 풀 위에 피 흔적이 있는 것을 보고 온몸이 떨리어 핏자국을 찾아 따라가니, 큰 굴이 있고, 굴 앞에 새끼 범 두 마리가 사람의 다리 하나를 뜯어먹는데, 이규가 이를 갈며 말했다.

"내가 양산박에서 늙은 어머니를 모시러 오느라고 천신 만고를 겪고, 업고 겨우 여기 와서 너희에게 먹힐 줄 어찌 알았으리오! 저 호랑이가 뜯어 먹는 것이 우리 늙은 어미의 다리가 아니고 무엇인가?"
하고 속에서 불이 일어나니 붉고 누런 수염이 거꾸로 일어서는데, 수중에 박도를 비껴 들고 순식간에 새끼 호랑이를 치고 굴 속으로 도망가는 나머지 한 마리도 박도로 내리쳤다. 그러고도 분함을 이기지 못하여 굴 속으로 들어가 밖을 내다보았다.
　그때, 어미 호랑이가 주홍 같은 입을 벌리고 발톱을 허위적거리며 굴을 바라보고 왔다.
　"이놈들이 우리 어머님을 잡아먹었도다!"
하고 박도를 놓고 요도를 뽑아들고 기다렸다.
　그 호랑이가 굴 앞에 오더니, 꼬리로 굴 안을 한 번 휘두르고 나서, 몸의 전반을 굴 밖으로 들여보내는 것을 이규가 요도로 찔러 죽였다. 그리고 굴 밖으로 나오자 일진 광풍이 몰아치며 소름이 오싹 끼치는 무서운 포효 소리가 일어나더니, 이마가 하얀 대호(大虎)가 눈꼬리를 치켜뜨고 뛰쳐나와, 이규를 향해 돌개바람처럼 내달아오는 것이었다.
　그러나 이규는 조금도 당황하지 않았다. 내달아오는 호랑이의 동작을 유심히 노려보고 있다가, 박도를 꼬나잡아 호랑이의 목 부분을 내리쳤다. 호랑이는 박도를 맞고 그 자리에 잠시 머무적거리더니, 육칠 보 뒤로 물러나서, 산이 무너져 내려 앉는 듯한 진동을 일으키며 땅바닥에 쓰러졌다.
　이규가 잠깐 동안에 호랑이를 네 마리나 죽이고 나서 호랑이굴에 들어가서 박도로 굴 속을 둘러 호랑이를 찾았으나, 더는 한 마리도 없었다.
　이규는 피곤을 참을 수가 없어서 사주대성묘에 들어가서 자고, 날이 밝은 다음에 일어나 늙은 어미의 해골을 수습하여 가지고 포삼으로 염하여, 사주대성묘 뒤에 묻고 한바탕 통곡을 하는데, 배가 고프고 목이 말라서 보따리를 수습하고 박도를 끌고 천천히 걸어서 고개 밑으로 내려오자, 육칠 명이나 되는 사냥꾼이 고개 밑에 있으며, 쇠뇌와 약을 써서 호랑이를 잡으려다가, 이규가 전신에 피투성이가 되어 고개 밑으로 오는 것을 보고 놀라서 물었다.

"여보시오! 귀신이오 사람이오? 어떻게 혼자 몸으로 이 고개를 내려오시오?"

이규가 묻는 것을 보고 가만히 생각했다.

'지금 기수현에서 상전 삼천 관을 내어 나를 잡으려고 하는데, 내가 어떻게 이름을 바로 가르쳐 주겠는가. 거짓으로 해야겠다.'

"나는 지나가는 길손이온데, 간밤에 우리 어머니와 함께 이 고개를 넘어오다가, 우리 어머니께서 목이 마르다고 하시어 내가 시내로 가서 물을 뜨러 간 사이, 잠깐 동안에 어머님이 호랑이에게 잡혀 먹혔기 때문에, 내가 호랑이 굴을 찾아가 호랑이 새끼 두 마리와 어미 두 마리를 죽이고 대성묘 안에서 자다가, 날이 밝기에 지금 내려오는 길이오."

사냥꾼들이 반신 반의하며 물었다.

"범을 네 마리나 처치했다니, 그게 무슨 소리요? 거짓말도 분수가 있지. 새끼호랑이 같으면 두 마리 정도는 혹 잡힐는지도 모르지만, 대호를 두 마리나 더 잡았다면 보통 솜씨가 아닌데요. 그 두 놈 때문에 우리가 얼마나 골탕을 먹었는데, 그놈들이 이곳에 자리를 잡고 살게 되면서부터는 단 한 사람도 이 고개를 무사히 넘어온 사람이 없답니다. 우리가 그대의 말을 믿을 수 없소이다."

"여보슈! 내가 이 고장 사람이면 모르지만, 당신들을 속여서 무엇을 하겠소? 당신들이 그렇게 못 믿겠거든, 나와 같이 고개 위로 올라가서 죽은 호랑이를 메어다가 보시오."

여러 사냥꾼들이 이구 동성으로 그러마고 했다.

"정말 그렇다면 깊이 사례하겠소!"
하고 휘파람을 획하고 부니 사오십 명이 다 각각 손에 구겸창을 들고 모여들었다. 이규를 따라 고개 위로 올라오니, 이때에 날이 활짝 밝아졌다.
　멀리서 바라보니 굴 옆에 새끼 호랑이가 두 마리 죽었고, 어미 호랑이 한 마리는 언덕 아래에서 죽어 있고, 또 하나는 대성사(大聖祠) 앞에서 죽어 있었다.
　여러 사냥꾼들은 호랑이 네 마리가 다 죽어 있는 것을 보고 몹시 기뻐하며 밧줄로 호랑이를 동여매고, 이규를 청하여 함께 상을 타러갈제, 한편으로 사람을 먼저 보내어 이정 상호에 기별하여 나와서 맞게 했다.
　원래 저 상호는 부르기를 조 태공(趙太公)이라고 하는데, 이 사람은 아전 출신이니, 새로 뜬 재물을 얻어서 가세가 부유한데 권세있고 귀한 분들을 사귀어 양민을 업수이 여기며, 입으로는 충효를 이야기하나 마음은 착하지 못한 위인이었다. 당시에 조 태공이 이규를 맞아 청상에 앉아 호랑이 잡던 이야기를 물으니, 이규가 다시 말하니, 여러 사람이 듣고 어안이 벙벙하여 말도 못했다.
　"장사의 높으신 존함을 무엇이라고 합니까?"
　조 태공이 묻자 이규가 대답했다.
　"내 성은 장이요, 이름은 없고 남들이 부르기를 대담이라고 합니다."
　조 태공이 고개를 끄덕이며 칭찬했다.
　"정말 담이 크신 장사올시다. 만일 그렇지 않았으면 어떻게 호랑이를 네 마리씩이나 잡았겠습니까?"
하고 주식을 차려 대접했다.
　그날 모든 백성들이 고개 위에서 호랑이를 잡았다는 장사를 조 태공의 장상에서 대접한다는 말이 퍼지자, 촌방과 산벽 샛

길에서 사는 사람들까지 서로 떠들썩하여 떼를 지어 모두 구경을 나섰다.

일이 공교롭게 되느라고 그중에 이귀의 계집도 끼어 있었다. 그는 그날 이규가 저의 서방을 죽이는 것을 보고 즉시 앞마을 친정에 와서 있었던 것이다.

여러 사람을 따라와서 잡았다는 호랑이 구경도 하고 장사를 보니 바로 저의 집에 들렀던 흑선풍 이규였다. 계집은 급히 집으로 돌아와 저의 부모를 보고 고해 바쳤다.

"저 호랑이 잡았다는 장사가 다른 사람이 아니라, 바로 제 남편을 죽이고 집에다 불을 지른 양산박 도둑놈 흑선풍 이규입니다."

그 어미는 황망히 이정에게 알렸다.

"백장촌 이규라면, 백장촌에서 사람을 쳐 죽이고 도망하여 강주에 있다가, 또 일을 저질러서 강주에서 도망치니, 바로 지금 관가에서 삼천관 상전을 내걸고 잡으라 하는데, 되려 감히 저 놈이 이곳에 나타났으니, 조 태공을 청하여 의논합시다."

하고 조 태공에게 알렸다. 조 태공이 이규에게 옷갈아 입는다고 핑계하고 급히 이정의 집에 이르러 이정을 만나니, 이정이 그 자세한 이야기를 알려 주었다.

조 태공이 그 말을 듣고 눈이 휘둥그래져서 물었다.

"아니, 그 말이 정말이오? 만일 잘못 알면 되려 좋지 않을 일이 생길 것이오!"

"이귀의 안식구가 말하기를, 저의 집에 와서 밥을 지어 달라고 하고 또 이귀를 죽였답니다."

"그렇다면 우리들이 술을 마시며 이번에 호랑이를 잡았으니, 관가에 가서 상을 타 가지고 가려는가, 그렇지 않으면 촌에서 조금씩 거두어 그것만 받아 가져가려는가 물으면, 제가 만일 흑선풍이 아니라면 관가에 가서 상을 청할 것이고, 그렇지 않으면 정말 흑선풍이니, 술을 돌려가며 먹여 가지고 술이 취하거든, 밧줄로 결박지어 관가에 알려, 본현 도두가 와서 잡아가게 하면 모든 것이 제대로 되는 것이오."
하고 의논이 결정지어지자, 조 태공이 집에 돌아와 술을 내다가 이규를 대접하는 척하며 말했다.
"마침 볼일이 있어 손님 대접하는 예에 소홀히 했으니, 장사는 이상하게 여기지 말고 천천히 요도와 박도를 끌러 놓고 편히 앉아 술을 마십시오."
"알겠습니다. 요도는 호랑이 뱃속에 들어 있으니, 만일 호랑이를 벗기거든 칼을 찾아 주시기 바랍니다."
"염려 마십시오. 이곳에도 좋은 칼이 많으니, 한 자루 보내어 공을 표할 수 있습니다."
하고 조 태공이 장객을 명하여 큰 잔하고 고기와 좋은 술을 큰 병에 가져오라 하여, 대호(大戶)와 이정, 사냥꾼들이 돌려가며 큰 잔에 술을 부어 은근히 권하니, 이규는 마음놓고 먹을제 조 태공이 물어 보았다.
"호랑이를 네 마리씩이나 잡았으니, 관가에 가서 공을 청하시렵니까? 이곳에서 상전을 가지고 가시려고 하십니까?"
이규가 대답했다.
"나는 일시 지나가는 사람인데, 몸이 바쁘고 우연히 호랑이를 잡은 것이 아닙니까? 무슨 공이 있다고 관가에까지 공을 청하러 가겠소. 만일 여러분들이 상전으로 조금 주신다면, 여비나 좀 보태어 쓰기로 하렵니다."
"아니, 무슨 말씀이십니까? 저희가 어찌 소홀히 하겠습니까? 장사께서는 촌중으로 은자를 추렴하여 드리고 호랑이는 우리들이 가지고 관가에 들어가서 상을 청하겠습니다."
"이거 몹시 송구스럽소. 그런데 염치없는 말이지만, 포삼(布衫)이 있거든 한 벌 안 주시겠소? 온통 호랑이 피가 뒤발려서 아주 엉망입니다."

"아, 그야 무엇이 어렵습니까."

하고 조 태공이 장객에게 분부하여 푸른 포삼 한 벌을 내다가 갈아입게 했다.

이때, 문 앞에서는 북치고 피리불어 흥을 돋우며 방에서는 여러 사람들이 연방 술을 따라 이규를 권하는데, 한 잔은 차고 한 잔은 덥게 먹인다.

이규는 이 계교를 모르고 마음놓고 마시며 송강과 약속한 말은 전혀 잊어버렸다.

두어 시각이 되기까지 잔뜩 마시고 잔뜩 취하여 쓰러졌다.

여러 사람들이 붙들어 후당에 들여다 등상 위에 눕히고, 굵은 밧줄로 등상채와 한데 묶어놓고, 나는 듯이 관가에 알리는 반면 이귀의 계집으로 증인을 삼았다.

이때에 이 소문이 기수현에 진동하니, 지현이 듣고 깜짝 놀라 급히 공청에 올라 물었다.

"흑선풍 이규를 잡아 어느 곳에 두었느냐? 이놈은 모반한 죄인이기 때문에 잘못하여 놓치면 큰일이다!"

원고와 사냥꾼들이 아뢰었다.

"지금 본현 조 태공의 집에 잡아두었으나, 감히 가까이 할 사람이 없기 때문에, 놓칠까봐서 잡아 오지 못합니다."

지현이 듣고 즉시 본현 도두 이운(李雲)을 불러 분부했다.

"지금 고개 밑 조 태공의 장상에 흑선풍 이규를 잡아 묶어놓았다니, 네 수하 토병을 거느리고 가서 압령하여 오되, 그놈은 보통 죄인과 달라 곧 나라에 모반한 놈이니, 촌방에서 시끄럽게 하지 말고, 비밀히 하여 길에서 놓치지 않게 하여라."

이 도두는 태지를 받고 청하에 내려와 삼사십 명 토병을 점고하여, 각각 병장기를 가지고, 나는 듯이 조 태공의 장상으로 향했다.

원래 기수현은 조그마한 고을이니, 어찌 이 소문이 안 나겠소 모든 사람들이 서로 수군거렸다.

"강주에서 반한 도적 흑선풍 이규를 잡아 온다!"
하는데, 이때 주귀는 동생 주부의 술집에서 이 소문을 듣고 황망히 후면에 이르러 주부를 보고 의논했다.

"저 못된 놈이 일을 또 저지르고 말았으니, 어찌 한담? 송공명 형님이 나를 보낸 이유가 이규를 돌보라고 하신 것인데, 지금 잡혔으니, 구할 도리가 막연하니, 내가 산채에 돌아가 무엇이라고 할까?"

"형님은 너무 서두르지 마십시오. 저 도두 이운은 본래 무예가 뛰어나 오륙십 명이 감히 가까이 못하니, 형님과 내가 아무리 힘을 같이 하여서 대적하여도 당하지 못합니다. 꾀로서 해내야지, 힘으로는 안 됩니다. 이운이 근본 소제를 사랑하여 창봉 쓰는 법을 많이 가르쳐 주었으니, 내게 한 좋은 방법이 있습니다. 저 사람을 구하려면 오늘밤에 고기를 좋은 대로 한 삼십 근 챙기고, 큰 병에 술을 받아서 술과 고기에 마취약을 섞어서, 이운이가 지나가는 길에 기다렸다가, 조용한 곳으로 데리고 가서 대접한다고 하여 여러 사람을 먹여 누인 후에, 이규를 구해냅시다."

주귀가 말했다.

"그 방법이 참 좋으니, 빨리 시행하자."

주부가 또 말했다.

"그렇긴 하지만, 여기에 문제가 하나 있습니다. 이운은 술을 못하기 때문에 조금 먹고 마취가 되어 쓰러진다 할지라도 쉽게 깨어날 것이고, 또 하나는 마취약을 섞었다는 걸 알면, 저를 그냥 두지 않을 것이란 말입니다."

"그건 그렇군. 그러나 너라고 뭐 언제까지든 이런 촌구석에서 술장사만 하고 있으란 법은 없지 않느냐? 그러니 너도 나하고 같이 산채로 들어가자구. 가족들을 모두 데리고 말이야. 산채에 가면 무엇이든 똑같이 나누어 가지는 법이란다. 그래서 속썩일 일도 없고, 여기처럼 한 푼 두 푼 옹색하게 저축할 필요도 없지. 먹을 대로 먹고 입을 대로 입고도 오히려 남을 정도라네. 오늘밤으로 곧 가족을 먼저 보내도록 해라. 짐은 수레를 한 대 구해와서 실어내면 될게고., 마취약은 내 짐 속에 마침 들어 있으니, 그걸 쓰도록 하지. 이운이 술을 못먹는 사람이라면 고기에 섞어 넣어 먹이는 방법도 있지 않은가? 이규를 구해내는 길로 나와 함께 산채로 도망치자구.”

주부와 주귀는 그날 밤에 고기와 채소를 준비하여, 술을 담고 마취약을 그 속에 섞고, 큰 병에 술을 담고, 또 마취약을 탄 다음에 빈 사발 사오십 개를 가지고, 화반 두 사람과 나누어 가지고, 주귀 형제는 과실을 들고 사경 전후에 집을 떠나 한적한 산길에서 기다렸다.

날이 밝아올 때에 멀리서 북치고 나팔부는 소리가 들렸다.

이때, 삼사십 명 토병들이 고을 안에서 사경까지 술을 마시고는, 이규를 발가벗겨 밧줄로 결박하여 끌고, 뒤에는 이운이 말 타고 압령하여 오는데, 길 어귀에 이르니, 주부가 다가오며 말했다.

“사부님, 오랜만에 뵙겠습니다. 흑선풍 잡으러 나오셨단 말을 듣고 술안주를 장만하여 가지고 왔습니다. 사부님, 아무것도 없습니다만 한 잔 드십시오.”

술병을 들어 큰 잔에 가득 부어 두 손으로 받들어 올리니, 곁에 있던 주귀는 쟁반에 고기를 받쳐들고, 화반은 또 과실 찬합을 드린다.

이운이 이것을 보고 급히 말에서 내리며 말했다.

“아니, 이 사람아! 이런 과한 예를 하러 멀리 나와서 맞는가?"
 "아니올시다. 제자의 마음을 표하는 것뿐이옵니다."
 이운이 술을 받아 손에 들고 먹지 않는 것을 주부가 땅에 꿇어 엎드려 아뢰었다.
 "저도 사부님께서 약주 안 드시는 것은 이미 알고 있습니다만, 이것은 기쁜 술이오니, 반 잔이라도 들어 주십시오."
 이운이 마지못하여 입에 대고 두어 모금 마시니, 주부가 나서며 말했다.
 "사부님께서 약주를 않으시려면, 고기나 두어 점 드십시오."
 이운이 말했다.
 "내가 아직 시장하지 않아, 아무것도 생각이 없네."
 "사부님께서 밤길을 많이 걸으셨으니, 시장하시지 않으시더라도 고기나 두어 점 드시어 저의 성의를 봐 주십시오."
 하고 익은 고기를 두어 점 골라서 주었다. 이운이 주부가 은근히 권하니, 그 정을 잡아뗄 수 없어 두어 점을 받아먹었다.
 주부는 술과 고기를 가져다가 상호와 이정 사냥꾼에게 석 잔씩 권했다. 주귀는 장객과 토병들을 청하여 대접하니, 술과 고기를 게눈 감추듯 다 먹어치웠다.
 이규가 눈을 휩뜨고 보니, 주귀 형제가 와 있는 것을 보고, 벌써 짐작하고 모른척 소리쳤다.
 "혼자들만 들지 말고 한 잔 주슈!"
 주귀가 그편을 바라보고 한 마디로 꾸짖는다.
 "이놈아, 너를 줄 술이 어디 있느냐? 아가리 닥치고 있거라!"
 "자, 그만들 가지!"
 이운이 토병들을 돌아보며 재촉했다.
 그러나 토병들은 하나하나 서로 쳐다보며 움직이지 못하고, 입으로 침을 흘리고 발이 절여 올라와 일시에 거꾸러졌다.
 이운이 이 꼴을 보고 소리 질렀다.

"아차! 내가 간계에 속았다!"
하고 급히 앞으로 가다가, 자기 역시 머리가 무겁고 몸을 가누지 못하고 쓰러지고 말았다.

이때, 그중에도 술과 고기를 안 먹은 장객과 옆에서 구경하던 마을 사람들이 깜짝 놀라서 도망을 하려드니, 주귀와 주부가 토병의 손에서 든 칼을 한 자루씩 뺏아들고 외쳤다.

"이놈들아 어딜 도망하려 드느냐?"
벽력같이 외치며 이리 뛰고 저리 뛰고 함부로 죽였다. 걸음이 빠른 놈은 더러 살고, 운수 불길한 사람들은 모두 칼을 맞았다.

이것을 본 이규가 용을 한 번 쓰니, 칭칭 묶였던 밧줄이 툭툭 끊어졌다.

그는 그대로 벌떡 일어나서, 토병이 가지고 있던 칼을 하나 집어 들자, 곧 이운에게로 달려들자, 이것을 본 주부가 황망히 박도로 막았다.

"무례하게 굴지 마시오! 이분은 내 사부요. 사람이 참 좋은 분이니 어서 빨리 달아나시오."

"내가 아무리 바빠도 조 태공 놈을 그대로 두고 갈 수 있소?"

기어이 이규는 조 태공을 찾아가서 베고, 다시 이귀의 계집과 이정을 죽였다.

이규는 사람만 보면 죽이기 때문에 주귀가 소리 질러 말했다.

"구경하던 사람들이 무슨 죄가 있다고 죽이는가? 아무 죄도 없는 사람은 죽이지 말라."

이규가 그제야 손을 멈추니, 주귀가 동생과 이규를 재촉하여 샛길로 도망하려고 하는데, 주부가 고개를 내저으며 말했다.

"우리 사부를 이대로 놔 두고 어떻게 가겠소? 토병들이 모두 죽고 죄인은 놓치고 하였으니, 우리 사부가 그 책임을 면하지 못할 것입니다. 형님은 이 두령과 먼저 가십시오. 나는 사부가 깨어나거든 함께 양산박으로 들어가자고 권유해 보겠습니다."

주귀가 그 말을 듣고 대답했다.

"아우의 말이 옳으니, 나는 먼저 수레를 거느리고 이규와 같이 먼저 가서 기다릴 것이니, 일어나지 않거든 구태여 기다리지 말고 오도록 하여라."

"그것은 그렇게 하겠지만, 이 두령은 이곳에 있다가, 혹시 분풀이를 하려 들면 큰일이니 도와 주게 하시지요."

주귀는 응답하고는 떠났고, 주부는 이규와 같이 길가에 앉아 있는데, 과연 반 시각이 지나지 않아 이운이 깨어나 박도를 들고 나는 듯이 쫓아오며 크게 부르짖었다.

"이놈들아, 거기 멈추거라!"

이규와 이운은 길가에서 육칠 합 칼을 교환하였으나, 승부가 나질 않았다. 그러자 주부가 박도를 그 사이를 막아서며 말했다.

그러자 둘은 같이 손을 멈추었다.

"스승님, 들어주십시오. 저의 형인 주귀가 지금 양산박에서 두령으로 있고, 요즘 급시우 송공명님의 뒤를 보살피러 왔으나, 스승님의 손에 잡혀 있는 몸이 되셔서 저의 형님은 돌아가서 송공명님에게 뵐 면목이 없었기에, 할 수 없이 저런 간계를 꾸민 것입니다. 아까는 형님이 화가 난 김에 스승을 죽이려고 했습니다만, 제가 그걸 말렸고, 다만 군졸들만 죽이게 된 겁니다. 우린 원래 양산박으로 갈 생각이었습니다만, 생각하면 스승님께서도 이제 돌아가시려 해도 돌아가실 수 없으니, 평소 스님께 받은 은혜를 생각하고, 지금 깨어나길 기다리고 있던 중이었습니다. 스승님. 이렇게 많은 사람들을 죽게 하고 흑선풍을 놓친 후에 지현에 돌아가신다면 어떻게 되겠습니까? 그보다 차라리, 우리들과 함께 산으로 가서서, 송공명님에게 항복을 하시고, 우리들의 동지가 되는 것이 어떠하겠습니까?"
 이운이 반식경이나 생각하다가 물었다.
 "그곳에서 우리를 용납하지 아니하면 어찌 하겠느냐?"
하니, 주부가 크게 웃으며 말했다.
 "사부님은 어찌하여 산동 급시우의 높은 명성을 듣지 못하였습니까? 초현 납사하여 천하 호걸을 사귀는 것을 중요시하옵니다."
 이운이 탄식하여 말했다.
 "내가 이제는 집이 있으나 가지 못하고, 나라가 있으나 백성 도리를 못하게 되었소. 이제 다행히 처자가 없어 마음에 걸릴 것이 없으니, 염려될 것이 없소."
 이규가 말했다.
 "우리 형님이 어찌하여 그대를 맞이하지 않겠습니까?"
하며 이운과 같이 서로 인사를 했다. 이운이 이미 처자가 없어 그 즉시로 세 사람이 함께 수레를 쫓아왔다. 주귀가 맞아 인사하고 크게 웃으며 반겼다.
 네 호걸이 함께 양산박으로 가까이 오다가 길에서 정천수를 만나 서로 본 후 정천수가 말했다.
 "송 두령이 마음을 놓지 못하시어, 우리를 보고 산에서 내려가 보라고 하시었으니, 우리는 먼저 가서 알리겠습니다."
하고 먼저 갔다.

 다음날 네 호걸이 주부의 식구를 데리고 대채에 올라와서 취의청에 이르렀다.
 주귀가 앞으로 나와서 이운을 인도하여, 조·송 두 두령에게 절을 하고는 말했다.
 "이 사람은 기수현 도두 적호를 청안호라 부릅니다."

하고 또 주부를 이끌어 절하여 뵙게 하고 말했다.
"이 사람은 친동생 주부이온데, 작호는 소면호라고 합니다."
하고 여러 두령들과 서로 본 다음에, 이규는 송강에게 절을 하고 두 개 도끼를 찾은 후에, 가짜 이규가 행인을 겁박하던 일을 말하는데, 여러 사람이 모두 웃었다. 또 늙은 어미를 업고 오다가 기수령 고개에서 호랑이에게 돌려보내고 분을 참지 못하여 큰 호랑이, 작은 호랑이, 도합 네 마리를 잡은 말을 이야기하며 술 마시며 눈물을 흘리니, 송강이 크게 웃고 말했다.
"이제 네가 기수령에서 네 마리 호랑이를 죽인 것으로 인하여, 오늘날 산채에는 오히려 두 호랑이를 얻었으니, 경사스러운 일이오."
여러 호걸이 대단히 기뻐서 양과 돼지를 잡아 성대한 잔치를 베풀고, 새로이 맞아들인 두령을 관대할 때, 조개가 분부하기를 이운과 주부를 백승의 상좌에 앉게 하니, 오용이 말했다.
"지금 산채에 사방 호걸이 바람을 쫓아 일어나니, 이것은 다 송 두령의 은공이오며, 또한 여러 형제의 복입니다. 비록 그러하오나 주귀는 도로 상동 주점을 맡게 하고, 석용을 데려오고 주부의 식구는 깨끗한 집을 골라 머물게 하시오."
이제 산채의 사업이 전과 같지 아니하니, 두서너 곳에 술집을 더 벌이고 왕래하는 호걸을 맞기로 했다. 또한 만일 조정에서 관병을 보낸다 하여도 대적할 것을 준비하고, 서산 북쪽이 넓고 견고하니, 동위 동맹 형제로서 부하 십여 명을 데리고 산 남쪽에, 석용으로 부하 십여 명을 데리고 북쪽산에 술집을 하기로 했다. 또한 사방에 정자를 세우고 활을 준비하여, 만일에 긴급한 군정이 있으면 나는 듯이 알게 하며, 산 앞에서 네 개 관문을 세우고 두천으로 하여금 총괄하게 하고, 또 도종왕으로 하여금 물길을 트고 완자성을 수리하여 산 앞의 큰길을 닦으라 일렀다.

양산박이 이후로는 일이 없어 매일 인마를 조련하며 무예를 연습하고, 수채 두령은 수군을 연습하여 배에 올라 사살하기를 준비했다.

하루는 송강이 조개와 오학구며 여러 두령과 상의했다.
"우리 여러 형제가 오늘날 큰 뜻을 가지고 함께 모였는데, 다만 공손 일청이 근친하고 스승을 뵈온 후 백일 내로 돌아오마고 하더니, 이제 날이 지난 지 오래되도록 소식을 알 길이 없으니, 신의를 저버리지 않았는가 하오니, 대원장 형제로 하여금 한 번 가서 소식을 탐지하여 보는 것이 좋을까 합니다."
대종이 듣고서 가기를 원하니, 송강이 기뻐서 말했다.
"현제가 다녀온다면 소식을 알 것이오."
하니, 대종이 그날로 여러 두령을 하직하고 관속 차림을 하고 양산박을 떠나 계주로 향하여 떠날 때, 네 갑마를 다리에 매고 신행법을 행하여 삼일을 걸어 기수현 근처에 이르러, 여러 사람의 말을 들으니, 저마다 말하기를 흑선풍이 달아나고 많은 사람을 죽이고 도두 이운과 함께 간 곳을 모른다 하니, 대종이 듣고 코웃음을 치고 걸어가니, 한 사람이 손에 필관창(筆管槍)을 들고 대종의 걸음이 빠른 것을 유심히 보더니, 소리를 높여 불렀다.
"신행 태보는 어디로 가십니까?"
대종이 듣고 그 사람을 자세히 보니, 머리가 둥글고 귀가 크고 코가 마르고 모지고 눈썹이 퍼져 나고, 눈이 밝고 허리가 가늘고 어깨는 넓은지라, 몸을 돌이키며 물었다.
"내가 그대를 만나본 일이 없는데, 어찌 천한 내 이름을 아십니까?"
하니, 그 사나이는 황망히 답하며 말했다.
"그대 과연 신행 태보 대원장이 아니십니까?"

하며 창을 버리고 땅에 엎드려 절을 했다. 대종이 급히 붙들고 물었다.
"댁의 높으신 존함을 듣고자 합니다."
"소제의 성은 양(楊)이요 이름은 임(林)입니다. 창덕부 사람이 온데 녹림중에 들어 안신(安身)하였으므로, 강호상에서 소제더러 금표자 양림(錦豹子楊林)이라고 부릅니다. 수일 전에 노상에서 공손승을 만나 술집에 들어가 술을 마시며, 양산박 송 두령이 의를 중히 여기며 재물을 가벼이 하며 호걸 사귀기를 즐기신다 함을 말씀하시고, 한 봉의 편지를 써 주시며, 소제더러 스스로 대채에 의지하라고 하오나, 소제가 감히 가지 못하였습니다. 공손 선생이 또 이르기를, 입구에 주귀가 주점을 열고 산에 올라오려고 하는 사람을 인도하고, 또 신행법을 써 긴급 군정(緊急軍情)을 나는 듯이 알리러 다니는 두령이 있으니, 부르기를 신행 태보 대원장이라 하는데, 하루 팔백 리를 왕래한다 하더니, 오늘날 형장의 걸음이 비상함을 보고 시험삼아 불러보았더니, 과연 인형과 천행으로 만났습니다."
"소제의 이번 걸음이 또한 공손 선생을 찾아 계주로 가는 길이온데, 생각밖에 그대를 만나게 되었습니다."
"소제가 비록 창덕부 사람이나 저 계주 관하 지방을 모르는 곳이 없으니, 만일 버리지 아니하신다면 형장을 모시고 같이 가고저 하옵니다."
"만일 나를 데려 간다면 매우 고맙소. 공손 선생을 만나본 후에 같이 양산박으로 올라갑시다."
하니, 양림이 크게 기뻐하며 의를 맺어 형제가 되었다.
대종이 갑마를 거두고, 두 사람이 천천히 걸어서 날이 저문 후에 주막에 들어가 쉴 때, 양림이 술을 갖다가 대종을 대접했다.
"나의 신행법은 고기와 술을 먹지 못하는 법이므로, 현제의 후의를 받아들이지 못하여 미안하오."
하고 소찬으로 밥을 먹고 밤을 지낸 후, 다음날 일찍이 떠날 때 양림이 말했다.

"나의 신행법은 다른 사람과 같이 할 수 있으니, 이 두 갑마를 아우님 다리에 매어주면, 나와 같이 걸어 쉬려면 쉬고 가려고 하면 갈 수 있소."

하더니 대종은 그 자리에서 두 장의 갑마를 꺼내어 양림의 발에 묶은 다음, 신행의 술을 걸어 양림의 얼굴을 훅 부니, 두 사람은 가볍게 둥둥 걸어갔다. 낮이 가까워 올 무렵, 사방이 높은 산으로 둘려진 음산이라는 곳에 도착했다.

둘이 산 가까이 왔을 때, 별안간 징을 치는 소리가 한 번 크게 울리더니 요란한 북소리와 함께 이백 명 가량이나 되는 도적의 무리들이 튀어나와 앞을 가로막았다. 그 선두의 두 호한이 각기 박도를 손에 쥔 채 큰소리로 외쳤다.

"잠깐 섰거라! 사리 분별을 할 줄 안다면 통행료를 내놓고 가거라. 그러면 목숨만은 살려 줄 테다!"

양림은 웃으면서 말했다.

"형님, 보고만 계십시오. 저 얼간이들을 해치워버릴 테니!"

하고 팔관창을 흔들며 달려들었다. 상대의 호한 두 놈은 그가 서슬이 퍼렇게 돌진해 오는 것을 보자, 두령격인 놈이 갑자기 불러 말했다.

"잠깐! 이건 양림 형님이 아니십니까?"

하니, 양림이 손을 멈추고 상대를 살펴보니, 원래 아는 사람이므로 앞에 있던 사람이 군기를 버리고 절을 하며, 문득 뒤에 선 호걸을 불러서 빨리 와서 뵈어라 하며 서로 예를 마쳤다.

"형님은 오셔서 이 두 형제와 인사 나누십시오."

"저 두 호걸은 어떤 사람이며 어떻게 아시오?"

대종이 물으니, 양림이 말했다.

"저 사람은 소제와 절친한 사람입니다. 원래 개천군 양양부(蓋天軍襄陽府) 사람인데, 성은 등(鄧)이요 이름은 비(飛)이온데, 사람 됨됨이가 두 눈이 붉어 강호상에서 부르기를 화안 산예(火眼狻猊)라고 합니다. 한 자루 철련을 잘 쓰기 때문에 무예가 절륜하고, 항상 녹림 중에 있어 이별한 지 다섯 해가 되도록 보지 못하였더니, 누가 이곳에서 만날 줄 알았습니까?"

등비 역시 궁금해하며 묻는다.

"양림 형님, 저 형장은 누구십니까? 제가 보기에 범속한 사람이 아닌가 하옵니다."

하니, 양림이 말했다.

"저 형님은 양산박 호걸이신 신행 태보 대종이시오."

하니, 등비가 말했다.

"아니, 강주 양원 절급으로 하루 팔백 리를 왕래하시는 대원장이 아니십니까?"

대종이 대답했다.

"소제가 과연 그러하옵니다."

하니, 그 두 호걸이 절을 하며 말했다.

"평소 높으신 이름을 많이 들었사오나, 오늘 의외에 존안(尊顔)을 뵈오니, 다행이옵니다."

대종이 다시 말했다.

"또 한 분 호걸의 이름을 듣고자 합니다."

하니, 등비가 말했다.

"저 형제의 성은 맹(孟)이요 이름은 강(康)이옵니다. 근본 진정주 사람이요 크고 작은 배를 잘 저으며, 처음에 화석강 실은 큰 배를 저을 때 감독관이 극히 욕심이 많아 강제로 재물을 달라기에 안 주었더니, 본관과 부동하여 체벌을 무수히 하고, 보채기를 마지 아니 하므로, 분을 참지 못하고, 본관과 감독관을 해치고 집을 버리고 강호상에 도망하여 녹림 중에 피신한 지 오래되지요. 위인 강대하고 전신이 희고 살이 쪘으므로 남이 부르기를 옥반간 맹강(孟康)이라 하옵니다."

서로의 수인사가 끝나자, 양림이 물었다.

"그대들이 이곳에 취의한 지 몇 해나 되셨소?"
하니, 등비가 대답했다.

"이곳에서 있은 지 일 년은 되었고, 반 년 전에 한 사람을 만났는데, 성은 배(裵)요 이름은 선(宣)인데, 본시 경조부 사람으로 공목 출신이므로, 문필이 매우 뛰어나고 위인이 충직하여 구차함이 없어, 남이 부르기를 철면 공목(鐵面孔目)이라 하옵고, 또 창을 잘 쓰고 칼춤에 능숙하고 지략과 용맹이 겸하니, 조정에서 한낱 탐관으로 보냈으므로, 마음에 맞지 못하여 지내더니, 그 관원이 모함하여 사문도로 귀양보낼 때, 이곳을 지나가므로 우리가 그 공차를 죽이고서 사람을 구하고, 이곳에 피신시키고 이삼백 졸개를 모았는데, 저 배선(裵宣)이 쌍검을 잘 쓰고 또 연세도 많으므로 산채의 주인을 삼았습니다."

"두 분 의사는 잠깐 산채로 올라가셔서 서로 만나보십시오."
하고 졸개를 명하여 말을 가져오게 했다.

대종, 양림이 갑마를 끄르고 말을 타고 산채로 올라 채 앞에 이르러서 말에서 내리니, 배선이 이미 전갈을 듣고 채에서 나와 만나니 대종, 양림이 배선의 위인을 본즉, 과연 좋은 인물이었다.

얼굴이 희고 풍신이 장대한 것을 마음속으로 기뻐했다.

배선이 대종, 양림을 청하여 취의청 위에 올라가서 각각 예를 마친 후, 대종을 상좌에 앉히고, 양림은 그 다음 좌석에 앉은 후, 배선, 등비, 맹강은 대면하여 앉은 다음에 잔치를 베풀제, 크게 북을 치며 피리를 불고 술을 먹을 때, 대종이 이야기하는데, 조·송 두 두령이 위인이 호탕하고 의를 중히 여기며, 양산박이 얼마나 넓고 중간에 완사성이 얼마나 웅장하여, 사면

팔방이 모두 물이므로, 관병이 온다 해도 조금도 근심할 것이 없다는 말로 세 사람을 충동하니, 배선이 대하여 말했다.
"소제의 산채에도 삼사백 필 전마가 있으니, 만일 형님이 미천한 것을 외면하지 않고 천거하여 대채에 들어가게 하여 주시면 견마의 힘을 다할 것이옵니다."
하니, 대종이 기뻐하여 말했다.
"조, 송 두 두령이 사람을 대하고 물품을 접할 때 다른 마음이 없으므로, 여러 형제의 도움을 받는다면 금상 첨화니, 정말 그러한 마음이 있으면, 행장을 수습하고 기다리면, 소제가 양림과 같이 계주에 가서 공손 선생을 찾아보고 올 것이니, 그때 우리와 같이 관군의 차림새를 하고 가십시다."
대종, 양림이 음마천을 떠나 길을 재촉하여 여러 날 만에 계주성 박에 도착하여 객점을 찾아서 들고 밤을 지낼 때 양림이 말했다.
"내가 생각하는 바엔 공손 선생은 도를 배우는 사람이므로 반드시 산중에 살 것이오. 성 안 근처에는 없을까 합니다."
"아우님의 말이 옳소"
대종이 수긍하고 그 즉시 두 사람이 성 밖으로 다니며 가는 데마다 공손 선생의 계신 곳을 물었으나, 한 사람도 아는 이가 없으므로, 그날은 자고 다시 촌방과 시정으로 다니면서 물어 보아도 또 아무도 모르니, 두 사람이 주막에 돌아와 쉬고, 다음 날 대종이 말했다.
"혹 성 안에 있는지 어찌 알겠소?"
하고 계주성에 들어가 늙은 사람 한 사람을 붙들고 물었으나, 도무지 모른다고 하며 한 마디 했다.
"성 밖에 있는지 찾아보시오"
하니, 대종, 양림이 큰 거리에 이르러 멀리 바라보니, 한떼 풍악이 진동하며 한 사람을 옹위하여 다가오고 있었다. 대종, 양림이 걸음을 멈추고 바라보니, 앞에 두 사람이 많은 예물을 지고 또 한 사람은 비단을 받들었는데, 뒤에는 청라산 밑에 압옥회 자수 교자를 타고 오는데, 온몸에 꽃으로 수놓은 옷을 입고 봉안(鳳眼)이 조천(朝天)하며 얼굴빛은 누르고 긴 수염을 늘어뜨리고 있었다. 성명은 양웅인데, 일찍이 숙부를 따라 계주에 왔다가, 숙부는 병이 들어 죽고, 지금까지 타향에서 사는데, 그 후 새로 지현(知縣)이 내려왔다. 양웅의 집과 대대로 사귀어 온 정의가 있으므로 양웅을 받들어 양원압뢰절급을 시키고, 겸하여 행형회자를 시켰으니, 저 한 몸이 누르고 무예가 높으므로 사람이 부르기를 병관색 양웅이라고 했다.

대종, 양림이 구경하다가 무수한 사람이 길을 메우고, 양웅을 척살할 양 장보가 군인 칠팔 명을 데리고 나타났다.

저놈은 계주성 수어군한인데, 항상 남의 돈을 빼앗아 내기하러 다니던 버릇 나쁜 파락호였다. 관사에서 여러 번 다스렸으나 행실을 고치지 못했다.

타향에서 온 사람인 것을 마음에 여기더니, 그날에 양웅이 많은 예물을 받았음을 보고, 몇 사람 안 되는 파락호를 데리고 술이 만취하여 시비하러 오다가, 또 많은 사람이 길을 메우고 술 부어 대접하는 양을 보고, 이에 여러 사람을 헤치고 들어오며 말했다.

"절급 형장 절 받으십시오."

양웅이 대답했다.

"대형은 이리로 와서 술을 드시오."

하니, 장보가 말했다.

"나는 술보다는 다만 수백관 돈을 빌릴까 합니다."

하니, 양웅이 웃으며 말했다.

"내가 비록 대가를 아나 일찍이 돈을 거래하여 본 일이 없는데, 어찌하여 날보고 돈을 빌려 달라고 하시오?"

장보가 또 말했다.
"형이 오늘 백성들의 재물을 많이 앗았으니, 어찌 나에게 주지 못하겠소?"
양웅이 다시 말했다.
"어찌하여 남의 것을 빼앗을 리가 있겠소? 이것은 나에게 정의로 준 것이니 그대의 말이 너무 무례하오. 나와 그대가 각각 직책이 있어서 서로 문의할 일이 없습니다."
장보는 대답을 안 하고 여러 사람을 호령하여 예물과 비단을 빼앗으려고 하니, 양웅이 크게 노하여 호령했다.
"너희놈들은 무례한 짓은 하지 마라!"
하고 앞으로 나와 뺏어가는 것을 도로 뺏으려고 하였으나, 장보가 두 손을 붙들고 또 삼사 명의 파락호들이 뒤로 붙들었으니, 몸을 움직일 수가 없고, 소뢰자들은 두려워 각각 피했다.
화가 난 양웅은 힘을 다하여 가로챈 놈들에게 달려들었으나, 장보에게 멱살을 잡히고, 뒤에서 두 놈한테 팔을 붙들리고 말았다. 다른 놈들이 일제히 덤벼들었다. 그때 한 사람의 거인이 땔나무를 지고 지나다가, 많은 사람들이 양웅을 붙들고 있는 것을 보고, 땔나무를 내려놓고 사람들 틈을 헤쳐 나아가서 외쳤다.
"너희들은 어찌하여 절급님에게 난폭하게 구는 거냐?"
그러자 장보는 눈을 부릅뜨고 말했다.
"이 거렁뱅이 거지놈아! 네놈이 어찌 나서느냐?"
거인은 크게 노하여 갑자기 장보를 붙들자마자 땅 위에 내동댕이쳤다.
다른 졸개들이 그것을 보고 달려들려고 했으나, 그보다 먼저 그 거인에게 한 대씩 주먹을 얻어맞고는 모두 그 자리에 나자빠졌다. 가까스로 몸이 자유롭게 된 양웅은 솜씨를 보일 듯 두 철권을 내두르며 차례차례로 건달들을 때려 눕혔다. 장보는 도저히 당할 수 없다고 생각하자, 기어나와 걸음아 나 살리라는 듯이 달아났다. 양웅은 그것을 보고 뒤를 쫓았다. 이렇게 하여 장보는 보따리를 가로챈 놈의 뒤를 따라 도망치고, 그 뒤를 양웅이 뒤쫓으며 골목 안으로 꺾어들었다. 거인은 여전히 손을 멈추지 않은 채, 길목에서 이놈 저놈을 때려눕히고 있었다. 대종과 양림은 그것을 보자 남몰래 쾌재를 불렀다.

"과연 호걸이오! 이른바 길에서 옳지 못한 일을 보면 칼을 빼어 돕는 것이 옳은 것이오."

하고 급히 나오면서 그 사나이를 붙들고 권하며 말했다.

"그쯤 해 두시고 그만 멈추시오."

하고 골목 안으로 들어올 때, 양림이 나무짐을 대신 지고 술집을 찾아들어와서 다같이 앉은 다음에, 그 사나이가 사례하며 말했다.

"두 분 큰 형님이 소인의 화를 구하여 주셔서 감사합니다."

하니, 대종이 말했다.

"우리 형제 두 사람은 타향에서 온 사람인데, 장사의 대의를 보니 참으로 심복합니다만, 다만 두려운 것은 주먹이 너무 태중하여 잘못하다 인명을 상하게 하면 화가 아니겠소? 오직 장사를 청하여 술 한 잔을 대접하고 의를 맺으려고 하오."

하니, 그 사나이가 말했다.

"두 인형(仁兄)이 소인의 화를 구하여 주시고 또 술까지 대접하여 주시니 정말 감당하기가 어렵습니다."

하니, 양림이 말했다.

"사해 지내 개형제(四海之內皆兄弟)라 하였으니, 어찌하여 그리 말씀을 하시오."

대종이 자리를 청하니, 그 사나이가 어찌 기쁘지 아니하겠는가.

대종, 양림은 상석에 앉고 그 사나이는 대면하여 앉힌 다음,

양림이 품속에서 은자 한 냥을 내어서 주보를 주며 이르기를, 술과 안주를 많이 가져오라 했다. 주보는 은자를 받아 가지고 가더니, 한쪽으로 채소와 과일이며 안주할 것 없이 갖다 놓았다. 세 사람이 술을 먹을 때, 대종이 물어 보았다.
"장사의 높으신 존함은 무엇이며, 댁은 어디입니까?"
그 사나이가 대답했다.
"소인의 성은 석(石)이요 이름은 수(秀)입니다. 금릉 건강부 사람이 오며, 스스로 창봉 쓰기를 배우고, 평생에 뜻한 바 정의에 어긋나는 일을 보면 칼을 가지고 도움기를 위주로 하니, 남이 부르기를 반명삼랑이라 하옵니다. 일찍이 숙부를 따라 양과 말을 판매하러 다니다가, 생각밖에 숙부가 중도에서 병들어 죽고 자본을 다 소모하였으므로, 고향에 돌아가지 못하고 계주에서 나무를 팔아 세월을 보내고 있습니다."
하니, 대종이 말했다.
"소인 형제는 이곳에 볼 일이 있어 왔으나, 장사가 여차한 호걸로 나무를 팔며 지낸다 하오니, 우리와 함께 지내도록 합시다. 몸을 뻗쳐 강호상에 가서 나머지 세월을 즐겁게 지내시오."
하니, 석수(石秀)가 말했다.
"소인이 비록 창봉을 쓸 줄은 압니다만 다른 재주는 없으니, 어찌 함께 지내기를 바라겠습니까?"
대종이 다시 말했다.
"요즈음은 한 길만 가기가 어려우니, 첫째는 조정이 막히고, 둘째는 간신이 판을 치므로, 내가 양산박으로 올라가 송공명의 무리에 입과하여, 이제는 저울을 들고 금은을 나누어 좋은 의복을 입으나, 조정에서 안유하여 조만간에 벼슬하기가 어디 쉽습니까?"
석수가 탄식하며 말했다.

"소인은 가고 싶으나, 가능할지요?"
대종이 다시 말했다.
"장사가 만일 가고 싶다면, 이 사람이 알선하여 주겠소."
하니, 석수가 크게 기뻐하며 말했다.
"두 관인의 높으신 존함을 듣고자 하옵니다."
대종이 대답했다.
"이 사람의 성은 대요 이름은 종이고, 저 사람의 성은 양이요 이름은 림이라 합니다."
석수가 듣고 나서 말했다.
"강호상에서 신행 태보 대원장의 높은 성함을 많이 들었는데, 바로 그분이십니까?"
하니, 대종이 말했다.
"그러하옵니다."
하고 양림을 불러 보따리를 열고 은자 열 냥을 내어 석수에게 주어 본전을 삼으라고 했다. 석수가 재삼 사양하다가 비로소 받고 나서, 두 사람이 양산박 신행 태보 대종인 것을 알고, 자연 마음 속에 있는 일을 말하며 무리에 들기를 의논했다. 갑자기 밖에서 많은 사람이 석수를 찾아들어오는데, 세 사람이 다같이 본즉, 양웅이 수십 인을 이끌고 들어왔다. 모두 공인(公人)의 차림새라 대종, 양림이 놀라며 여러 사람이 떠드는 틈을 타서 달아났다.

석수가 몸을 일으켜 맞으면서 말했다.
"절급 형님은 어디서 오십니까?"
"태형을 찾느라고 여러 곳을 다녔소. 원래 이곳에서 술을 먹다가 잠깐 동안 그놈에게 붙들렸소. 대형의 도움으로 한때 화를 면하였으나, 내 분한 김에 그놈을 따라가서, 저 여러 형님들께서 나를 도와서 잃었던 물건을 도로 찾은 후에 대형을 사방으로 찾았으나, 도무지 볼 수가 없더니, 어떤 사람이 방금 두

객인이 권하여 다같이 술집에서 들어가서 술을 먹더라고 하기에 찾아왔습니다."
하니, 석수가 말했다.
"마침 타향에서 온 손님을 만나, 이곳에 와서 술 한 잔 하느라고 적급 형장을 찾으시는 것을 알지 못하였습니다."
양웅이 크게 기뻐하며 물어 보았다.
"대형의 높은 이름과 고향이 어디십니까?"
하니, 석수가 자신을 소개했다.
양웅이 이 말을 듣고 나서 말했다.
"아까 대형과 같이 술 먹던 객인은 어디로 갔습니까?"
"그 두 사람은 절급이 많은 사람을 데리고 오는 것을 보고, 싸우러 오는 것으로 알고는 달아난 것 같습니다."
"그럴 만도 하지요."
하고 주보를 불러 술을 청하여 여러 사람에게 세 사발씩 권했다. 하니, 여러 사람은 세 사발 술을 먹고 각각 헤어져 갔다.
양웅, 석수, 시천이 계주를 떠나 밤낮을 걸어서 운주 땅에 오니, 한 높은 산이 있고 해가 벌써 저물었으므로, 앞에 큰 시내를 의지하여 술집이 하나 있어, 세 사람이 문 앞에 닿으니, 점소이(店小二)가 마침 문을 닫으려 하다가, 세 사람이 들어오는 것을 보고 물었다.
"손님들은 왜 이렇게 저물게 오십니까?"
하니, 시천이 말했다.
"우리가 오늘 백여 리 길을 오느라 늦었소이다."
하니, 점소이는 세 사람을 맞으며 말했다.
"손님들 저녁을 잡수시겠습니까?"
"우리가 지어 먹겠다."
하니, 점소이가 말했다.
"오늘은 손님이 없어서 부엌과 솥이 정하오니, 손님이 지어 먹어도 좋겠습니다."

"너의 가게에 고기 파는 것이 있느냐?"

하고 물으니, 점소이가 말했다.

"오늘 아침에 이웃 사람들이 다 사가서 남은 것은 술 한 병뿐이요, 안주할 것은 아무것도 없습니다."

하니, 시천이 말했다.

"이미 그렇게 된 걸 어떻게 하겠나. 가서 쌀 닷 되만 가져와 밥을 지어 먹게 해 다오."

점소이가 쌀을 내어다 주었다. 시천이 쌀을 씻어 솥에 앉히고 석수는 자리를 정돈하였고, 양웅은 비녀 한 개를 점소이에게 주면서, 먼저 술을 가져오면 내일 모두 계산하여 주겠다 하니, 술 한 통과 채소를 가져와 탁자에 놓았다. 시천이 물 한 통을 가져와서 양웅, 석수에게 먼저 밥을 씻으라고 하고, 한편으론 술을 걸러 점소이를 불러서 한 자리에서 술을 먹을 때, 석수가 눈을 들고 보니 시렁 위에 박도가 수십 자루 꽂히어 있었으므로 물어 보았다.

"이 가게에 어째서 저렇게 훌륭한 무기가 꽂혀 있소?"

"저기 저 높은 산은 독룡산이라 하고, 그 앞에 솟은 고개는 독룡고개라 하며 그 위쪽에 주인 어른의 집이 있습니다. 이 주위 30리 사방은 측가장이라 부릅니다만, 그 장주되시는 어른 축조봉께는 세 아드님이 계시는데, 축씨의 삼걸이라 불려집니다. 이 고을 전체에는 6, 7백 호의 일가가 있어 모두 소작인입니다만, 집집마다 두 자루씩의 박도가 나누어져 있습니다. 여기를 축가점이라 하고, 언제나 수십 명의 사람들이 유숙을 하러 오시기에, 여기서도 박도가 나누어져 있는 것입니다. 이곳에서 양산박이 멀지 않아 거기 도둑들이 식량을 약탈하러 올 때를 대비하고 준비해 두는 것입니다."

석수가 말했다.

"너에게 은냥을 줄 터이니, 박도 한 자루를 나에게 다오."
하고 청하니, 점소이가 대답했다.
"그것은 안 됩니다. 박도 위에 자호를 박았으니, 만일 한 개라도 없어지면 소인에게 벌이 내립니다."
하니, 석수가 웃으며 말했다.
"농담으로 해 본 소리니, 겁을 내지 말고 어서 술이나 먹어라."
점소이가 다시 말했다
"소인은 이제 되었으니, 손님이나 잡수시고 소인에게는 권하지 마십시오."
하고 돌아갔다. 양웅과 석수가 술을 마시는데, 시천이 말했다.
"형장님, 고기가 먹고 싶습니다."
하니, 양웅이 말했다.
"아까 점소이가 고기가 없다고 하였으니, 어찌하겠나?"
이 말을 듣고 시천이 빙그레 웃고 나가더니, 숫닭 한 마리를 가지고 왔다. 양웅이 놀라며 말했다.
"이것을 어디서 얻어왔느냐?"
"아까 뒤꼍으로 소변을 보러 가다가 보니, 저 닭이 있기에 술안주할 생각으로 가만히 잡아 가지고, 냇가에서 깨끗이 씻어 삶았으니, 두 형님은 드십시오."
양웅이 웃으며 말했다.
"이놈이 도적질을 또 하였구나?"
석수도 한마디 했다.
"아직 근본 행실을 고치지 못하였소."
하고 세 사람이 서로 웃으며 맛있게 먹는데, 이때 점소이가 잠을 자다가 마음이 불안하여 불을 켜들고 앞뒤를 살펴보았다. 그런데 부엌에 닭의 털이 있으므로, 솥을 열고 본즉, 국물이 반 솥 가량이나 있고, 급히 뒤로 돌아가보니 닭이 없어졌으므로,

화를 냈다.

"어째서 닭을 도적하여 먹소?"

하니, 시천이 말했다.

"이 닭은 우리가 노상에서 사 가지고 와서 먹는 것이다. 너희 닭을 우리가 어찌하여 먹겠느냐?"

점소이가 말했다.

"그렇다면 우리집에 있던 닭은 어디로 갔소?"

시천이 다시 말했다.

"고양이나 족제비가 물어 갔는지, 우리가 어떻게 아느냐?"

하니, 점소이가 또 말했다.

"우리집 닭이 닭장 안에 있었는데, 그 사이에 없어졌으니, 당신이 도적질하지 않았으면 누가 했겠소?"

하니, 석수가 옆에서 말했다.

"너희들은 다투지 마라. 값을 후하게 쳐 주겠다."

하는데, 점소이가 말했다.

"이 닭은 새벽을 알리는 닭이니, 은자 열 냥을 주어도 안 받겠소. 닭으로 보상을 하시오."

하니, 석수가 크게 노하며 말했다.

"이놈! 왜 이렇게 무례하느냐? 비록 값을 못 준다고 하더라도 네가 감히 우리를 어떻게 하겠다는 거냐?"

점소이가 코웃음을 치며 대답했다.

"당신들은 강한 체하지 마시오. 우리 가게는 다른 곳과 달라서, 잘못하는 놈은 잡아다가, 양산박 도적이라고 해도 관사로 보낸다오."

하니, 석수가 크게 꾸짖으며 말했다.

"가령 양산박 호걸이면 네가 어떻게 우리를 잡아다가 상을 타겠느냐?"

옆에서 양웅이 크게 화가 나서 꾸짖어 말했다.

"우리가 좋은 뜻으로 값을 주마 하였는데, 어째서 우리를 잡아간다 하느냐?"
하니, 점소이가 큰소리로 도적이라 하고 외치니, 가게 안에서 사나이 사오 명이 벌거벗고 나와 양웅, 석수에게 달려드니, 석수가 주먹을 날려 모조리 쳐서 눕히고, 점소이는 도적이다! 하고 외치다가 시천의 주먹에 맞고 다시는 아무말도 못했다. 쓰러진 놈들이 일어나 뒷문으로 달아나니 양웅이 말했다.
"저놈들이 가서 알릴 것이니, 그 전에 우리는 일찍이 달아납시다."
하고는 남은 밥을 배불리 먹고 짐을 지고 요도를 차고 나서, 시렁 위에 있는 박도를 골라 가지고, 불을 놓아 술집을 태우고, 세 사람이 걸음을 재촉하여 달아나는데, 얼마 가지 못하여서 뒤에 화광이 충천한데, 이삼백 명 사람이 소리를 지르며 따라오니, 석수가 말했다.
"겁을 내지 말고 우리는 샛길을 찾아 달아납시다."
하니, 양웅이 말했다.
"그럴 필요없소. 한 놈이 오면 한 놈을 죽이고, 두 놈이 오면 두 놈을 죽이고, 날이 밝기를 기다려 달아납시다."
미처 말이 떨어지기 전에 사면으로부터 모여들어 오는데, 양웅은 맨 앞에, 서고 시천은 가운데 있고, 석수는 뒤에 서 박도를 들고 장객을 대적했다. 장객들이 처음에는 창검을 높이 들고 달려들다가, 양웅이 먼저 육칠 명을 죽이니, 그놈들은 소리를 지르며 달아났다. 석수가 또 박도로 칠팔 명 장객을 죽이니, 사면에 있던 장객이 십여 명이 죽었다 함을 듣고, 생명을 아껴 헤어져 달아났다. 세 사람이 또 걸음을 재촉할 때, 갑자기 함성이 크게 울리며 마른 수풀 속에서 두 요구창이 나와 시천을 잡아가니, 석수가 급히 몸을 날려 구하려 하였으나, 석수의 뒤에서 또한 두 요구창이 일어나므로, 양웅이 눈이 밝고 손이 빠르므로 박도를 들어 요구창을 쳐 없애고 수풀로 뛰어들어갔다. 매복했던 장객들이 소리를 지르고 달아나므로, 두 사람이 구하지 못하고 중지에 들어가 잡힐까 하여 동쪽을 향하여 달아났다.

제16장
축가장을 치다

 이때에 장객들은 시천을 결박하고 부상을 당한 장객들을 데리고 축가장에 당도했다.
 양웅, 석수가 달아나다가, 날이 밝아지니 주막을 보고 석수가 말했다.
 "형님, 우리 술집에 들어가서 요기나 하고 갑시다."
하고 두 사람이 가게에 들어가 박도를 세워 놓고 주보를 불러 술을 가져오게 했다.
 술을 막 먹으려고 하는데, 밖으로부터 한 사나이가 들어왔다.
 이마가 넓고 뺨이 모지고 귀가 큰데, 얼굴은 몹시 험상궂게 생겼다.
 몸에는 다갈색 면주한삼을 입고 머리에는 두건을 쓰고 유방화를 신고 점소이를 불러 분부했다.
 "대관인이 너희들보고 나무를 지다가 장상에 바치라고 하더라."

하는데, 주막 주인이 급히 대답했다.

"서둘러 빨리 하여라."

하고 몸을 돌이켜 나올 때, 양웅, 석수의 앞으로 지나감으로, 양웅이 자세히 보니, 아는 사람이므로 불러 말했다.

"여보, 젊은이. 이곳에 웬일이오. 나 좀 잠깐 봅시다."

하니, 그 사람이 듣고 머리를 돌려서 보더니 반가워하며 말했다.

"은인께서 어째서 이곳에 계십니까?"

하며 절을 했다.

그때, 양웅이 그 사나이를 붙들어 일으키며 석수를 불러서 서로 인사를 하라고 하니, 석수가 물어 보았다.

"저 형님은 누구십니까?"

하고 물으니, 양웅이 대답했다.

"저 형제의 성은 두(杜)요 이름은 홍(興)이요 산서부 사람인데, 얼굴이 추루함으로 사람이 부르기를 귀검아라고 하오. 작년에 계주로 장사를 하러 왔다가 사람을 쳐 죽이고 관사에 잡혔을 때, 그와 이야기를 하여 보니 권법을 잘 알고 예의가 바르므로, 그가 호걸임을 알고 힘써 구하여 보냈더니, 생각밖에 이곳에서 만나게 된 것이오."

하니, 두홍이 말했다.

"은관은 무슨 일로 이곳에 왔습니까?"

하고 물으니, 양웅이 귀에다 조용히 말했다.

"내가 계주에서 사람을 죽이고 양산박으로 가는 길이었소 어제 저물게 축가장 술집에 들러, 동행 중 시천이란 사람이 그 집의 닭을 도적하여 잡아먹다가, 점소이에게 들켜 서로 다투다가, 나중에는 그놈의 술집을 불살라버리고 도망하였소. 그런데 등뒤에서 쫓는 무리가 있으므로, 우리 두 사람이 몇 놈을 죽이는 동시에, 뜻밖에 쌍요구창이 일어나며 시천을 잡아갔소 구할 마음은 간절하나, 과부 적중(寡不敵衆)한 탓으로 감히 구하지 못하고 달아나다, 이곳에 이르러 길을 묻고 갈까 들렸는데, 뜻밖에 아우님을 만났소."
하니, 두홍이 말했다.
"형장은 마음을 놓으십시오. 제가 시천을 구하여 오겠습니다."
하니, 양웅이 말했다.
"아우님은 잠시 앉아서 술을 먹으며 의논합시다."
하고 세 사람이 앉아서 술을 먹을 때, 두홍이 말했다.
"계주에서 은인의 덕분에 무사히 나온 뒤로 이곳에 와서 어떤 대관인을 만났습니다. 그 분이 저를 극히 사랑하여 주시며 집안에 모든 일을 맡아 보게 함으로, 은혜를 감격하여서 고향에도 돌아갈 마음을 못합니다."
하니, 양웅이 말했다.
"아우님의 대관인은 어떤 사람이오?"
두홍이 말했다.
"저기 풍룡강 바로 앞에 고개가 셋이 있어 마을이 세 줄지어 있습니다. 그 가운데 있는 마을이 축가장, 서쪽이 호가장, 동쪽이 이가장이라 합니다. 이 세 마을을 합치면 일만 명 정도의 사람이 살고 있습니다. 제일 많은 것이 축장입니다. 그 당주는 축조봉이라 하고, 그중에서도 축가장이 가장 세력이 센데, 세 아들을 두었고, 축씨의 삼걸이라 합니다. 장남은 축룡, 차남은 축호, 삼남은 축표, 그 외에 무예 스승으로 철봉을 쓰는 난정옥이란 사람이 있습니다만 이 사내는 만부 부당(萬夫不當)의 용기를 가지고 있으며, 집안에는 팔힘이 좋은 부하들을 거느리고 있습니다. 또한 서쪽의 호가장의 주인은 호 태공이라 하고 비천야차 호성이라는 아들이 있고, 그 사람도 또한 솜씨깨나 있는 사람입니다만, 아주 훌륭한 딸이 있어 일장청 호삼랑이라 합니다. 쌍칼의 명수이고 말도 훌륭하게 잘 탑니다. 그리고 동쪽 마을은 우리 주인의 마을인데, 그 이름은 이응이라 하고 혼철로 만든 점강창의 명수로서, 등뒤에 다섯 개의 비도를 숨겨, 백 보 떨어진 곳에서도 사람을 쓰러뜨리고, 신출 귀몰의 솜씨를 지녀, 맹세하고 마음을 하나로 묶어 좋은 일이나 서로 돕고 살아가기로 되어 있습니다만, 양산박의 호한들이 식량을 약탈해 갈까 항상 걱정이 되어서, 그에 대한 준비도 갖추고 있습니다. 이제 두 분을 저택에 안내해드리고, 이 대관인에게 소개해드리고 편지를 받아 시천님을 구출하러 갑시다."

"당신이 말하는 그 이 대관인이란 사람은 박천조 이응이란 사람이 아니오?"

"맞습니다. 그분입니다."

하고 두흥이 대답하자 석수가 말했다.

"독룡강에 박천조 이응이라는 호한이 계시다는 것은 세상 소문을 들어 잘 알지만, 알고 보니 여기 계셨구만. 정말로 무예에 뛰어난 훌륭한 인물이라고 평소 들어왔소. 어서 가서 만나 뵙도록 합시다."

하고 점소이를 불러 술값을 계산하여 주려고 하니, 홍이 펄쩍 뛰며 자기가 주고 세 사람이 술집을 나와서 이가장에 당도했다.

양웅이 눈을 들어서 보니 참으로 좋은 대장원인데, 수백 주의 아름드리 버들을 연접하고 있었다.

문으로 들어와 대청상 앞으로 오는데, 좌우에 시렁을 매고 칼과 창을 잔뜩 얹어놓은 것을 보고 두흥이 말했다.

"두 형님은 잠깐 이곳에서 기다리시면 대관인을 모셔와 뵙게 하겠습니다."

하고 안으로 들어가더니 이응이 안으로부터 나왔다.

두흥이 두 사람을 이끌고 청상에 올라가서 뵈오니, 이응이 술을 내오게 하여 서로 대접할 때, 두 사람이 마주 절을 하고 말했다.
 "말씀드리겠습니다. 대관인께서 축가장으로 글을 한 장 써서 보내어 시천을 구하여 주시면, 저희는 그 은혜를 평생 잊지 않겠습니다."
하고 부탁을 했다.
 이응이 문관 선생을 불러다 상의를 하고 한 봉의 편지를 써서 부주관을 주면서, 말을 타고 빨리 축가장으로 가서 시천을 데리고 오라고 일렀다.
 부주관이 주인의 편지를 갖고 말을 타고 가는 것을 보고 양웅, 석수 두 사람이 사례를 했다.
 이에 이응이 말했다.
 "소인의 편지를 갖고 갔으니, 반드시 놓아보낼 것이니 두 분은 마음을 놓으시오."
하고는 이응이 다시 청하여 후당으로 가서 술을 먹으며 즐길 때, 이응이 창봉쓰는 법을 물으니, 두 사람은 조금 다룰 줄 안다고 하니, 마음속으로 매우 기뻐하는데, 사시는 되어 부주관이 돌아왔다.
 이응이 후당으로 불러 물었다.
 "데리러 갔던 사람은 어떻게 되었는가?"
 "축씨 삼걸이 안에서 나와 성을 내며 편지의 회답도 아니하고, 도리어 간신히 도망하여 왔습니다."
하고 말했다.
 이응이 놀래면서 말했다.
 "우리가 서로 사생 지교를 맺고 있는 사이여서 편지가 가면 반드시 놓아보낼 텐데, 네가 가서 말을 잘못하여 이렇게 된 것 같으니, 두흥 네가 다시 다녀오너라."
 "소인이 가서 축조봉을 보고 자세히 연유를 말하겠습니다만, 다시 주인의 친필로 편지를 주시면 놓아보낼 줄로 압니다."

하니, 이응이 그러마 하고 급히 한 폭의 편지지에 친필로 사연을 간곡히 적은 뒤, 도장을 찍고 봉하여 주었다.
두흥이 말 한 필을 골라 타고 갔다.
이응이 말했다.
"두 분은 마음을 놓으시오. 이번에는 나의 친필이 갔으니, 금방 데리고 올 겁니다."
하니, 두 사람이 깊이 사례하고, 후당에서 술을 먹으며 기다렸다.
날이 저물어도 안 돌아오니, 이응이 이상히 여겨 다시 사람을 보내니 하인이 들어오며 말했다.
"두주관이 돌아옵니다."
"몇 사람이 오느냐?"
하고 물으니, 장객이 대답했다.
"두주관 혼자서 옵니다."
하니, 이응이 머리를 흔들며 말했다.
"이것 참 괴이한 일이구나! 평소 서로 어기는 일이 없더니, 오늘은 왜 이럴까?"
하며 청상 앞으로 나오니, 양웅, 석수가 따라나와 보니, 두흥이 말에서 내려 장문으로 들어오는데, 기운이 없고 얼굴이 붉었다.
"너는 자세히 말을 하여라. 어째서 그러느냐?"
두흥이 간신히 정신을 차려 말했다.
"소인이 주인의 편지를 갖고 그곳에 가서 제삼청 문에 들어가는데, 축가 삼형제를 만나서 소인이 공손히 인사를 하니, 축표가 역정을 내며, 너는 또 무슨 일로 오느냐고 묻기에, 소인이 공손히 말하였지요. 제가 '주인의 편지를 갖고 왔습니다' 하니까, 축표가 말하기를, '너의 주인은 어째 일을 모르느냐? 아까는 되지 못한 놈을 시켜 양산박 도적 시천을 보내라 하던데, 이놈을 오늘 관사로 압송하여 다스리려고 하는데, 어찌 놓아보내라 하더니 네가 또 온 일은 무슨 일이냐?' 라고 했습니다. 그래서 제가 '그 사람은 양산박 도적이 아니고, 계주에서 오는 객인인데, 주인에게 의지하러 오다가 잘못하여 관인의 주점을 불살랐으니, 날이 밝으면 가옥은 주인이 고쳐 놓을 것이니, 주인의 얼굴을 봐서 놓아주십시오.' 하였더니, 축가 삼인이 모두 그럴 수 없다고 우기며 당장 나가라고 소리를 치므로, 제가 말하기를 '주인의 친필이 여기 있으니, 보시오!' 하는데, 축표놈이 편지를 뺏어 찢어버리며 말하기를, '이 사람의 성품을 건드리지 마라! 만일 이 사람이 성이 나면 너의 주인도⋯⋯.' 하니, 이 말씀은 차마 바로 말씀을 드리지 못하옵고, 또 축가의 놈들이 무례한 말로 '너의 주인이 와도, 양산박 강도와 함께 잡아 관사로 보내겠다!' 하고 장객을 호령하고 소인을 먼저 잡으라 하므로 '소인이 말을 타고 돌아올 때' 도중에서 생각하니, 저런 의리없는 놈을 삼 년이나 공연히 생사 지교를 맺은 것이 얼마나 분하겠습니까?"

이응이 듣고 나서 마음과 머리에 불이 천길이나 올라서 참을 수 없으므로, 크게 소리를 지르고 장객을 호령하여, 빨리 전마를 끌어오너라 했다.

양웅과 석수 두 사람이 극구 말렸다.

"대관인은 고정하십시오. 소인의 일로 인하여 귀댁의 대의를 무너뜨림은 옳지 않습니다."

하니, 이응은 듣지 않고 방으로 들어가서 옷차림을 수습하고 나왔다.

사나운 장객 이삼백 명을 점고할 때, 두흥이 갑옷을 입고 말에 오르니 양웅, 석수 두 사람도 역시 옷을 거두치고 박도를 끌고 이응의 말 뒤를 따라 축가장으로 닥쳐오니, 이때 해가 서산으로 넘어갈 때였다.

이응이 말을 멈추고 저택 앞에서 큰소리로 불렀다.

"축가의 세 아들들아, 뭣 땜에 나를 욕질하였느냐?"

그러자 문이 열리고 오륙십 기의 기마가 와락 뛰어 나왔다. 그중의 한 기는 축조봉의 셋째 아들 축표였다. 이응은 삿대질하며 욕설을 퍼부었다.

"무고한 사람을 붙잡고 도둑 취급을 하다니, 그게 무슨 짓이냐?"

"도둑인 시천이 바로 제 입으로 다 털어놨으니, 너는 변명하지 말고 돌아가거라. 없어지지 않으면 네놈도 끌어갈 테다."

이응이 크게 노하여 말을 몰아 창을 겨누면서 축표를 향해 달려들었다.

축표도 말을 몰아 대적했다.

두 사람은 독룡가의 기슭에서 밀고 밀리고 하며 창을 교환하기 십륙칠 합, 드디어 축표는 이응을 당해내지 못해 말머리를 돌려 달아나며 활을 쏘았다.

이응은 몸을 피하려고 했으나, 이미 화살은 팔꿈치에 맞고 말에서 쿵! 하고 떨어졌다.

축표는 이내 말을 돌려 이응에게 덤벼들려고 했으나, 양웅과 석수는 그걸 보자 크게 소리 지르며 박도를 휘둘러 축표의 말 옆으로 뛰어드니, 축표가 대적하지 못하고 달아났다.

두 사람이 쫓아가려다 생각하기를, 몸에 갑옷이 없어 감히 따르지 못하고, 두흥과 같이 이응을 구하여서 돌아와서 이응을 후당에 누이니, 집안 식구가 나와 보고서 갑옷을 벗기고 금창약을 붙여 간호했다.

양웅, 석수, 두흥 세 사람이 상의하여 말했다.

"대관인이 그놈의 화살에 맞아서 다시는 싸울 수도 없고 또 시천을 구할 도리도 없으니, 이것은 모두 우리 때문에 이렇게 된 것, 우리가 양산박으로 가서 송 두령을 청하여 대관인의 원수를 갚고 시천을 구하겠습니다."

하고 이응에게 작별을 하니, 이응이 말했다.
"두 분께선 너무 섭섭하게 생각마시오 나도 하는 데까지 했으나, 어쩔 수가 없구려. 용서하시오."
하고 두흥을 불러 금은을 가져와서 두 분에게 주라고 하니, 두 사람이 사양하니, 이응이 말했다.
"두 분은 사양하지 마시오. 이것은 강호상의 호걸을 대접하는 예이오."
하니, 두 사람은 더 이상 사양을 못하여 받아 가지고 이응를 작별하고 나올 때, 두흥이 문 밖까지 나와서 양산박으로 가는 큰길을 가르쳐주며 전송했다.

양웅, 석수 두 사람이 양산박을 향하여 걸어가다가 보니, 멀리 보이는 곳에 술집 깃발이 날리는 것을 보고, 두 사람이 술집에 들어가서 술을 사 먹으면서 앞길을 물으니, 본래 이 술집은 양산박에서 이목을 넓히기 위하여 새로 지은 술집인데, 석용이 주관하고 있었다.
두 사람이 술을 먹으면서 양산박으로 가는 길을 물으니, 석용이 그 두 사람의 용모가 비범함을 보고 물었다.
"두 분 손님이 어디서 오시는데, 양산박으로 가는 길을 물으십니까?"
"우리는 계주에서 옵니다."
하므로 석용이 갑자기 생각나서 물었다.
"당신이 석수가 아니십니까?"
"나는 양웅이고 이분이 바로 석수인데, 형장이 어떻게 아십니까?"
"소인이 몰라 뵈었습니다. 전일에 대원장이 계주에서 돌아오셔서 형장의 높은 이름을 말씀하시는 것을 들었는데, 지금 이렇게 왕림하시니 참으로 다행입니다."

하니, 세 사람이 새로 인사를 한 뒤에 양웅, 석수 두 사람이 자기들의 지난 일을 얘기했다.

석용이 대단히 기뻐했다.

그 자리에서 술과 음식을 준비하여 대접하고 나서, 뒤편 수정으로 올라가서 창을 열고 한 개의 화살을 쏘았다.

그러자 건너편 언덕 갈대 속에서 한 사람이 배를 저어 오니, 석용과 두 사람과 같이 배에 올라 산채로 가니, 모든 두령이 나와 맞이했다.

서로 인사한 후, 조개가 내력을 자세히 물었다.

양웅과 석수는 자신들의 무예를 말하고 동지가 되고 싶다고 하니, 모두들 크게 기뻐하기는 했으나, 같이 동지가 되기로 되어 있던 시천이 잘못해 축가장에서 새벽을 알리는 닭을 훔친 탓으로 큰 소동이 벌어진 얘기를 서슴없이 털어놓자, 조개가 크게 노하며 호령했다.

"이 두 놈을 죽여버려라!"

하니, 송강이 황급히 말렸다.

"형님, 고정하십시오. 이 두 장한은 불원 천리 찾아와 마음을 하나로 합쳐 일하겠다는데, 왜 죽이려는 겁니까?"

그러자 조개가 말했다.

"우리들 양산박의 호한들은 왕륜을 무너뜨린 후, 줄곧 충과 의를 본분으로 하여 사람들에게 인과 덕을 베풀 수 있도록 마음가짐을 하여 왔다. 동지들은 신구의 구별없이 각지 호걸다운 광채를 다하였는데, 이놈들 두 놈은 양산박의 호한의 이름을 팔아 닭을 훔쳐 먹고, 우리들의 이름을 욕되게 했다. 오늘은 우선 이 두 놈을 죽여서 산채의 규율을 보이고, 내가 친히 군사를 끌고 그 마을을 때려 부수어 면목을 유지하는 거다. 얘들아, 어서 그놈들을 죽여버려라!"

하니, 송강이 권하며 말했다.

"그건 안 됩니다. 그 고상조의 시천이란 놈은 본래가 그런 놈이어서, 축가장 놈들에게 시비를 일으켰고 업신여기니, 이 기회에 놈들을 해치웁시다. 그러하면 사오 년의 양식은 충분할 겁니다. 미흡하지만, 제가 군대를 이끌고 몇 분 두령의 도움받아 축가장을 해치우겠습니다. 첫째는 산채의 원수를 갚고, 둘째는 그 따위 놈들로부터 욕을 듣지 않으려 함이오, 셋째는 많은 전량을 얻어서 산채의 보탬에 쓸 것이오, 넷째는 이응을 청하여 산으로 오게 하겠습니다."
하고 말을 하니, 오학구가 말했다.
"송공명 형님의 말이 옳습니다. 어찌 산채에서 수족과 같은 사람을 죽이겠습니까?"
하니, 대종이 말했다.
"차라리 소인의 머리를 베이더라도 현인의 오는 길은 막지 못하겠습니다."
하며 여러 두령이 모두 만류하니, 조개가 노여움을 풀었다.
  양웅, 석수 두 사람이 사례를 했다.
  이에 송강이 위로했다.
"두 아우님은 두려워 마시오. 이는 산채의 규칙이니 그리 알고, 비록 송강이 죄가 있어도 머리를 베이는 데는 사정이 없소 철면공목 배선(鐵面孔目裵宣)을 군정사로 정하여 상벌을 정한 것이니, 두 분께선 너무 고깝게 생각 마시오."
  양웅, 석수 두 사람이 절을 하며 사례를 했다.
  조개가 명령하여 양림 다음에 앉게 하고, 모든 졸개를 불러서 새로 들어온 두령에게 뵙게 한 뒤 소, 말을 잡아서 큰 잔치를 베풀어 즐겼다.
  그리고 두 곳의 방을 치워서 편히 쉬게 하고, 한 곳에 졸개 열 사람을 가리어 모시게 했다.

다음날 여러 두령을 모아 다시 잔치를 하면서 축가장 칠일을 상의하니, 송강은 여러 두령과 같이 축가장을 소탕하기로 정했다.

조개는 산채를 지키고 오용, 유당, 완가 삼형제와 여방, 곽성은 대채를, 지키고 각 처의 관액과 수립을 지키던 사람은 움직이지 말고, 맹강은 마린을 대신하여 배를 감독하여 짓게 하고, 축가장을 쳐들어갈 두령을 정했다.

제일대는 송강, 화영, 이준, 목홍, 이규, 양웅, 석수, 황신, 구붕, 양림이 졸개 삼천과 군마 삼백을 데리고 출발하고, 제이대는 임충, 진명, 대종, 장횡, 장순, 마린, 등비, 백승이 삼천의 졸개와 삼백 필 전마를 거느려 후응이 되라 하고, 다시 금사탄, 압치탄 두 곳을 지키던 정천수를 군량을 수응하게 한 다음, 조개 등이 전송하고 산채로 돌아왔다.

송강을 대장으로 하는 일대는 조금도 쉬지 않고 내처 축가장으로 향하여 올 때, 독룡강 앞에 와서 이삼십 리 떨어져 하채하고 송강이 중구낭에 앉아 화영의 여러 두령과 의논했다.

"내가 들으니, 축가장으로 가는 길이 매우 복잡하다 하니, 먼저 두어 사람을 보내어 탐지한 뒤에 군사를 나가게 합시다."
하니, 이규가 말했다.

"형님, 내가 그 사이 사람을 죽이지 못하였으니, 내가 먼저 가겠습니다."

"도적을 시살할 때에는 너를 보내지만, 이번에는 비밀히 탐전하는 일이니 너를 보낼 수 없다."
하니, 이규가 말했다.

"아니, 저 조그만 마을 하나 치는데, 형님은 왜 그렇게 마음을 쓰십니까? 소제가 이삼백 졸개를 데리고 가서 개 잡듯 할 것을, 무슨 일로 겁을 먹고 길을 먼저 탐지한 뒤에 진병할려고 하십니까?"
하니, 송강이 큰소리로 꾸짖었다.
"이놈, 왜 이렇게 어리석은 말을 하느냐? 빨리 물러가라!"
하니, 이규가 나가며 투덜거렸다.
"한낱 파리 같은 놈들을 죽이는데, 뭣이 그렇게 주저할 것이 많을꼬?"
송강이 석수를 불러 말했다.
"너는 양림과 같이 저곳에 한 번 다녀오너라."
하고 명하니, 석수가 말했다.
"형님이 저 많은 인마와 이곳에 결진하였으니, 저놈도 반드시 준비가 있을 것 같으니, 우리는 어떤 모양을 하고 가면 될까요?"
하니, 양림이 옆에서 말했다.
"내가 도인의 모양을 하고 몸에 병기를 감추고 손에 방울을 흔들며 갈 테니, 너는 방울소리를 들어 나의 앞뒤를 떠나지 마라."
"나는 계주에 있을 때 나무장수를 하였으니, 나무 한 짐을 지고 몸에 군기를 지니고 들어갈 것이니, 창졸간에 무슨 일이 있든지 서로 구합시다."
하니, 양림이 말했다.
"그것이 가장 좋으니, 오늘 오경에 떠나기로 하자."
하고 날이 밝아 석수는 먼저 나무를 지고 한 이십 리를 가 보니, 길이 복잡하고 사면에 수목이 울창해 길을 알아볼 수가 없었다.
나뭇짐을 내려놓고 쉬는데, 등뒤에서 방울 흔드는 소리가 나므로 돌아다보니, 양림이 머리에 헌 두건을 쓰고 몸에는 낡은 옷을 입고 손에 방울을 흔들며 오니, 석수는 사람이 없는 것을 보고 말했다.

"전날 이응을 따라서 올 때는 날이 어둡고 그 사람들만 쫓아 왔을 뿐이지, 자세한 것은 살피지 않았더니, 이곳이 이렇게 복잡할 줄은 몰랐습니다."

"샛길을 보지 말고 큰길로 가는 것이 좋을게다."

석수는 다시 나무짐을 지고 큰길로 들어 걸어갈 때 보니, 앞에는 한 마을이 있고 주육점이 있는 것을 보고, 나뭇짐을 주점 앞에 내려놓고 보니, 가게 앞마다 창검이 꽂혀 있고 사람마다 누런 적삼을 입고 등에다 크게 축(祝) 자를 썼다.

석수는 보다가 그중에서 늙은 사람을 향하여 공손히 인사를 하고 물었다.

"노인장님, 잠깐 묻겠습니다. 이곳은 무슨 풍속으로 집집마다 창과 칼을 꽂고 사람마다 군복을 입고 다닙니까?"

"당신은 타향에서 와 이곳 일을 알지 못하는 모양이니, 빨리 달아나시오."

"소인은 산동의 대추 장수인데, 본전이 다 떨어져 고향에도 가지 못하고 나무를 지고 와서 이곳에 와서 팔려고 하는데, 왜 그러시오?"

하고 말하니, 노인이 또 말했다.

"빨리 다른 곳으로 가시오. 이곳은 조만간 큰 전쟁터가 될 것이오."

하므로 석수가 궁금하여 물었다.

"이런 좋은 곳이 어째서 전쟁터가 되겠습니까?"

하니, 노인이 말했다.

"너는 금시 초문인 모양이군. 이곳은 축조봉의 아문인데, 양산박 호걸에 대항하니, 저들이 군마를 이끌고 촌 어귀에 왔으나, 이곳 촌길이 복잡해 감히 들어오지 못하고 지체해 있는 것을 알고 축가장에서 호령을 내려, 집집마다 정장군 한 명씩을 준비했다가 영이 나리는 대로 나가 싸우려는 것이오."

"이 마을에는 인마가 얼마나 됩니까?"
하고 석수가 물으니, 노인이 말했다.
"우리 축가에 있는 인마만 하여도 약 이만이 되고 동서에서 군사가 있으니, 동촌에는 박천조 이응이 있고, 서쪽에는 호가장이 있으며, 호 태공의 딸 한 사람이 있는데, 작호는 일장청 호 삼랑이라 하고 대단히 용맹하지요."
"그렇게 용맹한 자가 많은데, 양산박을 두려워합니까?"
하니, 노인이 대답했다.
"그러므로 처음은 사람은 다 잡아간다."
석수가 궁금하여 물었다.
"어째서입니까?"
노인이 또 대답했다.
"우리 촌길이 자고로 유명하여, 옛사람이 들어오기는 쉬워도 나가는 길이 없구나 했지요."
석수가 다 듣고 나서 울며 절을 하고 애원했다.
"소인은 강호에서 본전을 다 없애고 고향에도 못가는 불쌍한 평민이오니, 만일 나무를 팔러 다니다가 저 사람들을 만나면, 어떻게 살기를 바라겠습니까? 지고 온 나무를 노인에게 드리겠으니, 나갈 길이나 가르쳐 주십시오."
"내가 어째서 네 것을 그냥 받겠소 나무는 내가 살 것이니, 당신은 들어와서 술과 밥을 먹어라."
하니, 사례를 하고 나무를 지고 노인을 따라 안으로 들어갔다. 그 노인이 청주를 걸러 주고 대추죽을 주니 석수가 받아 먹고 다시 절을 하며 부탁했다.
"노인장은 부디 나가는 길을 좀 알려 주십시오."
하고 청하니, 노인이 말했다.
"너는 마을을 나가더라도 백양수를 심은 곳으로 가되, 넓고 좁은 길을 가리지 말고, 다만 백양수 있는 길이 사는 곳이요 없는 곳은 비록 길이 넓다 해도 다 죽는 길이다."

석수가 다시 물었다.

"어째서 죽는 길이라고 하십니까?"

"좌우로 길마다 철질려를 깔았으니, 몰고 가다가 잡히기 십상일세."

"노인장의 높으신 존함을 알고 싶습니다."

하고 묻자 노인이 말했다.

"이 촌에 있는 사람이 축가성이 많으나, 나의 성은 종리(鍾離)니 이곳 사람들이 종리거사(鍾離居士)라고 부른다오."

"술과 밥을 많이 먹어 신세를 많이 졌으니, 후일에 반드시 갚겠습니다."

석수가 인사를 치르고 길을 떠나려 하자, 밖에서 떠들썩한 소리가 들렸다. 석수가 귀를 기울이니, 첩자를 잡았다고 떠들썩했다.

석수는 깜짝 놀라 노인과 함께 나가 보니, 칠팔 인의 군졸들이 한 남자의 손을 뒤로 묶고 끌고 오고 있었다.

그런데 웬걸! 그건 양림인데, 발가벗긴 채 끈으로 꽁꽁 묶여 있었다.

한편, 마을 입구에서 기다리던 송강의 군대는 양림과 석수가 아직 돌아오지 않기에 뒤쫓아 구봉을 마을에 보냈으니, 곧 돌아오더니 보고했다.

"저쪽에서는 첩자를 하나 잡았다고 큰 소동이 난 모양입니다."

송강은 그 말을 듣자 버럭 화를 냈다.

"그러한데 어떻게 군사를 보내겠느냐? 간첩이 잡혔다 하니, 필경 두 형제가 잡힌 것이니 우리가 오늘밤에 쳐들어가서 두 형제를 구하여야겠으니, 여러 두령은 어떠한가?"

하고 말하니, 이규가 뛰어나오면서 말했다.
 "형님의 말이 옳으니, 내가 먼저 쳐들어가서 어떠한가 보고 오겠습니다."
하니, 송강이 말했다.
 "너는 양웅과 같이 일대 군마를 거느리고 앞장 서 가거라."
하고 이준으로 후응을 삼고 목홍은 좌군을 삼고 황신은 우군을 삼고 송강, 화영, 구붕 등은 중군 두령이 되어 기를 펄럭이고 축가장을 향하여 독룡강에 이르니, 때는 황혼이 되었다.

 송강이 후군을 재촉하고 전군에 전령하여 진병하라 하니, 이규가 웃옷을 벗어제치고 쌍도끼를 들고 장전에 닿아서 보니 적교(吊橋) 높이 달고 장문을 굳게 닫았으니, 한 점의 불빛도 없었다.
 이규가 물을 건너가려고 하는 것을 양웅이 보고 말렸다.
 "잠깐만 기다리시오. 장문을 닫고 고요한 것이 반드시 계책이 있음이니, 형장이 오는 것을 기다려 상의하는 것이 좋을 것이오."
하니, 이규는 듣지 않고 쌍도끼를 높이 들고 언덕을 멀리하고 소리쳤다.
 "이 좀 같은 축태공, 늙은 도적놈아. 빨리 나오너라. 흑선풍이 이곳에 와 있다."
하고 소리를 질러도 장상에서 응답이 없을 때 송강의 인마가 닿으니, 양웅이 고했다.
 "장상의 인마를 볼 수가 없고 또 기척이 없습니다."
하니, 송강이 말에서 내려 장상을 봐도 보이는 것이 없어 마음 속에 의혹이 들어 맹연(猛然)히 깨달아 말했다.
 "이런, 내가 실수하였구나. 천서에 이르기를 임진(臨陣)하여 조급히 굴지 말라 하였으니, 내가 두 형제를 급히 구하려고 신중히 생각하지 않고 적지에 들어왔구나. 저의 장 앞에 가까이 왔으나, 요요 적적하며 안정하니, 반드시 계책이 있을 것이니 빨리 삼군은 물러가라."
하니, 이규가 말했다.
"형장, 군마가 이미 이르렀으니, 물러서라 하지 마십시오. 내가 건너가 놈의 무리를 다 죽이겠습니다."
말이 끝나기도 전에 포성이 일어나며 하늘이 진동했다.
뿐만 아니라, 독룡강 앞에 횃불이 길게 비치며 문루 위에서 화살이 비오듯 날아왔다.
송강이 급히 오던 길로 회군할 때, 후군 두령 이준이 소리를 지르며 말했다.
"지금 온 길은 모두 막혔소. 복병이 있을 거요."
송강은 부하들을 팔방으로 보내 길을 찾게 했다.
이규는 자루의 도끼를 휘두르며 죽일 상대를 찾고 있었으나, 적군은 하나도 보이지 않았다.

그때, 또 독룡강의 정상에서 한 발의 호포가 터지고, 그 포성이 사라지기도 전에 사방에서 땅을 흔드는 함성이 터져 나오니, 송강은 점점 더 당황하여 허둥지둥할 뿐이었다.
그때, 마침 좌군의 목홍의 대열이 소란해지더니 부하 하나가 나와 아뢰었다.
"석수가 돌아왔습니다."
석수는 박도를 들고 말 앞에 나와 말했다.
"형님, 걱정마십시오. 길을 알았습니다. 길이 넓고 좁은 것은 생각지 마시고, 백양수를 심은 길로만 가도록 적군에게 비밀히 명령하십시오."
송강은 급히 인마를 몰아대며 백양수 심어 있는 길로 나아갔다. 오륙 리쯤 가다 보니 앞에 적과 인마의 수가 점점 더 많아졌다. 송강이 수상히 여겨 물어 보니, 석수가 대답했다.

"놈들은 등불로 신호를 하고 있는 겁니다. 저 나무 그늘에 등불이 보이지요. 우리가 동쪽으로 가면 등불이 동으로 향하고 서쪽으로 가면 서쪽으로 따르니 확실한 것 같습니다."

하니, 송강이 당황하여 물었다.

"그러나 어떻게 하면 좋겠는가?"

화영이 대답했다.

"그것이 무엇이 문제입니까?"

하고 활을 쏘아 등불을 맞히니, 사면의 복병의 등불이 떨어지는 것을 보고 일시에 소리를 지르며 달아났다.

석수를 보고 길을 인도하라 하고 촌 어귀로 나왔다.

산 앞에서 함성이 대진하며 한 줄기 횃불이 종횡으로 소란하므로, 송강이 군마를 머물게 하고 석수에게 알아보라 했다.

석수가 돌아와서 말했다.

"산채에서 제 이 대 군마가 이르러 복병과 싸우고 있습니다."

하니, 송강이 크게 기뻐하여 촌 어귀에 나와서 보니, 축가장 인만 사면으로 달아나고 있었다.

임충, 진명 등의 군마가 모두 와서 합류하니, 동이 텄다.

높은 곳을 골라 채를 세우고 장병을 점고하니, 그 중에서 진삼산 황신이 없으므로 송강이 깜짝 놀래어 연고를 물어본즉, 따라가던 병졸이 아뢰었다.

"황 두령이 명령을 듣고 길을 탐지하러 나가다가 숲속에서 요구창이 나와 말다리를 건드려서 황 두령이 말에서 떨어지니 복병이 잡아갔습니다."

송강이 듣고 나서 크게 노하여 그 병졸을 죽이려고 하니, 임충이 말려서, 그치고 나서 민망해하며 말했다.

"축가장을 쳐부수지 못하고 두 형제를 잃었으니, 장차 어떻게 하면 좋겠소"

하니, 양웅이 말했다.
 "이곳에 세 마을이 서로 사생 지교를 맺었으나, 동촌 이응은 전날에 축표의 화살을 맞고 자리에 누워서 있는데, 형장은 왜 거기에 가서 의논하려 하지 않습니까?"
 "내가 미처 생각지 못했다. 내가 반드시 이곳의 지리를 알고 오겠다."
하고 비단 한 필과 양과 술을 말에 싣고 나가면서 임충, 진명을 보고 채를 지켜라 하고 화영, 석수, 양웅을 데리고 말에 올라 삼백 명의 졸개를 거느리고 이응의 장 앞에 이르니, 문루가 굳게 닫혀 있고 담 안에는 많은 병기를 꽂고 문루 위에서 북을 치니 송강이 말했다.
 "우리는 대관인을 뵈오러 온 것이오. 다른 뜻이 있는 게 아니니 들어가게 하시오."
 한 장상에서 두흥이 양웅, 석수가 서 있는 것을 보고 급히 장문을 열고 사다리를 놓고 작은 배를 저어 건너왔다.
 송강을 보고 예를 하니, 송강이 황망히 말에서 내려서 예를 했다.
 양웅, 석수 두 사람이 가까이 와서 말했다.
 "저 사람은 전에 우리 형제를 인도하여 이 대관인을 접견시키던 귀검아 두흥(鬼臉兒杜興)이옵니다."
하니, 송강이 말했다.
 "본래 두주관이시지요. 당신은 나를 위하여 이 대관인께 말씀 좀 전해 주십시오. 우리 양산박 송강의 무리가 대관인의 높은 이름을 전부터 들었으나, 인연이 없어 일찍이 뵙지 못했다가 이제 축가장이 우리와 대항하려고 하여 이곳으로 왔으므로 옷감과 명마를 드리고 처음 뵈옵는 예를 행하고 한 번 뵙기를 바랄 뿐이오. 다른 마음은 없음을 전하여 주시오."
 두흥이 이 말을 듣고 청상 앞에 오니, 이응이 말했다.

"그 사람은 양산박 반인이니, 서로 보면 사정이 있는 거와 같으니, 가서 말하기를 내가 병이 들어서 보지 못하는 것이요 주는 예물은 이유없이 못받겠다고 전하여라."
두홍이 건너와서 송강에게 말했다.
"우리 주인께서 재삼 말씀하시는데, 몸소 만나볼 것이오나 몸에 병이 있어 만나지 못하니, 죄송하고 주시는 예물은 받지 못하겠다고 하십니다."
하고 말하니, 송강이 말했다.
"내가 너의 주인의 뜻을 십분 알지만, 우리가 축가장을 쳤으니, 아마 서가장에서 어떻게 생각할까 꺼려 그러겠지요."
하니, 두홍이 말했다.
"그게 아니라 정말 병이 들어 보지 못함이오. 소인이 비록 중산부 사람이지만, 이곳의 허실을 자세히 압니다. 중간은 축가장이요 동쪽은 우리 이가장이요 서쪽은 호가장입니다. 세 집이 결탁하여 서로 돕는데, 이번에는 우리 주인이 축가와 일이 있어서 돕지 않았는데, 다만 두려운 것은 저 호가장인데, 그곳에서는 필연코 도울 터이니 다른 사람은 두렵지 아니하나 한 여장이 있는데, 일장청 호삼랑이라고 하는데, 쌍일월도를 신출 귀몰하게 쓰오니, 축가 셋째 아들 축표와 조만간에 혼인을 할 것인데, 장군이 만일 축가장을 칠 때는 동쪽을 막지 마시고 서편을 힘써 방비하십시오. 축가장의 문이 앞뒤로 있으니, 하나는 독룡강 앞으로 있고 하나는 위에 있는데, 앞문만 치면 이기지 못하니, 앞뒤로 쳐야 성공할 것이오. 길이 복잡하고 굽은 데가 많아서 반사곡이라고 하는데, 만일 백양수가 있으면 큰길이요 없는 곳은 길이 넓어도 다 죽는 길입니다."
하니, 석수가 말했다.
"이제 그놈들이 백양수를 다 베었으니, 무엇으로 표를 삼으면 좋겠소?"

하고 물으니, 두흥이 대답했다.
 "베었다 하나 뿌리는 있을 것이니, 낮에는 군사를 낼 것이나 캄캄한 밤에는 진병을 못할 것이오."
하니, 송강이 다 듣고 나서 두흥과 작별한 뒤 대채로 돌아왔다.
 임충 등이 맞아 대채에 이르러, 자리에 앉았다.
 그리고, 이응과 만나지 못한 것을 말하고, 두흥이 말한 것을 알리니, 여러 두령은 미처 대답을 못하는데, 이규가 웃으며 말했다.
 "그놈이 나와 우리 형님을 영접 않는 것이 괘씸하니, 내가 졸개들 삼백을 데리고 가서 그 집을 부수고 그놈을 잡아와서 형님에게 뵙게 하겠습니다."
하니, 송강이 말했다.
 "그 사람은 부귀 양민이니, 어찌 관부를 두려워하지 않으리. 그래서 우리를 만나지 않는 것이니, 너는 괘념치 말라."
 이에 이규가 말했다.
 "내가 생각하기에는, 그 사람은 어린아이 같아서 여러 사람을 보기가 부끄러워 만나지 않는 것 같습니다."
하니, 여러 사람이 웃는데, 송강이 말했다.
 "우리가 두 형제를 잃고 생사를 알지 못하여 답답하오. 여러 형제는 다시 힘을 합하여 축가장을 칩시다."
하니, 모두 몸을 일으키며 말했다.
 "형님의 명령에 따르겠습니다."
하니, 흑선풍 이규가 소리를 지르며 말했다.
 "여러분은 다 소인배를 두려워하니, 내가 먼저 가겠습니다."
하므로 송강이 말했다.
 "이번에는 너를 선봉으로 못쓰겠다."
하니, 이규가 머리를 숙이고 물러났다.
 송강이 이때 마린, 등비, 구붕, 왕왜호를 선봉으로 삼고, 제이

대는 대종, 진명, 양웅, 석수, 이준, 장횡, 장순, 백승으로 배를 준비하게 하고, 제삼대는 임충, 화영, 목홍, 이규를 양쪽 군대를 호응하라 하여, 삼군이 배부르게 먹고 갑옷을 입고 말에 올랐다.

송강이 선봉이 되어 기를 앞에 세우고, 두령 네 사람과 마군 일백오십 기와 천 명의 보군을 거느리고, 독룡강 앞에 닿아서 장상을 바라보았다.

거기에는 두 흰 기가 펄럭이는데, 이렇게 써 있었다.

수박(水泊)을 평정하고 조개를 잡아
양산박을 짓밟고 송강을 잡으렷다.

송강은 말 위에서 그 글귀를 보고 마음속으로 크게 노하여 맹세했다.

"축가장을 때려 부수기 전엔 절대로 양산박에 안 돌아가리라."

송강은 후속의 인마가 모두 도착한 것을 알자, 제이대의 두령들은 거기에 남긴 채 바깥 문에서부터 쳐들어가게 하고, 자기는 선봉의 인마를 이끌어 독룡강의 뒤로 몰았다.

그러자 갑자기 서쪽에서 인마가 나타나 함성을 지르면서 뒤에서 쳐들어왔다.

송강은 마린과 등비를 거기에 남겨 둔 채 축가장의 뒷문을 쳐부수게 하고, 자기는 구보와 왕왜호를 거느리고 반수의 병졸로 그 적들을 맞아 싸웠다.

고개 내리막길을 쏟아져오는 군대는 약 삼십 기의 기병으로 그 가운데에는 한 여장군이 있었다.

이것이 바로 호가장의 여장군, 일장청의 호삼랑으로서 흰 바탕에 흑, 갈, 적색의 털을 가진 말을 타고 일, 월 두 자루의 칼을 휘두르며 사오백 명의 부하들과 축가장을 응원하러 뛰어온 것이었다.
송강이 말했다.
"호가장에는 한 여장군이 있어 아주 훌륭한 솜씨를 가졌다는데, 아마 저 여자일 것이다. 누가 저 여자를 상대할 사람은 없는가?"
하고 말이 떨어지기가 무섭게, 여자라면 사족을 못쓰는 왕왜호가 여자라는 말을 듣고 단 한 합에 사로잡으려고 별안간 말을 달려들었다. 양군이 함성을 지르는 가운데, 호삼랑이 말을 몰아 칼을 휘두르며 왕왜호를 맞아 싸웠다.
한 사람은 양칼의 명수고 한 사람은 창의 명수, 두 사람이 수십 합을 겨루었으나, 왕왜호의 창 끝이 위태위태했다.
두 사람이 목숨을 주고받고 하는 위험한 고비에서, 왕왜호는 다른 마음을 먹으니, 물리칠 수가 없었다.
일장청은 영리한 여자였기에 그 마음을 꿰뚫어 보았다.
'이 무례한 자가!'
하고 마음속으로 뇌까리며 두 칼을 휘두르고 바로 곧장 쳐들어갔다.
왕왜호는 당할 수 없어 말머리를 돌려 달아났다.
일장청은 뒤쫓아 오른손에 든 칼을 거두고는 긴 팔을 뻗어 왕왜호를 말 안장에서 끌어당겨 아래로 던졌다. 일장청의 부하들이 와짝 하고 달려들어 손발을 잡고 왕왜호를 잡아 끌고 갔다.
왕왜호가 끌려가자 구봉은 곧장 창을 겨누고 구출하러 나가니, 일장청은 말을 달려 쌍도를 들고 구봉과 서로 싸웠다.
원래 구봉은 군관 자제 출신이니 한 자루 철창이 배꽃을 날리는 듯하므로 송강이 갈채를 하며 말했다.
"저런 기막힌 창법으로 저 여장을 잡지 못하느냐?"

하니, 등비가 멀리서 왕왜호가 잡혀 가고 구봉이 또 이기지 못하는 것을 보고 말을 달려 철련을 춤추며 소리를 지르며 내달았다.

축가장에서 바라보고 호삼낭이 실수할까 걱정하여 사다리를 내려 창문을 크게 열고 축룡이 삼백여 인을 이끌고 말을 달려 창으로 송강을 취했다.

이것을 마린이 보고 축룡을 대적했다.

등비는 송강이 실수할까 좌우에서 떠나지 않고 시살하니, 함성이 진동했다.

송강이 바라보니, 마린은 축룡과 싸워서 이기지 못하고 등비, 구봉은 호삼낭을 대적지 못하여서 어리둥절하는데, 범 같은 장사 한 사람이 산기슭에서 쫓아나오자 송강이 놀래어 바라보니 벽력화 진명이므로 산 뒤에서 싸우는 소리를 듣고 도우러 오니, 송강이 기뻐서 크게 불러 말했다.

"진통제는 급히 마린을 구하라!"

하니, 진명은 성품이 급한 사람인데, 거기에다 도제(徒弟) 황신이 잡혀 갔으니, 분을 못 이겨 말을 타고 낭아곤(狼牙棍)을 들어 축룡을 치려 하니, 축룡이 말을 돌려 진명을 맞아 대적하는데, 마린이 승세하여 왕왜호를 앗으려고 하니, 일장청이 등비를 버리고 마린을 맞아 싸우니 둘이 다 쌍도를 휘두르는데, 마치 바람에 옥이 부딪치고 눈이 날리는 듯했다.

진명이 축룡과 같이 십여 합을 싸웠으나, 축룡은 진명의 적수가 되지 못하니, 난정옥이 축룡의 급한 것을 보고 철퇴를 춤추며 말을 타고 달려나오더니, 구봉이 맞아 싸우다 난정옥의 철퇴에 맞아 말에서 떨어지니 등비가 크게 외쳤다.

"여러 졸개들은 사람을 구하여라."

하고 철련을 들고 난정옥을 막으니, 송강이 졸개를 명하여 구봉을 구하여 가지고 돌아왔다.

축룡이 진명을 감당치 못하고 도망가자, 진명이 쫓아가서 매복했던 군사가 진명을 말에서 떨어뜨려 잡아가고, 진명이 말에서 떨어지는 것을 본 등비가 황급히 구하러 가나, 사방에서 함성이 일며 군사들이 나와 등비를 잡아가자, 송강이 놀라 구봉을 구해 남으로 도망가자 마린도 따랐다.

등 뒤에서 난정옥, 축룡, 일장청이 세 길로 나누어 정남쪽으로부터 한떼의 군마가 왔다. 송강이 바라보니 목홍이 오백의 인마를 거느리고 오며 동남 각상에서 또 삼사백 인마가 오는데, 두 호걸이 나는 듯이 오니, 양웅과 석수였다.

또 동북각상에서 한 호걸이 소리를 벽력같이 지르며 쫓아왔다.

"이 도적들아, 사람을 놓고 가라."

하여 송강이 보니 화영이었다. 세 길로 인마가 일제히 이르니, 송강이 대단히 기뻐하며 장상에서 바라보고 난정옥, 축룡이 실수할까 하여, 축표가 한 필의 말을 타고 한 자루 장창을 들고 오백 인마를 거느리고 장후로부터 달려나와 장횡, 장순, 이준이 물을 건너와서 도우는데, 장상에서는 화살과 돌이 비오듯 내리고 대종과 백승은 건너 언덕에서 소리만 질렀다. 송강이 날이 저무는 것을 보고 급히 마린에게 구봉을 호위하여 먼저 나가라고 하더니, 졸개를 불러 정을 치게 하여, 여러 호걸이 싸움을 거두고 돌아올 때, 송강이 말을 달려 여러 형제의 길을 인도하려고 가는데, 졸지에 일장청이 말을 달려 쫓아오니, 송강이 너무 일이 촉급하여 동쪽으로 달아났다. 일장청이 급히 따라서 깊은 골짜기에 들어왔는데, 송강이 피할 길이 없어 잡히게 되었는데, 홀연 언덕 위에서 한 사람이 소리를 질렀다.

"그 계집은 우리 형장을 어인 일로 따라가느냐?"

하므로 송강이 보니 이규가 쌍도끼를 휘두르며 닥쳐오니, 일장청이 그의 거동이 흉맹한 것을 보고 말을 달려 숲가로 갔다.

송강이 다시 보니 숲가로부터 일대 군마가 바람같이 오는데, 위풍이 당당한 장사가 앞을 섰으니, 이는 임충인데, 말 위에서 크게 꾸짖었다.
"이 계집은 어디로 가느냐?"
하니, 호삼랑이 칼을 날리며 임충에게 달려드니, 임충이 장팔사모를 들어 일장청과 십여 합을 싸우다가, 임충이 창을 헛찔러 일장청의 쌍도를 품속에 들게 하더니, 장팔 사모로 쌍도를 막고 허리를 돌려 팔을 늘이어 일장청을 사로잡아 옆에 끼니, 송강이 보고 환호했다.
임충이 졸개를 시켜 묶게 하고 송강을 보고 말했다.
"형님은 상하신 데가 없습니까?"
하고 여쭙자 송강이 말했다.
"아무 데도 상한 데가 없네."
하고 이규에게 명하여 빨리 촌중에게 가서 여러 호걸을 만나서 싸움을 그치고 촌 어귀에 모여서 상의할 일이 있다고 전하라 했다. 이규는 본부 졸개를 이끌고 가고 임충은 송강을 보호하여 일장청을 앞세우고 촌어귀로 나오니, 여러 두령이 급히 맞이했다.
축가장 쪽에서도 인마를 수습하여 저택으로 물러갔으나, 온 마을의 죽은 사람 수는 헤아릴 수 없었다.
이윽고 송강은 전군을 수습하여 마을 출구에 진을 치게 한 후, 곧장 일장청을 묶어 양산박에 보내도록 지시했다. 두령들은 송강의 마음이 이 여자한테 있는 줄 알고 조심해 보내기로 했다.
다음날, 망을 보는 부하가 알려왔다.
"군사 오학구 두령이 오백이 되는 인마를 이끌고 도착하셨습니다."
송강이 장중으로 맞아들이니, 오용이 말했다.

"산채에서는 조 두령께서 형님이 요전 싸움에서 패하셨다는 소식을 듣고 이번에 특별히 저와 다섯 사람의 두령을 함께 도와 주라고 파견하였는데, 요즘 전황은 어떻습니까?"

송강이 전황을 전하자, 오학구는 웃으며 말했다.

"이 축가장은 머지 않아 멸망할 것입니다. 더구나 이미 그 기회는 지금 와 있습니다. 저는 이제 당중 쳐부술 수 있다고 보고 있습니다."

송강은 그 말을 듣고 크게 놀라 물었다.

"저 축가장이 곧 멸망한다니, 도대체 어떻게 된 거요? 그런 기회란 어디서 온단 말이오?"

"그 기회란 것은 이런 겁니다. 석용의 소개로 동지가 되겠다고 온 사내가 있습니다. 그 사람이 난정옥과 매우 친하고 양림, 등비와도 서로 아끼는 사이니 이 일은 사람들이 처음 보는 예를 행하고자 하여 저 계교를 쓰라 하였으니, 어째서 기쁘지 않겠습니까?"

하니, 송강이 듣고서 크게 기뻐하며 그제야 마음을 놓고 웃는 얼굴이 되었다.

원래 그 일은 송공명이 처음으로 축가장을 칠 때에 생긴 일이었다.

산동 해변에 한 고을이 있는데, 지명은 등주(登州)라 한다. 등주성 밖에 큰 산이 하나 있는데, 산중에는 호랑이와 표범이 많아서 대낮에도 사람들이 많이 상하므로 등주 지부가 사냥꾼을 불러서 날짜를 정해 주고 호랑이를 잡으라는 어명이 내렸다. 또 산 뒤와 산 앞의 이정(里正)에게 기한을 정하여 범을 잡게 하였는데, 만일에 기한이 지나면 가차없이 벌이 내린다고 했다.

등주산 아래에 사냥꾼 중에 형제 둘이 있는데, 형은 해진(解珍)이요 아우는 해보(解寶)인데, 두 사람이 다 강철로 만든 작살을 쓰고 몸에 놀라울 만한 무예를 가졌으므로, 해진은 양두

사(兩頭蛇)라 하고, 해보는 쌍미갈(雙尾蝎)이라고 하나, 부모는 일찍 죽고 아직 미혼이었다. 해진의 얼굴은 아가위 같고 허리는 가늘고 어깨는 넓으며, 해보는 칠 척 장신에 얼굴이 둥글고 낯이 검고 두 다리에 비천야차 문신을 새기고, 성이 나면 나무를 빼고 산을 흔들며 땅을 뒤집어 놓으려고 하는 사람인데, 그 두 형제가 기한을 지키라는 명령문을 받고 집에 돌아와서 쇠뇌며 약전이며 강차를 수습하고서, 호피 옷을 입고 등주산 아래에 와서 쇠뇌를 놓고서, 나무 위에 올라가서 종일 기다렸으나 못 잡고, 다음날 다시 많은 양식을 가지고 산 아래에 가서 범 잡을 기계를 차려놓고, 나무 위에 올라가서 몸을 감추고서 오경까지 기다렸으나, 기척이 없으므로 다시 서쪽 산 아래에 와서 기다려도 또 동정이 없어서 형제가 서로 의논하여 말했다.

"우리가 삼일 안에 범을 잡지 못하면 형벌을 면치 못할 텐데, 장차 어떻게 하면 좋겠나."

하며 사경 때는 되어서 몸이 피곤하여 잠깐 조는 사이, 쇠뇌 차이는 소리가 나므로, 두 사람이 뛰어 일어나서 강차를 손에 들고 나가서 보니, 범이 사람이 오는 것을 보고 약전을 띠고 달아나므로, 형제가 따라가는데, 반 리를 못 가서 약의 힘이 발하니, 범이 소리를 지르며 산 아래로 떨어졌다.

가서 범을 찾으려고 가차를 집어 들고 모 태공의 집에 와서 문을 두드리니, 장객이 잠긴 문을 열고 연유를 묻고 들어가서, 한참 뒤에 나와서 모 태공께 말씀드렸다고 하여, 한식경은 기다렸더니, 모 태공이 나오므로 두 형제는 강차를 놓고 절을 하며 말했다.

"백백(伯伯)을 오래 뵈옵지 못했다가 오늘 뵈옵겠습니다."

하니, 태공이 묻는다.

"현질(賢侄)이 무슨 일로 이렇게 일찍이 왔나?"

"일이 없으면 뭣하러 일찍 와서 백백의 잠을 깨도록 하겠습니까? 저희가 이번에 동주 지부의 명으로 범을 잡으려고 했지만, 연삼일이 되도록 잡지 못하다가, 오늘 새벽에 한 범을 잡았으나, 그 범이 약전을 맞고 달아나다 천천의 후원 수풀로 떨어져 죽었는지라, 범을 내어 주시기 바랍니다."
하니, 모 태공이 웃으며 말했다.

"이미 내 집 후원에 떨어졌으면 어디 가겠나. 이른 아침이라 시장할 터이니 앉아서 밥이나 먹고 가서 찾아라."
하고 장객에게 분부하여 조반을 내다가 두 사람에게 먹이니 두 사람이 일어나서 사례했다.

"백백의 후의는 감사합니다. 하오나 어서 범을 갖다 주셨으면 합니다."
하니, 태공이 말했다.

"내 집 후원에 있으면 어디 갈까? 그리 서두르지 말고 앉아서 차나 먹은 뒤에 가져가도 늦지 않다."
하고 차를 가져오라고 하니, 두 사람은 감히 어기지 못하여 앉아서 차를 마신 뒤에 모 태공이 말했다.

"너희와 함께 가서 범을 찾아 주겠다."
하고 두 사람을 데리고 동쪽 산 문 앞에 와서 장객에게 명하여 열쇠를 가져와 문을 열라 하고 말했다.

"저 문을 오랫동안 안 열다가 너희를 위하여 여는 거다."
허나 도무지 열리지가 않으니, 태공이 말했다.

"자물쇠에 녹이 나서 안 열리나 보니, 도끼를 가져와서 깨쳐라."
하니, 장객이 가지고 왔던 도끼로 문을 깨치고 들어가 보니, 범이 없으므로 모 태공이 말했다.

"현질이 잘못 본 것이 아닌가. 만일 내 집 동산에 떨어졌으면 어디 갔겠나?"

"천만에요. 어찌 저희가 잘못 보았겠습니까? 저희들은 이 고장에서 나서 이 고장에서 자랐는데요."
"그럼, 직접 찾아보고 있거든 가지고 가게."
"형님, 이것 봐요. 이쪽, 이 풀이 모두 쓰러져 있고 또 여기저기 핏방울 자국이 있지 않아. 이게 무엇보다 산 증거이니 장객들이 감춰 버린 거야."
"무슨 소릴 그리 하느냐?"
하고 모 태공이 꾸중했다.
"집안 사람들이 여기 호랑이가 떨어진 걸 어떻게 알며 자네들 눈 앞에서 자물쇠를 부수고 같이 들어왔는데, 그런 억지소리를 하는 법이 아니다."
"백백은 그러지 말고 저희들에게 범을 주어서 관가에 바치게 하십시오."
모 태공이 노하여 소리쳤다.
"너희는 무례한 놈이구나. 나는 좋은 마음으로 너희를 청하여 주식을 대접하였는데, 도리어 날더러 범을 내놓으라 하니, 나는 범이 있어도 쓸 곳이 없다."
해보가 말했다.
"그런 말씀 마십시오. 백백도 또한 이정의 직이 있어 관가에서 범을 잡으라 했으나, 재주가 없어서 잡지 못하고 우리가 잡은 범으로 상을 받고 우리 형제는 기한을 어긴 죄책을 당하라고 하는 것입니다."
하니, 모 태공이 말했다.
"우리가 한 번 샅샅이 뒤져 보겠습니다."
"내 집은 너희 집과 달라 내외가 분명하므로 너희가 무례하게 뒤진다고 하느냐?"
하니, 두 사람이 크게 노하여 난간을 빼어 들고 쳐들어가니, 모 태공이 소리를 질렀다.
"너희가 대낮에 강도질하려고 하는구나."

하자 해진과 해보가 소리쳤다.
"네가 우리가 잡은 범으로 상을 받으려 하니, 관가에 알려서 밝히겠다."
하고 꾸짖으며 나오는데, 말탄 사람이 반당 두어 사람을 데리고 오는데, 두 사람이 보니까 모 태공의 아들 모중의이므로, 두 사람이 분하여 소리쳤다.
"너희 집의 장객이 우리가 잡은 범을 감추고 너희 아버지가 이제 우리를 치려고 하므로, 우리는 관가에 알리려고 한다."
하니, 모중의가 말했다.
"그 촌놈이 몰라서 그럼이니, 우리 부친은 그놈들에게 속아 그러니 너희들 노하지 말고 나와 같이 우리 집으로 가면 찾아주겠다."
하므로 두 사람이 사례를 하고 따라 집에 오니, 문을 열라고 하여 두 사람을 데리고 문 안에 들어간 다음, 장문을 걸고 한 소리 호령을 하니, 양쪽으로 장객이 삼십 명과 반당이 함께 달려드니 두 사람이 벗어나지 못하고 결박당했다. 그러자 모중의가 말했다.
"내 집에서 어젯밤에 범 한 마리를 잡았으나, 너희가 어째서 겁탈하려고 하며 또 나의 집 재물을 백주에 겁탈하니, 너희 죄가 가볍지 않으니, 관가에 알리겠다."
하니, 먼저 새벽에 범을 관가에 바치고 많은 공인을 데리고 두 사람을 잡으러 온 것이었다. 그 형제는 그것도 모르고 그들의 술수에 걸려들었으니, 모 태공이 강차와 장물을 한 보자기에 싸고 많이 상한 물건을 싼 뒤에 두 사람을 결박하여서 데리고 고을로 들어왔다.
당안공목(當案孔目)의 성은 왕(王)이요 이름은 정(正)인데, 이 정이 모 태공의 사위이며 지부에게 말을 하고, 두 사람을 잡아들여 불문 곡직하고 엄형으로 초사(招辭)를 받을 때에, 두 놈이 범을 찾는다 하고, 모 태공의 집 재물을 도적을 한다고 문초하니, 두 사람이 무어라고 변명할 수 없어, 하는 대로 무복(誣服)하니, 지부는 이십오 근짜리의 큰 칼을 씌워서 옥에 가두라 하고, 모중의 부자는 장상에 돌아와서 상의하기를, 그 두 놈을 살려두면 후환이 되니 목숨을 없애자 하고, 고을에 들어와서 왕 공목과 의논했다.
"풀을 베면 뿌리를 없애라."
하니, 왕정이 말했다.
"이는 아주 쉬운 일입니다."
한편, 해진·해보 두 사람은 사형수들이 있는 감방에 갇혀 있는데, 압뢰(狎牢)들이 끌어내어 정자 앞에 데리고 와서 우두머리 절급에게 보이니, 이 사람의 성은 포(包)요 이름은 길(吉)인데, 벌써 모 태공에게 많은 뇌물을 받고 왕 공목의 부탁을 들어 그들의 목숨을 없애려고 하므로, 정자 아래에 꿇어앉히고 꾸짖었다.
"너희 둘 중에 어느 놈이 양두사 쌍미갈(兩頭蛇雙尾蝎)이냐?"
"남들이 그렇게 부르나, 착한 사람들을 해하지는 않았습니다."
하니, 포 절급이 또 꾸짖어 말했다.
"너희 두 놈은 내 손 안에 있으니, 양두사를 일두사(一頭蛇)를 만들고 쌍미갈은 단미갈(單尾蝎)로 만들 것이니 옥에 가두어 둬라."
영을 받고 끌고 가던 소뢰자가 말했다.
"그대들 형제는 나를 모르겠소? 나는 당신네 형님의 처남이오."
하니, 해진이 말했다.
"우리는 형제뿐이라, 다른 형은 없습니다."
"그대들 두 사람이 손 제할과 형제가 아니오?"

하고 물었다. 해진이 대답했다.
 "손 제할은 우리의 매부의 형이나 일찍이 만나본 일이 없사 온데 혹시 당신은 악화(樂和)가 아니신가요?"
하니, 소뢰자가 말했다.
 "나의 성은 악(樂)이요 이름은 화(和)요 근본은 모주 출신인데, 식구를 데리고 이곳에 와서 누이를 손 제할에게 출가시키고, 나는 고을의 소뢰자를 다니나 내가 노래를 잘 부르므로 철규자(鐵叫子)라고 하며, 우리 매부가 나를 아끼어 철봉 쓰는 법을 가르쳐 주어서 내 한 놈에 무예가 넉넉하오."
하니, 본래 그 악화는 총명하고 영리한 사람이었다. 모든 풍류를 모르는 것이 없고 일을 시작하는데, 머리를 보면 꼬리를 짐작하는데, 해진, 해보를 보고 호걸임을 알고서 그들을 구하고 싶으나, 혼자서 어찌 할 도리가 없으니, 소식이나 전하려고 말한 것이다.
 그 자리에서 악화가 가만히 말했다.
 "내가 그대들에게 자세히 말을 하는데, 포 절급이 모 태공에서 뇌물을 많이 받고 그대의 생명을 해치려 하니, 어떻게 하면 좋겠소?"
하니, 해진이 말했다.
 "당신이 우리를 위하여 말을 하여 주었으니, 나를 위하여 소식을 전하여 줄 수 있겠소?"
하고 부탁을 하니, 악화가 말했다.
 "그대가 날보고 어느 곳에 소식을 전하여 달라고 하시오."
하니, 해진이 말했다.
 "우리에게 누이가 하나 있는데, 바로 손 제할의 동생의 안사람인데, 저 동문 밖 십 리께 있으니, 부르기를 모대충(母大虫) 고대수라 하고 그곳에서 술집을 벌이고서 소를 잡아 파니, 우리 누이에게는 이삼십 인이 가까이 못하고 매부 손신(孫新)도

무예가 정숙하니, 수고스러우나 소식을 전하여 준다면 곧 구하여 줄 것입니다."
하니, 악화가 말했다.
"내게 좋은 생각이 있으니, 두 분은 기다리시오."
하고 감추어 두었던 떡과 고기를 내어 두 사람을 먹이고, 옥문을 잠그고 나서, 사고가 있다 하며 딴 소뢰자에게 지키게 하고서, 나는 듯이 동문 밖 십리파에 와서 멀리 바라보니, 한 술집이 있는데, 문 앞에서 소와 양의 고기를 많이 걸고, 한편에선 한떼의 사람들이 노름을 하는데, 악화가 자세히 보니까, 궤 위에 한 부인이 있는 것을 보고, 고대수인 것을 짐작하고, 가서 예를 하고 물었다.
"이곳이 손씨의 주점입니까?"
하고 물으니, 고대수가 황급히 말했다.
"그러합니다만, 당신께서는 술을 사 먹으려고 합니까? 고기를 먹으려고 하십니까?"
하니, 악화가 말했다.
"소인은 손 제할의 처남 악화입니다."
하고 말하니, 고대수가 크게 웃으며 말했다.
"네, 악화세요? 우리 동서와 얼굴이 닮았습니다!"
하고 안으로 데리고 와서 앉은 뒤에, 차를 마시며 고대수가 말하기를,
"우리집이 먹고 살기에 바빠 서로 왕래가 없었는데, 들으니 고을에 다니신다고 하는데, 오늘은 무슨 바람이 불어서 이곳에 오셨습니까?"
하니, 악화가 말했다.
"오늘 우연히 두 죄인이 옥에 갇혔는데, 저와 안면은 없습니다만 이름을 들으니, 한 사람은 양두사 해진이요 한 사람은 쌍미갈 해보라고 하옵니다."

고대수가 듣고 깜짝 놀라며 말했다.
"그 두 사람은 나의 형제인데, 무슨 죄를 범하고 옥에 갇혔습니까?"
하고 묻자 악화가 대답했다.
"그 두 사람이 한 마리의 범을 잡았는데, 본현에 모 태공이라는 한 부자가 그의 범을 뺏고 강제로 강도니 화적이니 하고 엉터리없는 수작을 꾸며 관가에다 고발하고, 더구나 관원들에게 뇌물을 뿌려 그 두 사람을 죽이려고 한답니다. 난 화가 났고 둘째는 의분이 터져 그냥 있을 수가 없어, 우선 그들에게 의논을 해봤더니, 구원을 청할 수 있는 것은 아주머니밖에 없다고 해서 달려온 거죠. 곧 어떻게 대책을 세우셔야지, 지체하시면 안 됩니다."
고대수는 깜짝 놀라며 젊은 사람을 불러 명했다.
"주인 양반을 빨리 불러다 줘! 큰일이 났어!"
젊은이가 뛰어나가고, 잠시 후, 손신이 와서 악화하고 인사를 시켰다.
그런데 이 손신은 원래 군관의 핏줄을 이어받은 사람으로 선대가 등주 봉래로 전군이 되자 형제 두 사람이 이곳에 자리를 잡았던 것이다. 손신은 원래가 거한으로 그 힘이 장사고 형에게 무술을 배워 철편과 창의 명수였다.
세상에서는 이 두 형제를 울지공(蔚遲恭)에게 비유해 동생 손신을 소울지(小蔚遲)라고 부르고 있었다. 고대수가 손신에게 자세히 말하자, 손신이 말했다.
"그렇다면 악형은 한 걸음 먼저 가 봐 주게. 두 사람 다 옥에 있으니까 그 수발을 부탁하기로 하고 우리들은 우리들 대로 계획을 짜 가지고 뛰어갈 테니까."
"제가 할 수 있는 일이라면 힘껏 해볼 작정입니다."
하고 악화는 다짐했다. 고대수는 술을 대접하고 나서 은전을 주며 부탁했다.
 "옥에 계신 여러분들에게 나누어 주세요. 두 사람을 단단히 부탁합니다."
하니, 악화는 은자를 받아 작별하고 옥으로 돌아왔다.
 고대수와 손신이 악화를 보내고 상의했다.
 "당신은 무슨 방법으로 나의 형제를 구하려고 합니까?"
하니, 손신이 말했다.
 "모 태공 그놈이 돈이 있고 세력이 있으니, 형제를 왜 놓아 보내겠소. 필연 그놈의 손에 죽을 것이니 옥을 부수지 아니하면 다른 도리가 없을 것이오."
 고대수가 말했다.
 "그렇다면 오늘밤에 나와 같이 쳐들어갑시다."
하니, 손신이 웃으며 말했다.
 "그렇게 쉬운 일인 줄 아시오. 우리가 성공할 것을 생각하고 쳐들어가야지, 만일에 형님과 그 두 사람을 얻지 못하면, 이 일을 행하지 못하오."
하므로 고대수가 말했다.
 "그 두 사람이란 어떤 사람이오?"
 "숙질(叔姪) 두 사람이오. 내기하러 다니는 추연(鄒淵), 추윤(鄒閏)인데, 이제 등운 산대곡(登雲山臺谷) 안에 웅거하여 무리를 모으고 재물을 겁략하고 있으니, 나와 아주 절친하니, 그 사람만 도와 주면 이 일을 넉넉히 이룰 것이오."
 "그러면 등운산(登雲山)이 이곳에서 가까우니 당신은 오늘밤에 가서 그 숙질을 청하여 상의하시오."
 "내가 곧 가서 청하여 올 것이니, 당신은 주식을 장만하여 두시오."
하니, 고대수는 일꾼에게 명하여 돼지 한 마리를 잡고 과실 등 온갖 안주를 장만했다.

저녁 때에 손신이 두 호걸을 데리고 오니, 그 추연은 본래 내주(萊州) 사람이며, 어릴 때부터 노름을 좋아하는 사람인데, 사람됨이 충직하고 한몸에 무예가 뛰어나며, 사람의 허물을 용서치 않으므로, 남들이 출림룡(出林龍)이라 하고, 그의 조카 추윤은 저의 숙부와 나이가 비슷하며 신장도 장대하나, 이상한 일이 있는 것은 머리 뒤에 큰 혹이 있어, 사람과 다툴 적엔 분을 이기지 못하여, 머리로 소나무를 분지르니, 보는 사람이 놀래서 부르기를 독각룡(獨角龍)이라고 했다.

고대수가 두 사람을 보고 뒷방으로 청하여 앉게 한 뒤에, 자세한 이야기를 말하고 상의하니, 추연이 말했다.

"나는 졸개가 백 명 가량 있으나, 심복은 불과 이십 인밖에 없습니다. 이 일을 끝난 뒤에는 그곳에 있지 못할 것이오. 나는 갈 곳이 있으니, 그대 부부는 나와 같이 가겠소?"

하니, 고대수가 대답했다.

"우리는 아무 곳이라도 따라갈 것이니, 그대는 다만 나의 두 형제만 구하여 주시오."

추연이 다시 말했다.

"이제 양산박이 충분히 일어났고 하여 송공명 수하에 나와 지극히 친한 형제가 먼저 가 있으니, 하나는 금표자 양림이요 하나는 화인산 등비요 하나는 석장군 석용입니다. 그들이 그곳에 입과한 지가 오래 되니, 우리 무리가 그대의 두 형제를 구하여 다 같이 양산박으로 올라가는 것이 어떠하오?"

하니, 고대수가 말했다.

"그것이 가장 좋은 일이오. 만일에 한 사람이라도 안 가려고 할 때에는 내가 먼저 죽이겠소."

하므로 추연이 다시 말했다.

"또 한 가지 일이 있는데, 만일에 등주부의 군마가 나서게 되면 어떻게 하겠는가?"

하니, 이번에는 손신이 말했다.
 "나의 친형이 본주의 군마 제할(軍馬提轄)로 있는데, 이제 등주에서는 우리 형님 한 사람뿐이므로 도처에서 모르는 사람이 없으니, 내가 내일 가서 모시고 와서 따르지 않을 수 없소이다."
 "만일에 말을 안 들으면 어떻게 하겠소?"
 손신이 대답했다.
 "좋은 도리가 있소."
하고 그날 밤에는 마음껏 술을 먹고 그 다음날 두 호걸을 집에 숨게 하고 수레를 준비하여 한 심부름꾼을 보내며 분부했다.
 "너는 빨리 성 안에 들어가서 우리 형님과 형수 악대 낭자(樂大娘子)를 청하여 말하기를, 우리집 주인 아주머니가 병이 중하여 급히 모시고 오랍니다 하고 말을 전하라."
하니, 고대수가 이른다.
 "내가 병이 중하여 죽기 전에 한 번 보고 유언할 말이 있다 하여라."
 보내고 나서 오시는 되어서 멀리 바라보니, 그 사나이가 수레를 몰고 오며, 그 뒤에는 손 제할이 말을 타고 군인 십여 명을 거느리고 오는데, 손신이 들어와서 고대수에게 알리자 고대수가 말했다.
 "당신은 다만 이리이리 하시오."
하니, 손신이 나와서 형과 형수를 맞을 때, 먼저 형수를 맞이하여 들여보내고 형을 맞아 문에 들어오는데, 과연 영웅 같은 사람이었다. 얼굴은 담황색이요 뺨에는 수염이 드물고 팔 척 신장에, 성은 손이요 이름은 립(立)이요 별호는 병울지(病蔚遲)라 불렀다. 활을 잘 쏘고 사나운 말을 잘 다루며 한 자루 장창을 가지고 팔 위에 호안죽절강편(虎眼竹節鋼鞭)을 들었으니, 해변 사람이 보면 바람을 잊은 듯이 달아났다.

손립이 말에서 내려 문으로 들어오며 물었다.

"제수의 병세는 어떠하냐?"

하니, 손신이 말했다.

"병세가 아주 괴상하니, 형님은 안에 들어가서 말씀하시오."

손립이 안으로 들어가니, 손신이 종에게 분부하여 따라온 군인은 건너편 술집에서 술을 먹게 하고 말은 뒤에 갖다 매게 하고 손립과 같이 안에 들어가서 앉았다가 손신이 말했다.

"형님은 왜 들어가서 병세를 묻지 않으십니까?"

"제수(弟嫂)는 어느 방에 있느냐?"

하니, 말이 떨어지기 전에 밖에서 고대수가 들어오며 그 뒤에는 추연, 추윤이 따라들어오니, 손립이 일어서자 고대수가 말했다.

"아주버님은 앉으십시오. 저의 병은 두 형제를 구하지 못하면 죽겠습니다."

"거참 괴상한 말이오. 제수께서는 어떠한 형제가 있습니까?"

고대수가 말했다.

"아주버님은 모르는 체하지 하지 마시오. 성 안에 있으면서 그 두 사람이 나의 형제인지 왜 모르십니까?"

"나는 정말 모릅니다. 그 두 사람이라고 하는 것은 누구를 말하십니까?"

하니, 고대수가 말했다.

"오늘 일이 급하게 되었으니, 바로 말하겠습니다. 해진, 해보 두 형제가 등운산 아래 사는데, 모 태공이 왕 공목과 공모하여서 조만간에 그 두 사람을 죽이려고 하니, 내가 이제 두 호걸과 상의하여 나의 두 형제를 구하여 데리고 양산박으로 가려고 하나, 일이 탄로되면 아주버님에게 해가 될까 하여, 내가 병을 앓는다고 하여, 아주버님과 동서를 청하여 좋은 도리를 의논하려고 하는 것이니, 아주버님의 의향을 듣고저 합니다."

하고 말하니, 손립이 말했다.
 "나는 등주의 군관으로서 어떻게 그런 일을 하겠소."
 "아주버님이 그런 일은 안 한다 하시니, 오늘 아주버님과 내가 싸워서 아주버님은 죽고 저는 살렵니다."
하고 말이 끝나자 품 속에서 두 자루의 칼을 꺼내니 옆에 있던 추연, 추윤이 또 각각 단도를 빼어들고 일어나니 손립이 말했다.
 "제수는 성급히 굴지 말고 나의 말을 들으시오."
하니, 고대수가 말했다.
 "무엇을 듣겠어요? 아주버님은 즐기지 아니하니, 먼저 동서를 보내면 우리는 스스로 가서 하겠소."
 "만일 그 일을 한다면 나는 먼저 집에 돌아가서 재물을 수습하고 사태도 살핀 뒤에 하겠소."
하니, 고대수가 말했다.
 "당신의 처남되는 악화가 소식을 나에게 통지하였는데, 뭣하러 다시 알아보겠소. 이 일은 한편으로 일을 행하여 집안 것을 수습하는 것이 옳으오."
하니, 손립이 탄식하며 말했다.
 "그대들이 이렇게 급하게 구니, 내가 어떻게 피하겠소. 뒷날 성사치 못하여 관가에 잡혀 가더라도 내가 너희를 원망치 않을 것이니 우리가 서로 의논합시다."
하고 먼저 추연을 등운산 산채에 가서 재물과 마필을 수습하라 하고 데리고 온 심복인 이십 명은 가게에 모아두고 손신을 성에 보내서 악화를 통하여 해진, 해보에게 소식을 알렸다.
 그날 등운산 산채에서 추연이 금은 보패와 심복인을 데리고 오니, 손립이 데리고 온 사람과 합하면 사십육칠 인이니, 손신이 크게 기뻐 음식을 장만하여 여러 사람을 대접하고, 고대수는 품 속에 칼을 감추고 옥중에 밥 갖다 주는 부인으로 변장하고, 손신은 손립을 따르고, 추연은 추윤을 데리고, 각각 부하를 거느리고, 두 길로 나누어 들어갔다.

한편, 등주 옥중의 포 절급이 모 태공의 뇌물을 받고서 해진, 해보 두 사람을 죽이려고 할 때 그날 악화는 수화곤을 들고서 옥문 앞에 서 있는데, 방울이 끌리는 소리가 나므로 악화가 물었다.
"어떤 사람인데, 어디를 가는가?"
고대수가 고개를 숙이고 대꾸했다.
"죄인의 밥을 주러 가는 사람이오."
하니, 악화가 벌써 눈치를 채고 문을 열어 주었다. 고대수는 밥그릇을 앞에 안고 울면서 옥으로 향하는 것을 포 절급이 정자 위에 앉았다가 보고서 호령했다.
"어떤 부인인데, 감히 옥 근처로 가느냐?"
"나는 죄인에게 밥을 주려고 오는 사람입니다."
하고 대답하니, 절급이 큰소리로 말했다.
"그게 무슨 소리냐? 자고로 옥에는 바람도 통하지 못한다고 하였는데, 외인의 출입이 말이나 되느냐?"
"그 부인은 해진, 해보의 누이인데, 죄인에게 밥을 주려고 오는가 봅니다."
하므로 절급이 말했다.
"그 부인은 들여보내지 말고 네가 그 밥을 갖다 줘라."
하니, 악화가 밥을 받아 가지고 옥문을 열고 들어가니, 해진, 해보가 궁금하여 물었다.
"어제 부탁한 일이 어떻게 되었소?"
하니, 악화가 말했다.
"지금 들어와서 서로 접응할 사람을 기다리고 있소."
하고 두 사람의 칼을 벗기는데, 소뢰자(小牢子)가 황급히 들어

오면서 알렸다.
 "손 제할이 문을 두드리며 문을 열라고 하십니다."
 "그는 수비군인데, 이곳에 무슨 볼일이 있다는 거냐? 문을 열지 마라."
하는데, 고대수는 점점 정자 앞 가까이 들어오며 밖에서는 손 제할이 문을 깨치며 들어오려고 하니, 포 절급이 분노하여 정자 아래로 내려오는데, 고대수가 대갈 일성을 질렀다.
 "나의 두 형제는 어디 있느냐?"
하며 몸에서 번쩍번쩍 하는 칼을 빼어드니, 절급은 형세가 불리함을 보고 정자 뒤로 달아나려고 할 때, 해진·해보가 옥문을 박차고 나오며 칼로 머리를 들이치니, 포 절급은 도망가지도 못하고 그 자리에서 머리를 맞고 해골이 쏟아져 죽었다.
 그때, 고대수는 손을 움직이며 소뢰자 사오 인을 베고 소리를 지르며 나오니, 손립, 손신이 합세하여 같이 고을 앞에서 지낼 때 추연, 추윤이 왕 공목의 머리를 베어들고 나오므로 일행이 일제히 소리를 질렀다.
 제할은 말을 타고서 활에 살을 먹여 뒤쪽을 막으니, 어느 누구 감히 나서지 못한다.
 여러 사람이 손립을 따라 성에서 나와 십리패에 와서 악대낭자를 수레에 태우고 고대수도 말을 타고 갈 때 해진, 해보가 여러 사람에게 말했다.
 "모 태공놈을 안 죽이면 우리의 분이 풀리지 않습니다."
하니, 손립이 말했다.
 "두 분의 말이 옳으니, 손신, 악화는 먼저 수레를 옹위하고 가면 나는 뒤쫓아가겠다."
하고 손립은 해진, 해보, 추연, 추윤을 데리고 함께 모 태공의 장상에 닿았다. 이때 모중의는 저의 집에서 잔치를 하는데, 불의의 한떼 호걸이 소리를 지르며 달려들어서 모 태공의 집안 식구를 다 죽이고 침실을 뒤져 수십 꾸러미의 금은 보패를 뺏고 마구간에 칠팔 필의 좋은 말이 있어 네 필에는 짐을 싣고 네 필은 각각 타고 해진, 해보는 좋은 옷을 입고서 집에 불을 지르고 각각 말을 몰아 삼십 리를 와서 수레를 만나서 갈 때 길에서 좋은 말 사오 필을 얻어 가지고 양산박으로 오는데, 이틀이 못 되어서 석용의 주점에 닿았다. 추연이 석용과 만나 양림, 등비의 축장을 치러갈 때 두 사람이 따라갔는데, 두 번 싸움에서 다 패하고 양림, 등비 두 사람이 잡혀 갔다 하며, 들으니 축가장 세 아들이 매우 용맹하며 사부 난정옥이 있어서 치기가 그리 쉽지 않음을 말하니, 웃으며 말했다.

"우리가 산채에 입과하면서 아무런 공적이 없이 부끄러워 하였는데, 아직 산에 올라가지 말고 바로 축가장으로 가서 공을 세운 뒤에 산에 올라가는 것이 좋은 일이오."

하니, 석용이 크게 기뻐하며 말했다.

"좋은 계교를 듣고 싶습니다."

"내가 난정옥과 같이 한 스승을 섬겼으니, 내가 오늘 등주군 관으로서 운주를 지키러 가는 길에 잠깐 찾아본다 하면 분명히 그가 나와서 영접할 것이니, 그때를 타서 우리가 들어가서 안팎에서 치면 반드시 대사를 이룰 것이니, 이 계교가 어떠합니까?"

하고 있는데, 홀연 졸개가 와서 알리기를 오 군사가 산에서 내려와 축가장으로 간다 하니, 석용이 급히 졸개에게 분부하여 오 군사를 불러왔다. 군마가 문앞에 이르니, 이곳 여방곽성, 완씨 삼형제 뒤에 오학구가 오륙백의 인마를 인솔하고 오는데, 석용이 맞아서 가게 안에 들어와 손립의 일행과 서로 보게 한 뒤 대채에 입과하려는 말과 축가장을 치려는 계교의 이야기를 자세히 말하니, 오용이 듣고 나서 크게 기뻐했다.

"여러 호걸이 이처럼 산채를 위하여 마음을 쓰시니, 감격하옵고 산채에 오르지 말고 먼저 축가장으로 가서 큰 공을 세우는 것이 어떠합니까?"
하니, 손립 등 여러 사람이 크게 기뻐하며 일제히 허락을 하니, 오용이 말했다.
 "소생이 먼저 인마를 이끌고 갈 것이니 여러 호걸은 나중에 뒤를 따라와 주시오."
하고 주야로 길을 재촉하여 송강의 진중에 이르러 보니 송강이 얼굴에 근심하는 빛이 가득하므로 오용이 술을 갖다가 송강에게 권하며 위로했다. 이어서 석용, 양림, 등비의 세 형제와 서로 친한 것과 등주 병마 손 제할이 난정옥과 한 스승에게 무예를 배운 것과 모두 여덟 사람이 마침 계교가 있으니, 대채에 인사로 삼고 싶다는 전후의 말을 말하니, 송강이 듣고 크게 기뻐하며 모든 근심을 잊고 술을 나누며 서로 즐겼다.
 손립이 자기의 부하와 수레를 한 곳에 머물러 쉬게 하고서 해진, 해보, 추연, 추윤, 손신, 고대수, 악화와 같이 송강의 진중에 이르러 예를 마친 뒤에 송강이 잔치를 열어 대접하고서 비밀리에 전략을 짜 일을 행하게 했다.
 손립이 일행을 거느리고 축가장으로 가고 오용이 대종을 산채에 보내어 배선과 소양과 후건과 김대견을 데리고 오라 하고 나자 병졸이 들어왔다.
 "서촌 호가장의 호성(扈成)이 양과 술을 가지고 뵈옵기를 청하옵니다."
하니, 송강이 들어오라고 하자 호성이 중군장하에 이르더니 두 번 절을 하고 머리를 조아리며 말했다.
 "소인의 누이가 나이가 어려 잘못 생각으로 위엄을 범했다가 어제 잡히어 왔으니, 장군께서는 용서하여 주심을 바라옵니다. 누이는 이미 축가의 셋째 아들에게 보내기로 하였으므로 축가장을 위하여 싸우다가 사로잡혔으니, 만일 놓아 준다면 다른 일은 분부대로 하겠습니다."

하니, 송강이 말했다.

"그대는 잠깐 앉으시오. 축가 그놈이 무례하여 우리를 우습게 보므로 원수를 갚으려고 하는 것이니, 그대와는 상관이 없고 영매(令妹)씨가 우리의 왕왜호를 잡아갔으므로 영매씨를 대신 잡아왔으니, 그대가 만일 왕왜호를 돌려 보낸다면 영매씨도 보내드리지요."

하므로 호성이 말했다.

"우리는 알지 못하고 축가장에서 잡아갔습니다."

하니, 오용이 말했다.

"왕왜호를 지금 어느 곳에 두었소?"

"지금 축가장에 있으니, 소인이 어찌 데려 오겠습니까?"

"그대가 왕왜호를 데려올 수 없으면 어떻게 영매씨를 데려갈 생각을 하였소."

하니, 오용이 말했다.

"형님은 그렇게 말씀하지 마시고 소생의 말대로 다음 조만간에 축가장에서 무슨 일이 있어도 아는 체 말고 만일 축가장에서 오는 사람이 있으면 잡아서 이리로 데리고 오면, 그때에 영매를 보낼 작정이오. 우리가 벌써 영매를 산채로 보내어 지금 이곳에는 없소."

하므로 호성이 말했다.

"오늘 이후 축가장에서 오는 놈이 있으면 이곳으로 데리고 오겠습니다."

하며 호성이 절하여 사례하고 돌아갔다.

손립이 등주 병마 제할이라 깃발을 써서 앞에 세우고, 일행 인마를 거느리고 축가장 뒷문에 닿았다. 장상에서 바라보니, 등주 기호라 황급히 장상에 알리니, 난정옥이 등주 손 제할의 기호를 보고 축씨 삼걸에게 말했다.

"저 손 제할은 나와 형제 지의를 맺었고, 한 스승에게 무예를 배워 어릴 적부터 정의가 두터웠는데, 그동안 소식이 없더니, 오늘 무슨 일로 이곳에 왔는가?"
하고 급히 사다리를 놓고 나와서 맞으니, 손립의 일행이 말에서 내려 여러 사람이 예를 베푼 뒤에 난정옥이 물었다.
"아우님은 등주를 지키더니, 어디를 가는 길이오?"
"총병부 대인(總兵府大人)이 명령하여, 나를 보고 운주성을 지키어 양산박의 강적을 막으라 하여, 가는 길에 이곳을 지나게 되어, 인형이 축가장에 있음을 알고 한 번 보고싶어 찾아오는데, 앞으로 오려고 하니, 촌 어귀에 많은 군마가 있어 알지 못하고, 충동을 할 것 같아서 작은 길을 쫓아 장뒤로 왔는데, 저 군마는 어디 군마입니까?"
"실은 말야, 요즘 양산박의 도적들과 싸워 몇 놈 잡았는데, 괴수 송강만 잡으면 함께 관가로 보낼 작정인데, 마침 자네가 이리로 전군되어 온다니, 이거야 말로 십 년 가뭄에 단비가 오는 격이군."
난정옥은 크게 기뻐하여 일행을 장내로 데리고 들어가 조교를 걷어달고 장문을 꽉 닫아버렸다. 손립은 군사와 수레를 쉬게 하고 나서 옷을 갈아입고 사랑 대청에서 축조봉, 축호, 축룡, 축표 등을 만나보았다. 이어 처와 제수도 인사를 시켰다.
축조봉과 세 아들은 모두 영리한 사람이었지만, 손립이 여자를 데리고 있고 거기다가 수레나 짐이 엄청나게 많고 또한 사범 난정옥의 의형제라고 하므로 아무런 의심없이 환영하는 잔치를 베풀었다.
이렇게 해서 하루 이틀이 지났다.
"송강 놈이 또 쳐들어왔습니다."
하고 졸개가 알리자 축표는 떨치고 일어났다.
"좋아, 내가 나가서 놈을 붙잡을 테다."

하고 당장 문 밖으로 나가 다리를 내리고 일백여 명의 기병을 거느리고 나갔다. 그러자 일대의 군사와 부딪쳤다. 약 오백 명 정도의 군대로 그 선두에 나서서 화살을 든 채 말을 달리는 이는 화영이었다. 수십 합을 싸웠으나, 승부가 없더니 화영이 일부러 패한 척하고 도망가니, 축표가 따르려 하는데, 화영을 알아본 자가 일러 주었다.

"장군은 쫓아가지 마십시오. 놈은 궁술의 명수입니다."
하니, 축표는 그 말을 듣고 말을 돌리어 청 앞에 와서 말에서 내려 후당에 들어가 술을 먹는데, 손립이 물었다.

"장군이 오늘 어떤 도적을 잡았습니까?"
하고 물으니, 축표가 말했다.

"저놈의 무리 중에 화영이란 놈이 있는데, 무예가 높고 활을 잘 쏘므로 나와 오십여 합을 싸우다가 달아나 쫓지 않고 돌아왔습니다."

"소제 재주가 없으나, 내일 출전하여 몇 사람의 도적을 잡는 것을 보시오."
하고 술을 먹으며 잔치를 벌였다.

다음날 오시(午時)는 되어서 송강의 군사가 또 왔다 하니, 축가 삼걸이 모두 갑옷을 입고 말에 올라 장문을 열었다. 축조봉은 문전에 앉고 그 좌우에 손 제할과 축가 삼걸이 늘어섰으니, 송강의 진에서 임충이 소리 지르자, 축룡이 일이백 장병을 이끌고 나아가 임충을 대하여 삼십여 합을 싸웠으나, 승부가 없었다. 양쪽에서 징을 쳐서 싸움을 그만 두고 말을 돌려 각기 본진으로 돌아왔다. 축호가 크게 노하여 칼을 들고 나오며 소리쳤다.

"송강은 빨리 나와서 나와 승부를 겨루자!"
하니, 송강의 진상으로부터 대장 한 사람이 나왔다. 목홍인데, 축호와 싸우기를 삼십 합에 이르렀으나, 승부가 없었다. 축표가 보다가 크게 노하여 몸을 날려 말에 올라서 창을 번쩍 들고 장병 이백을 거느리고 내달으니, 송강의 진중에서 양웅이 소리를 지르며 나와서 축표를 대하여 싸우는데, 역시 승부가 없으므로 손립이 싸움을 보고 있다가 참지 못하고 갑옷을 입고 무장을 하고 진두로 말을 달리며 소리쳤다.
"내가 오늘 너희 무리를 무찌를 것이니, 너희 진중에서 자신 있는 놈은 나와서 승부를 결하라."
하고 말이 떨어지자 송강의 진중에서 한 장수가 말을 달려나오는데, 석수였다.
손립과 석수가 오십여 합을 싸우다 석수가 일부러 지는 척하자 손립은 석수를 사로잡아 묶으라 호령하니, 축가의 세 아들이 군사를 거두고 돌아와서 문루에 이르러 손립을 보고 정중히 예를 갖췄다.
손립이 점잖게 물었다.
"모두 잡은 도적이 얼마나 됩니까?"
하니, 축조봉이 말했다.
"처음에 시천을 잡고 양림을 잡고 또 호삼낭이 왕왜호를 잡아왔고 진상에서 진명, 등비를 잡고 이번에 석수를 잡았는데, 합하면 일곱 놈이오."
하니, 손립이 말했다.
"한 놈도 상하게 하지 말고 함거 일곱 개를 만들어서 엄히 가두고 주식을 주어서 굶어죽지 않게 하고, 송강을 잡아서 같이 관가에 보내시어 천하 사람으로 하여 축가장 삼걸의 영웅호걸임을 널리 알리시오."
하니, 축조봉이 사례하여 말했다.
"다행히 제할의 도움으로 저 양산박 도적을 쳐부수겠습니다."
하고 손립을 청하여 후당에서 잔치를 하고 석수는 함거에 가두니, 본래 석수의 무예는 손립을 이기지 못함이 아니나, 일부러 잡히어 축가장에서 손립을 믿도록 한 것이다.

손립이 또 가만히 추연, 추윤, 악화를 시켜서 출입할 길을 자세히 보아 두라 했다.

닷새째가 되던 날 손립 등 여러 사람이 당상에서 술을 먹는데, 진시(辰時)는 되어서 알리는 말이 지금 송강이 군사를 일으켜 네 길로 나누어 온다 하니, 손립이 말했다.

"제가 열 길로 나누어서 온들 뭣이 겁나겠소? 너희는 당황하지 말고 요구창을 많이 준비하여 두었다가 사로잡는 대로 묶어라. 만일에 죽이는 놈이 있으면 절대로 안 된다."

하니, 축조봉이 크게 기뻐하며 친히 문루에 올라서 바라보니 동쪽에서 범 같은 인마가 내달으니, 맨 앞의 두령은 임충이고 그 뒤에 있는 이준, 완소이이고 군병은 오백 이상이었다. 서쪽으로는 오백 인마가 내달으니, 앞의 두령은 화영이요 뒤의 두령은 장횡, 장순이고 남쪽 누상에서 바라보니 오백 인마가 내달으니, 앞의 세 두령은 목홍과 양웅과 이립인데, 사면이 도시 병마뿐이고 북소리, 징소리가 천지를 흔들었다.

난정옥이 보고 말했다.

"오늘 저놈들과 싸움에 가볍게 볼 수가 없으니, 나는 일대 인마를 이끌고 뒷문으로 나가 서북쪽의 인마를 쳐부수겠소."

"나는 앞문으로 나가서 동쪽의 인마를 쳐부수겠소."

하고 축룡이 말하자 축호가 말했다.

"나는 뒷문으로 가서 서남쪽의 적병을 무찌르겠소."

하니, 축표가 말했다.

"나는 앞문으로 나가서 송강을 잡을 것이니, 이놈이 제일 우두머리요."

하니, 축조봉이 크게 기뻐하며 큰 찻종에다 술을 부어서 각인에게 상을 주니, 여러 대장이 각각 말을 타고서 삼백 기씩 거느리고 나는 듯이 장문을 열고 나가고 그 밖에 남은 사람들은 문무를 지키면서 큰소리를 지르며 응원을 했다.
 추연, 추윤은 몸에다가 도끼를 감추고 떠나지 않고 해전, 해보 역시 병기를 감추고 뒷문에 있고 손신, 악화는 앞문의 좌우를 지키고 고대수는 먼저 군병에게 명하고 악대낭자를 호위하고서, 자기는 쌍도를 몸에 감추고서 기다리고 있었다.
 문 안에서 손신이 가지고 온 기치를 내어서 문루에 꽂으니, 악화가 창을 끌고서 노래를 부르며 나오니, 추연이 악화의 노랫소리를 신호로 도끼를 들어 문지기, 장병 사오 인을 찍어 죽이고 함거를 열고 일곱 사람의 두령을 내어 놓았다. 여러 사람이 시렁 위의 창을 빼어 가지고 크게 고함을 치니 고대수는 쌍도를 뽑아 안으로 들어가서 한 칼에 부인을 죽였다. 축조봉이 상황이 위태로운 것을 보고서 우물에 빠져 죽으려고 하다가 석수의 칼에 맞아 죽게 되었다.
 수십 인의 호걸이 장 안에서 사면으로 날뛸 때 해진, 해보는 불을 지르니 검은 연기가 하늘로 올라가며 함성이 진동하니, 네 쪽의 군막 죽기를 각오하고 양산박의 군마를 막다가 장내의 불을 보고 쫓아오자 손립이 소리쳤다.
 "이놈들이 어디를 가려고 하느냐?"
하고 길을 막으니, 축호가 상황이 바뀐 것을 보고 말머리를 돌려서 달아나려고 하나, 곽성의 쌍창이 말과 사람을 땅에 내려치니 여러 군사가 밟아서 육장이 되고 전군이 네 갈래로 달아났다.
 손립이 송강을 영접하여 장 안으로 들어와서 각처의 싸우는 것을 보았다. 동쪽 길 위에서 축룡이 임충과 싸우다가 축룡이 대적치 못하고 말을 달려 사다리가에 오니, 뒷문으로부터 해진, 해보가 장객의 시신을 낱낱이 치는 것을 보고 축룡이 급히 북쪽으로 달아났다. 이규가 내달아서 말의 다리를 찍으니, 축룡이 말 아래로 떨어지자 이규가 도끼를 들어 찍어 죽였다.

축표가 양산박 군사와 싸우다 장객의 알리는 소식을 듣고 축가장으로 돌아가지 못하고 송강의 진영으로 오는 도중에서 이규를 만나 한 도끼로 깨쳐 죽이니, 장객이 달아나므로 이규가 또 호성을 치려고 하니, 호성이 크게 놀래어 말을 돌려 달아날 때 집으로 가지 못하고 작은 길로 도망했다.

이규가 성이 나 호가장으로 들어가 호 태공을 죽이고 일가족 모두를 다 죽이고서 졸개들이 집을 뒤져서 금은보배와 준마 수십 필을 가지고서 장원에다 불을 질렀다.

송강이 축가장 대청 위에 앉고 모든 두령이 집결하여 서니 사로잡는 군사가 사오백이요 전마가 오백여 필이요 소, 말, 양은 부지기수라 송강이 크게 기뻐하며 말했다.

"참으로 아깝다. 난정옥을 죽였으니, 좋은 호걸을 잃었구나."

하고 탄식하는데, 알리는 말이 있었다.

"이규가 호가장 일문을 다 죽이고 목을 바친다 하옵니다."

송강이 놀라자 이규가 말했다.

"축용과 축표를 내가 죽였으나, 아까운 것은 호성 그놈을 놓침이고 호 태공의 일문을 다 죽여서 씨도 남기지 않았으므로 상을 청하옵니다."

"축룡은 죽인 것은 내가 보았으나, 다른 사람은 왜 사로잡지 않고 모두 죽었느냐? 내게 자세히 말을 하여라."

하므로 이규가 말했다.

"내 손이 사람 죽이는데는 선수인데, 어찌 사로잡겠습니까? 호가장으로 가는 길에 일장청의 형 호성이 축표를 묶어서 데려오므로 한 도끼로 찍어 죽였으나, 호성 저놈을 죽이지 못함이 원통하여 호가장 일가를 다 죽여서 한을 풀었습니다."

하니, 송강이 크게 소리를 내어 말했다.

"네가 어째서 그렇게 무지하냐? 전날에 호성이 선물을 가지고 투항하던 것을 너도 보았을 텐데 어째서 나의 말 없이 네 마음대로 죽였느냐? 이것은 명령을 어긴 것이다."
 "형님은 그 일을 잊었는지 모르나, 나는 잊지 않았습니다. 전날에 일장청이 형님을 궁지로 몰던 일을 생각하면 조금도 용납할 마음이 없으니, 형님과 그 여자를 생각하고 한 일입니다."
하니, 송강이 꾸짖어 말했다.
 "이 소 같은 놈이 무슨 소리냐? 내가 어찌 그 여자를 마음에 두고 그러겠느냐? 나는 따로 처치할 생각이 있으니, 네가 사로잡은 놈은 몇 명이나 되느냐?"
 이규가 대꾸했다.
 "누가 번거롭게 사로잡겠습니까? 보이는 대로 다 죽였습니다."
하니, 송강이 꾸짖었다.
 "네가 장부의 도리를 어겼으니, 마땅히 베이겠으나, 축룡, 축표를 죽인 공으로 속죄하고 공로는 삭감하니, 뒷날에 만일 또 어기면, 그때는 용서를 안 하겠다."
하니, 이규가 대답했다.
 "비록 공로는 인정 않는다 하여도 내가 통쾌하게 사람을 죽였으니, 시원합니다."
 오용이 일행 인마를 이끌고 군중에 이르러 잔을 잡고 경하할 때, 송강이 오용과 의논하고서 축가장의 인마를 모두 쳐서 촌방을 소탕하려고 하니, 석수가 이에 종리 노인의 선심으로 길을 가르쳐 주던 것을 말했다.
 "그 중에서도 선량한 사람이 있으니, 좋은 사람을 가리지 않고 해치는 것은 어진 사람이 하는 일이 아니옵니다."
하니, 송강이 듣고 나서 석수를 시켜서 종리노인을 청하여 오라 일렀다. 오래되지 않아서 데리고 오니, 송강이 한 봉의 금은을 상주며 말했다.
 "노인장의 이야기를 들었습니다. 촌방을 소탕하려 하였으나,

그만 두려하오."
 노인이 절을 하니, 송강이 또 이르기를,
 "내일 이곳에서 백성들을 소란하게 하였으나, 오늘 축가장을 깨고 촌에 큰 해를 덜게 하였으니, 모든 백성에게 쌀 한 섬씩을 주어서 인정을 표하겠소."
하고 종리 노인에게 나눠 주게 했다. 축가장에서 얻은 쌀을 수레에 싣고 금은보배는 삼군을 호상하고 소와 양은 산채에 올려다가 쓰게 하니, 쌀만 오십만 석이 되었다.
 송강이 매우 기뻐하며 대소 두령에게 군마를 수습하게 하여서 길을 떠나게 했다. 또 새로운 두령 손립, 손신, 고대수, 해진, 해보, 추연, 추윤, 악화와 악대낭자를 자기들의 수레에 물건을 싣게 하고 대대군마의 차례로 등촉을 갖추어서 길에 나와서 절을 했다.
 송강과 여러 대장이 말에 올라서 군사를 세 무리로 나누어 밤을 새워가며 산채로 돌아갔다.

 이때, 박천조 이응이 병은 완치되었으나, 장문을 굳게 닫고 안에 숨어서 가만히 사람을 보내 소식을 알아보니 송강이 벌써 축가장을 깨고 돌아갔다 하니, 마음에 슬픔과 기쁨이 상반되어 있는데, 장객이 들어와서 급히 아뢰었다.
 "본주의 대수가 사오십 명의 부하를 이끌고 장 앞에 와서 축가장의 사정을 묻습니다."
하니, 이응이 어리둥절하여 두흥을 보고 장문을 열라 했다. 사다리를 놓고 나와서 맞아들이니, 지부는 말에서 내려 청상에 올라와 앉았다.
 이응이 서로 절을 받고 곁에 서 있으니, 지부가 입을 열었다.
 "추가장에서 어째서 양산박 도적에게 당하였는지 상세하게 말하여라."

하니, 이응이 대답했다.
"소인은 축표에게 화살을 맞고 오른편 팔이 상하여서 치료하느라고 출입을 못하여 밖에 일을 상세하게 알지 못하옵니다."
하니, 지부가 말했다.
"무슨 소리야? 축가장에서 고소하기를 자네가 양산박 도적과 한 패가 되어서 군마를 불러들이고 또 전날에 그에게서 소와 술 그리고 금은필백을 받으면서 어째서 모른다고 하느냐?"
하니, 이응이 대답했다.
"소인도 법도를 아는 사람인데, 어째서 도적의 예물을 받았겠습니까?"
하니, 지부가 말했다.
"그 말을 믿을 수 없으니, 현리에 가서 축가장 사람과 대면시키겠다."
하고 호령하여 이응에게 칼을 씌우고 손을 묶고 현리로 가자하니, 압번, 우후가 이응을 앞에 세우고 지부를 옹위하여 말에 오를 때 지부가 물었다.
"어떤 사람이 두흥이냐?"
하니, 두흥이 공손히 대답했다.
"소인이 두흥입니다."
지부가 또 말했다.
"고소장에 너의 이름도 있으니, 함께 가자."
하고 일행이 이가장을 떠나 부지런히 걸어서 삼십여 리는 왔는데, 수풀 속으로부터 송강, 화영, 임충, 양웅, 석수의 일대 군마가 길을 막으면서 크게 호령했다.
"양산박 호걸의 전부가 이곳에 있으니, 너희는 길 세전을 내고 가거라."
하니, 지부와 압번, 우후가 어떻게 당할 도리가 없어서 이응과 두흥을 버리고 도망을 했다. 송강이 가서 잡으라고 이르니, 여러 사람이 한참동안 따르다가 돌아와서 말했다.
"어디로 갔는지 찾지 못하겠습니다."
하니, 송강이 이응의 포승을 풀고 두 필의 말을 가져오라 하여 이응과 두흥을 태우고 말했다.
"대관인은 산채로 올라가서 잠시 위기를 면하십시오."
하니, 이응이 말했다.
"그렇게 못하오. 지부를 죽이려고 하는 것은 당신네들이 할 일이오. 나는 상관없는 일이니 어떻게 당신들과 함께 가겠소."
하므로 송강이 웃으며 말했다.
"관사에서는 대관인의 말을 믿지 않을 것이니 산채에서 며칠을 묵으신 후, 일이 없음을 자세히 안 뒤에 산에서 내려오셔도 늦지 않습니다."
하고 이응의 답을 듣지 않고 대대의 인마가 물밀 듯이 가니, 이응이 벗어나지 못하고 무리들과 함께 양산박에 도달했다. 산채 두령 조개 등이 피리를 불고 북을 치면서 산에서 내려와 대대의 인마를 맞이했다. 대채로 돌아가서 취의청에 들어가서 여러 두령이 빙 둘러앉은 뒤에 이응을 청하여 여러 두령과 서로 예를 마친 후에 이응이 송강을 보고 말했다.
"우리 두 사람이 두령과 함께 대채까지 와서 여러 두령과 서로 인사를 했으니, 이곳에서 뫼시고 있어도 무방하나, 집안 식구가 어떻게 되었는지 궁금합니다. 두령은 소인을 돌려 보내주시면 합니다. 어떻겠습니까?"
하니, 오학구가 웃으며 말했다.
"대관인은 모르십니다. 귀댁 가족을 데리고 이미 산으로 올라오고 장원을 불살라버렸습니다."
하니, 이응이 믿지를 않는데, 수레와 인마가 서서히 산으로 오는 것을 보고 자기의 장객과 가족인 것을 알고 나아가 급히 물어 보았다.

"어째서 이곳으로 오느냐?"
하니, 가족이 대답했다.
"관인께서 지부에게 잡혀간 뒤에, 두 순검과 도두 사오 명이 도병 삼사백을 데리고 오더니, 집안 물건을 거두어서 수레에 싣고, 또 우리들을 수레에 태우더니, 소와 말과 양을 끌어내어서 불을 질러 집을 태우고 이리로 왔습니다."
하니, 이응이 다 듣고 나서 괴로워하는 것을 보고 조개와 송강이 청 아래로 내려와서 사죄했다.
"우리는 대관인님의 높으신 평판을 들은 지 이미 오래되었기 때문에 이 같은 계략을 하게 되었습니다. 용서를 바랍니다."
이응은 그런 말을 듣자, 응낙할 수밖에 없었다.
송강은 왕왜호를 불러 일렀다.
"내가 전에 청풍산에 있을 때, 그대한테 중매를 설 것을 약조하였지 않은가? 항상 그 일이 마음에 걸려 오면서도 그걸 지키질 못했소. 이번 내 부친께 한 따님이 생겼으니, 그대를 그 사위로 맞고 싶은데 어떠한가?"
하고 스스로 들어가서 송 태공을 청하여서 호삼낭을 데리고 나와 송강이 친히 호삼낭을 보고 말했다.
"나의 저 형제 왕왜호에게 친사를 허락하고 지금까지 이행하지 못하였구나. 오늘 현매가 벌써 나의 부친과 부녀 지의를 맺었고, 여러 두령이 다 중매가 되어 오늘과 같이 좋은 날에 왕영과 부부가 되면 어떠하냐?"
하니, 일장청이 송강의 의기가 중한 것을 보고 감히 사양을 거절을 못하고 왕왜호가 같이 쌍을 지어 조개 이하 여러 두령에게 절을 하니, 조개 등 여러 두령이 환영하며 말했다.
"송공명은 진실로 덕과 의가 있는 분입니다."
하고 그날 술을 마시며 경하하는데, 졸개가 와서 알렸다.
"주 두령의 술집에 운성현 사람이 와서 두령을 뵙고자 합니다."
하니, 조개와 송강이 크게 기뻐하며 말했다.
"은인이 왔으니, 빨리 모셔라."
조개와 송강이 크게 기뻐하며 군사 오용과 함께 주귀의 술집으로 오는데, 주귀가 벌써 안내하여 금사탄을 건너오다가 길에서 만나니 송강이 황급히 절을 하며 말했다.
"오랫동안 뵙지 못하여 항상 잊지 못하였는데, 오늘은 무슨 좋은 바람이 불어서 오셨습니까?"
하니, 뇌횡이 황급히 답례하며 말했다.
"소제 본현 지현의 명으로 동창부에 공사를 보러 가는데, 길 어귀를 지날 때 졸개가 길을 막고서 길세전을 내라 하므로 소제가 천한 이름을 말하였더니, 주형이 한사코 이끌어 형장을 뵈오려 옵니다."
하므로 송강이 말했다.
"이것은 하늘이 지시하신 것이니, 대채로 가서 여러 두령과 서로 인사합시다."
하고 손을 끌고 대채에 이르러 술로 관대하면서 조개가 주동의 안부를 물었다.
"주형이 지금 당뢰절급을 하여 지현과 가장 가까이 지냅니다."
하니, 송강이 뇌횡을 보고 우리 무리에 함께 하기를 청하니, 뇌횡이 말했다.
"노모가 살아계시니, 지금은 어렵고 후일 노모가 돌아가신 뒤에 즉시 이리로 오겠습니다."
하고 여러 두령에게 하직하고 산에서 내려가려고 하니, 송강이 재삼 만류하였으나, 듣지 않았다. 한 봉의 금은을 주어서 전별하고 여러 두령이 돌아와서 앉은 뒤에 조개가 오용을 청하여 군무를 의논했다. 오용이 벌써 송강과 의논한 일이 있으므로 다음날 여러 두령을 모아 호령할 때, 먼저 외곽의 술집을 지킬 두령을 선발하려 하니, 송강이 말했다.
"고대수는 본래 술집으로 생활하던 사람이니 그의 부부를 동위, 동맹과 교체하여 산으로 올라오게 하고 시천을 보내서 석용을 도우라 이르시오. 또한 악화보고 주귀를 도우라 하고 정천수는 이립을 돕게 하여 동서남북에 네 곳을 더 내어서 사방 호걸을 맞아오게 하시오. 일장청, 왕왜호를 산 뒤에 머무르게 하며 마필을 맞게 하시오."
하고는 며칠을 잔치하여 즐기니 산채의 규모를 충분히 가늠했다.

이때, 뇌횡이 양산박을 떠나서 운성현으로 돌아와 하루는 집에서 현리를 향하여 가는데, 등 뒤에서 한 사람이 부르며 말했다.
"도두, 언제 돌아왔소?"
하니, 뇌횡이 머리를 돌려 돌아가보니 조방 이소이였다. 뇌횡이 대답했다.
"일전에 돌아왔소."
하니, 이소이가 말했다.
"도두가 나간 지 오랜 뒤에 동경에서 창기 한 사람이 왔는데, 색과 재주가 뛰어나다고 하오. 이름은 백수영인데, 그 계집이 도두를 보러 왔다가 공무로 나가서 안 계시므로 보지 못하고 갔는데, 지금 희대에서 노래를 부르고 혹은 춤을 추고 비파를 타니 사람이 많이 모이는데, 도두는 어째서 한 번도 가지 않습니까?"
하니, 뇌횡이 마침 일이 없으므로 이소이와 함께 희대에 오니, 문 앞에 금색으로 많은 글을 써붙였다. 안으로 들어가서 제일 일등석을 골라 앉은 뒤에 눈을 들어서 보니 한 늙은 사람이 머리에 두건을 쓰고 몸에는 나삼을 입고 허리에는 검은 띠를 두르고 손에는 부채를 들고 여러 사람의 앞으로 돌며 말했다.
"나는 동경 사람으로 백욕교라고 하는데, 나이가 많아서 쓸모없거니와 어린 딸이 노래를 부르고 춤을 추며 비파를 타서 여러분을 즐겁게 할 것입니다."
하고 바라와 징을 어지럽게 치더니 백수영이 무대에 올라와서 절을 한 뒤에 풍류 맞히는 기계를 치더니 노래를 불렀다.
뇌횡이 듣고 갈채를 하니, 백수영이 노래를 마치고 소반을 들고 여러 사람의 앞을 돌며 말했다.
"이곳은 재문상에 일어나고 이로운 땅에 머물고 길한 땅에 지내고 왕성한 땅에 행하니, 손이 앞을 지나와 빈손으로 지나지 않게 하여 주십시오."
하니, 백옥교가 말했다.
"한 바퀴 돌아오너라. 손님들이 모두 네게 돈을 주려 하지 않니?"
하니, 백수영이 바구니를 들고 먼저 뇌횡에게 왔다. 뇌횡이 몸의 전대를 만져보니, 한 푼의 돈도 없으므로 미안하여 말했다.
"오늘은 돈을 안 가지고 왔으니, 내일은 많이 갖다 주마."
하니, 백수영이 말했다.
"내일 만금을 주는 것이 오늘 열 냥을 주는 것만 못하니, 관인은 앉은 자리에서 빈노름이나 놀고 가시오."
하니, 뇌횡이 이 말을 듣고 얼굴이 벌개져 말했다.
"내가 돈을 안 가지고 온 탓이지, 주기가 싫어 그러는 것이 아니다."
"관인이 노래를 들으려 올 적엔 어째서 은자를 안 갖고 왔겠습니까?"
하니, 뇌횡이 또 말했다.
"내가 서너 냥의 은자를 주어도 아깝게 생각지 않을 텐데,

오늘 못 가지고 온 것이 한이로구나."
 백수영이 또 말했다.
 "관인은 한 푼도 안 주는 주제에 무슨 서너 냥을 말씀하십니까?"
하니, 백옥교가 나서며 소리를 질렀다.
 "너는 눈이 없느냐? 성 안 사람과 촌리의 사람이 많은데, 구태여 그런 몰상식한 사람과 잡말을 해서 무엇하느냐?"
 "내가 어째서 몰상식한가?"
하므로 백옥교가 말했다.
 "네가 만일 이런 일을 알면 개대가리에 뿔이 난다."
하니, 모든 사람이 함께 크게 웃으니, 뇌횡이 크게 노하여 말했다.
 "이 천한 놈이 어째서 감히 나에게 욕을 하느냐?"
하니, 백옥교가 말했다.
 "너 같은 소부리던 놈에게 욕을 한들 무엇이 나쁘냐?"
하니, 아는 사람이 있어 타일렀다.
 "너는 감히 버릇없이 구느냐? 저 관인은 뇌 도두이시다."
하나 백옥교가 코웃음을 치며 말했다.
 "나귀 머리라 하니, 가장 무섭구나?"
 사람들이 와 하고 웃었다. 뇌횡은 참을 수 없어 후다닥 자리를 박차고 일어나 백옥교를 붙들고 주먹과 발길질을 했다. 그러자 금새 입술이 터지고 이가 빠져 나갔다. 사람들은 모두 나서서 뜯어 말리고 뇌횡을 달래 집으로 보냈다. 그 장소 안의 손님들도 모두 떠들썩하며 뿔뿔이 흩어졌다.
 본래 이 백수영은 이곳 신임 지부와는 동경에 있을 때부터 깊이 아는 사이였다.
 그 화낭이 저의 부친이 뇌횡에게 맞아서 크게 다친 것을 보고 들어와서 지현을 보고 말했다.

"뇌횡이 아비를 치고 희대를 헐어버리니, 이것은 우리를 우습게 여긴 것 뿐 아니라 상공을 두려워하지 아니한 것이니, 어째서 분하지 않겠습니까?"

하니, 지현이 크게 노하여 백수영에게 고소를 하라 하였으니, 이것은 베개 밑 송사라 지현이 어찌 곧이 듣지 않으리. 현리에 뇌횡과 절친한 사람이 아무리 지현에게 부탁을 해도 그 계집이 안에서 지현을 농락하는 것을 누가 당할 도리가 있겠는가. 당장에 뇌횡을 잡아서 문초를 받고 큰 칼을 씌워서 하옥했다. 그 계집이 지현에게 말을 하여 뇌횡을 주리를 틀게 하여서 아비가 맞던 분풀이를 하니, 모든 뇌자의 무리가 아무리 뇌횡과 절친한 사이라도 할 수 없이 뇌횡을 결박하여서 희대에 오니, 백수영이 먼저 나와서 다방에 앉고 모는 뇌자들을 불러 말했다.

"지현 상공의 분부가 지엄하니, 뇌횡을 길거리로 끌고 다녀 내가 당한 욕을 앙갚음하게 하되, 만일에 태만히 하면 분을 너희에게 풀 것이다."

하니, 뇌자들이 말했다.

"염려하지 마시오. 우리들이 하라고 하는 대로 하겠습니다."

하므로 백수영이 말했다.

"그렇게 하면 내가 상공께 말씀을 드려서 상을 주겠다."

하니, 뇌자들이 할 수 없이 뇌횡에게 말했다.

"형장 우리가 어떻게 할 도리가 없으니, 참으시오."

하고 뇌횡을 벌거벗겨 뒤로 결박하여서 거리로 끌고 돌리니 사람들이 많이 모였다.

뇌횡이 모친이 밥을 가지고 왔다가 뇌횡이 저렇게 곤욕 당하는 것을 보고 모든 뇌자를 꾸짖어 말했다.

"당신들 역시 내 아들과 한 아문에 동관인데, 명을 받고 하는 것이나 어찌 이렇게 할 수 있소?"

하니, 모든 뇌자들이 민망해하며 말했다.

"저희라고 어쩌겠습니까. 원고가 찻집에서 보고 있으니, 우리가 만일 사정을 보면 원고가 지현 상공께 알릴 것이므로 우리는 할 수 없이 하는 것입니다."
하므로 모친이 말했다.
"어디서 원고가 친히 감시하는 법이 있소?"
하니, 뇌자들이 가만히 말했다.
"그 계집이 지현과 한 몸이니, 우리는 감히 마음대로 못합니다."
하니, 모친이 가서 뇌횡이 맨 것을 끌르며 말했다.
"저년이 세력을 믿고 이리하나 내가 이제 맨 것을 끌렀으니, 어떻게 하나 보겠다."
하니, 백수영이 찻집에 있다가 듣고는 참지를 못하고 내달으며 말했다.
"이 늙은이야, 아까 뭐라고 했느냐?"
하니, 노인이 꾸짖어 말했다.
"이런 세상에 남정네에 붙어먹고 사는 년이 어디다 대고 감히 나를 꾸짖느냐?"
하니, 백수영이 버들 같은 눈썹을 치켜 뜨고 외쳤다.
"이 늙은 비렁뱅이년이 감히 나를 꾸짖느냐?"
하니, 노인이 말했다.
"너 같은 년을 꾸짖다가 뭣이 소용이 있겠느냐? 지현 상공도 이렇지 않겠다."

그러자 백수영은 버럭 화를 내며 덤벼들어 노파를 때렸다. 노파가 견디지 못하고 몸을 바로 하려는 순간 또다시 달려들어 귀언저리를 갈겨댔다. 뇌횡은 본래가 대단한 효자인데, 어머니가 맞는 것을 보자, 머리끝까지 화가 치밀어 달려가 수가의 틀을 잡고 백수영의 바로 머리를 향해 내려쳤다. 틀의 일격은 보기좋게 두개골을 두 동강이로 냈으며 계집은 그 자리에 쿵 하고 넘어졌다. 모두 보니 백수영은 머리가 깨진 채, 꼼짝을 하지 않고 숨이 끊어져 있었다.

일행은 백수영이 맞아 죽은 것을 보자, 뇌횡을 끌고 가 관가에 고소를 했다. 뇌횡은 칼을 채이고 감방 속에 갇혔다. 그 감방의 군관은 미염공 주동이었다.

주동은 사람에게 부탁해 지현에게 뇌물을 보냈고 다른 관리들도 선물을 보내왔다. 그러나 지현은 전혀 먹혀들지 않는 위인이었다. 자기 정부인 백수영을 때려죽인 뇌횡을 몹시 미워하고 있었기 때문에 아무리 말해봤자 들을 리 없었다. 감방에 갇힌 지 육주일 기한이 되자, 뇌횡은 제주의 관가에 보내지게 되었다. 주동이 그 호송을 맡게 되었다.

주동은 십여 명의 옥졸을 데리고 뇌횡을 경호하며 운성현을 떠났다. 약 십 리쯤 가는데, 한 술집이 보였다.

"자, 우리 여기서 한 잔 하고 가지."

하니, 여러 사람이 즐기어 술집에 앉아서 술을 먹을 때 주동이 혼자 뇌횡을 데리고 조용한 곳에 와서 뇌횡의 칼을 벗기고 맨 것을 풀은 뒤에 분부했다.

"현제는 빨리 집으로 돌아가서 노모를 모시고 달아나라. 이곳 일은 내가 알아서 하겠다."

하자 뇌횡이 말했다.

"소제는 달아나면 살 것이나, 형장에게 폐를 끼칠 것이오."

하므로 주동이 말했다.

"네가 모르는 소리다. 지현이 네가 백수영을 죽인 것을 분하게 여겨 문서에 너를 죽이도록 꾸며 상사에 보낸 것이니, 필연 너를 살리지 않을 것이다. 너는 노모가 계시니, 다른 것은 돌아보지 못할 것이고 나는 부모가 없으니, 염려할 것이 없고 너를 놓았으나, 죽을 죄는 아니니 너는 앞길이 만 리 같음을 생각하여 빨리 가거라."

뇌횡이 절을 하여 사례하고 뒷문으로 나서서 샛길로 돌아와 노모를 모시고 약간의 가산을 수습하여 가지고 밤을 새워가며 양산박으로 향했다.
 주동이 칼을 풀 속에 던지고 나오면서 발을 구르며 여러 사람을 향하여 말했다.
 "뇌횡이 달아났으니, 이 일을 어떻게 하면 좋겠소?"
하자 여러 사람이 말했다.
 "우리가 따라 가서 잡겠습니다."
하니, 주동이 멀리 달아났을 것을 알고 여러 사람을 데리고서 현리에 와서 아뢰었다.
 "소인이 소홀한 탓으로 뇌횡을 길에서 놓쳤으니, 죄를 내려주십시오."
하니, 지현이 본래 주동을 사랑하므로 백옥교가 상사에게 혹 고소를 할까봐 염려가 되어 주동이 뇌횡을 놓친 죄로 창주에 귀향을 보내기로 했다. 주동의 집안 사람이 제주부의 상하사람에게 은자를 써서 인정을 쓰라 하여 주동이 행차할 때, 칼을 쓰고 두 공차의 압령을 따라 길에 오르니, 집안 사람이 옷을 싸서 보냈다.

제17장
함정

　운성현을 떠나서 창주로 올 때, 길에서 아무 일 없이 창주성에 당도했다. 공문을 바치고 지부가 주동의 얼굴을 보니, 보통 사람과 달라 얼굴은 누런 대추빛 같고, 아름다운 수염은 길게 드리웠으니, 먼저 기쁜 마음이 들어서 분부했다.
　"그 죄인은 뇌성영으로 보내지 말고 본부에서 심부름하게 하라."
하고 칼을 벗기고 공문을 만들어서 운성현 공인을 보냈다. 주동은 부중에서 일을 하니, 창주 부중의 여러 공인들이 주동의 인정을 안 받은 사람이 없고 게다가 주동의 온화한 기품에 누구나 다 사랑하니, 하루는 본관지부가 청상에 앉고 주동이 아래에 서 있는데, 지부가 청상으로 불러서 말했다.
　"네가 무엇 때문에 뇌횡을 놓아 주고 스스로 죄를 지어 귀양을 왔느냐?"
하니, 주동이 품했다.

"소인이 어째서 뇌횡을 놓아 주었겠습니까? 저의 부주의로 달아났습니다."
하니, 지부가 말했다.
"너도 중죄는 아니 된다."
하므로 주동이 말했다.
"원고가 집정하여 소인을 귀양오게 하였습니다."
"뇌횡이 어째서 백수영을 때려 죽였느냐?"
하고 물으니, 주동이 뇌횡의 지난 일을 자세히 말했다.
듣고는 지부가 말했다.
"네가 그 사람의 효행에 감동이 되어서 의기심에서 놓아 준 것이구나!"
하니, 주동이 말했다.
"소인이 뉘앞이라 감히 속이겠습니까?"
하고 말을 하는데, 병풍 뒤에서 어린아이가 나왔다. 네 살쯤 된 단정하게 생긴 아이인데, 지부의 친아들이었다. 그 아이가 주동을 보고 달려들어 주동에게 안기니 주동이 끌어안았다. 그 아이는 주동의 품에 안겨 수염을 두 손으로 잡고 희롱을 하니, 지부가 소리를 질러 나무랐다.
"너는 빨리 수염을 놓아라. 어째서 어른에게 함부로 구느냐?"
하니, 그 아이가 말했다.
"저는 저 수염 많은 아저씨에게 업혀서 놀고 싶습니다."
하므로 주동이 지부에게 말했다.
"소인이 이 아기를 업고 문 밖에 나가서 구경을 시키고 오겠습니다."
하니, 지부가 웃으며 말했다.
"어린아이가 놀려고 하고 네 마음도 또 그러하니, 다녀오너라."
하므로 주동이 아기를 업고 거리로 나와서 과자와 사탕을 사

주고 잘 놀다가 돌아오니, 지부가 보고 크게 기뻐하며 말했다.
"아가, 아저씨와 어디 가서 놀고 오느냐?"
하니, 그 아기가 말했다.
"저 수염 많은 아저씨와 거리에 가서 놀고 사탕과 과일을 많이 줘서 먹었습니다."
하니, 지부가 말했다.
"네가 돈이 어디서 나서 물건을 사서 아이에게 줬느냐?"
하니, 주동이 말했다.
"소인이 효순한 마음을 표한 것 뿐입니다."
하니, 지부는 술을 청하여 주동을 먹일 때, 하인이 안에서 은병과 과실 찬합을 내어오니, 지부가 친히 부어서 셋 찻종을 먹이고 말했다.
"너는 이따금 심심할 때, 아기를 데리고 나가 놀거라."
그 뒤에는 주동이 매일 아이를 안고 거리에 나가서 구경을 시키고 온갖 실과를 사서 먹였다.

세월은 흘러서 칠월 십오일이 되니, 이곳의 풍속은 해마다 등을 밝혀 좋은 일을 행하는 날이니, 그 날 늦은 뒤에 하인이 나와서 아뢰었다.
"주 도두님, 아이가 등 밝힌 것을 구경하려고 하니, 부인께서 조심하여 다녀오라 하십니다."
하니, 주동이 말했다.
"그렇게 하겠다."
하는데, 그 아이가 녹사 한삼을 입고 머리를 두 줄 진주로 꾸미고 구슬신을 신고 안으로부터 쫓아나왔다. 주동이 업고 부전에 나와서 구경을 시키다가 지장사를 찾아가니, 때는 초경은 되었는데, 아이를 업고 절 안으로 들어가 보니 수륙당 방생지(水陸堂放生池)가로 많은 등을 달았는데, 아이가 주동에게서 내려 난간 위에 올라 구경했다. 주동은 아래를 바라보고 섰는데, 갑자기 뒤에서 누군가 소매를 잡아 당기었다.
"형님, 얘기할 게 있는데, 잠깐 가시지요."
주동이 돌아보니 바로 뇌횡이었다. 주동이 깜짝 놀라 아기에게 말했다.
"도련님, 자 이젠 내려오셔서 가만히 기다리세요. 과자를 사올 테니 어디 가면 안 돼요. 곧 돌아올 겁니다."
뇌횡은 주동을 인적이 드문 곳에 데리고 가 인사를 하고 말했다.
"형님이 제 목숨을 구해 주신 후, 저와 어머니는 아무 데도 갈 데가 없어 할 수 없이 양산박의 송공명님한테 가서 동지가 되었습니다. 제가 형님한테서 받은 은혜를 말씀드렸으니, 송공명께서도 역시 그전에 형님이 도망시켜 주신 은혜를 생각하시고 조천왕님을 비롯해 모든 두령들이 한결같이 감동했답니다. 그래서 일부러 오 군사님과 저를 보내 형님을 찾아오라는 분부가 계셨습니다."
"그래서 오 선생님께선 지금 어디 계시는가?"
하고 묻자 뒤에서 오학구가 나타나며 말했다.
"여기 있습니다. 두령들이 한결같이 안부를 전하더군요. 이번 저와 뇌 도두가 오게 된 것은 대의를 위해 모두 다같이 모이도록 당신을 산채로 모셔 오도록 권하라는 분부를 받아서입니다. 부디 저희들과 함께 산채에 가셔서 조, 송 두 분의 원을 들어 주십시오."
주동은 그 말을 듣자 잠시 대답을 못하고 있다가 이윽고 입을 열었다.
"선생, 그런 말씀은 하지 마십시오. 뇌횡은 노모와 아무 데도 갈 데가 없어 산채에 가 동지가 된 겁니다. 저도 그 사람 때문에 이곳에 보내졌습니다만 하늘이 나를 버리지 않는 한, 반 년이나 일 년만 견디면 또 고향에 돌아가 양민으로서 살 수 있게 될 겁니다. 그런 말씀엔 따를 수 없습니다."

"무슨 일이 있어도 저희들과 같이 가실 수 없다면, 저희들은 이대로 작별을 하고 물러가겠습니다."

주동이 아이가 걱정이 되어 급히 오니, 보이질 않았다. 사방을 돌며 소리쳐 불러보았지만, 찾을 길이 없었다. 뇌횡은 주동을 붙들고 말했다.

"형님, 찾을 필요는 없습니다. 아마 저희들이 데리고 온 두 사람이 형님이 산으로 가시지 않겠다는 얘기를 듣고 아이를 데려갔을 겁니다."

"아우님, 왜 이러나. 그 아이는 지부님 목숨이나 다름없어. 그걸 내가 맡아 있는 거야."

"어쨌든 저를 따라오십시오."

세 사람은 지장사를 떠나 곧장 성 밖으로 나갔다. 주동은 마음이 편치 않아 물으니, 뇌횡이 대꾸했다.

"형님은 따라오시기만 하시오. 우리의 숙소로 가면 자연히 찾게 됩니다."

"만일 지체하면 지부상공이 연고를 물을 것이다."

하니, 오용이 말했다.

"우리가 데리고 온 사람이 데리고 간 것이 분명하니, 숙소로 가면 찾을 것입니다."

하니, 주동이 말했다.

"그 사람의 이름은 뭣이오?"

하므로 뇌횡이 말했다.

"나도 자세히 모르지만, 들으니, 흑선풍이라 합니다."

하니, 주동이 깜짝 놀라며 말했다.

"그럼, 강주에서 사람을 죽이던 이규가 아니오?"

하니, 오용이 말했다.

"바로 그 사람이오."
하므로 주동이 더욱 황망하여 성을 떠나 거의 이십 리를 오며 보니 이규가 앞에서 소리를 지르며 말했다.
 "내가 여기 있습니다."
하니, 주동이 급히 물었다.
 "그대는 어린 아기를 어느 곳에 두었소?"
하므로 이규가 절을 하며 말했다.
 "절급 형님, 아기가 저 안에 있으니, 찾아가시오."
하며 제 머리 위를 가리키며 말했다.
 "아기가 꾸몄던 구슬은 나의 머리 위에 있습니다."
하니, 주동이 황망중에 알아듣지 못하고 다시 말했다.
 "어린 아기가 정말 어디 있소?"
하니, 이규가 말했다.
 "내가 아기의 입에 마약을 물려 숲속에서 잠들게 하였으니, 당신은 마음대로 가보시오."

주동이 달빛을 따라 숲속에 뛰어가 찾아보니 아이가 땅바닥에 쓰러져 있었다. 주동이 손을 뻗어 일으켜 세워보니 머리에 피를 흘리며 이미 숨져 있었다. 주동은 화가 치밀어 숲속에서 뛰어나갔으나, 이미 세 사람의 모습은 없었다. 주위를 둘러보니, 이규가 두 자루의 도끼를 마주쳐 보이며 말했다.
 "자, 덤벼! 한 번 겨루어 보자!"
하고 소리쳤다. 주동은 화가 치밀어 옷을 걷어붙이고 큰 걸음으로 뒤쫓아가니, 이규는 몸을 돌려 도망쳤다. 그 뒤를 주동이 쫓았으나, 이규는 산길에 익숙한 사내이기에 도저히 쫓아갈 수 없었다. 주동이 금새 숨이 차 주저앉아 버렸다. 그러자 이규가 또다시 소리쳤다.
 "쫓아오란 말야. 누가 한 사람 죽을 때까지 해 보자!"
주동은 이규를 한 번에 해치우려 열을 올렸으나, 아무리 해도 뒤쫓을 수 없었다. 뒤쫓는 중 차차 날이 밝기 시작했다. 이규는 앞쪽에서 빨리 쫓아가면 빨리 도망가고 빨리 뒤쫓지 않으면 발을 멈추는 식으로 하면서 가다가 이윽고 어느 큼직한 집 안으로 들어갔다. 주동은 그것을 보자 후다닥 집 앞으로 가 큰 소리로 불렀다.

"계십니까?"

그러자 칸막이의 저편에서 한 사내가 나와,

"누구십니까?"

하니, 주동이 그 사람을 보니 걸음걸이는 용의 행동이고 신체는 일월 같으므로 황급히 절을 하고 말했다.

"소인은 운성현 당뢰 절급 주동이온데 죄를 범하고 이곳에 귀양왔습니다. 어젯저녁에 지부의 어린 아기를 데리고 등구경을 나왔습니다만, 흑선풍 이규가 어린 아기를 죽였습니다. 그놈이 귀장에 들어갔으므로 바라오니, 힘써 잡아서 관사에 보내 주시기를 바랍니다."

하니, 그자가 말했다.

"미염공이 폐장에 오셨으니, 앉으시기 바랍니다."

하므로 주동이 말했다.

"감히 묻습니다만, 관인의 높은 존함이 어떻게 되십니까?"

하니, 그자가 말했다.

"소인의 이름은 시진이라고 하오."

주동이 다시 말했다.

"옛날부터 시 대관인의 함자를 들은 지가 오래입니다. 다만 이렇게 존안을 뵙게 되니, 소생이 퍽 다행입니다"

하니, 시진이 말했다.

"소인도 미염공의 존함을 들은 지가 오래되오. 후당으로 들어가서 이야기나 합시다."

하니, 주동이 시진을 따라서 후당으로 들어와서 물었다.

"흑선풍 그놈이 어째서 귀장에 들어와서 피신을 합니까?"
하니, 시진이 말했다.
"잠시 나의 말을 들으십시오. 소인 소선풍이 강호상의 호걸을 사귀어 놀기를 좋아하니, 이것은 조상이 진교역의 양위(讓位)한 공이 있으므로 선조에서 단서철권을 하여 준 것이 있습니다. 범죄한 사람을 집에 숨겨두어도 어떤 사람이 감히 뒤지지 못합니다. 요사이에 지극히 친한 사람이 또 당신과도 옛친구이니 지금 양산박에서 두령이 되어 있는 급시우 송공명 그분이 한 봉의 서신을 보내어, 오학구, 뇌횡, 흑선풍을 내 집에 보내서 집에 두고 당신을 예로 청하여 산으로 올라와서 같이 대의를 맺으려고 했지만, 당신이 좋아하지 않으므로 이규를 시켜 어린 아기를 죽여서 먼저 당신의 돌아갈 길을 끊고 산에 올라가서 취의를 하려 함이오."
하고 안에다 대고 말했다.
"오 선생과 뇌횡은 나와서 사죄하시오."
하니, 오용과 뇌횡이 방에서 나와 주동을 향하여 절을 하며 말을 했다.
"형님은 죄를 용서하시오. 일이 모두 송공명의 명령으로 하온 일이니, 산채로 올라가면 이해하실 겁니다."
하니, 주동이 말했다.
"여러분들이 좋은 마음에서 한 일이나, 너무 잔인합니다."
시진이 힘써 권하니, 주동이 말했다.
"내가 가기는 가나, 흑선풍을 보고 가겠습니다."
하니, 시진이 말했다.
"이형은 왜 나오시지 않습니까?"
하니, 이규가 옆방에서 나와 주동을 보고 사죄했다. 주동이 이규를 보니 분한 마음이 솟구쳐 이규에게 달려드니, 다른 세 사람이 함께 말리자 주동이 말했다.

"만일 한 가지 일을 시행치 않으면 죽어도 산에 올라가지 않겠습니다."

하니, 오용이 말했다.

"한 가지 말고 백 가지라도 하십시오."

주동이 여러 사람에게 말했다.

"내가 산에 올라가기를 바라면 흑선풍을 죽여서 나의 원한을 풀어 주시오."

하니, 이규가 듣고 크게 노하여 말했다.

"어째서 나를 죽이려고 하오. 나는 조, 송 두 분의 명을 듣고 한 일이오."

하므로 주동이 크게 노하여 이규와 다시 싸우려고 하니, 세 사람이 또 만류하므로 주동이 말했다.

"만일 이규가 산에 있으면 죽어도 안 가겠습니다."

하니, 시진이 말했다.

"이규는 내 집에 두고 당신네 세 사람만 산에 올라가서 조, 송 두 분의 바라는 마음을 위로하시오."

하므로 주동이 말했다.

"이제 큰 죄를 저질러서, 지부가 운성현에 공문을 보내어서 나의 가족을 잡을 것이니, 이 일을 어떻게 하면 좋겠습니까?"

하니, 오용이 말했다.

"형장은 마음을 놓으십시오. 이미 송공명이 가족을 산으로 데리고 갔을 것입니다."

하니, 주동이 그때서야 마음을 놓았다. 시진이 술을 대접하고 그날로 전송할 때, 시진이 장객을 불러서 말 세 필을 준비하여 놓으니, 오용이 헤어지면서 이규에게 부탁했다.

"그대는 조심하여 대관인의 댁에 있게. 술이 취해서 남을 치거나 시비를 벌이지 말고 그러다가 주동이 성이 풀리면 시 대관인과 같이 산으로 올라오게."

하고 주동과 같이 산으로 가고 시진은 이규를 데리고 집으로 왔다.
　주동, 뇌횡, 오용의 세 사람이 말을 타고 주귀의 술집에 이르러 먼저 사람을 산으로 올려 보내어 알리니 조개, 송강이 대소 두령을 데리고 군악을 울리며 금사탄에 내려와서 맞이했다. 여러 사람이 산채로 올라가서 취의청에 자리를 정한 뒤에 주동이 말했다.
　"소제는 부르심을 받고 산에 왔으나, 창주지부가 분명 공문을 보내어 나의 가족을 잡아갈 것이니, 어떻게 하면 좋겠습니까?"
하니, 송강이 크게 웃으며 말했다.
　"형은 염려 마십시오. 가족을 이미 모셔 왔습니다."
하므로 주동이 말했다.
　"어느 곳에 있습니까?"
　"지금 제 집에 있으니, 형장은 가서 만나 보십시오."
하고 사람을 불러서 인도하라 하여 송 태공의 집에 와서 보니 가족과 물건이 다 와 있었다.
　"당신이 간 뒤 어떤 사람이 당신의 편지를 가지고 왔습니다. 읽어보니 당신이 벌써 산에 올라와서 입과했다 하므로 집안에 있던 것을 거두어 가지고 이곳으로 왔습니다."
하니, 주동이 웃으며 돌아나와서 송강에게 사례를 했다. 송강이 기뻐하여 주동, 뇌횡을 산 위에 하채시키고 한편으로 잔치를 하여 새로 온 두령을 맞이했다.
　한편, 창주지부가 밤이 늦도록 어린 아기가 돌아오지 않으므로 사람을 보내 사면으로 주동을 찾았으나, 찾지 못하고 날이 밝아서 수풀 속에 아기가 죽어 있음을 보고 급히 지부에게 알렸다. 지부가 듣고 크게 놀라며 친히 수풀 속에 와 보니, 어린 것이 죽어 있으므로 통곡을 하고 관을 만들어서 성 밖에 나가

화장을 했다. 이튿날, 공청으로 나가서 각처에 다니며 주동을 잡으라 하고 운성현에 사람을 보냈더니, 돌아와서 알리기를 주동이 처자를 데리고 벌써 도망을 하여 거처를 모른다 하므로 방방 곡곡에 방을 붙여 삼천 관 현상금을 걸고 엄하게 공포했다.

제18장
고렴과의 일전

 한편, 이규는 시진의 저택에서 한 달 남짓 머무르고 있는데, 어느날 한 사내가 한 통의 편지를 들고 황급히 집 안으로 뛰어 들었다. 마침 시 대관인이 집에 있어 그자를 맞아 편지를 받아 읽자마자 크게 놀랐다. 이규가 물어 보았다.
 "대관인님, 무슨 큰 일이라도 있습니까?"
 "내게 숙부 시황성이라는 분이 계신데, 지금 고당주(高唐州)에서 살고 계시지요. 이번에 그곳 지부인 고렴이라는 사람의 처남인 은천석이라는 놈에게 땅을 빼앗겨 화가 나신 끝에 병석에 눕게 되었는데, 아마 위독하신 것 같아서 유언으로 남겨 두실 말이 있다고 나를 부르셨소. 숙부님에게 자식들이 없으니, 아무래도 내가 가지 않으면 안 되겠소."
 "대관님이 가신다면, 저도 가겠습니다."
 "좋다면 같이 갑시다."
 다음날 아침 일찍 일어나 시진, 이규, 그리고 수행자들 일동은 모두 말에 올라 저택을 뒤에 두고 고당주로 향했다. 시진은 시황성을 병문하고 그 침상 옆에 앉아 소리를 내어 울었다. 그러자 황성의 후처가 나와 말했다.

"신임 지부 고렴은 동경의 고 태위의 이종 동생으로서, 그 권세를 빌어 제멋대로 논다오. 또한 처남인 은천석이란 자는 아직 새파란 애송인데도 권세를 믿고 내노라는 등, 다니면서 사람을 못살게 굴고 있어요. 그런데 아첨배 도둑 무리들이 우리 집 뒤에 아주 멋있는 정원이 있다고 부채질하자, 은천석이라 놈이 2, 30명이나 되는 건달들을 이끌고 우리 집 뒤에 몰려와서는, 자기들이 이 집에 살 테니, 우리보고 나가라는 거예요. 주인양반이 그놈을 끌어내려다가 그들에게 떠밀리고 얻어맞고 넘어지고 해서, 그게 홧병이 되어서 드러눕게 되었어요. 이젠 도저히 살 가망이 없을 것 같아요."

"숙모님, 고정하십시오. 뭣보다도 좋은 원을 데려와 치료를 해야겠습니다."

시진은 잠시 숙부를 간병한 다음, 밖으로 나가 이규와 같이 온 수행자들에게 자세한 이야기를 했다. 이규는 그 말을 듣자 치를 떨며 말했다.

"무지막지한 놈들이군! 우선 이 큰 도끼로 맛을 보이고 결말은 나중에 내도록 합시다."

그 말을 듣고 나자 이규가 말했다.

"그렇게 화를 내지 마오. 이유없이 난폭한 짓을 하면 안 되오. 엄연한 재판을 따라 해결하면 되는 일이오."

하니, 이규가 말했다.

"법도가 뭡니까? 만일 세상이 법도대로만 하면 천하가 조용해야 하지 않습니까? 나의 말대로 먼저 치고 나중에 생각할 것이오. 그놈이 만일 관가에 고소하면 관장까지 마저 없애버리겠습니다."

시진이 웃으면서 말했다.
"가히 주동이 그대를 보지 않으려고 하는 것을 알겠소. 이곳도 금성 안이니, 산채에서 하듯 함부로는 못하오."
하므로 이규가 말했다.
"금성이 뭣이 어렵겠소. 강주 무위군에서도 수많은 사람을 죽였습니다."
시진이 말했다.
"내가 만일 형을 쓸 데가 있으면 부탁할 것이니, 방에 들어가 앉아 있소."
하고 말을 하는데, 시비가 나와서 황급히 전했다.
"대관인은 빨리 들어와서 숙부님의 병을 보십시오."
시진이 급히 들어가 보니, 황성이 두 눈에 눈물을 흘리고 시진에게 말했다.
"너는 의기가 성해 조상에게 욕되지 않게 하겠지만, 나는 오늘날 은천석에게 맞아 죽으니, 핏줄을 생각해서 서찰을 가지고 친히 동경에 가서 싸움을 해서라도 나의 원수를 갚아다오. 부디 잊지 말고 몸을 보전하여라."
말이 끝나자 다시 말을 못하고 운명하니, 시진이 한바탕 통곡을 하니, 주위 사람들이 시진이 기절할까 두려워서 말했다.
"대관인은 너무 상심하지 말고 뒷일을 상의하십시다."
시진이 말했다.
"서찰이 나의 집에 있는데, 가지고 오지 못하였으니, 사람을 보내서 찾아다가 서울까지 올라가서 설원하겠습니다. 우선 장례를 갖추고 승복한 뒤에 다시 의논하겠습니다."
하고 절차에 의하여 장례 준비를 갖추고 영위를 베풀고서 가족이 거상을 입고 발상을 하니, 이규가 밖에서 듣고서 혼자 주먹을 쥐고서 참았다.
중을 청하여 경을 외고 망인을 초천(招薦)하고 삼일째 되던

날 은천석이 말을 타고 부하들 삼사십 명을 데리고 성 밖에서 놀다가 술이 좀 취한 것을 만취가 된 것처럼 하고 시황성의 집 앞에 와서 말을 세우고 소리를 지르며 말했다.

"이리 오너라."

하니, 시진이 듣고 몸에 상복을 걸치고 나오니, 은천석이 말 위에서 말했다.

"너는 이 집과 어떻게 되는 사람이냐?"

하니, 시진이 말했다.

"소인은 황성의 친조카요."

하니, 은천석이 말했다.

"내가 전날에 분부하기를 너의 집을 비우라 하였는데, 어째서 내 말을 거역하느냐?"

하니, 시진이 말했다.

"숙부께서 병이 나서 일어나지 못하여서 떠나지 못했다가 지난밤에 작고하셨으므로 칠일이 지난 뒤에 장례를 지내고 떠나려고 하오."

하니, 은천석이 꾸짖어 말했다.

"이놈 봐라! 삼일의 여유를 줄 테니 만일에 삼일이 지나도록 안 떠나면 먼저 칼을 씌워서 백 대의 매를 치겠다!"

하므로 시진이 말했다.

"직각은 너무 사람을 우습게 여기지 마라. 내 집도 용자 봉손(龍子鳳孫)으로 선조에서 서찰을 갖추어 준 것이 있으니, 누가 감히 공경하지 않겠소."

하니, 은천석이 말했다.

"단서를 가져와서 나에게 보여라."

하므로 시진이 말했다.

"창주 나의 집에 있으니, 사람을 보내서 가져오겠소."

하니, 은천석이 크게 노하여 말했다.

"무슨 잠꼬대냐? 서찰이 정말로 있다 해도 나는 두려워하지 않는다."
하고 좌우를 명하여 시진을 치라 하니, 여러 사람이 함께 손을 들어서 치려고 하는데, 엿보던 이규가 방문을 박차고 크게 한 소리를 지르며 나오더니, 곧 들려들며 은천석을 잡아서 말에서 끌어내 주먹으로 치니, 삼사십 명이 다같이 달려들어 이규를 치려고 했다. 이규가 코웃음치며 한 번 손을 들으니, 칠팔 인이 거꾸러졌다. 다른 놈들은 다 달아나므로 이규는 은천석을 사정없이 짓밟았다. 시진이 다가와 말했다.

"지금 사람을 쳐서 죽였으니, 이곳에 있지 못할 것이오. 관사의 일은 내가 당할 것이니, 이 형은 빨리 양산박으로 올라가오."

하니, 이규가 말했다.

"내가 만일 달아나면 대관인에게 폐를 끼치게 됩니다."

하므로 시진이 말했다.

"서찰이 나에게 있으니, 내 몸은 보전할 것이오. 더 말하지 말고 빨리 달아나오."

하니, 이규가 마지 못하여 쌍도끼를 몸에 감추고 반전을 가지고 뒷문으로 나와서 양산박으로 달아났다. 오래되지 않아서 이백여 명의 토병이 창검을 가지고 시황성의 집을 싸고 행패를 부리던 사람을 잡으려고 할 때, 시진이 나와서 말했다.

"내가 너희와 관사에 들어가서 가리겠다."

하니, 여러 사람이 먼저 시진을 결박하고 다시 안으로 들어와서 이규를 찾으나, 없으므로 시진만 데리고 고당주부에 왔다. 이때 지부 고렴이 저의 처남을 쳐죽였다는 말을 듣고 이를 갈고 앉았는데, 여러 사람이 시진을 잡아 가지고 청 아래에 오니, 고렴이 노하여 말했다.

"너는 어째서 우리 은 직각을 쳐서 죽였느냐?"

하니, 시진이 말했다.

"소인은 시세종의 직손으로 집에 서찰이 있으니, 이는 선조 무덕황제(武德皇帝)께서 하사하신 것이니 창주의 본집에 있습니다. 저는 숙부 시황성이 병이 중하여 보러 왔더니, 불행히 작고하여서 장례를 지내려고 하던 차에, 은 직각이 삼사십 명을 거느리고 와서 집을 비우라고 소인을 치니, 장객 이가가 소인을 구하려고 하다가 잘못하여 사람을 죽였습니다."

이 말을 듣고 고렴이 말했다.

"이가는 어디 있느냐?"

하니, 시진이 말했다.

"달아났습니다."

하므로 고렴이 크게 노하여 말했다.

"이가는 너의 장객이니, 너의 말이 없으면 감히 사람을 쳐서 죽이지 않았을 것이라. 또한 보내고 나서 감히 관부를 속이려고 하느냐? 저놈을 힘껏 쳐라."

하니, 뇌자 옥졸이 함께 치니 시진이 말했다.

"장객 이가가 주인을 구하다가 잘못하여 사람을 죽이고 달아났으니, 나의 알 바가 아니오며 선조의 서찰이 있으니, 마음대로 형벌치 못하옵니다."

하므로 고렴이 말했다.

"서찰이 어디 있느냐?"

하니, 시진이 말했다.

"창주 본집에 있습니다. 이미 사람이 가지러 갔습니다."

하므로 고렴이 크게 노하여 말했다.

"저놈이 관부와 겨루려고 하니, 힘껏 쳐라."

하니, 여러 사람이 힘껏 치니 살이 찢어지고 터져서 유혈이 낭자하므로 시진이 견디지 못하고 손짓을 하며 말했다.

"장객 이가를 부추겨 은천석을 죽였소."

하니, 지부가 명하여 큰 칼을 씌워 하옥시키고 은천석의 시신은 염습하여 장사를 지냈다. 은 부인이 저의 형제를 위하여 원수를 갚고자 하여 남편 고렴을 부추겨 시황성의 집을 몰수하고 모든 사람을 엄히 가두고 집과 화원을 잠그고 시진은 옥에서 고초를 받았다.

제19장
분노

 이규가 주야로 부지런히 걸어서 산채에 와서 여러 두령과 만났으나, 주동이 이규를 보니 분노가 치밀어 박도를 들고 이규에게 덤비니, 이규도 도끼를 들고 싸우려고 했다.
 조개, 송강과 여러 두령아 함께 권하여 말리고 나서 송강이 주동에게 말했다.
 "전에 어린아기를 죽인 것은 이규가 하고 싶어서 한 것이 아니고, 군사 오학구 형장이 주동이 산에 올라오지 않으므로 꾸며낸 계교이니 이해하시오. 전날의 일은 잊어버리고 동심 협력하여 같이 대의를 도모할 것이오. 딴 사람의 웃음거리가 되지 않게 하오."
하고 다시 이규에게 말했다.
 "너는 미염공에게 절을 하고 사과하여라."
하니, 이규가 눈을 부릅뜨고 소리를 지르며 말했다.
 "어째서 그리 말씀하십니까? 나는 일찍이 산에서 힘을 많이 써 왔고 저는 티끌만큼의 공로도 없는데, 어째서 도리어 나를 보고 절을 하고 사과하라 하십니까?"

송강이 웃으며 말했다.

"현제는 비록 군사의 명령이나 어린 아기를 죽였으니, 어째서 분하지 않겠나. 연령을 보아도 네게 형장이니 나의 체면을 보아서라도 그리하게나."

이규는 송강의 말에 머리를 숙였다.

"내가 두려워하는 것이 아니고 공명 형님이 나를 핍박하니, 마지못하여 절을 하오."

하고 도끼를 버리고 두 번 절을 하니, 주동이 그제서야 분기를 풀었다.

조 두령이 연석을 베풀고 두 사람을 화해시켰다. 이 자리에서 이규는 고당주의 사건을 이야기했다.

자초 지종을 듣고는 송강이 놀라며 말했다.

"너는 달아났으나, 시 대관인께서 관사에서 고생을 겪을 것이다."

오학구가 말했다.

"형님은 염려하지 마시오. 대원장이 돌아오면 저절로 알게 됩니다."

하니, 이규가 물어 보았다.

"대종 형님은 어디로 갔습니까?"

오용이 대답했다.

"네가 시 대관인 장상에서 일을 벌까 두려워서 대종을 보내어 너를 데려 오라고 하였는데, 그곳에 가서 네가 없으면 필연 고당주로 갔을 것이다."

말이 끝나자 대원장이 돌아왔다. 송강이 맞이하여 시 대관인에 대해 물어 보니 대종이 대답했다.

"시 대관인의 집에 가서 이규와 함께 고당주로 간 것을 알고 그곳에 가니, 은천석이 시황성의 화원을 앗으려다가 흑대한에게 맞아 죽고 시 대관인이 죄를 쓰고 하옥되어 생명이 조석간에 있다 합니다."

조개가 말했다.

"저 이규는 가는 곳마다 일을 저지르는구나."

이규가 말했다.

"시황성께서 그놈한테 얻어맞아 상처를 입어 그게 원인이 되어 돌아가신 겁니다. 그뿐입니까? 그놈이 말을 타고 들이닥쳐 집을 가로채려 했고 시 대관인님을 때려눕히려고 하였거든요. 부처님이라도 그건 못 참을 겁니다."

"지금까지 시 대관님께 산채에서 여러 모로 신세를 지어왔소. 지금 그분이 위험한 처지에 있다면 어떻게 해서든지 산을 내려가 구출해야 하오. 내가 가기로 하겠소."

조개가 그렇게 말하자 송강이 나서며 말했다.

"형님은 산채의 주인입니다. 그렇게 경솔하게 하시면 안 됩니다. 전 언젠가 시 관인님에게 은혜를 입은 일이 있으니, 형님 대신 절 보내 주십시오."

이렇게 하여 송강 이하 십여 두령은 조개 등 일동에게 작별을 고하고 산채를 뒤로 하고 고당주를 향해 출발했다.

양산박의 군사들이 고당주의 땅에 진입하자 고당주의 졸개가 보고했다.

고령은 그것을 듣자 비웃으며 말했다.

"양산박의 도둑을 굴 속에 숨어 있어도 내가 퇴치해 버리려고 생각하고 있었는데, 오늘은 또 일부러 벌을 받으러 왔으니, 이것은 하늘이 준 다시 없는 기회다!"

지부인 고렴은 스스로 백 명의 신병을 거느리고 적군이 도착하기를 기다리고 있었다.

한편, 임충과 화영과 진명 등이 오천 명의 병을 이끌고 도착했다.

두령인 임충이 한 길 여덟 자의 사모를 가로 쥐고 말을 달려오며 호령했다.

"이놈들! 목숨이 아깝지 않은 놈들은 나와라!"

고렴은 크게 노하며 외쳤다.

"누가 저놈을 붙잡아라!"

군관 속에서 한 사람의 통제관이 뛰어나왔다. 우직이라는 자로서 말을 몰아 칼을 휘두르며 진두로 뛰어나왔다. 임충은 그것을 보자 곧장 우직에게 달려들었다. 두 사람이 서로 싸우기를 오합도 못되어 우직은 임충의 장팔사모에 가슴을 찔려 말에서 떨어졌다. 고렴은 그것을 보자 크게 놀라,

"누가 우직의 원수를 갚겠느냐?"

하고 호령하니, 관군 중에서 통제관 온문보가 장창을 들고 말을 타고 진전에 이르니, 진명이 보고 큰소리로 외쳤다.

"형장은 잠시 쉬면서 내가 이 도적을 베는 모습을 구경하십시오."

하고 나오니, 임충이 장팔사모를 거두고 진명에게 양보했다.

진명이 온문보와 싸워 십 합에 이르러 낭자곤을 들어 대골을 쳐 죽였다. 고렴이 연이어 두 장수가 죽으니, 대아검을 빼들고 입안으로 주문을 외니 고렴의 진중에서 일진 흙이 일어나며 천지를 흔들고 바람이 불어 진명의 진으로 향했다.

전마가 어질게 뛰며 여러 사람이 몸을 돌려 달아날제, 고렴이 칼을 들어 한 번 치며 삼백 신병과 뒤에서 관군이 협력하여 달려드니, 임충, 진명 등의 군마가 별이 떨어지고 구름이 흩어지듯 아비를 부르고 자식을 찾으며, 오천 군마에서 수천인을 잃고 오십 리를 물러가서 하채하니, 고렴이 인마가 물러가는 것을 보고 신명을 거두고 고당주성에 들어가 하채했다.

송강의 중군 인마가 이르니, 임충 등이 맞아 패한 원인을 분

석했다.

"그것이 무슨 요술인지 피해가 막심하구나."

오학구가 말했다.

"생각하니, 사술에 불과합니다. 만일에 바람을 돌리고 불을 물리치면 능히 파할 수가 있소"

송강이 듣고 천서(天書)를 펼쳐보니 제 삼 권에 바람과 불을 물리치는 법이 있었다. 송강이 크게 기뻐하며 진언을 마음에 기억하고 인마를 점검하여 삼군의 기를 두르고 성에 당도하니, 탐정이 성에 들어가 고렴에게 알렸다. 고렴이 어제 이긴 삼백 신병을 점고하고 성문을 열고 나왔다. 송강이 진중에 나와 바라보니 고렴의 진중에 한때 검은 기가 보이니 오학구가 말했다.

"저놈의 기(氣) 속에 일정 신병이 있는가 봅니다. 또 그 법을 쓸 것이니 어찌 대접하겠소."

송강이 듣고 말했다.

"여러 군사는 안심하고 있거라. 내가 대적할 방법이 있으니, 겁내지 말고 일심으로 도적을 쳐라."

고렴이 여러 장교에게 분부했다.

"너희들은 그와 싸울 의사를 말고 나의 작전하는 것을 보고 송강을 잡으면 내가 상을 내리리라."

양군이 싸움을 할 때 고렴이 고검을 들고 진전에 나오니, 송강이 고렴을 가리켜 말을 했다.

"어제는 내가 나오지 못한 고로, 형제의 무리를 너에게 패하게 하였지만, 오늘은 너를 가만 두지 않겠다."

하자 고렴이 맞받아 소리쳤다.

"너의 반적의 무리들은 모두 말에서 내려 포승을 받고 나의 손을 더럽히지 마라."

말을 마치고 칼을 들어 한 번 가리키며 소리를 지르니, 흑기가 일어나며 그 속에서 괴이한 바람이 일어났다. 송강이 그 바람이 일어나기 전에 입으로 주문을 외워 좌수로 칼을 들어 가리키고 한 번 소리를 지르니, 그 바람이 오다가 도로 고렴의 진 속으로 들어갔다. 송강이 크게 기뻐하며 급히 인마를 지휘하여 나오려 하는데, 고렴이 급히 방울을 흔들며 주문을 외우니 신병의 진 속에서 일진황사가 날리며 독사와 맹수가 나타나며 입으로 검은 내와 붉은 불을 토하니, 송강이 혼비 백산하여 달아나니 여러 두령이 송강을 옹위하고 도망쳤다. 이때 고렴이 뒤에서 칼을 들고 지휘하여 쳐들어가니, 송강의 인마가 대패하고 말았다. 고렴이 군을 거두어 성으로 들어가는 것을 보고 송강이 산 밑에 이르러 수습하여 보니, 군졸은 잃었으나 두령은 상하지 않았으므로, 군사 오학구와 상의했다.

"저놈이 요술이 있어 오늘밤에 반드시 습격할 것이니, 어찌하면 좋겠소?"

오용이 말했다.

"이곳에는 군마를 적게 매복시키고 대병은 전에 있던 대채로 돌아갑시다."

송강이 전령하여 양림, 백승에게 채를 지키게 하고 송강은 여러 장군을 데리고 대채로 갔다. 양림, 백승이 인마를 끌고 채에서 멀지 않게 매복하였는데, 초경은 되어서 비바람이 몰아쳤다. 살피어 보니, 고렴이 삼백 신병을 몰아 대채로 와서 텅빈 것을 보고 크게 놀라 달아났다. 양림, 백승이 소리치며 쫓아가 삼백 신병이 혼비 백산하므로 궁노수를 명하여 어지럽게 쏘아 고렴의 좌편 어깨를 맞추었다.

고렴이 후퇴한 후 십여 명의 신병을 잡아 가지고 대채로 와서 송강에게 밤중에 일어난 일을 고하니, 송강이 크게 놀라며 오용에게 말했다.

"이곳이 불과 사오 리 밖인데, 비바람 치던 것을 몰랐느냐?"

여러 사람이 말했다.

"이것이 다 요법인데, 근처 삼사십 리의 강물을 빌려 요술을 행함이오."

양림, 백승이 말했다.

"고렴이 좌편 어깨에 화살을 맞고 달아나는 것을 사람이 적어서 잡지 못하였습니다."

송강이 기뻐하며 두 사람에게 상을 주고, 칠팔 개 채책을 세워 대채를 호위하고, 한편으로 산채에 사람을 보내어 구원병을 청했다.

고렴이 화살을 맞고 성중으로 돌아와 치료하며 전령하여 밤낮으로 성지를 수호케 하여 싸우지 말고 자신의 상처가 아문 뒤에 송강을 잡으라고 말했다.

송강이 오용과 상의했다.

"저 고렴만 같으면 파하기 쉬우나, 만일 다른 곳의 군마가 협력하여 도와주면 어찌하겠소?"

오용이 말했다.

"고렴의 요법을 파하려면 빨리 사람을 보내어 공손승을 데려와야 합니다."

"일전에 대종을 보냈다가 도저히 찾지 못하였으니, 어디 가서 찾겠소?"

"계주관하에 향촌이 많이 있으니, 이 사람은 도를 배우는 사람이니, 필연코 명산대천과 복지동천에 있기 쉬우므로 계주땅을 구석구석 찾아보면 설마 못 찾겠소?"

송강이 그 말을 듣고 대종을 청하여 말했다.

"너는 수고스럽지만, 계주땅에 가서 공손승을 찾아와라."

대종이 말했다.

"소제가 가긴 가나, 일행 한 사람만 있으면 좋겠습니다."

오용이 말했다.

"너는 신행법을 행하는 사람이니, 누가 따라가겠나?"

대종이 말했다.
"만일 동행인이 있으면 갑마를 그의 다리에 대면 저와 같이 빨리 갑니다."
이규가 듣고 말했다.
"내가 대원장과 함께 공손승을 찾아오겠소."
대종이 말했다.
"네가 만일 나하고 가게 되면 반드시 내가 이르는 대로 해야 같이 가겠다."
이규가 말했다.
"뭣이 어렵겠습니까. 다 그리하겠소."
송강, 오용이 분부했다.
"너는 길에서 조심하고 공손승을 보거든 일찍 돌아오너라."
이규가 대답했다.
"내가 천석을 죽이고 시 대관인을 관사에 잡히게 하였으니, 내가 어찌 구하지 아니하리오. 이번에는 말썽을 내지 않겠소."
하고 두 사람이 각각 병기를 감추고 여러 사람에게 하직하고 고망주를 떠나 계주로 향하여 이삼 리를 가서 이규가 말했다.
"우리 술을 사 먹고 갑시다."
대종이 말했다.
"오늘은 이미 저물었으니, 조금 더 가서 주막에 들어가 자자."
하고 두 사람이 또 삼십여 리를 가서 주막에 들어가 저녁과 한 통 술을 사 먹을제 한 그릇 밥과 소탕이며 채소를 가져왔는데, 이규가 먹지 않으니, 대종이 말했다.
"너는 왜 밥과 술을 안 먹느냐?"
"나는 아직 먹기가 싫으오."
대종이 생각했다.
'저놈이 나를 속이고 어디 가서 고기를 사 먹으려고 그러는

구나.'
하고 밥을 먹은 뒤 가만히 뒤로 가서 보니, 이규가 혼자서 두 통 술과 한 반의 황우육을 먹고 있으니, 대종이 보고 생각했다.
'나의 생각이 틀리지 않았다. 오늘은 그대로 두고 내일 보자.'
하고 방에 들어가 잤다. 이규는 밖에서 마음껏 주육을 먹고 대종이 알까 두려워 가만히 방문을 열고 들어와 자는데, 오경은 되어서 대종이 이규를 불러 밥을 지으라 했다.
간단히 먹고 행장을 수습하여 주막을 떠나 얼마쯤 가다가 대종이 말했다.
"어제는 신행법을 못하였으니, 오늘은 빨리 가야겠다."
하고 네 갑마를 이규의 두 다리에 매어 주며 말했다.
"너는 먼저 가서 주점이나 반점을 보거든 나를 기다려라."
하고 대종이 입으로 기운을 지어 이규에게 부니, 이규가 한 번 다리를 옮길 때마다 마치 구름을 타고 안개를 몰아치듯 대종이 웃으며 생각했다.
'네가 하루만 굶어 보아라.'
하고 대종도 갑마를 매고 뒤따라갔다.
원래 이규는 신행법을 몰라 쉽게 행하는 것으로 알았는데, 귓가에 풍우소리만 들리고 양쪽의 가옥과 수목이 줄을 늘어놓은 듯하였고 풍우에 싸여 가는 듯했다.
두려운 마음이 생겨 몇 번을 멈추려 하나 두 다리가 바람에 날려 가는 듯하니, 어찌 수습할 수 있겠는가. 마치 바람이 아래에서 미는 듯하여 땅에 붙지 않으니, 길 좌우에 주점과 반점이 나는 것처럼 멈추지 못하니, 들어가 사 먹을 길이 없어 이규는 입으로 아비를 부르며 잠깐만 머무르기를 빌었으나, 신후(申後)는 되어 배가 고프고 목이 갈한데 걸음은 점점 급히 가니, 크게 놀래어 몸에서 땀을 흘리며 가는데, 대종이 뒤따라오며 불렀다.

"이규야, 오늘은 왜 점심을 안 사 먹느냐?"
이규가 말했다.
"굶어 죽겠으니, 형님은 나를 구하여 주시오."
대종이 품속에서 구운 떡을 꺼내어 혼자 먹으니, 이규가 소리치며 말했다.
"내가 아무리 멈추고 싶어도 다리가 듣지 않으니, 형님은 떡을 좀 주시오."
대종이 말했다.
"너는 잠깐 서서 내가 주는 떡을 받아라."
이규가 손을 벌리고 받으려 하나 한 발 남짓 뜬 사이에 받을 길이 없어 이규가 말했다.
"존경하는 형님, 잠깐 머무르게 하여 주시오."
대종이 혀를 차며 말했다.
"오늘은 참 이상하다. 나도 다리를 멈추지 못하겠구나."
이규가 말했다.
"내 다리는 마음대로 할 수가 없으니, 성질대로 하면 도끼로 찍어버리고 싶습니다."
대종이 말했다.
"그렇게 하는 것이 좋다. 그렇지 않으면 명년 정월까지 가도 멈추지 못한다."
이규가 애원하듯 말했다.
"형님은 희롱하지 말고 멈추게 하여 주십시오."
대종이 말했다.
"어제 저녁에 누가 나를 속이고 고기를 먹었느냐? 나까지 멈출 수가 없으니, 바로 말 안 하면 끝까지 간다."
이규가 또 말했다.
"부탁합니다. 나를 좀 멈추게 하여 주십시오."
대종이 말했다.

"나의 신행법은 고기를 먹는 것이 제일 나쁘니, 만일에 소고기 한 점이라도 먹으면, 이 세상을 다 돌아다녀도 멈추지 않는다."

하니, 이규가 말했다.

"이 일을 장차 어떻게 하겠소? 어젯밤에 형님 몰래 오륙 근의 소고기를 먹었으니, 어찌하면 좋겠소?"

하고 말하니, 대종이 혀를 차며 말했다.

"큰일났군. 나도 다리를 수습할 길이 없으니, 너는 나까지 죽게 했다."

이규가 이 말을 듣고 하나님을 부르며 말했다.

"형님의 말이 정말이면, 이 이규는 원통하게 죽겠습니다."

대종이 웃으며 말했다.

"이후로 네가 내 말을 어기지 않는다면, 혹 구할 도리가 있을지 모르겠다."

이규가 말했다.

"약속합니다. 다시는 안 속이겠소."

대종이 말했다.

"너의 말을 어찌 믿겠나?"

이규가 대답했다.

"만일 다시 형님을 속이면 혀에 종기가 사발만 하게 날 것이오. 내가 형님의 채소 음식 먹는 것을 보고 나는 차마 그렇게 할 수 없어 그랬던 것이니, 앞으로는 형님을 속이지 않겠소."

"그러면 너를 용서하겠다."

하고 따라오며 소매를 잡고 이규의 다리에 기운을 불며 멈추라 외치니, 이규가 소리에 응하여 섰다. 대종이 말했다.

"너는 천천히 따라오너라. 나는 먼저 간다."

이규가 다리를 옮기고저 하나 마치 바닥에 붙은 듯하여 움직이지 않으니, 이규가 크게 부르며 말했다.

"어찌 된 것인지 움직이지 않으니, 형님은 구하여 주십시오."
대종이 머리를 돌려 물었다.
"너는 또 뭐라고 하는 거냐?"
이규가 말했다.
"형님이 나의 할아버지와 같은 사람이니, 내가 어떻게 잡말을 하였겠소."
대종이 말했다.
"네가 정말 다음에는 나의 말을 시행하겠느냐?"
이규가 말했다.
"알겠습니다, 형님."
대종이 그때서야 손을 한 번 들어 가리키니, 이규가 따라오며 말했다.
"형님은 나를 보아서 일찍 주막에 들어가 쉽시다."
대종이 이규의 손을 끌고 함께 주막을 들어가 다리의 갑마를 풀고 지전을 사른 뒤, 이규에게 물었다.
"이제는 어떠냐?"
이규가 다리를 어루만지며 말했다.
"이 두 다리가 이제서야 내 것인 줄 알겠소."
대종이 이규와 함께 식사를 하고 주막에서 하루를 묵은 뒤, 주막을 떠나 이삼 리를 가다가 대종이 이규를 보고 말했다.
"오늘은 갑마를 두 개씩 매고 천천히 가겠다."
이규가 말했다.
"형님, 나는 갑마를 안 매겠소."
하니, 대종이 말했다.
"대사를 위하여 하는 일인데, 네가 만일 내 말을 듣지 않는다면 이곳에 꼼짝 못하게 했다가 내가 계주에 가서 공손승을 찾아보고 오는 길에 데리고 가겠다."
이규가 놀라며 말했다.

"형님의 명대로 하겠으니, 참아 주십시오."
 대종과 이규가 갑마를 둘씩 매고 신행법을 행하여 가기를 십여 일 만에 계주성 밖에 이르렀다. 이튿날 성 안으로 들어갔으나, 공손승의 거처를 알 길이 없으니, 이규가 초조하여,
 "이 빌어먹을 도인은 어디 가서 숨었기에 찾을 수가 없나. 만일 만나보면 머리를 끌어가겠다."
하니, 대종이 눈을 흘기며 꾸짖었다.
 "너는 또 네 버릇이 나왔구나. 왜 괴로움을 당하던 생각을 잊었느냐?"
 이규가 웃으며 사죄했다.
 "아니 무슨 말씀을 하시오. 우스개 소리로 한 번 해 본 것이오."
 대종이 원망하니, 이규는 감히 대답을 못하고 다음날 일찍이 성 밖으로 나가 두루 찾아다니며 어느 노인을 만나 물었다.
 "공손승 선생의 집이 어디입니까?"
하며 여러 노인에게 물었으나, 아는 사람이 없어 고민하다가 길가에 소면 파는 집이 있어 두 사람이 들어가 보니, 사람이 많아 자리가 없어 서서 있는데, 점소이가 보고 말했다.
 "손님이 면을 잡수시려면 저쪽 노인과 한상에서 잡수십시오."
 가리키는 곳을 보니 노인 한 분이 혼자서 큰 상을 차지하고 앉았는 고로, 대종이 가서 실례한다고 말하고 앉고 이규는 대종의 아래에 앉은 후, 점원을 보고 면을 가져오라고 하였으나, 점원이 응낙하고 가서 한참이 되도록 많은 면 그릇을 안으로만 들여가고 자기 앞에는 안 가져오니, 이규가 화가 나 있는데, 면 한 그릇을 갖다 노인 앞에 놓으니, 노인이 사양치 않고 저를 들어 더운 국수를 먹는데, 이규가 성을 참지 못하고 점원을 꾸짖었다.
 "내가 반나절이나 앉았으나, 면을 안 가져오니, 이게 무슨 도

리냐?"

하고 탁상을 한 번 치니, 더운 국물이 노인의 온 얼굴에 튀어 오르며 면그릇이 엎질러져서, 그 노인이 크게 노하여 이규를 꾸짖었다.

"너는 무슨 도리로 나의 면그릇을 엎지르고 나의 낯을 데이게 하느냐?"

이규가 주먹을 들어 그 노인을 치려고 하니, 대종이 황급히 꾸짖어 물리치고 노인에게 사죄했다.

"노인은 저 보잘 것 없는 놈과 말하지 마십시오. 소인이 노인장께 다시 면을 사서 드리겠습니다."

노인이 말했다.

"모르는 소리 마오. 내가 갈 길이 먼 고로, 어서 면을 먹고서 강의를 들으러 가야 하는데, 늦겠소이다."

대종이 물었다.

"노인장은 어디서 어떤 사람의 무슨 강(講)하는 것을 들으러 가십니까?"

그 노인이 대답했다.

"이 사람은 본처 계주관하 구궁현(九宮縣) 이선 산하(二仙山下) 사람이오. 이곳에 온 것은 좋은 향을 가지고 빨리 가서 나진인(羅眞人)의 장생 불사(長生不死)하는 비결을 듣고저 함이오."

대종이 가만히 생각하기를 혹 공손승이 그곳에 있는가 하여 물어 보았다.

"혹 노인장의 귀한 이웃에 공손승이란 사람이 있습니까?"

"아, 그는 나의 이웃인 고로, 자세히 아오. 그 사람이 노모를 홀로 놔두고 뜬구름처럼 다녀 집에 있지 않더니, 요사이는 집에 있어 도호를 고쳐 공손일청(公孫一淸)이라 하니, 모든 사람이 일청도인이라 부르고 공손승이라 하면 잘 모를 것이오."

대종이 속으로 기뻐하며 생각했다.

'일이 어려우면 천 리를 가도 만나도 못하고 쉽게 되려면 털 끝만큼의 힘도 허비치 않는다 하더니 과연 옳도다.'

하고 다시 물었다.

"이선산이 이곳에서 얼마나 됩니까?"

그 노인이 대답했다.

"사십오 리 안팎이오."

"일청도인이 지금 집에 계십니까?"

"공손일청은 나진인의 제 일 제자니, 진인이 옆을 떠나지 못하게 합니다."

대종이 크게 기뻐하며 면을 빨리 먹고 노인과 같이 가게를 나와 자세히 길을 묻고 말했다.

"노인장은 먼저 가십시오. 소인은 향촉을 사 가지고 가겠습니다."

노인과 작별하고 두 사람은 숙소로 돌아와 행장을 수습하고 이선산을 찾아갈제, 대종이 신행법을 행하여 이선산에 이르러 산 아래서 나무꾼을 만나 예를 하고 물었다.

"이곳에 일청도인의 집이 어딥니까?"

"저 산모퉁이를 지나면 적은 석교가 있는데, 그 옆집이 그의 집이오."

두 사람이 찾아가니, 산을 의지하여 십수 칸 집이 있는데, 사면이 다 낮은 울타리요 밖에 적은 돌다리가 있었다.

두 사람이 다리가에 이르니, 노파 한 사람이 과일 담은 광주리를 이고 나오니, 대종이 예를 하고 물었다.

"일청도인이 집에 있습니까?"

그 노파가 말했다.

"도인이 집 뒤에서 불로 불사의 약을 만들고 있습니다."

대종이 마음이 기뻐서 이규를 보고 말했다.

"너는 나무 뒤에 몸을 숨기고 있거라. 내가 들어가 보마."
하고 대종이 집 앞에 이르러 보니, 삼간 초옥이 있고 문 위에 갈대대로 엮어 만든 발이 드리워져 있다.

대종이 한 번 기침을 하니, 한 백발 노파가 안에서 나오자 대종이 예를 하고 말했다.

"노인께 묻겠습니다. 소인이 일청도인의 낯을 한 번 보고싶습니다."

하자 노파가 묻는다.

"관인의 고성 대명이 누구십니까?"

"소인의 성명은 대종인데, 산동에서 왔습니다."

"우리집 아이는 집에 없소."

대종이 간곡히 말했다.

"소인은 일청과 매우 절친한 사이입니다. 한 가지 요긴히 말할 것이 있어 보고저 합니다."

노파가 대답했다.

"무슨 말인지 아이가 집에 들어오면 전해 주겠소."

"소인이 다음에 찾아 뵙도록 하겠습니다."

노파에게 작별을 고하자 밖으로 나와 이규에게 말했다.

"자, 이번엔 자네가 해 보게. 만약에 없다고 하거든 한바탕 소란을 피우게. 그러나 노파를 다치게 해선 안 되며 내가 그만 두라면 그만 두게!"

이규는 우선 짐 속에서 두 자루의 도끼를 꺼내어 허리에 차고 문 안으로 성큼 들어갔다.

노파는 이규가 두 눈을 부릅뜨고 노려보는 것을 보자, 벌써 겁을 먹고 물었다.

"댁께선 무슨 용무로?"

"난 양산박의 흑선풍인데 형님의 명령으로 공손승을 데리러 나왔소. 빨리 나오면 가만 있지만, 그렇지 않으면 이 집에 불을 질러 아주 싹 태워버릴 것이오."

"여긴 공손승의 집이 아니라 일청도인의 집이오."

"여러 말 할 것 없이 불러오기만 하면 될 것이오."

"다른 데 행각을 나가 있어 아직 돌아오지 않았는데."

이규는 큰 도끼를 뽑아들고 우선 벽을 쳤다.

"아들을 불러오지 않으면 노파도 이렇게 만들겠소"

하고 도끼를 들어 찍으려고 하니, 노파가 놀래어 쓰러지자 공손승이 안에서 나오며 소리를 질렀다.

"철우(鐵牛)는 너무 무례하게 하지 마라."

대종이 옆에서 나오며 이규를 꾸짖었다.

"너는 어째서 저 노인을 놀라게 하여 기절하게 하였느냐?"

이규가 도끼를 버리고 공손승을 향하여 사죄했다.

"이렇게 하지 않으면 형님이 나오지 않으므로 한 것이니, 형님은 너무 언짢게 생각 마시오."

공손승이 모친을 붙들어 안으로 들어갔다.

다시 나와서 대종과 이규를 청하여 정한 방에 앉은 후 물었다.

"두 분은 무슨 일로 오셨소?"

"형님이 산에서 내려온 뒤 소제가 형님을 찾으려 이곳에 왔었으나, 못 찾고 산으로 올라갔더니 송공명 형님이 고당주를 치고 시 대관인을 구하려고 하는데, 고당주 지부 고렴이 두 번이나 요술을 부려 패하고 이길 가망이 없어 계교와 힘이 다한 고로, 소제와 이규에게 형님을 찾으라고 하여 계주에 와서 아무리 찾아도 찾을 길이 없더니 소면 파는 주점에서 노인을 만나서 일러 주어서 왔는데, 촌부인을 만나서 물으니, 형님이 뒤에서 계신다는 것을 노친께서 없다고 하는 고로, 이규를 시켜 형님을 화가 나게 하여 나오게 하였으니, 그 죄를 용서하고 송공명이 고당주에서 하루를 한 해처럼 보내니 형님은 급히 가서 시종을 함께 하여 대의를 온전히 하는 것이 아름답지 않겠소"
공손승이 말했다.
"빈도(貧道)가 젊어서는 강호성으로 돌아다니며 호걸들과 상종하기를 좋아하여 서로 사귀었는데, 양산박에서 이별하고 고향에 돌아와서는 마음이 전같지 않으니, 안 가려고 하는 것이 아니라 첫째는 모친이 연로하시나 시중들 사람이 없고, 둘째는 사부 나진인이 떠나지 못하게 하니, 산채에서 찾아올까 두려워 이름을 고쳐 일청도인이라 하고 이곳에 숨어 있는 것이오."
대종이 다시 부탁했다.
"이번에 송공명이 위급한 처지에 놓였으니, 자비심을 베풀어 한 번 다녀오도록 하시오."
그러나 공손승이 사양했다.
"노모를 시중들 사람이 없고 나진인이 놓아 주지 않으니, 어찌하겠소."
대종이 재배하며 간곡히 애걸하니, 공손승이 붙들고 말했다.
"다시 의논합시다."
하고 대종과 이규를 정실에 머무르게 하고 소음식을 내어 관대할 때, 세 사람이 한 차례 술을 먹은 뒤 대종이 간곡히 부탁했다.
"형님이 가지 않으면 송공명은 고렴의 요술에 잡혀 가니, 산채의 대의는 이제 끝날 것입니다."
공손승이 또 말했다.
"사부 나진인에게 여쭤 보고 만일 가라 하거든 함께 가겠소."
"공명 형님이 저곳에서 오래 기다리셨고 하니, 바라건대 오늘로 가서 말씀드려 보시오."
공손승이 견디다 못하여 대종, 이규와 같이 이선산으로 올라가니, 때는 초겨울인데, 해는 짧고 밤이 기니 반도 못 가서 해가 졌다. 소나무 그늘 속으로 좁은 산길을 올라 나진인의 도관 앞에 이르러 본 주홍 현판(朱紅懸板)이 달렸고 자허관(紫虛觀)이라고 석 자가 새겨 있었다.

세 사람이 의관을 정히 하고 낭하로 들어가 송학헌(松鶴軒)에 닿으니, 두 동자가 공손승이 사람을 데리고 온 것을 보고 안에 알리니 진인이 동자에게 법지를 내려 세 사람을 들어오라 하니, 공손승이 두 사람을 이끌고 송학헌 밑에 들어갔다. 진인이 운상 위에 앉아 있으므로 공손승이 예를 베풀고 궁신하고 비껴서니 대종이 황급히 절을 하는데, 이규는 눈을 말똥말똥 뜨고 서서 보고 있었다.

진인이 공손승에게 물었다.

"이 두 분은 어디서 오셨소?"

공손승이 공손히 말했다.

"이 두 사람은 전에 소인이 말씀드린 산동의 의형제이온데, 고당주 지부 고렴이 요술을 쓰므로 외형 송강이 두 사람을 보내어 소인을 청하나, 소인이 감히 결단치 못하여 아뢰옵니다."

나진인이 듣고 말했다.

"일청이 벌써 세속을 벗어나 장생할 방문을 공부하니, 어째서 다시 그곳에 가겠소."

대종이 재배하며 말했다.

"바라옵건대, 잠깐만 허락하시어 산에서 내려가 고렴을 파하고서 다시 산에 오게 하십시오."

나진인이 다시 말했다.

"두 사람은 모르는 일이오. 그 일은 출가한 사람이 알 바가 아니니, 여러분은 산에서 내려가 상의하시오."

공손승이 대종, 이규와 같이 송학헌을 떠나 산에서 내려올 때 이규가 물었다.

"그 선생이 뭐라고 합디까?"

"너는 그 선생의 말을 듣지 못했느냐?"

"그 새소리 같은 말을 어찌 알아듣겠소."
"그 사부님이 공 선생을 보낼 수 없다는 거야."
이규는 그 말을 듣자 속으로 투덜거렸다.
'우리 두 사람을 그토록 걷게 하고 그렇게 힘들게 찾은 끝에 그런 김빠진 소릴 하다니, 그런 인사가 어디 있어.'
세 사람은 다시 공손승의 집으로 가서 방으로 들어가 잤다. 밤이 깊어 인시가 되자 이규가 슬며시 일어나 귀를 기울여보니, 대종은 코를 골며 자고 있었다. 이규는 두 자루의 도끼를 손으로 더듬어 쥐고는 살며시 방문을 열고 나갔다. 달빛이 밝으니, 산을 곧장 올라 송학헌까지 와 보니 창 저편에서 누군가가 경을 읽는 소리가 들렸다. 이규는 기어올라가 침을 묻혀 창호지를 적셔 구멍을 뚫어 들여다보니, 나진인이 홀로 운상에 앉아 낭랑히 경을 읽고 있었다. 이규는 뛰어들어 도끼를 휘두르며 나진인의 머리를 향해 곧바로 내려치자 하얀 피가 쏟아졌다. 이규는 그걸 보자 웃으며 중얼거렸다.
'이놈이 도를 닦아서 어린아이 같으며 원양 진기를 누설함이 없어 피도 붉지 않는구나.'
하고 다시 보니 머리는 운상 아래 떨어졌고 시신은 상 위에 넘어졌으니, 이규가 또 생각했다.
'저놈이 죽었으니, 공손승이 내일 뭐라고 할까?'
하고 몸을 돌려 낭하로 나오는데, 한 동자가 길을 막으며 소리쳤다.
"네가 우리 스승을 죽이고 어딜 가느냐?"
이규가 크게 노하여 소리쳤다.
"네 놈도 나에게 죽고저 하는구나?"
하고 도끼를 들어 치니 대하에 넘어져 죽자 이규가 웃으며 혼자 말했다.
"이제 거추장스런 것은 없구나."

하고 나는 듯이 돌아와 가만히 방문을 열고 들어오니, 대종이 그때까지 자고 있었다.

조용히 들어가 자니 곧 날이 밝았다. 공손승이 조반을 지어 두 사람을 관대한 뒤에 대종이 다시 간청했다.

"형님은 우리와 같이 산에 가서 진인께 허락을 얻도록 합시다."

이규는 이를 악물고 웃음을 참았다.

세 사람이 어제처럼 산에 올라가 송학헌 앞에 다다르니 두 동자가 어제와 같이 있으므로 공손승이 물었다.

"사부는 어디 계시냐?"

"운상 위에서 참선하고 계십니다."

이규가 듣고 놀래어 눈이 동그래졌다. 세 사람이 말을 듣고 들어가니, 진인이 상 위에 엄연히 앉아 있으므로 이규가 생각했다.

'어젯밤에는 내가 잘못 죽였구나.'

하고 공손승을 따라 상 앞에 서니 진인이 물었다.

"너희 세 사람이 또 무슨 일로 왔느냐?"

대종이 애걸하며 부탁했다.

"진인은 자비심을 베풀어 여러 사람의 난을 면하게 하여 주십시오."

하니, 진인이 물었다.

"저 시커멓고 큰 놈은 어떤 놈이냐?"

"이 사람은 소인의 의제인데, 성명은 이규라고 합니다."

진인이 웃으며 말했다.

"공손승을 안 보내려고 하였으나, 저 시커먼 사나이의 낯을 보아 허락한다."

이 소리를 듣고 이규는 속으로 뇌까렸다.

'저 적도(賊道)가 나의 수단을 두려워 허락하는구나.'

나진인이 말했다.
"너희 세 사람을 순식간에 고당주에 가도록 해 줄까?"
세 사람이 배사하고 대종이 생각했다.
'저 진인의 법이 신행법에서 나보다 나은가?'
진인이 도동을 명하여 세 벌 수건을 가져오라고 하니, 대종이 물었다.
"진인은 무슨 법으로 우리를 빨리 보낼 수 있다고 하십니까?"
진인이 몸을 일으켜 말했다.
"너희는 묻지 말고 나를 따라오너라."
하고 관 밖에 나와서 돌다리 옆에 이르러 붉은 수건을 펴놓고 먼저 공손승을 보고 오르라 하고 소매를 한 번 떨치니 수건이 변하여 한떼 붉은 구름이 되어 하늘로 뜨니 땅에서 이십여 척은 떠 있었다.
진인이 멈추라 하니, 다시는 움직이지 않고 또 푸른 수건을 펴서 대종을 오르라 한 다음에 대종이 푸른 구름을 타고 공중에 서니 진인이 멈추라 하고 또 흰수건을 펴서 이규보고 오르라 하니, 이규가 보니 청홍 두 조각 구름이 공중에 떠 있는 게 마치 우산 같아 어리벙벙하여 바라보는데, 진인이 재촉하니, 이규가 웃으며 말했다.
"진인은 희롱하지 마시오. 만일에 떨어지면 다치지 않겠소?"
"저 두 사람을 보지 못하였느냐?"
하고 진인이 얘기하자 이규가 그제야 수건에 오르니 진인이 소리를 질렀다. 그 수건이 백운으로 변해 공중에 오르니 이규가 말했다.
"나는 불편하니, 도로 내려 주시오."
진인이 오른손을 들어 가리키니 청홍 두 구름은 땅으로 내려와 대종은 좌편에 공손승은 우편에 뫼시고 섰는데, 이규가 공중에서 애걸했다.
"내가 오줌이 마려우니, 내려가게 하여 주십시오."
하자 진인이 크게 호통쳤다.
"출가한 사람은 노여워하는 일이 없으나, 네가 어젯밤에 담을 넘어와서 어인 일로 도끼로 찍었느냐? 만일 도덕이 없었으면 너에게 죽었을 것이요 또 나의 도동은 어떤 연유로 죽였느냐?"
이규가 대답했다.
"나는 그런 일이 없으니, 당신이 뭔가 잘못 알았소."
진인이 웃으며 말했다.
"비록 나의 두 개 호로는 상하였으나, 그 마음이 곱지 못하니, 고난을 겪게 하겠다."
하고 손을 들어 명했다.
"빨리 가라."
하니, 일진의 악풍이 불어 이규를 구름 속에 들어 치니 두 황건 역사(黃巾力士)가 이규를 끌고 가니, 귓가에 풍우 소리만 들리고 아래를 보니 수목과 집이 줄에 꿰인 듯이 보이고 몸이 운무에 싸여 가는 길이 원근을 알 수 없어 이규가 대경 실색하는데, 홀연 들으니, 큰소리 한 마디에 제주부 대청 위에 굴러떨어지니 청 앞에 많은 공인이 섰다가 하늘에서 한 시커먼 놈이 떨어지는 것을 마지부가 보고 잡아오라 하니, 옥졸들이 이규를 잡아 청 밑에 왔다. 마지부가 꾸짖었다.
"너는 어디서 온 요괴인데, 하늘에서 내려오느냐?"
이규가 정신이 없어 반 시각이나 말 대답을 못했다.
"대답이 없는 걸 보니 요물이 분명하다. 어서 법물을 가져오너라."
뇌자 절급이 이규를 묶어 땅에 앉히고 우후가 개피와 닭피를 담아와 이규의 머리 위에서부터 붓자 입과 귀에 모두 개피며

닭피였다. 이규가 그때야 정신이 나서 소리를 질렀다.
"나는 요물이 아니라 나진인의 반당이오."
원래 계주 사람들은 나진인을 세상의 신선으로 알고 있어 하수하지 않고 청 앞에 와서 아전이 지부에게 품했다.
"나진인은 천하의 신선이니 만일 그의 도제이면 형벌을 대하지 못하겠습니다."
지부가 웃으며 말했다.
"내가 마권의 서책을 보았고 고금의 일을 많이 보았으나, 신선이 저런 도제가 있다는 것은 금시 초문이니 이놈은 틀림없이 요물이다. 좌우는 빨리 힘있게 쳐라."
여러 사람이 할 수 없어 이규를 엎어 놓고 큰 배를 치니 이규가 아픈 것을 견디지 못하여 요물 이삼이라고 알리니 마지부가 꾸짖었다.
"저놈이 이제 승복하였으니, 큰 칼을 씌워 옥에 가둬라."
이규가 옥중에서 큰소리 쳤다.
"나는 신장(神將)인데, 어째서 칼을 씌워 가느냐? 그리하다가는 너희 주 양민을 다 죽게 하겠다."
여러 공인이 알기를 나진인은 도덕이 높은 사람으로 알고 공경하고 있는 터이니 모두 묻는다.
"너는 정말로 어떤 사람이냐?"
이규가 대답했다.
"나는 진인을 모시는 신장인데, 잠시 그릇된 죄가 있어 이곳에 보내어 고난을 겪게 함이나, 이삼일 내로 도로 갈 것이니 만일 주육으로 대접치 않으면 나는 다른 곳으로 갈 것이니, 너희는 모두 죽는다."
여러 사람이 이규의 헛소리를 곧이 듣고 두려워서 주육을 사다 관대하니, 이규가 더욱 큰소리치니, 여러 사람이 더욱 겁이 나서 목욕을 시키고 새옷을 가져다가 입게 하자, 이규가 말했다.

"너희들이 주식을 끊어지게 하면 나는 날아서 달아나고 너희만 죄를 당하게 하겠다."

하니, 여러 공인이 사죄하고 이규는 옥에서 편히 있었다.

나진인이 자초 지종을 대종과 공손승에게 자세히 이야기하니, 대종이 사죄했다.

"비록 그러하나 자애로운 마음을 베푸시기를 바랍니다."

진인이 대종을 머물게 하여 관중에서 잘 때, 진인의 산채의 사무를 물으니, 대종이 자세히 고했다.

"조천왕이 체천 행도(替天行道)하여 맹서하고 충신열사와 효자 현손(孝子賢孫)이며 의부 절부(義夫節婦)는 해하지 않습니다."

하고 많은 옳은 알을 얘기하니, 진인이 듣고 묵연히 말이 없이 연 오일이 되니 대종이 매일 절하며 애걸하여 이규를 구하려고 하니, 진인이 웃으며 말했다.

"그런 사람은 데리고 갈 생각은 하지 마라."

대종이 고했다.

"진인이 잘 모르시는 말씀입니다. 저 이규가 비록 추망하고 일을 모르나, 첫째는 성품이 정직하여 호리를 속이는 일이 없고, 둘째는 사람에게 아첨하는 일이 없고 죽어도 충심이 변하지 않고, 셋째는 음사(淫邪)하고 욕심이 없어 조, 송 두 형님이 심히 사랑하니, 저 사람을 버리고 가면 산채의 여러 사람에게 볼 낯이 없습니다."

진인이 웃으며 말했다.

"빈도가 벌써 그러한 줄 알고 있으니, 저 사람을 상계의 천살성으로 하계에 내려온 것이니, 내가 어찌 하늘의 뜻을 어겨 이 사람을 해하게 하겠소. 잠깐 고난을 겪게 함이오."

대종이 거듭 사례하니, 진인이 소리를 질러 말했다.

"역사는 어디 있느냐?"

말이 끝나자 송학헌 앞에서 일진 괴풍이 일며 한 금갑 신인이 몸을 굽히며 나타났다.

"법사는 무슨 법지를 내리고저 하십니까?"

진인이 말했다.

"전번에 너희가 계주로 데리고 갔던 사람의 죄업이 이미 끝났으니, 데려오게 하라."

역사가 궁신 청명하고 가더니, 반 시각이 안 되어 공중에서 이규를 내리치니 대종이 붙들고 물었다.

"너는 그 사이 어디를 갔었느냐?"

이규가 나진인을 향하여 머리를 굽혀 무수히 배례하며 말했다.

"도사님께 다시는 무례한 짓을 안 하겠으니, 부디 용서하십시오."

진인이 듣고 아무 대꾸도 없었다.

대종이 궁금하여 계속 물었다.

"네가 어디로 갔었느냐?"

이규가 계주부 공청에서 당하던 일을 자세히 이야기하고 다시 말했다.

"오늘 아침에 공중에서 황건 역사가 내려오더니, 쓴 칼을 벗기고 나더러 눈을 감으라고 하더니 마치 꿈결같이 왔소."

공손승이 듣고 말했다.

"그러한 역사 천여 명이 다 진인의 반당이오."

이규가 듣고 말했다.

"참말 활불(活佛)이었소. 일찍이 그런 줄 알았으면 그런 일을 저지르지 않았을 것이오."

하고 무수히 절을 하니, 대종이 또 애걸했다.

"소인이 온 지가 여러 날이 지나 고당주 일이 위급할 것이니,

진인은 공손 선생을 놓아 소인과 같이 가서 송공명 형님을 구하고 고렴을 파한 후에 다시 산으로 돌아오게 하십시오."

그러자 진인이 말했다.

"내가 원래 안 보내려고 하였으나, 너희 무리가 대의를 중히 여기므로 한 번 다녀오기를 허락하나 내가 한 마디 요긴한 말을 하겠다."

그때, 나진인이 공손승에게 말했다.

"제자가 전날에 배운 재주가 고렴과 마찬가지니, 내가 특별히 너를 오뢰 천심 정법(天心正法)을 가르쳐 줄 것이니 이 법을 쓰면 송강을 구하고 보국안민하여 체천 행도(替天行道)하고 너의 노모는 내가 당분간 돌보겠으니, 안심하고 너도 본시 상천 승숙(上天昇宿)을 응하였기에 한 번 가기를 허락하였으나, 내가 한 마디 이를 말이 있으니, 너는 명심하라."

공손승이 엎드려 들으니, 진인이 다시 말했다.

"너는 도를 닦은 사람이니, 남이 달래는데 혹하여 본심을 잃어 대사를 망치게 하지 마라."

공손승이 법지를 받고 대종, 이규와 같이 진인께 하직하고 집으로 돌아와서 보검과 철관 도복(鐵冠道服) 등 행장을 수습하여 노모를 하직하고 고당주로 향할 때 대종이 말했다.

"소인은 한 발 먼저 가서 형님에게 알릴 것이니, 선생은 이규와 같이 오시면 다시 와서 영접하겠소."

"그러면 아우님이 먼저 가서 알리면 나도 길을 재촉하여 빨리 가겠소."

대종이 이규에게 분부했다.

"너는 조심하여 선생을 모시고 오너라. 만일 그릇된 일이 있으면 너를 가만 두지 않겠다."

"저 형님도 나진인과 같은 도사인데, 내가 어찌 그릇됨이 있겠소."

대종이 즉시 갑마를 내어 다리에 매고 신행법을 행하여 먼저 갔다.

공손승이 이규와 같이 구궁산을 떠나 큰길을 쫓아 어느 곳에 오니, 지명이 무강진(武岡鎭)인데, 공손승이 말했다.

"우리가 이틀을 걸어 피곤하니, 오늘은 소주와 소면을 사 먹고 가자."

"그거 반가운 말씀입니다."

하고 길가에 술집으로 들어가 점원에게 술과 안주를 청하여 놓고 공손승이 물었다.

"이곳에 소점심(素點心) 파는 곳이 있느냐?"

점원이 대답했다.

"우리집에는 주육만 팔고 소점심은 없으나, 길 어귀의 집에서 대추떡을 팝니다."

그러자 이규가 선뜻 나서며 말했다.

"내가 가서 한 그릇 사 가지고 오겠소."

하고 돈을 가지고 나가 대추떡을 사 가지고 돌아오는 길에 사람들이 떠드는 소리가 들렸다.

"참 좋은 기력이오."

하니, 이규가 보니 한 사람이 철추를 쓰는데, 신장이 칠 척이 넘고 얼굴에는 주근깨가 많은데 철추는 한 삼십 근이 되는데, 그 사람이 철추를 들어 저자에 놓인 큰 돌을 한 번 치니 조각이 나버렸다. 여러 사람이 함께 손뼉을 치니, 이규가 보고서 참지 못하여, 대추떡을 품 속에 감추고 나와 그 철추를 들어보니, 그 사람이 소리를 질러 말했다.

"너는 누군데 감히 남의 철추를 드느냐?"

이규가 웃으며 말했다.

"너의 철추 쓰는 법이 별나지 않으나, 여러 사람이 손뼉을 치는데, 네가 쓰는 철추법은 내가 보기에 우스우니 내가 한 번 쓰면 여러 사람이 놀라는 것을 볼 것이다."

그 사나이가 말했다.

"내가 철추를 빌려 줄 테니, 만일 움직이지 못하면 나에게 몹시 맞을 것이다."

이규가 대답도 않고 철추를 들어 헛것같이 쓰는데, 얼굴도 붉히지 않고 숨도 차지 않는 것을 그 사나이가 보고 절을 하며 말했다.

"원컨대 형님의 대명을 듣고자 합니다."

"그대의 집이 어디요?"

그 사나이가 대답했다.

"저 앞에 멀지 않은 곳에 있소."

하고 이규를 끌고 한 곳에 와서 잠근 문을 열고 안에 들어가서 앉게 하니, 이규가 눈을 들어 보니 원래 대장간이었다. 이규는 생각했다.

'이 사람이 대장장이니 산채에서 필요한 곳이 많으니, 데리고 가야겠다.'

하고 다시 물었다.

"당신의 이름이 뭐요?"

"소인의 성은 탕(湯)이요 이름은 융(隆)이니, 부친은 연안부 지채(知寨) 사람으로 쇠를 잘 다룬다 하여 상공이 신임하였는 데, 불행히도 죽고 소인은 유락하여 이곳에서 쇠를 만지며 생활을 하는데, 온몸에 검은 점이 많은 고로, 사람들이 부르기를 금전표자(金錢표子)라 합니다."

"나는 양산박 호걸 흑선풍 이규요."

탕융이 듣고 절하며 말했다.

"형님의 대명은 들은 지 오래이나, 오늘 이렇게 뵈올 줄은 천만 뜻밖입니다."

"네가 여기 있어도 출세하기 어려우니, 나를 따라 양산박에 입과하면 두령이 된다."
 탕융이 대답했다.
 "형님이 괄시하지 않고 데리고 가면 채를 위하여 견마의 힘을 다하겠소"
하고 절을 하여 이규를 형을 삼고 말했다.
 "나는 처자가 없어 지금이라도 가겠으나, 진상에 가서 술을 먹으며 결의 형제한 것을 표하겠소."
 그제야 이규가 생각이 나서 말했다.
 "나의 사부가 술집에 있어 대추떡을 사 가지고 가는 길이니 빨리 가야겠다."
 "형님은 무얼 그렇게 급하게 구십니까?"
 "너는 모르는구나. 지금 송공명이 고당주에서 싸우며 사부의 구원을 기다리니 어찌 급하지 않겠나."
 "그 사부는 누구요?"
 "너는 묻지 말고 어서 행장을 수습하여라."
 탕융이 급히 반전을 거두고 전립을 쓰고 요도 차고 박도를 갖고 버릴 것은 다 버리고 이규를 따라서 술집에 오니, 공손승이 원망하며 꾸짖었다.
 "너는 어찌하여 그렇게 꾸물대느냐? 나는 도로 가겠다."
 이규가 대답을 못하고 탕융에게 절을 하라 하여 뵙게 하고 결의한 것을 고하니, 공손승이 그가 대장장이라는 것을 듣고 기뻐하며 이규가 대추떡을 품 속에서 내어 공손승에게 주고 세 사람이 같이 술먹은 뒤, 행장을 수습하여 무강진을 떠나 고당주로 오는데, 이틀 만에 대종의 영접을 받아 소식을 물으니, 대종이,
 "고렴이 상처가 회복되어 매일 싸움을 걸어 오나, 형님은 대적하지 못하고 선생님이 오시기를 기다리오."
 이규가 탕융을 대종에게 뵙게 하고 자초 지종을 이른 후 네

사람이 같이 고당주에 이르러 대채에 가까이 오니, 여방, 곽성이 이백 군마를 이끌고 나와 영접하여 네 사람이 말을 타고 대채에 도착하니, 송강, 오용이 채에서 나와 영접하여 각각 예를 베풀고 술을 내와 서로 권하며 오랫동안의 정회를 풀고 중군장에 들어와 여러 두령과 하례할 때, 이규는 탕융을 데리고 모든 사람과 서로 보아 예를 베풀고 경하연을 차려 밤을 지내고 다음날 중군 장상에서 송강, 오용, 공손승의 세 사람이 군무를 의논할 때 공손승이 말했다.

"주장은 전령하여 나가면 소제가 적세를 보아 자연히 무찌를 도리가 있겠소."

그날로 송강이 각 채에 명하여 함께 대병을 몰아 고당주 성에 이르러 하채하고 다음날 인마가 모두 갑옷을 입고 송강, 오용, 공손승 세 사람이 진전에 나가 크게 소리 지르며 명라 격고(鳴鑼擊鼓)하여 성 아래에 이르렀다.

고렴이 성중에서 상처가 회복되어 있는데, 군졸의 알림으로 송강의 군마가 성 밑에 온 것을 알고 갑옷 입고 말에 올라 성문을 열고 삼백 신병과 대소 장교를 데리고 성 밖에서 대치했다.

양군이 진세를 베풀고 북을 울리며 송강의 진에서도 문기가 열리며 장수 십여 기가 기러기 날개 펼친 듯이 나오니, 좌수하의 오장은 화영, 진명, 주동, 구붕, 여방이요, 우수하의 오장은 임충, 손립, 등비, 마린, 곽성이었다. 중간에 세 주장이 말을 진전에 세우고 고렴의 진을 바라보니, 문기가 열리는 곳에 이십삼 기 관군이 고렴을 옹위하여 나오더니 말을 문기 아래 세우고 소리를 질러 호령했다.

"무리들이 시살코저 왔을 텐데 승부를 결단 안 하고 달아나느냐? 그것은 호걸들의 일이 아니다."

송강이 외쳤다.

"누가 저 도적을 베이겠느냐?"

소이광 화영이 나서니, 고렴이 소리쳤다.

"누가 저 도적을 잡겠느냐?"

통제관 작대 안에서 상장한 사람이 나오니, 성명은 설원휘인데, 쌍검을 두르며 중앙에 나와 화영을 맞아 싸워 수합이 못되어 화영이 말을 돌려 꾀를 써 본진으로 달아나는 척하니, 설원휘가 진력을 다하여 쫓아왔다. 화영이 궁전을 들고 몸을 돌려 쏘니 설원휘가 살을 맞고 말에서 떨어졌다.

고렴은 마상에서 그것을 보자, 대노하여 말안장 앞에서 예의 수면을 판 구리의 방패를 떼어놓고 칼로 두들겼다. 세 번 두들기자 어느새 신병대의 한 줄기 황사가 회오리쳐 일어나 주위를 뒤덮었다. 갑자기 일광이 번쩍이는 속에 함성이 일어나더니, 호표, 괴수, 독충 등이 그 황사 속에서 튀어나왔다. 전군이 모두 도망치려 할 때 공손승이 마상에서 송문(松文)의 고정검(古定劍)을 뽑아들고 적을 향해 겨냥하고 주문을 외웠다.

그러자 한 줄기 금색 빛이 비치고 그 괴수 독충들은 모조리 황사 속에서 힘없이 진 앞으로 떨어졌다. 일동이 보니 웬걸, 그것은 모두 백지로 만든 호랑이와 표범 따위며 황사도 모두 없어졌다. 황사 기척이 없으므로 송강이 채를 들어 휘둘렀다. 대소 삼군이 일시에 쳐들어가니, 적병이 대패하여 뿔뿔이 흩어지므로 고렴이 급히 신병을 거두어 성으로 들어갔다. 송강의 군마가 따라 성 밑에 이르니, 성 위에 사다리를 높이 달고 성문을 굳게 닫고 활이 비같이 날아왔다. 송강이 북을 쳐서 군을 수습하여 채에 돌아와 군마를 쉬이고 제장이 각각 공을 들이니 크게 이겼으므로 공손승의 신공도덕을 칭찬하며 삼군을 호상하고 다음날 계획을 신중히 세웠다.

"비록 이기었으나, 죽은 것이 태반이 넘지 못하고 신병은 하나도 상하지 않아 성중으로 들어갔고 오늘 힘써 막으니, 밤에 반드시 우리 영채를 겁박할 것입니다. 오늘밤에 군사를 나누어 사면에 매복하고 대채를 비우고 있다가 여러 장수가 벽력 소리를 듣고 채에 불이 나는 것을 보고 일시에 공격하시오."
했다. 전령을 마치고 영중에 북치고 피리를 불며 크게 즐기다가 그날 천색이 저문 후에 여러 두령이 흩어져 사면에 매복했다.

송강이 공손승, 오용, 화영, 진명, 여방, 곽성과 함께 도산에 올라가서 기다리는데, 과연 고렴이 신병을 거느리고 군사의 등에는 화약, 염초 등을 지고 사람마다 각각 구겸창을 들고 삼경 전후에 성문을 열고 사다리를 놓고 고렴이 앞장서서 송강의 채에 다가와서는 고렴이 마상에서 요법을 지으니, 문득 검은 기운이 충천하고 폭풍이 불며 모래와 자갈이 날아와 지척을 분별할 수 없는데, 삼백 신병이 각각 호로 위에 불을 지르니 동시에 불이 일며 신병의 몸이 다 불빛이고 큰 칼과 넓은 도끼를 들고 채중으로 쳐들어온다. 공손승이 토산 위에서 보고 칼을 짚고 주문을 외우니 빈 채중의 평지상으로 벽력이 일어났다. 신병이 놀래어 물러나고자 하는데, 공중에서 불이 일어나며 불꽃이 떨어져 내려왔다. 상하가 불바다가 되어 나갈 길이 없고 사면의 복병이 일어나서 에워싸니, 삼백 신병이 다 죽고 고렴이 삼십여 기만을 거느리고 성으로 달아나려고 했다.

배후에서 일지 인마가 따라오니, 이는 임충인데, 폭풍우같이 달려들어 치니 고렴이 대패하여 칠팔 기만을 데리고 성으로 들어가고 나머지는 모두 임충에게 사로잡혀 가고 고렴이 백성과 성을 수호하며 신병 잃은 것을 한탄했다.

다음날, 또 송강이 군마를 이끌고 와서 사면으로 싸고 맹렬히 공격했다.

고렴이 생각했다.

'내가 수년간 배운 법술이 오늘날 그에게 패한 바 되니, 장차

어떻게 할까?'
하고 사람을 인근 주현에 보내어 구원병을 청할 때, 장전통제관 두 사람이 서신을 갖고 서문을 열고 달아나니, 여러 장수가 따르려고 하자, 오용이 막으며 말했다.
"그냥 놓아 보내라. 계략엔 계략으로 맞서야 한다."
송강이 물어 보았다.
"군사는 무슨 묘책을 쓰려고 하오?"
오학구가 대답했다.
"좋은 방법이 있습니다."
하고는 설명을 하니, 송강이 듣고 크게 기뻐하며 대종을 명하여 양산박에 돌아가 양대 군마를 두 길로 나누어서 오라고 했다.

고렴이 매일 성중 넓은 곳에서 마른 풀로 하늘이 밝도록 불을 지르고 구원병이 오기만 기다리는데, 이틀이 지난 후에 군사가 바라보니 송강의 진이 싸우지 않고 스스로 지쳐 있어 보이니 급히 고렴에게 알렸다. 고렴이 듣고 갑옷을 입고 성에서 바라보았다. 양쪽 길에서 오는 군대가 사방이 어두울 정도의 먼지를 일으키며 하늘을 찌르는 듯한 함성을 올리며 밀어닥치는 것이 보였다. 성을 사방에서 포위하고 있던 송강의 군대는 난장판이 되어 도망가고 있었다. 고렴은 이야말로 원군이 도착한 것이라 생각하고 성내의 군대를 모조리 모아 성문을 열어젖히고는 사방으로 쳐들어갔다. 송강의 진지 가까이까지 달려가니, 송강이 화영과 진명을 거느리고 셋에서 말을 타고 뒷길 쪽을 향해 도망하고 있었다. 고렴은 군대를 이끌고 급히 뒤쫓았다. 그러자, 갑자기 고개 저쪽에서 호포가 연달아 울려 퍼졌다. 수상히 여겨 곧 군대를 정비하여 되돌아오는데, 양쪽에서 징소리가 울려 퍼지고 좌편에서는 여방이 우편에서는 곽성이 제각기 오백의 군대를 이끌며 쫓아나왔다. 고렴은 당황해 필사

적으로 도망을 쳤으나, 대부분의 부하 군병들은 죽음을 당했다.

고렴이 겨우 빠져 나와 성을 되돌아다보니 이미 양산박의 깃발이 걸려 있었다. 눈을 들어 다시 보니, 원군의 모습은 그림자도 없었다. 어쩔 수 없이 패잔병을 이끌고 산 그늘의 소로를 따라 도망을 쳤다. 약 십 리쯤 갔을 때, 산 저쪽에서 일대의 군대가 쫓아나왔다. 그 선두에 있는 것이 병울지의 손립이었다. 길을 가로막고 큰소리로 외쳤다.

"기다린 지 오래다! 냉큼 말에서 내려 오랏줄을 받아라!"

고렴이 병졸을 이끌고 되돌아가려 하니, 뒤에서도 이미 일대의 군대가 퇴로를 막았다. 그 선두의 마상엔 미염공의 주동이었다. 이렇게 전후에서 협공을 받아 사방의 통로를 끊긴 고렴은 말을 버리고 산으로 도망쳐 갔다. 사방의 병졸들도 일시에 산으로 뒤쫓아 올랐다. 고렴은 황급히 주문을 외고 뛰어올라 한 조각 흑운을 타고 하늘로 떠오르더니, 그대로 산정으로 올라갔다. 그러자 그것을 보고 고개 옆에서 공손승이 나타나 이내 칼을 뽑아 주문을 외고 기압과 함께 칼을 위로 들어 보이니, 고렴이 구름 위에서 거꾸로 떨어졌다. 그것을 보고 뇌횡이 튀어나와 박도를 휘두르고 고렴을 두 동강이 냈다.

송강은 고렴이 죽은 것을 알자, 병졸을 정비하고 고당주의 성내로 들어가 감방의 시 대관인을 구출하러 갔다. 그때에는 이미 감방에 근무하는 군관, 간수, 옥졸들이 모두 도망가 오십여 명의 죄수만이 남아 있었다. 이들을 모두 사슬에서 풀어 주고 석방을 해 주었으나, 그 가운데 시 대관인의 모습만이 보이질 않았다. 오학구가 고당주의 옥리와 옥졸들을 모아 심문을 하니, 그 중 한 사람이 말했다.

"지부인 고렴놈이 시진님을 끌어내 죽여 버리라고 한 것을 제가 그분의 훌륭한 인물됨을 보고 차마 칼을 내릴 수가 없었습니다. 그래서 그분은 이미 병들어 죽었다고 대답하고는 어젯밤 시진님을 뒤쪽 우물가에 모시고 가서 포승을 풀어 드리고 우물 안에 숨겨 두었지만, 글쎄 지금쯤 어떻게 되었는지 모르겠습니다."

송강이 듣고서 급히 그자를 데리고 뒤 우물가에 이르러 속을 들여다보니 컴컴하여 보이지를 않았다. 위에서 아무리 불러보았으나, 대답이 없어서 노끈으로 시험하여 보니, 열길 가까이 되어 송강이 눈물을 흘리며 말했다.

"지금 보아서는 시 대관인을 구할 길이 없소."

오용이 말했다.

"주관은 너무 염려하지 마십시오."

하고 여러 두령에게 일렀다.

"누가 내려가 살펴보시오."

말이 떨어지기 전에 이규가 대답했다.

"내가 내려가겠소."

송강이 말했다.

"당초에 너 때문에 시 대관인이 이렇게 되었으니, 오늘 네가 마땅히 갚을 일이다."

이규가 웃으며 말했다.

"어떠하든지 내가 내려가 볼 것이오. 내려간 뒤 끈을 끊지 마시오."

하고 큰 광주리에 끈을 매달아 우물 위에 시렁을 매고 줄을 건 뒤에 이규가 벌거벗고 광주리에 앉아서 도끼를 가지고 실려 갈 때, 노끈에 방울을 달고 우물 밑에 닿자 손에 닿는 것이 있어 살펴보니 해골이었다.

"이크, 재수없어."

하고 이규는 말하고 또 다른 곳을 더듬었다. 밑바닥은 질퍽질퍽하여 발을 디딜 데가 없었다. 이규는 두 자루의 도끼를 광주리 속으로 집어 넣고 엉금엉금 기어 바닥을 뒤졌다. 밑바닥은

꽤 넓었다. 잠시 후 물이 괸 가운데에 동그랗게 몸을 웅크리고 앉은 사람에게 손이 닿았다.

"시 대관인님!"

하고 이규는 소리쳤다. 상대는 움직이지 않았다. 손을 뻗어 살펴보니, 가냘픈 신음소리를 내고 있었다.

"다행이군. 이 정도면 살아날지도 몰라."

하고 이규는 곧 그 광주리 위로 기어올라 방울을 흔들었다. 그러자 모두가 힘을 합해 줄을 잡아 당겼다.

올라와서 이규가 우물 밑 이야기를 하자 송강이 말했다.

"또 한 번 내려가 주게. 우선 시 대관인님을 광주리 속으로 넣어 끌어올린 후, 다시 한 번 광주리를 내려 자네를 끌어올리겠네."

이규가 말했다.

"그런 말씀 마십시오. 내가 계주에서 두 번을 속고 이번에 만일 속으면 세 번을 속게 됩니다."

송강이 웃으며 말했다.

"어찌 다시 희롱할 일이 있겠는가. 빨리 내려가라."

이규가 광주리에 다시 앉아 우물 밑에 당도하여 시진을 안아 광주리에 담고 방울을 흔드니, 위에서 줄을 당기어 올라왔다. 여러 사람이 시진을 보고 크게 기뻐하며 자세히 보니, 시진이 머리와 이마가 깨어지고 두 다리가 성하지 않았다. 여러 사람이 치료를 하는데, 이규가 우물 밑에서 크게 소리를 질렀다. 송강이 듣고 급히 광주리를 내려보내어 이규를 올라오게 했다.

"무엇을 하는 것이오? 어찌 빨리 나를 구하여 올리지 않았소?"

이규의 항의를 듣고 송강이 말했다.

"우리들이 시 대관인을 구하느라고 그리 된 것이지, 너를 구하지 않으려고 한 것은 아니다."

하고 여러 사람을 명하여 시진과 두 집 가족을 수레에 태우고 고렴의 집에서 챙긴 재물을 이십여 수레에 나눠 실어 뇌횡, 이규가 호송하여 먼저 양산박으로 올라가게 했다.

모든 것을 수습하고 삼사 일이 걸려 양산박 대채에 돌아오니, 시진이 차도가 있어 조, 송 두 두령에게 칭사하니, 조개가 시진을 송공명의 채에 머물게 하고 새로 가옥을 지어 시진의 가족을 안돈하게 했다. 조개가 송강이 고당주에서 돌아온 뒤에 또 시진, 탕융을 더 얻었으니, 크게 기뻐하며 경하연을 베풀고 즐겼다.

제20장
복수의 무리들

 동창, 구주 두 곳에서 고당주가 패하여 고렴이 죽고 성이 함몰한 것을 조정에 자세한 말을 전하니, 고 태위가 듣고 저의 형제 고렴이 죽었으니, 분을 못 이기고 다음날 오경에 천자에게 아뢰었다.
 "제주 양산박의 도적 조개와 송강이란 놈들이 관군을 살해하고 창고의 금품을 약탈하는 등 번번이 대죄를 범하고 있습니다. 그야말로 악랄한 존재로서 시급히 토벌하지 않으면 후일 그 세력이 확장되어 도저히 제압하기 어려우리라 생각됩니다."
 천자는 그 말을 듣자 크게 놀라 토벌대를 일으키게 하고, 고 태위를 장수로 택하여 반드시 양산박의 적을 소탕하라고 명했다.
 고 태위가 말했다.
 "조그만 초적을 어찌 대병을 일으키어 치도록 하겠습니까? 신이 한 사람을 천거하여 그 사람에게 맡기고자 합니다."

천자께서 듣고 기뻐하며 말했다.
"경이 천거하는 사람이 반드시 승리를 하리라 생각한다. 빨리 실행하여 일찍이 승전보를 올리고 벼슬을 더하여 상을 후히 타게 하라."
고 태위가 다시 아뢰었다.
"그 사람 건국 당시 하동의 명장 호연찬의 적자손으로 호연작이라 하옵고 두 개의 동편(銅鞭)의 명수로 만부부당의 용맹이 있사옵니다. 지금은 연령군의 도통제로 근무하고 있으며 그 수하엔 많은 정병들과 용장이 있사옵니다."
그날 조회를 파한 후에 고 태위는 전수부에서 추밀원의 한 군관을 그 날로 여녕주에 보냈다.
호연작이 여녕주 통군사에 있는데, 수문군사가 알리기를,
"성지가 이르러 장군을 뵙자고 합니다."
호연작이 본주관원과 함께 성에서 나와 맞아 들어와 조칙(詔勅)을 받고 천사(天使)를 관대하여 보내고 급히 의갑을 갖추고 십 명의 부하를 데리고 여녕주를 떠나 여러 날 만에 경사에 와서 먼저 전수부에 가서 고 태위를 만났다.
고 태위가 크게 기뻐하며 들어오라 하니, 호연작이 들어와 참배하므로 태위가 위로한 다음에 상사를 후히 했다.
다음날 같이 도군 황제께 조현한 천자께서 호연작의 용맹함을 보시고 크게 기뻐하시어 즉시로 말 한 필을 사사하시니, 이 말은 온몸이 먹칠한 듯하고 네 발만이 희어 마치 눈을 밟은 듯한 고로, 이름이 척설 오추마라 했다.
그 말이 하루 천 리를 가기 때문에 천자가 특별히 사랑하시었다.
호연작이 사은(謝恩)하기를 마치고 태위를 따라 다시 전수부에 와서 기병(起兵)하여 양산박 적구를 수포할 일을 상의할 때 호연작이 아뢰었다.

"은상은 염려하지 마십시오. 양산박 적구를 틀림없이 멸하겠습니다. 그놈들이 군사가 많고 병기가 날래다 하니, 가볍게 볼 수는 없으니, 소장이 두어 장수를 천거하여 선봉을 삼아 협심하여 군사를 이끌고 정벌하면 반드시 크게 이길 것을 기약합니다."

고 태위가 듣고 크게 기뻐했다.

"장군이 천거하는 사람이 어떠한 사람인지 모르오나 좋은 생각이오."

호연작이 말했다.

"한 사람은 진주단련사로 성명은 한도이오며 본시 동경 사람인데, 일찍이 무사 출신으로 창을 잘 쓰는 고로, 사람이 부르기를 백승장이라 합니다. 그 사람으로 정선봉을 삼겠습니다. 또 한 사람은 영주 단련사이온데, 성명은 팽기요 동경 사람이며, 누대 대장군 자제로 삼천양인도를 잘 씁니다. 무예가 출중하므로 남이 부르기를 천목장이라 하는데, 이 사람은 부선봉으로 삼을까 합니다."

고 태위가 크게 기뻐하며 말했다.

"한, 팽 두 장군으로 선봉을 삼으면 어찌 적구를 멸하지 못하겠소?"

하고 그날 전수부에서 문서 두 장을 만들어 추밀원 차인을 명하여 밤사이로 진주와 영주로 가서 한도와 팽기를 속히 상경하라 했다.

수일이 못되어 두 사람이 경사에 와서 정수부에 들어와 고 태위와 호연작에게 참배했다.

다음날 고 태위는 여러 장군을 거느리고 훈령을 마치고 전수부로 돌아와 추밀원 관원을 모아 대의를 상의할 때 고 태위가 물었다.

"너의 인마가 모두 얼마나 되느냐?"

호연작이 대답했다.
"삼로인마를 통계하면 마군이 오천이고 보군이 일만입니다."
고 태위가 말했다.
"너는 두 사람과 함께 고을에 돌아가 마군 삼천과 보군 오천을 정선하여 양산박으로 가서 수포하라."
호연작이 말했다.
"저 삼로병은 다 훈련한 정예군이니 염려하지 마시고, 다만 의맹이 부족하여 만일 준비하려면 날이 오래 걸리니, 기한을 넉넉히 하여 주십시오."
고 태위가 말했다.
"네가 그러면 경사군기고(京師軍器庫)에 가서 명목을 보아 마음대로 골라 가지고 군용을 정제히 하여라."
호연작이 한도, 팽기와 같이 군령장을 두고 일성 포향에 삼로인마가 말에 올라 호호 탕탕히 여녕주로 왔다.
여러 날 만에 본주에 와서 한도, 패기를 각각 제 고을에 보내어 군마를 수습하여 여녕주에 모이게 했다.
반 달이 못되어 삼로인마가 다 모였다. 호연작이 경사에서 가져온 군물을 나눠 각 진에 주고 출군할 때 고 태위가 전수부의 두 군관을 보내어 점시하고 삼로 군마가 길에 오르니, 선봉은 한도요 중군 주장은 호연작이요 후군 주장은 팽기니 마보 삼군이 일시에 양산박으로 향했다.
취의청상에서 조개가 송강, 오용, 공손승 등 여러 두령과 시진의 일을 경하하는데, 염탐군이 다급히 와서 호연작이 관군 오만을 이끌고 온다 하니, 여러 두령이 대적할 묘책을 상의했다.
오용이 말했다.
"내가 들으니, 그 사람은 개국공신 하동명장 호연작의 후예인데, 무예가 정숙하여 두 자루 동편을 잘 간다 하니, 졸연히 잡기 어려우니, 먼저 능정감전지장(能征敢戰之將)으로 힘써 싸우게 하고 나중에 지혜로 잡겠소."

말이 끝나자 이규가 내달으며 말했다.

"내가 나서 그놈을 사로잡아 오겠소."

송강이 말했다.

"네가 어찌 가겠느냐? 내가 조처할 도리가 있소."

하고 문득 진명으로 제 일 진을, 임충으로 제이진을, 화영으로 제삼진을, 일장청 호삼낭으로 제사진을, 손립으로 제오진을 치라 하여, 그 오대 군만 물레바퀴같이 서로 응하여 전군이 후군되고, 후군이 전군되어 서로 대적하고, 송강 자신은 열네 형제를 데리고 대대 인마를 거느려 후응이 되겠다 했다.

좌군 오장은 주동, 뇌횡, 목홍, 황신, 여방이요, 우군 오장은 양웅, 석수, 구봉, 마린, 곽성이요, 수로 중의 이준, 장횡, 장순, 완가 삼형제로 선척을 가지고 수로로 접응하게 하고 다시 이규, 양림으로 양쪽 길에 매복하여 구응하라 일렀다.

조발하기를 마친 후에 전군 진명이 이미 군을 이끌고 산에서 내려가 평원광야의 한 곳을 가리어 진을 쳤다. 때는 겨울인데도 일기가 따뜻했다.

그 이튿날 아침에 바라보니, 선봉 한도의 군마가 나타났다. 그날은 싸우지 못하고 다음날 늦은 뒤에 양군이 북소리 세 번에 진명이 말을 앞세우고 낭아곤을 들고 바라보니, 문기가 열리는 곳에 선봉 한도가 창을 들고 말을 달려 진명을 보고 크게 외쳤다.

"천병(天兵)이 이르렀는데, 포승을 받지 않고 오히려 항거하니, 이는 죽기를 바라는 것이다. 내가 양산박을 파하고 너의 반적의 무리를 사로잡아 경사에 보내어 죽음을 당하게 하리라."

진명은 급한 성질이라 그 소리를 듣자 갑자기 말을 달려 낭아곤을 휘두르며 한도에게 덤벼들었다. 한도도 추를 겨누며 말을 달려 진명을 향해 맞싸웠다.
　두 사람은 서로 싸우기를 이십여 합, 한도가 기세가 꺾여 금방 도망치려고 할 때, 뒤에서 중군의 주장 호연작이 도착했다.
　한도가 진명을 감당해내지 못할 듯이 보이자, 곧 쌍편을 내휘두르며 하사받은 적설오추를 크게 올리고는 진두로 나왔다.
　진명이 그것을 보고 호연작과 싸우려 하자, 제 이 진인 표자두의 임충이 나타나 사모를 겨누고 호연작에게 덤벼들었다.
　진명은 부하의 병마를 이끌어 좌편으로 돌아 언덕 저쪽으로 물러갔다.
　한편 호연작과 임충이 서로 맞싸웠으나, 양자 모두 호각의 호적수, 두 사람은 오십여 합을 서로 싸웠으나, 승부가 나지 않았다.
　그러자 제 삼 진인 소이광 화영의 군이 도착했다.
　임충이 말머리를 돌려 자기의 진으로 돌아가니, 호연작도 임충의 뛰어난 솜씨를 알고 자기 진으로 돌아갔다.
　그때 호연작의 후군도 도착하고 천목장군인 팽기가 삼첨양도 사격 팔환(四格八環)의 칼을 가로 쥐고 오명 천리(五明千里)의 백록모(白鹿毛)라는 말을 달려 진두에 나서서 마구 화영에게 덤벼들었다.
　화영은 재빨리 말을 달려 팽기를 맞아 싸웠다. 양자 서로 싸우기를 이십여 합, 호연작은 팽기가 열세에 빠지는 것을 보자 말을 달려 쌍편을 내휘두르며 곧장 화영에게 달려들었다.
　이삼십 합쯤 서로 맞싸울 때, 호삼낭이 나타났다.
　화영은 군졸을 이끌어서, 우측으로 돌아가, 언덕 아래로 물러섰다.
　팽기는 호삼낭과 싸웠으나, 쉽게 승부가 나질 않았다.
　두 사람은 흙먼지를 차고 살기를 가득히 보이며 한 사람은 대간도를 휘두르고 또 한 사람은 양도를 쓰며 서로 이십여 합을 싸웠다.
 호삼낭은 쌍칼을 휙 걷고 말머리를 돌려 도망치기 시작했다.
 팽기는 때는 이때다 생각하고 성급히 말을 달려 뒤쫓았다.
 그러자 갑자기 호삼낭은 쌍칼을 말안장에다 걸치고 겉저고리 안에서 스물네 개의 갈구리가 홍금(紅錦)의 오랏줄을 팽기의 말이 다가오는 것과 같이 하여 몸을 돌리며 그 오랏줄을 던졌다.
 줄은 보기좋게 겨냥한 대로 들어맞아 팽기는 피할 틈도 없이 갈구리에 걸려 말에서 떨어졌다.
 손립은 병졸에게 명령하고 일제히 덤벼들어 팽기를 생포했다.
 호연작은 그것을 보고 화가 치밀어 서슬이 퍼렇게 되어 구출하러 달려들었다.
 호삼낭이 말을 몰아 그를 맞아 싸웠다.
 호연작은 당장 호삼낭을 단숨에 해치울 듯이 덤벼들어 두 사람은 십여 합 남짓 서로 싸웠다. 호연작은 아무리 해도 호삼낭을 무찌를 수 없자 내심 생각했다.
 '이 본관과 이렇게까지 맞설 수 있다니, 대단한 계집이로군!'
 그리고는 이내 일부러 진 것처럼 하고 상대를 끌어들이고는 갑자기 쌍편을 휘두르고 단숨에 해치우려 했다.
 그러나 호삼낭의 쌍칼이 막았고 호연작은 오른손의 동련을 들어 일장청의 머리를 향해 내리쳤다.
 그러나 호삼낭도 대단한 사람, 날쌔게 한 칼로 그것을 막고 오른손의 칼을 내리쳤다. 동시에 호연작도 편을 내리쳤다.
 편은 칼과 부딪쳐 번쩍 불꽃을 튀겼다. 호삼낭은 말을 돌려 우군에게 돌아갔다.
 호연작이 말을 몰아 뒤쫓자, 병울지의 손립이 그것을 보고 날쌔게 창을 겨누어 말을 몰아 그를 가로막고 싸웠다.

그때 마침, 배후에 송강이 열 명의 호장을 이끌고 도착해 진을 쳤다.
호삼낭은 인마를 이끌고 또한 언덕 밑으로 물러섰다.
송강은 천목장군인 팽기를 생포한 것을 보자, 크게 기뻐하고 진두에 나가서 손립과 호연작의 싸움을 바라보았다.
손립도 창을 거두고 팔을 걸쳐 두었던 마디가 날카로운 강편을 쥐고 호연작을 맞이했다.
두 사람은 좌우로 서로 싸우기를 삼십여 합에 이르렀으나, 승패는 나지 않았다.
관군의 진지에서는 팽기가 생포되었다는 소리를 듣자, 한도가 전군을 일으켜 일제히 공격해 갔다.
송강이 밀려나지 않게 지휘봉을 들어 신호를 하니, 열 사람의 두령들이 각기 부하들을 이끌고 돌진해 갔다.
뒤를 채운 네 대의 군대는 두 갈래로 나누어 협공을 했다. 호련작은 그것을 보자, 급히 본대의 인마를 거두었다.
서로가 대치 상태였다.
호연작의 군은 모두 연환마를 가지고 있었기 때문에 송강 역시 압승을 거두지 못했다.
말하자면 관군의 말은 마갑을 가지고 병졸은 철구를 입고 있었기 때문이다.
말도 갑옷을 입고 그저 네 개의 말굽만을 노출했을 뿐이고 병졸들도 갑옷을 입어 그저 두 눈만을 내놓고 있었기 때문이다.
이쪽에서 화살을 쏘면 저쪽에선 모두 갑옷으로 막아버렸다. 더구나 그 삼천의 기병은 각기 활을 가지고 쏘아 접근할 수가 없었다.
송강은 급히 금고를 울리게 하고 군을 철수시켰다. 호연작도 이십여 리쯤 후퇴하고 진을 쳤다.

송강은 군을 철수시켜 산 서쪽으로 물러가 진을 치고 인마를 쉬게 했다.

그리고 옆의 호위병에 명하여 팽기가 오는 것을 보자, 일어서서 군사들을 물러가게 했다.

그리고 스스로 그의 끈을 풀어 주고 손을 잡아 안으로 인도하고 빈객의 좌석에 앉게 하여 절을 했다.

팽기가 급히 답례하고 말했다.

"소장은 잡혀 온 관군인데, 죽이지 않고 어떤 이유로 장군은 예로써 대접하십니까?"

송강이 말했다.

"우리 무리가 용신할 곳이 없어 일시 양산박에 몸을 담은 것은 잠시 난을 피하려 함입니다. 이제 조정에서 장군을 보내어 수포하러 왔으니, 마땅히 잡혀 가야 옳으나, 생명을 보전하기가 어려운 고로, 죄를 짓고 호위를 거스렸으니, 그 죄를 용서하시오."

팽기가 대답했다.

"내가 본래 장군이 장의소재하고 부위제곤하다는 말을 일찍이 들었습니다. 이제 보니 과연 의기 심중하므로 만일 목숨을 살려 주시면 저의 몸을 바쳐 갚겠습니다."

송강이 크게 기뻐하며 그날로 사람을 시켜 팽기를 데리고 산채에 가서 조개에서 뵈이게 하고 대채에 머물러 있게 하라 일렀다.

그리고는, 삼군의 여러 두령은 불러 모아서 함께 군정을 의논했다.

한편, 호연작이 군사를 거두게 하고 한도와 함께 상의했다.

"어떻게 하면 양산박을 쳐부수겠는가?"

한도가 대답했다.

"오늘은 저놈이 무리가 우리 진을 범하다가 황급히 군사를 거둔 것은 겁이 나서 그런 것이니, 내일 군마를 일제히 몰아치면 반드시 크게 이길 것입니다."

호연작 역시 그렇게 생각했다.

하고 계교를 서로 정한 뒤에 즉시 전령하니, 삼천 마군을 분배하여 삼십 필씩 조를 짜서 마갑을 입혀 서로 연하고, 만일 적군을 만나면 멀리서는 쏘고 가까이 오면 장창을 쓰라 일렀다.

삼천 연화갑마를 대에 나누어. 오천 보군은 뒤에 따르도록 했다.

한편, 송강은 다음날 인마를 다서 대로 나누어 진두에 서게 하고, 뒤에 열 명의 장수는 거느리고 복병을 좌우 두 갈래로 나누어 두었다. 이리하여 진명이 선두를 맡게 되고 호연작에게 일전을 걸기 위해 말을 달려 갔다. 가 보니, 적은 그저 함성을 지를 뿐, 누구 하나 칼을 맞이하려 하지 않았다.

송강은 그것을 보고는 수상히 생각하여 일단 후군을 철수하려 했다.

그러자 갑자기 적진에서 연달아 호포가 울리더니, 일천의 보병이 좌우로 흩어지고 그 사이에서 세 대의 연환마의 군이 돌진해 왔다.

그 양익의 두 대는 화살을 난사해 오고 중앙의 한 대는 장창을 겨누고 있었다.

송강은 급히 전군에게 화살을 쏘게 했으나, 도저히 감당할 수가 없었다.

삼십 필의 말들이 일시에 밀려들어 무찌를 수가 없었다. 그 연환마의 군은 산야를 뒤덮은 듯 종횡 무진 돌진해 왔다.

전면의 다섯 대의 인만 그것을 보자마자 뒤로 도망쳐버려 손을 쓸 수 없었다.

후방 본대의 인마들도 어떻게 막아낼 방법이 없어 제각기 도망을 쳤다.

송강도 말을 달려 급히 도망하고 십 명의 장은 송강을 호위하며 달아났다.

그 뒤에선 재빨리 한 대의 연환마의 군의 쫓아왔다.

때마침 복병인 이규와 양림이 부하를 이끌고 갈대밭 속에서 튀어나와 쳐들어가 송강을 구해내고 강가까지 도망가게 했다.

거기엔 이준, 장황, 장손, 완가 세 형제들의 수군의 두령 여섯 명이 군함을 준비하고 기다리고 있었다.

그 연환만 강가에까지 쫓아와 화살을 쏘아댔으나, 배 안에는 그것을 막아낼 방패가 있었기에 안심할 수 있었다.

전원 물가에 올라 수채에서 군대를 점검하니, 병졸 반 수를 잃어버렸다.

잠시 후 석용, 시천, 손신, 고대수가 다 함께 산으로 도망해 와서 말했다.

"적의 보병들이 쳐들어와 집과 모든 것을 짓밟아 버렸습니다."

두령들이 조사를 해 보니, 화살에 맞은 자가 임충, 이규, 석수, 손신, 황신 등 여섯 명이나 되고 부하들 가운데 상처를 헤아릴 수가 없었다.

송강의 얼굴에 근심하는 빛이 역력하니, 오용이 위로를 했다.

"형님은 너무 걱정 마시오. 승패는 병가의 좋은 방법을 모색하여 연환 갑마를 피하겠습니다."

조개가 전령하여 수채를 엄하게 지키고 각 처를 주야로 철저히 지키며 송공명을 청하여 산에 올라가 편히 쉬게 하였으나, 송강이 듣지 않고 압취탄 적은 채에 머물고 상한 두령만 산에 올라가 쉬게 했다.

이때, 호연작이 대획전승하고 본채에 들어와 연환 갑마를 풀어놓고 모든 장수의 공을 치하했다.

사로잡은 것이 오백여 인이요, 앗아온 전마가 삼백 필이니 즉시 첩서를 닦아 경사에 주달하고 한편으로 삼군에게 상을 주었다.

고 태위가 전수부에 있는데, 아문을 지키던 군인이 아뢰었다.
"호연작이 양산박을 쳐서 이기고 승첩한 문서가 왔습니다."
하니, 고 태위가 크게 기뻐하며 다음날 조회 때 천자께 주달했다.

천자가 크게 기뻐하며 술과 안주를 하사하고 차관을 정하여 돈 십만 관을 싸 가지고 행영에 가서 군사를 격려하라 일렀다. 고 태위가 성지를 받들어 전수부에 돌아와서 차관 한 사람을 정하여 보냈다.

호연작이 천사가 오는 것을 알고 한도와 함께 십 리나 나와 영접하여 하사한 것을 받은 후에 술로 천사를 관대하고 한편으로 한도에게 명하여 천자가 하사한 돈을 나눠 상을 주고 천사에게 아뢰었다.

"사로잡은 군사 오백은 아직 채중에 가두었다가 적괴를 잡아 같이 경사로 보낼까 합니다."

천사가 묻기를,

"팽기는 어디에 있는가?"

호연작이 답했다.

"그 사람이 송강을 잡으려고 하여 적지에 깊이 들어갔다가 불행히 잡혔습니다. 소인이 군사를 나눠 당장 산채를 소탕하고 싶으나, 사면이 물길이니 나갈 길이 없으니, 멀리 채색을 바라보니 화포(火炮)로 쳐서 무찌를 수밖에 다른 도리가 없습니다. 전에 들으니, 동경의 포수 능진이란 사람이 있사온데 만일 이 사람을 얻으면 화포를 만들어 십사오 리를 보내어 화포가 떨어지는 곳은 하늘이 무너지고 땅이 터지며 산이 무너지고 돌이 깨어진다 합니다. 그리되면 도적을 파하기가 어렵지 않으니, 천사가 돌아가거든 태위께 말씀하여 이 사람을 빨리 보내게 하십시오. 이 사람이 이곳에 오면 날을 기약하고 양산박을 가히 파하겠습니다."

천사가 응낙하고 길을 떠나 경사에 이르러 고 태위를 보고 포수 능진의 이야기를 말하니, 고 태위가 듣고 즉시 균지를 내려 갑장고 부사 포수 능진을 오라 일렀다.

능진은 연릉 사람인데, 당시에 제일 포수요 겸하여 무예가 정숙한 고로, 사람이 부르기를 굉천뢰(轟天雷)라 했다.

그때 능진이 전수부에 와서 참배하니, 고 태위가 행군통령관을 시켜 공무를 만들어 주었다.

능진이 인마와 군기를 수습하여 가지고 화약과 염초며 각색 화기와 석포 등을 수레에 싣고 삼사십 명의 군인을 데리고 동경을 떠나 양산박 행영에 이르렀다.

주장 호연작과 선봉 한도를 본 후에 수채의 원근과 정도(程道)를 묻고 험준한 산길에 삼등석포를 안치하여 산채를 치려고 했다.

제일은 풍화포(風火炮)요, 제이는 금륜포(金輪炮)요, 제삼은 자모포(子母炮)였다.

한편, 송강이 압취탄 소채에서 군사 오용과 의논하는데, 탐색군이 알렸다.

"동경에서 새로 포수 능진이 와서 수변에 대포를 안치하여 화포로 수채를 치려고 합니다."

오용이 웃으며 말했다.

"근심할 것이 없소 산채 사면이 수로요, 여울이 넓고 완자성이 그곳에서 멀리 있으니, 비록 나는 화포라도 성변에 이르지 못할 것이다. 압취탄 소채를 버리고 대채로 올라가 그대들이 어찌 하는가를 봅시다."

송강이 전령하여 압취탄 소채를 버리고 여러 두령과 함께 관상에 올라오니, 조개, 공손승이 맞아 취의청에 좌정한 후 물어보았다.

"적세가 그러하니, 어떻게 파하겠소?"

말이 떨어지자마자, 산 아래서 포성이 대진하여 세 개 화포가 연하여 오다가 두 개는 물에 떨어지고 한 개는 압취탄 소채를 맞추니, 송강이 이것을 보고 마음이 더욱 조급했다.

두령들은 모두 새파랗게 질리니, 오학구가 말했다.

"누가 가서 능진을 물가로 유인하여 먼저 그놈을 잡아버리기 전에 적을 무찌를 방법이 없습니다."

그 말을 듣고 조개가 말했다.

"그럼 이준, 장횡, 장순, 완가 형제의 여섯 사람이 배를 타고 가고 육지에서는 주동과 뇌횡이 이리저리 하도록 하라."

수군의 두령 여섯 명은 명령을 받자 곧 두 갈래로 나누어 이준과 장횡이 먼저 두 척의 빠른 배로 갈대가 무성한 곳에서 슬그머니 배를 저어 나갔다.

그 뒤 장순과 완가 삼형제는 사십여 척의 작은 배를 타고 응원해 나갔다.

한편, 이준과 장횡은 맞은편 물가로 올라가자 포가 있는 곳으로 와서 함성을 올리며 포를 넘어뜨렸다. 군사들이 당황해 즉시 능진에게 알리자 능진은 두 문의 능화포를 꺼내어 창을 들고 말을 타 일천 명의 부하를 이끌고 쫓아왔다.

보니, 거기에 일자형으로 사십여 척의 작은 배가 줄지어 있었고 배 위에는 백 명 가량의 수군이 타고 있었다.

이준과 장횡은 이미 배에 올라탔으나, 일부러 배를 몰지 않았다.

이윽고 관군이 오자 모두 함성을 지르며 물 속으로 뛰어들었다.

능진의 군대가 밀어닥쳐 배를 가로챘다. 그러자 주동과 뇌횡이 배 안에서 함성을 올리며 군고를 올렸다.

능진은 많은 배를 가로채자 군사들을 모두 배에 태워 일제히 대안을 향해 노를 저어갔다.

배들이 알맞게 강 한복판에 이르자 물가에 있던 주동과 뇌횡이 군고를 울렸다.

그런데, 갑자기 물 밑에서 사오십 명의 수군이 헤엄쳐나와 배 끝에 있는 말뚝을 모두 뽑아버리고 말았다.

그러자, 물이 배 안으로 철철 흘러들어갔다.

수군은 때를 놓치지 않고 배를 전복시켜 버리니, 군사들은 모조리 빠지게 되었다.

능진은 황급히 배를 돌리려고 했으나, 선미의 키와 노는 이미 물 속으로 빠져서 없었다.

그때 배 양쪽에서 두 두령이 헤엄쳐 다가와 단숨에 배를 엎어버렸다.

능진은 물 속으로 거꾸로 빠져 들어갔다.

완소이가 물 속에서 그를 붙잡아 안고 그대로 건너편 물가로 끌고 갔다.

물가에는 이미 두령이 기다리고 있다가 곧 끈으로 묶어 산채로 향했다.

여러 두령이 능진을 압령하여 산채로 오다가 먼저 사람을 보내어 알리니, 송강이 여러 두령과 함께 내려와 영접할 때, 능진을 보고 황급히 맨 것을 풀고 여러 두령에게 호통을 쳤다.

"내가 너희들에게 통령을 예로 청하여 산에 모셔 오라 하였는데, 어찌지 이렇게 무례하게 하였느냐?"

이 말을 들은 능진은 죽이지 않는 것을 이상히 생각했다.

송강이 잔을 권하여 손을 잡고 산에서 같이 취의하기를 청했다.

능진이 눈을 들어보니, 팽기도 두령이 되어 있었다.

능진은 아무 대답이 없는데, 팽기가 나서며 말했다.

"조, 송 두 두령이 체천행도 하고 호걸을 초현납사하여 나라에서 초안(招安)하기를 기다려 국가를 위하여 출력하려고 하는 것입니다. 우리가 이제 이곳에 와 있으니, 다만 명을 좇는 것이 좋을까 하오."

송강이 또 간절히 권하니, 능진이 말했다.

"소인이 이곳에 있어도 무방하나 다만 노모와 처자가 집에 있으니, 만일 일이 발각되면 가족은 죽음을 면치 못할 것이니, 어떻게 하면 좋겠소?"

송강이 말했다.

"그 일은 안심하시오. 빠른 시일 내에 모셔 오리다."

능진이 말했다.

"그렇게 하시면 목숨이 다하도록 뫼시겠소."

조개가 크게 기뻐하며 잔치를 베풀어 경하했다.

다음날 장상에서 여러 두령을 모아 놓고 송강이 말했다.

"연환 갑마를 피할 묘책이 없으니, 너희들은 무슨 방법들이 있느냐?"

금전표자 탕웅이 몸을 일으키어 말했다.

"소인이 비록 재주는 없으나, 한 가지 계교가 있습니다. 만일 저 군기가 없고 저 사람을 얻지 못하면 연환 갑마를 피하지 못할 것입니다."

오용이 다급히 물었다.

"현제는 빨리 말을 하라. 어떤 사람이며 어떤 군기를 써야 이길 수 있는가?"

하고 말했다.

이때, 탕웅이 여러 두령을 바로 보며 말했다.

"그 진을 무찌르자면 구검창을 쓸 수밖에 다른 방법이 없습니다. 저에게 선조에서부터 전해 온 그림이 있으니, 구검창을 만들 수 있습니다. 그러나 그걸 쓸 수 있는 사람은 저의 이종형밖에 아무도 없습니다. 그 형의 집에선 대대로 그 사용법이 전수되어 왔고 아무에게도 가르쳐 주질 않습니다."

말이 채 끝나기도 전에 임충이 말했다.

"그 분은 금창반의 사범을 하고 있는 서녕(徐寧)이란 사람이 아니오?"

"그렇습니다. 그 사람입니다."

"당신이 말했기에 생각이 나는데, 서녕이 금창법과 구검창법은 그야말로 천하 독자적인 것, 경사에 있을 때, 난 그 사람과 자주 만났고 존경하고 있는 사이였지요. 그렇다손 치더라도 어떻게 그를 산채에 데려올 수 있을까요?"

"서녕의 집엔 대대로 내려오는 보물이 있습니다. 그것은 쇄양예라 불리는 안령위로 된 금쇄개(金鎖鎧)입니다. 그 갑옷은 그의 목숨과 같이 소중히 하는 것이어서 가죽 상자에 넣어 항상 침실의 대들보에 걸어 놓습니다. 그러니 만일 그 갑옷을 뺏아오면 그는 어쩔 수 없이 여기에 올 것입니다."

"그렇다면 문제없어. 여기엔 그 방면에 아주 뛰어난 사람이 있소. 이번에야 말로 고상조의 시천이 실력을 보일 때로군."

그러자 시천이 말을 받아 했다.

"물건이 없을까 걱정이지, 있기만 하면 수단에는 문제가 없습니다."

탕웅이 말했다.

"그대가 갑옷을 도적하여 오면, 내가 그 사람을 유인하여 산에 올라오게 하겠소."

송강이 물어 보았다.

"네가 어떻게 그를 유인하겠나?"
 탕웅이 송강의 귀에다 두어 마디 말을 가만히 이르니, 송강이 웃으며 말했다.
"그 방법이 좋구나."
 오용이 말했다.
"서너 사람을 동경에 보내어 화약, 염초도 사오고 또 능 두령의 가족도 데리고 오게 하오."
 팽기가 몸을 일으키며 말했다.
"만일 사람을 영주에 보내어 소제의 가족을 데려오면 걱정이 없습니다."
 송강이 말했다.
"팽 두령은 걱정 마시오. 각각 글월을 써서 내가 분별하여 보내겠소."
하고 양림에게 영주에 가서 팽기의 가족을 내려오게 했다.
 설영은 객상 차림을 하고 동경에 가서 화약, 염초 등을 사오게 하고 이운은 창봉을 쓰며 고약 파는 사람의 모양으로 능진의 가족을 데려오게 했다.
 탕웅은 악화와 같이 동행하고 설영은 시천과 함께 산에서 내려갈제, 탕웅은 구검창 모양을 그려 뇌횡이 감독하여 만들게 했다.

 이튿날 대종을 산에서 내려 보내어 소식을 알아오게 했다.
 이때, 시천이 양산박을 떠나 몸에 무기를 감추고 동경에 와서 주막에서 잠자고, 다음날 성주에 들어가 금창반교사 서녕의 집을 물으니, 한 사람이 가르쳐 주었다.
"반문 안으로 들어가면 동쪽으로 다섯 째 흑각문한 집이 그 집이오."
하니, 시천이 반문에 들어가 서녕의 집을 찾아 앞뒤를 살펴보니 사면이 높은 담으로 되어 있었다. 담 안에 작은 누집이 보이고 그 옆에 군기를 세우는 기둥이 있는데, 시천이 자세히 보고 거리로 나와 사람에게 물어 보았다.

"서 교사가 집에 있습니까?"

그 사람이 이르기를,

"늦게야 나오고 아침에 다시 들어가오."

시천이 다시 성에 들어와 저녁밥을 사 먹고 서녕의 집 근처에 와서 좌우를 살펴 몸을 숨기고 있다가 날이 어둡기를 기다려 반문 안에 들어섰다.

이날밤은 차고 월색이 없으므로 토지묘 뒤에 큰 잣나무에 올라가서 가만히 서녕의 집을 살펴보았다.

얼마 있다 군인이 나오더니, 서녕은 안으로 들어가고 군인은 문을 잠근 뒤에 각각 집으로 돌아갔다.

귀를 기울여 들으니, 초경 삼점을 치고 날이 차며 문 안이 조용하여 나무에서 내려 서녕의 집 뒷담을 넘어 들어왔다.

적은 주방에 등불을 밝히고 두어 차환이 그릇을 수습하지 않았으니, 기둥벽 바람벽 널빤지 사이에 엎드려 누상을 바라보니, 서녕이 낭자와 같이 화롯가에 앉아서 불을 쪼이고 품속에 어린 아이를 안았는데, 방 위를 바라보니 과연 들보 위에 큰 가죽상자가 있었다.

방문 어귀에 궁전과 한 자루 요도를 걸었고 의걸이 위에 각색 의상이 걸려 있었다.

서녕이 매향을 불러 말했다.

"내 옷을 받아 걸라."

차환이 대답하고 누에 올라와 군복을 받아 춘대에 걸고 한 벌 자수단령과 오색 수놓은 금포와 붉은 띠를 황보에 싸서 한 편에 놓으니, 시천이 자세히 보고 이경이 된 후에 서녕이 의상을 끄르고 상에 오르니 낭자가 물어 보았다.

"내일도 일찍이 나가십니까?"
"내일은 천자가 용부궁에 거동하시니, 나는 오경에 들어가 참례해야 하오."
낭자가 이 말을 듣고 매향에게 분부했다.
"관인이 오경에 들어가시니, 너는 사경에 일어나 물을 데우고 조반을 차려라."
시천이 가만히 생각했다.
'들보 위에 걸린 피갑이 필연 갑옷 넣은 것이니, 야밤에 꺼내다가 만약에 발각이 되면 내일 성을 나가기 어려울 것이다. 오경이 지난 후에 꺼내도 늦지 않을 것이다.'
하고 들으니, 서녕의 부부는 상에 올라가 자고 두 차환은 방문 밖에서 잠을 자고 있었다.
방 안에는 등불을 끄지 않고 다섯 사람이 다 잠들어 있었고 그 중 두 차환은 낮에 심부름하느라고 피로하여 코를 골고 자니, 시천이 내려와 몸에서 갈대관을 내어 문지방 밑으로 넣고 한 번 부니 등불이 꺼졌다.
살펴보니 사경이 되어 서녕이 일어나 차환을 불러 물을 데우라 하니, 차환이 잠결에 일어나 보니 등불이 꺼졌으므로 불러 말했다.
"얘야, 오늘 밤은 어째 등불이 꺼졌다."
서녕이 말했다.
"너는 뒤에 가서 불을 가져오지 않고 무엇하느냐?"
차환이 누 문을 열고 사다리를 밟고 내려가니, 시천이 이때 뒷문으로 들어와 어두운 곳에 엎드렸다가 차환이 들어올 때에 탁자 밑에 은신했다.
매향이 불을 얻어 가지고 들어와 문을 걸고 또한 차환이 한편으로는 숯을 피우고 물을 데워 누상으로 올라갔다.
서녕이 세수를 하고 술을 데워 마시며 차환이 가지고 온 고기와 밥이며 구운 떡을 다 먹고 방에 있는 당직을 불러 밥을 먹이고 보따리를 지고 금창을 손에 들고 문을 나섰다.
 두 차환이 서녕을 따라 문에 나왔다.
 시천이 이때 탁자 밑에서 기어 나와 누로 올라가 몸을 사리고 들보 위에 숨어 있는데, 두 차환이 대문을 잠그고 들어와 등불을 끄고 상에 올라가 잤다.
 시천이 두 차환이 잠이 곤히 든 것을 보고 들보 위에서 노관을 내어 불을 끄고 들보에 달린 피갑을 가만히 끌러 가지고 내려 오려고 하는데, 서녕의 낭자가 깨어 소리를 듣고 매향을 불러 말했다.
 "들보 위에서 무슨 소리가 나는가 보다!"
 시천이 듣고 황급히 늙은 쥐소리를 했다.
 차환이 말했다.
 "들보 위에서 쥐가 싸우는 소립니다."
 시천이 즉시 늙은 쥐가 싸우는 소리를 하며 내려와 조용히 문을 열고 피갑을 지고 사람들을 헤치고 성 밖에 나와서 주막으로 와서 행장을 수습하여 방세를 준 뒤에 객점을 떠나 사십 리를 왔다.
 그때야 밝으므로 주점에 들어가 밥을 먹는데, 한 사람이 주점 안으로 들어오는 것을 보니 대종이었다.
 대종이 시천이 물건을 얻은 것을 보고 기뻐하며 말했다.
 "나는 갑옷을 가지고 먼저 갈 것이니, 너는 탕웅과 함께 뒤따라오라."
 시천이 피갑을 열고 안령갑을 내어 보에 싸서 대종에게 주니, 대종이 지고 주점에서 나와 신행법으로 갔다. 시천은 빈갑만 지고 밥을 먹은 뒤에 값을 주고 나와 이십 리를 갔는데, 탕웅을 만나 같이 주점에 들어가 상의했다.
 "너는 가다가 주점이나 반점이나 가리지 말고 흰 벽 위에 둥글게 그런 것이 있는 집이면 그 가게에 들어가 쉬면서 피갑을 벗어 놓아 남이 다 보도록 하고 멀리 가지 말고 나를 기다려라."

시천이 대답하고 가니, 탕옹이 천천히 술을 사 먹고 동경성 안으로 들어왔다.

한편, 서녕의 집에서는 날이 밝은 뒤에 차환이 누상에 올라와 낭자에게 말했다.

"각문이 열려 있습니다. 혹시 잃으신 물건이 없는지요?"

낭자가 말했다.

"오경 때에 들보 위에서 무슨 소리가 났는데, 너희들이 늙은 쥐 소리라 했지 않느냐? 피갑이 있나 가 보아라."

두 차환이 깜짝 놀라며 말했다.

"피갑이 간 곳이 없습니다."

낭자가 듣고 급히 외쳤다.

"빨리 사람을 시켜 용부궁에 가서 관인을 오시게 하라."

차환이 급히 용부궁으로 가서 여러 차례 사람을 시켜 알렸다.

그러나 원래 서녕이 금창반교사로 대가를 모시고 후원으로 가 있기 때문에 누구나 감히 들어가지 못하고 그가 돌아오기만 기다렸다.

차환이 밥도 먹지 못하고 차도 먹지 못하고 있는데, 황혼 때에 당직 군인과 돌아왔다.

두 차환이 문에서 맞아 울며 고했다.

"관인이 오경에 나가신 뒤에 도적이 들어와 들보의 양피갑자만 가지고 갔습니다."

서녕이 듣고 어찌할 줄을 모르는 것을 보던 낭자가 말했다.

"그 도적이 어느 때에 들어왔는지 모르겠습니다."

서녕이 서슬이 퍼렇게 변해서 말했다.
"다른 것은 잃어도 관계없으나, 안련갑은 조종(祖宗)이 전하여 누대를 내려온 보배요. 일찍이 실수하는 것이 없고 왕태위가 삼만 관을 주며 팔라는 것도 주지 않은 것은 훗날 진전에서 쓸 곳이 있을까 하여 따로 들보 위에 매어 두고 여러 사람이 보자고 하여도 없다고 핑계하였는데, 이제 만일 잃은 것이 소문이 나면 남에게 웃음거리가 될 것이니 어찌 하면 좋겠소?"
하고 서녕이 그날밤을 뜬눈으로 새며 생각했다.
'어떤 사람이 도적하여 갔는지 필경은 나의 보배를 아는 자가 도적하여 갔을 게다.'
하는데, 낭자가 말했다.
"정녕 밤에 등불이 꺼졌을 때 도적이 집에 들어왔고 필연 사람이 그 갑옷을 탐을 내어 돈을 주고 팔라 하여도 팔지 않는 고로, 수단 높은 도적을 보내어 도적하여 간 일일 것입니다."
서녕이 듣고 근심하고 있는데, 당직 군인이 들어와 고했다.
"밖에 연안부 지채의 아들이 뵈려고 왔습니다."
하니, 서녕이 듣고 청하여 들어오는데, 탕웅이었다. 서녕이 반가이 맞으니, 탕웅이 절을 하고 나서 말했다.
"형님, 그동안 별고 없으십니까?"
서녕이 황급히 대답했다.
"들으니, 그 사이에 아저씨가 귀천하셨다는 것을 알았으나, 이 몸이 구실이 매였고 또한 길이 멀어 조상하러 가지 못하고 형제의 소식을 못 들어 궁금하였는데, 요사이는 어느 곳에 있으며 오늘 무슨 바람이 불어 여기까지 왔나?"
"어찌 다 한 말로 하겠습니까? 부친이 귀천하신 후 늘 강호로 유락하여 다니다가 이제 산동에서 경사에 와서 형님도 찾아보고 다른 일을 경영코저 합니다."
"아우는 이리 앉게나."

하고 주식을 내어 관대할 때, 탕웅이 행장을 헤치고 황금 이십 냥을 서녕에게 주며 말했다.
"이것은 부친이 임종 때 형님에게 보내라 한 것을 심복지인이 없어 일찍 보내지 못하고 지금에서 소제가 특별히 가지고 와서 형님에게 드립니다."
"아저씨의 배려에 감사하오나 나는 조금도 효순한 도리가 없으니, 어찌 부끄럽지 않겠나?"
"형님은 그런 말씀을 마십시오. 선친이 살아계실 때 항상 형님의 한 몸에 좋은 무예를 생각하시고 자주 보시려고 하였으나, 먼 곳에 계시니 한 번도 보지 못한 것을 한하시더니 임종 때 이것을 보내어 정을 표하신 겁니다."
서녕이 칭사하고 거둔 다음에 술을 권하여 즐길 때 서녕이 얼굴에 수심이 가득하니, 탕웅이 몸을 일으켜 물어 보았다.
"형님의 얼굴에 기뻐하는 빛이 적으니, 심중에 무슨 걱정이 있습니까?"
서녕이 탄식하며 말했다.
"어떻게 한 말로 다 하겠나. 어젯밤에 도적이 들어와 물건을 잃었는데, 글쎄 그게……."
"아마 얼마나 잃었습니까?"
"그 도적놈이 다른 것은 집어 가지 않고 대대로 전하여 오던 안령쇄자갑을 도적하여 갔으니, 걱정이네."
"형님, 나도 일찍 보았고 선친께서도 항상 칭찬하셨는데, 어디에다 뒀다 잃으셨소?"
"홍양피갑자에 넣어서 자는 방 들보 위에 달아 두었는데, 도적이 어느 때 방에 들어와 도적하여 갔는지 모르겠네."
탕웅이 놀래며 말했다.
"홍양피갑자라 하니, 그렇다면 그 위에 푸른 융사로 구름과 사자를 수놓은 것입니까?"

"어떻게 보았느냐?"

"제가 어젯밤 사십 리 밖 객점에서 떠날 때 눈이 붉고 검고 파리한 사나이가 그 피갑을 지고 술을 사 먹고 가는 것을 보고 이상하게 여기었습니다. 제가 보기에 그놈이 한 다리를 상하여 절고 가는 모양이었으니, 멀리는 못 갔을 것입니다."

"만일 따라가서 잡으면 이것은 하늘이 도우신 것일세."

"쫓아가려면 지체하지 말고 지금 갑시다."

서녕이 급히 옷을 갈아입고 삼신을 신고 요도 차고 박도를 끌고 탕웅과 같이 동곽문을 나서 급히 따라갔다.

가다가 주점마다 전면에 흰 것으로 그린 주점을 보면 탕웅이 걸음을 멈추고 들어가 물어 보았다.

"여보시오, 주인. 일찍 눈이 붉고 검고 파리한 사나이가 홍양 피갑자를 지고 지나가는 것을 보았소?"

"어젯밤에 나의 집에서 자고 오늘 아침에 홍양피갑을 지고 갔는데, 다리를 상하였는지 절며 갔소."

술집에서 나와 갈 때 전면 주점에 또 흰 것으로 벽 위에 그린 곳이 있으니, 탕웅이 말했다.

"소제가 다리가 아파 갈 수가 없으니, 이곳에서 자고 내일 갑시다."

"나는 관가에 매인 사람이니 만일 점고에 참여치 못하면 문책을 받을 것이니 이 일을 장차 어찌하겠는가?"

탕웅이 말했다.

"형님은 근심하지 마시오. 형수가 반드시 연고가 있다 할 것이오."

하고 그날밤에 객점에서 잘 때 주인더러 물으니, 대답했다.

"오늘 그러한 사람이 산동길을 묻고 늦게 떠났소."

"멀리 가지 못하였을 것이니, 곧 쫓아가면 잡을 것 같습니다."

하고 그날 밤을 지내고 다음날 사경에 일어나 갈 때 술집을 만나 벽 위에 희게 그린 곳을 만나면 술 사 먹으며 물으니, 다 같은 대답이었다.

서녕은 갑옷을 도로 찾고 싶은 일념으로 그저 탕웅만 따라다녔다.

이윽고 날이 저물자 전방에 낡은 사당이 보이는데, 사당 앞 나무 아래에서 시천이 땅에 짐을 내려놓고 쉬고 있었다.

서녕은 그것을 보자, 뛰어가 시천을 붙잡고 말했다.

그러자, 시천이 말했다.

"자, 잠깐! 그렇게 시끄럽게 그러지 마슈. 갑옷은 틀림없이 내가 훔쳤지만, 그래서 어쩌겠다는 거요?"

탕웅이 상자를 열고 보니, 속이 비었다.

"이놈아! 내 갑옷은 어디에 있어?"

하고 서녕이 말하자 시천은 말했다.

"그럼 말해 주지. 나는 장이란 사람인데, 태안주 태생이오. 그곳 부자가 당신이 안령위로 된 금쇄개를 가졌는데, 무슨 일이 있어도 팔지 않는다는 걸 알고, 나하고 또 한 사람 이삼이란 놈하고 둘이서 당신 집에서 훔쳐 오면 일만 관을 준다 하였소. 그런데 난 당신 집 기둥에 재수없게 발을 삐고 제대로 걷지 못하게 되었기에 그 사람에게 갑옷을 가지고 가게 했으니, 여긴 빈 상자밖에 없지. 만약 관가에 알리지 않는다면, 같이 가서 내가 갑옷을 찾아 주도록 하겠소."

서녕이 망설이는 것을 보고 탕웅이 말했다.

"저놈이 달아나지 못할 것이니 따라가면 갑옷을 찾을 것이오. 만일 없으면 그곳에서도 관사가 있을 것이니 고발하십시오."

"아우의 말이 옳은 말이다."

하고 세 사람이 객점에 들어 밤을 지낼제, 서녕과 탕웅이 시천을 교대로 지키고 잤다.

원래 시천이 비단으로 다리를 거짓 동여 상한 체하니, 서녕이 그가 잘 걷지 못하는 것을 보고 마음을 놓고 데리고 갔다.

시천이 술과 안주를 사서 두 사람을 관대하며 갔다.

길 옆에서 삼사 인이 수레를 몰고 오다가 한 사람이 탕웅을 보고 절을 하니, 탕웅이 물었다.

"현제는 어디 가는 길이오?"

그 사람이 대답했다.

"정주에 가서 매매를 하고 태안주로 돌아갑니다."

"마침 잘 되었소 우리 세 사람도 태안주로 가는 길이오 동행 중에 병인이 있으니, 그 수레를 타고 같이 가면 어떠하오?"

"그러하십시오. 세 사람이 다 같이 타고 가도 아무 상관없소."

탕웅이 크게 기뻐하며 서녕에게 말을 하니, 서녕이 물어 보았다.

"이 사람이 어떤 사람인가?"

탕웅이 대답했다.

"내가 작년에 태안주에 가서 악묘에 향을 피우다 저 형제를 사귀었습니다. 성은 이요 이름은 영인데, 극히 의리가 있는 사람이오."

"그러하면 장일이 걸음을 잘 못하니, 수레에 앉아 가게 하는 것이 어떠한가?"

이영이 세 사람을 청하여 다 함께 수레에 오른 뒤에 수레를 몰아가는데, 서녕이 물었다.

"장일아, 너는 다시 말하라. 그 재주의 이름이 무엇이냐?"

시천이 재삼 머뭇거리다가 말했다.

"그 사람은 유명한 곽 대관인입니다."

탕웅은 이영에게 물어 보았다.

"너의 태안주에 곽 대관인이란 사람이 있느냐?"

이영이 답했다.
"그런 사람이 있습니다."
"이제 확실한 것을 알았으니, 염려할 것이 없구나."
하고 서녕이 말하니, 이영이 길 위에서 창봉 쓰는 법을 토론하며 온갖 노래를 부르니 길가는 줄을 전혀 잊고 가다가 이영을 보니, 양산박 길이 멀지 않았다.
이에 어자를 명하여 술을 사오라 하고 호로를 내어 주니, 어자가 술과 고기를 사 왔다.
이영이 말했다.
"우리 술 한 잔 하고 갑시다."
하고 먼저 한 잔을 하고 나서 다시 잔을 따라 서녕에게 권하니, 서녕이 한숨에 마셨다.
이영이 수레꾼에게 또 술을 따르게 했다. 그때 서녕이 이미 입에서 침을 흘리며 쓰러졌다.
이영이란 자는 실은 철규자의 악화이었던 것이다.
세 사람은 수레에서 뛰어내리고는 급히 수레를 몰아 곧장 한지홀률인 주귀의 술집으로 가서 모두 서령을 배에 싣고 본거지로 갔다.
송강은 두령들과 함께 산을 내려 서녕을 마중나왔다.
그때 서녕은 마취약에서 조금씩 깨어나고 있었으나, 일동은 또 마취가 깨는 약을 먹여 독을 없앴다.
서녕은 눈은 뜨고 일동을 바라보자, 놀라 탕웅을 나무랐다.
"아우는 어째 나를 속여 이곳에 오게 하였느냐?"
탕웅이 말했다.
"형님은 제 말을 들으십시오. 소제가 전날에 송공명이 사방 호걸을 모은다는 소문을 듣고, 무강진에서 이규를 만나 형제가 되어 대채에 투탁하였습니다. 지금 관군과 싸움 중이온데, 호연작이 연환 갑마를 쓰니 대적할 계교가 없으므로 소제가 구겸창 쓰는 계교를 들었으나, 형님이 아니면 쓸 사람이 없으므로 이 계교를 정하고 시천에게 갑옷을 도적하여 오라고 하였습니다. 그 후에 형님을 속여 길에 오른 뒤에 이영이 몽한 약을 술에 타서 형님을 취하게 하고 산에 올라와 교의에 앉게 함입니다."

"이것이 모두 네가 나를 그른 곳에 빠지게 한 것이다."

서녕의 말에 송강이 술잔을 들고 앞으로 향하며 말했다.

"이제 송강이 잠시 수박에 있어 조정이 초안하기를 기다려 진충보국하려 함이오. 감히 재물을 탐하여 살륙을 행하여 불인 불의를 하는 것이 아니옵니다. 바라오니, 관찰은 일단 진정을 생각하여 같이 체천행도(替天行道)하게 하십시오."

임충이 또 잔을 권하며 말했다.

"소제도 부득이 이곳에 있으니, 형님은 노여워하지 마시오."

서녕이 말했다.

"탕웅 아우는 나를 속여 이곳에 왔으나, 집이 걱정이 되는구려."

송강이 말했다.

"염려하지 마십시오. 이 일은 소인의 신상에 있으니, 당장 가족을 모시어 오겠소."

공손승, 조개, 오용 등이 모두 와서 예를 마치고 한편으로 경하연을 베풀어 즐기며 한편으로 졸개를 뽑아 구겸창 쓰는 법을 가르쳤다.

대종과 탕웅은 밤을 새워 경사에 보내어 서녕의 가족을 데리고 오라 일렀다.

십일 내에 양림은 영주에 가서 팽기의 가족을 데려왔고 설영은 동경에 가서 능진의 가족을 데려왔고 이운을 화약, 염초를 사서 돌아왔는데, 이틀이 지나지 못하여 탕웅이 서녕의 가족을 거느리고 산에 올라왔다.

서녕이 보고 놀래며 물어 보았다.

"어찌하여 이곳에 왔소?"
처자가 대답했다.
"관인이 관사의 일에 참여하지 못하는 고로, 금은패물을 팔아 인정을 쓰고 병들어 누웠다 하여 미루고 있는데, 탕 도련님이 갑옷을 싸 가지고 와서 이르기를 형님이 갑옷을 찾았으나, 길에서 병이 들어 죽게 되어 형수와 아이에게 유언할 말이 있다 하고 나를 수레에 올리니 여자가 어찌 길을 알 수 있습니까?"
서녕이 말했다.
"형제의 한 일은 좋으나, 아까운 것은 안련갑을 집에 두고 왔겠구나."
탕웅이 웃으며 말했다.
"염려 마십시오. 형수를 속여 수레에 오른 뒤, 내가 다시 들어가 두 차환을 속여 갑옷과 집안에 있는 재물을 두어 짐 가지고 왔습니다."
서녕이 말했다.
"그렇게 되었으면 나는 다시 동경에 가지 못한다."
"형님, 죄송합니다. 길에 오다가 한 무리 객인을 만나 형의 안련갑을 입고 형의 얼굴 모습을 하고 재물을 겁탈하였으니, 지금쯤 동경에서 각처로 공문을 보내어 형을 잡을 것이오."
서녕이 놀라며 말했다.
"너는 나를 해함이 적지 않다."
조개, 송강이 웃으며 말했다.
"그렇게 하지 않고는 관찰이 어찌 이곳에 계시겠습니까?"
하고 즉시 방사를 수리하여 서녕의 가족을 안돈하고 여러 두령이 연환 갑마 파하기를 의논했다.
이때 뇌횡이 구겸창을 감독하여 이미 다 만들었다. 조개, 송강이 서녕을 청하여 여러 군사를 모아 구겸창 쓰는 법을 가르칠 때 서녕이 말했다.

"나의 시범을 보시오."

하고 여러 군사를 택하여 가르치니 그 법이 어떠한가.

조개, 송강, 오용, 공손승이 여러 두령과 취의청 위에서 구겸창 가르치는 법을 구경했다.

서녕이 과연 영용하니, 신장은 칠척 오촌이요, 몸이 둥글고 흰 뺨에 세 줄의 검은 수염을 붙이고, 취의청에서 내려와 구겸창을 들고 시범을 보이니, 여러 사람이 갈채하기를 마지 아니했다.

서녕이 여러 군사를 가르치며 말했다.

"구겸창 쓰는 법이 사발 삼총이요 구변 팔합이오."

하며 정법으로 교련하니, 여러 두령이 기뻐했다. 그날로부터 보군은 수풀에 매복하여 말 다리를 베이는 법을 가르쳐 반 달 사이에 익숙한 솜씨를 보였다.

조개, 송강 등 여러 두령이 보고 크게 기뻐하며 파적하기를 의논했다.

호연작이 팽기와 능진을 잃은 후에 매일 군사를 이끌고 다가와 싸움을 거나 산채 중에서 수군 두령으로 각자 여울을 단단히 지키고 있으니, 어찌 산채에 오르리오.

양산박에서 능진을 시켜 각색화포를 지어 날을 기다리며 산에서 내려오려고 할 때, 구겸창 쓰는 군사들이 완숙한 경지에 이르렀다.

송강이 이들을 점검하고 말했다.

"나에게 한 가지 방법이 있으니, 여러분의 소견은 어떠하오?"

오용이 말했다.

"먼저 장군께서 말씀하시오."

"내일 마군을 사용하지 않고 여러 형제가 모두 보군으로 싸우는 것이 어떠하오? 손·오의 병법에 말하기를 보병이 이롭다

하였으니, 이제 보군을 십 대에 나눠 산에서 내려가 도적을 유인하되, 만일 군마가 쫓아오거든 갈수풀과 가시덤불 속으로 달아나고 그 속에 구겸창 군사를 매복하되 십 인 구겸창 군사에 요구 수십 명씩 섞어 매복했다가 구겸창으로 찍고 요구창으로 걸어 떨어뜨리는 것이 어떠하겠소?"

오용이 기뻐하며 말했다.

"장군의 의견대로 그렇게 합시다. 군사를 감추고 도적을 잡는 것이 다 그러합니다."

서녕도 옆에서 거들었다.

"구겸창, 요구창 쓰는 법이 바로 이 법입니다."

송강이 그날로 십대 보군 인마를 설정했다.

산에서 내려가 적군을 유인하고 다시 이준, 장횡, 장순, 완씨 삼형제, 동위, 동맹, 맹강 등 아홉 사람이 전선을 가지고 접응하게 하고 다시 화영, 진명, 이응, 시진, 손립, 구붕 등 여섯 두령이 군마를 이끌고 산가에 있어 싸움을 돋우고 능진, 두흥으로 호포를 놓게 하고 서녕, 탕웅으로 구겸창 군사를 거느리고 중군은 송강, 오용, 공손승, 대종, 여방, 곽성으로 군마를 지휘 호령하게 했다.

그외 남은 두령은 각각 채를 지키게 했다.

송강이 분발하기를 마친 후, 이날 삼경에 먼저 구겸창 군사가 강을 건너 매복하게 하고, 사경에 십대 보군이 건너가고, 오경에 능진, 두흥이 풍화포 기계를 가지고 강을 건너 지대가 높은 곳을 가리어 은신하고, 서녕과 탕웅이 각각 호기를 가지고 물을 건너갔다.

송강이 중군 인마를 거느리고 기를 두르니, 호연작이 탐색군의 연락을 받고 인마를 몰아 양산박가에 이르러 바라보니, 송강이 많은 인마를 거느리고 있었다.

호연작이 또한 인마를 호령하여 시살케 할 때 한도가 말을 달려와서 호연작과 상의하기를 정남상에 일대 보군의 다소는 알지 못하나 가장 흉맹하여 보인다 했다.
"묻지 말고, 다만 연환 갑마로 충살하라."
호연작이 이르니, 오백 군마를 이끌고 나는 듯이 나가서 또 보니 서남간에 일대 보군이 나오므로 호연작이 바로 군을 나누어 막으려고 하였으나, 또 서남각상에 일대 군마가 기를 두르고 나오니, 한도군은 도로 돌아와 호연작을 대하여 말했다.
"남쪽 일대 기호 모두 양산박 군마입니다. 적세가 그전과 같지 않습니다."
"저놈들이 여러 날을 나오지 않더니 반드시 계책이 있을 것이다."
말이 끝나기도 전에 북쪽에서 일성포향이 진천하므로 호연작이 놀라며 외친다.
"저 포성이 일정 능진이 도적을 도와 만든 포성이구나?"
여러 사람이 또 보니 북쪽에서 삼대 기호가 일어났다. 호연작이 한도를 대하여 말했다.
"이것이 도적의 간계이니 나와 너는 인마를 나누어 거느리고 너는 북쪽을 치고 나는 남쪽을 치자."
하고 바로 분병하려고 하는데, 서쪽에서 사대 인마가 일어나 서북상에서 사십구 개의 작은 화포가 터지었다.
이것은 이름이 자모포라 터지는 곳에 풍우대작하니, 호연작의 군사가 싸우기 전에 스스로 흩어지니 급히 한도와 같이 각기 마보군을 이끌고 사면으로 진격했다.
그 십 대 보군이 쫓아가며 달아나고 하니, 호연작이 보고 크게 노하여 군사를 몰아 북으로 진격했다.
송강의 군마가 다 갈수풀 속으로 들어가니, 호연작이 쫓아 연환 갑마를 몰아 따르니 연환갑마가 일제히 뛰므로 어느 말이 아니 뛰고자 하나 마지 못하는지라 거둘 수 없이 갈대 수풀 마른 나무 틈으로 쫓아들어 가더니, 수풀 속에서 일성 호초에 구겸창이 일시에 일어나 말다리를 찍어 넘어뜨렸다.
중간에 요구창이 일어나며 사람과 말을 매어갔다.
호연작이 구겸창 계교에 빠짐을 보고 급히 말을 돌려 남쪽으로 한도를 진격하려 할 때, 풍화포가 쳐내려오며 만산편야 한 것이 모두 보군이니 호연작이 크게 놀래어 연환갑마를 아무리 거두고저 하나, 어지럽게 갈수풀 속으로 들어가면 예외없이 당하고 말았다.

두 사람이 계교에 빠진 줄 알고 말을 재쳐 달아날제, 여러 곳 길에 삼대베 벌리듯 선 것이 모두 양산박 깃발이니 서북상으로 달아날 때, 오륙 리를 가지 못하여 일대 강병이 길을 막았다.

한 사람은 목홍이요 한 사람은 목춘인데, 두 자루 박도에 별이 흐르고 번개같이 쳐들어 오며 호령을 했다.

"패장은 말에서 내려 항복하라."

호연작이 분노하여 쌍편을 들어 목홍을 취하니, 목홍, 목춘이 사오 합을 싸우다가 달아났다. 호연작이 계교에 빠질까 하여 쫓아가지 않고 정복 큰길로 달아나는데, 산 뒤에서 일대 강병이 달려나왔다.

앞의 두 사람은 해진, 해보가 각각 강차를 들고 호연작을 취하니, 호연작이 쌍편을 휘두르며 맞아 싸웠다.

오륙합이 못되어 해진, 해보가 달아나므로 호연작이 따라 반리를 못 가서 양쪽에서 이십사파 구겸창이 땅을 덮고 내달으니, 호연작이 싸울 마음이 없어 말을 돌려 동북 큰길로 달아났다.

관군이 대채하여 별이 떨어지고 구름이 헤어지듯 하는데, 송강이 징을 쳐 군사를 거두어 채에 돌아왔다.

유당, 두천은 한도를 사로잡아 왔다.

송강이 친히 포승을 끄르고 예로써 대접하며 잔치할 때 능진, 팽기로 하여 한도를 달래어 입과케 하니, 한도는 자연히 의기 상함하여 양산박의 두령이 되었다.

송강이 사람을 시켜 진주에 가서 한도의 가족을 데려다가 산채에 편히 모시라 했다.

송강이 연환 갑마를 파하고 많은 군사와 마필을 얻으니, 잔치하여 즐기고 각처의 액구를 지키고 관병의 개침을 막았다.

제21장
청주성의 최후

호연작이 많은 인마를 잃고 감히 경사로 가지 못하고 스스로 의갑을 벗어 말에 싣고 혼자 난을 피하여 오는 길에서 돈이 없으므로 금대를 끌러 팔았다. 가만히 생각하니, 출정했다가 이제는 집이 있어도 갈 수 없게 되었으니, 이 일을 장차 어찌할까? 하다가 생각이 나기를, 청주 모용 지부의 길을 얻어 관절을 통한 후에 다시 군사를 데리고 와서 원수를 갚으리라 생각했다. 가다가 배가 고프고 갈증이 나는 고로, 술집에 들어가 주보를 불러 술과 안주를 청했다.

"소인의 집에는 고기가 없고, 근처에서 양고기를 파니, 드신다면 사 오겠소."

호연작이 전대를 끄르고 은자를 보이며 말했다.

"너는 양과 술을 사 오고 초료를 장만하여 내가 타고 온 말을 잘 먹여라. 오늘밤에는 너의 집에서 쉬고 내일 청주로 가겠다."

"관인이 주무셔도 좋지만, 깨끗한 방이 없으니, 어찌하겠소?"
"그것은 관계치 않다. 나는 출군한 사람이니 아무 데서라도 좋다."

주보가 은자를 가지고 양육을 사러 가니, 호연작이 말에서 의갑을 내려놓고 말배띠를 늦추고 탁자에 앉았는데, 반식경이 나 되어 주보가 왔다. 호연작이 분부하여 양육을 지지고 세 근의 국수와 양각주를 가져오라 하니, 주보가 모든 안주를 갖다 호연작에게 권했다. 호연작이 주보에게 먹으라 하고 말했다.

"나는 조정의 명관으로 양산박 도적을 수포하려다 패하고 청주로 가는 길이니, 너는 저 말을 잘 먹여 달라. 내일 청주부에 들어가 상을 내리겠다."

"상공의 말씀은 고맙지만, 한 가지 알리오니, 이곳에서 머지 않은 곳에 큰 산이 있는데, 산 이름이 도화산입니다. 산 위에 한 떼 강인이 있으니, 우두머리는 타호장 이충이오. 그의 동류는 소패왕 주통이라 하는 놈으로 육칠백 졸개를 모아 데리고 집을 약탈하고 촌을 노략하나, 관사의 포도군병이 손을 못씁니다. 상공은 밤에 조심하십시오."

호연작이 웃으며 말했다.

"나는 만부 지당 지용이 있으니, 그놈들이 한꺼번에 온다 하여도 다 잡을 것이니 염려하지 말고 말이나 잘 먹여라."

하고 술과 음식을 배불리 먹은 뒤에 주보가 한립 자리를 깔고 호연작을 자게 했다. 호연작이 옷을 입은 채 잠을 곤히 자다가 삼경에 이르러 시끄러운 소리에 잠이 깼다. 집 뒤에서 술집 주인이 발을 구르며 소리를 지르니 호연작이 급히 뛰어 일어나 쌍편을 들고 집 뒤에 와서 물어 보았다.

"너는 무슨 일로 떠느냐?"

"소인이 잠결에 들으니, 집 뒤에서 무슨 소리가 나서 나와 보니 울을 밀치고 상공의 말을 도적하여 가길래, 멀리 바라보니 삼사십 횃불을 밝히고 저놈들이 가져갔나 봅니다."
 호연작이 물어 보았다.
 "어디인가?"
 "저 길은 틀림없이 도화산으로 가는 길일 것입니다."
 호연작은 화가 나서 곧 주인을 앞세워 오솔길을 따라 뒤쫓아 갔으나, 횃불은 점점 멀어져 보이지 않게 되고 간 곳이 없었다.
 '만일 하사받은 말을 잃어버리면 어떻게 해야 되나?'
 호연작은 고민을 하고 뜬눈으로 꼬박 밤을 새운 후 곧장 청주로 향했다.
 다음날, 아침 관가로 가 모용 지부를 만나 사실 경위를 말하니, 모용 지부는 그 말을 듣고 말했다.
 "많은 인마를 상실했다고는 하지만, 힘을 쓰지 않았던 것이 아니라 적의 경략에 빠진 탓이니 어쩔 수 없는 일이오. 제 관하에도 많은 도둑들이 숨어 들어 있습니다. 모처럼 여기까지 찾아오셨으니, 도화산을 소탕하여 은사의 말을 되찾고 이룡산과 백호산의 도둑을 다 함께 토벌합시다. 그러면 제가 이렇게 폐하께 아뢰고 당신이 또 한 번 병졸을 이끌고 복수를 할 수 있도록 해 보겠습니다."
 호연작이 재배하여 말했다.
 "상공의 은덕을 깊이 감사하며 만일 이런 덕택을 또 입으면 당당히 죽기로써 갚겠습니다."
 모용 지부가 호연작을 청하여 방에 가 편히 쉬라 이르고, 숙식을 편하게 하여 주고, 갑옷 지고 온 주보를 상 주어 보냈다. 삼일 뒤에 호연작이 말을 찾고 싶은 마음에 지부에게 재차 청하니, 모용 지부가 마보군 이천을 점고하여 호연작을 주고 또 한 필 청총마를 주었다. 호연작이 갑옷을 입고 말에 올라 군병을 거느리고 도화산을 향하여 갔다.
 도화산 이충이 주통과 같이 말을 얻은 뒤 매일 산 위에서 잔치를 하며 즐기는데, 그날 졸개들이 와서 아뢰었다.
"청주 관군이 몰려 옵니다."
하니, 주통이 몸을 일으키며 말했다.
"형님은 산채를 지키시오. 내가 관군을 물리치고 오겠습니다."
하고 일백 졸개를 점고하여 거느리고 대적할 때 호연작이 크게 호령했다.
"강적은 일찍이 말에서 내려 포승을 받아라."
주통이 졸개를 한일 자로 벌려 세우고 정창축마하여 호연작과 싸우기를 육칠합이 못되어 주통이 힘이 모자라 말을 돌려 산 위로 달아났다. 호연작이 따르려다가 무슨 계교가 있을까 하여 본채로 돌아왔다.
주통이 패하고 돌아와서 이충을 보고 호연작의 무예가 높고 강함을 말했다.
"만일 저놈이 산채에 오면 어찌하겠습니까?"
이충이 대답했다.
"내가 생각한 것이 있으니, 이룡산 보주사에 화화상 노지심이 있고 동류에 청면수 양지란 사람이 있다. 또 근일에 행자 무송이란 사람이 와 있으니, 한 봉의 글을 써서 통지하여 저곳에 구원을 청하여 보자. 다달이 예물을 보내어 의탁할 곳을 정하는 것이 좋을까 한다."
"소제도 또한 그곳이 영용한 줄은 아오나, 그 화상이 당초에 일을 구애하여 즐기어 오지 않을까 합니다."
이충이 웃으며 말했다.
"걱정마라. 그 사람은 성품이 곧은 사람이니, 만일 사람이 가면 분명 군마를 이끌고 와서 구원할 것이다."
"형님의 말이 옳으니, 즉시 한 봉의 서찰을 영리한 졸개에게 보내겠소."

하고 두 졸개를 보내어 이룡산에 당도하니, 이룡산 졸개가 자세한 것을 묻고 대두령에게 아뢰었다.

보주사 대전 위에 앉은 세 두령은 제일이 화화상 노지심이요, 제이는 청면수 양지요, 제삼은 행자 무송이었다. 전면 산문 앞에 소두령 넷이 앉았으니, 제일은 금은표 시은이니, 원래 맹주성 뇌성영 시관영의 아들이었다. 무송이 장도감 가족을 다 죽이고 관가에서 무송의 자취를 시은에게 물으니, 집안 식구를 데리고 강호상으로 도망했다가, 부모가 죽자 무송이 이룡산에 있다 함을 듣고 산에 올라와 입과했다. 또 한 사람은 채원자 장청이요, 하나는 모야차 손이랑이니, 두 사람 부부로 맹주가는 길 십자파에서 인육으로 만두를 만들어 팔다가 입과하였고, 또 한 사람은 조도귀 조정이니, 원래 노지심, 양지와 같이 보주사를 앗고 등룡을 죽인 후에 입과했다.

그때, 조정이 도화산에서 요청이 있다 듣고 자세한 일을 물은 후에 대전상에 올라와서 세 대두령에게 아뢰니 노지심이 이르기를,

"내가 당초에 오대산을 떠나올 때에 도화장이란 촌장에서 자다가 밤중에 저놈을 쳤었다. 그런데 도리어 나를 안다 하고 청하여 산에 올라가서 술을 대접하며 나하고 형제를 맺고 나를 머물러 산채의 주인이 되라 청했다. 내가 보니, 저놈들이 욕심이 많고 인색하므로 내가 저놈의 금은 기명을 도적하여 가지고 왔는데, 이제 사람을 보내어 구원을 청하였으니, 졸개들의 말을 들어보겠다."

조정이 내려가서 졸개를 데리고 전 앞에 이르니, 졸개가 머리를 숙이며 말했다.

"근일에 양산박을 치러 갔다가 패한 호연작이라 하는 놈이 청주에 와서 있는데, 모용 지부가 그놈을 앞세워 우리 산채를 쳤습니다. 이어 이룡산 백호산을 토멸하고 다시 군사를 일으켜

양산박 원수를 갚으려고 한다 하옵니다. 우리 두령이 이제 대두령을 청하여 서로 권하여 주시면 다달이 예물을 전공하여 섬기려 하옵니다."

양지가 말했다.

"우리 무리가 각각 산채를 지키고 있으니, 갈 형편이 못된다. 허나 강호상의 호걸이 투탁하는 것을 보아 넘기지 못할 것이고 또 저놈이 도화산을 이기면 우리 산채를 엿보기 쉬운 것이니, 장청 · 손이랑 · 시은 · 조정은 산채를 지키고, 우리 세 사람이 친히 다녀오겠소."

하고 오백 군사와 육칠십 마군을 뽑아 갑군기를 수습하여 도화산을 향했다.

도화산 이충이 이룡산 소식을 듣고 삼백 명 졸개들을 거느리고 산에서 내려와 영접하고자 할 때, 호연작이 쌍판을 보고 길을 막아 이충과 대적하니, 원래 이충은 호중 정원사람이라 조상 때부터 창봉 쓰기를 업으로 여겼다. 그 사람의 신체 장건함을 보고 부르기를 타호장이라 했다. 그러나 호연작과 서로 싸워 십합이 못되어 호연작을 당할 수가 없어 말을 돌려 달아났다. 호연작이 그의 무예가 낮음을 알고 말을 몰아 따르며 산중에 오니, 주통이 아란석을 내리쳤다. 호연작이 황급히 말을 돌려 내려올제 들으니, 관군이 들떠 있었다. 호연작이 물었다.

"무슨 연고냐?"

후군이 말했다.

"멀리 보니, 일표 인마가 나는 듯이 옵니다."

호연작이 후군으로 와서 바라보니, 과연 진토충천하는 곳에 맨 앞에 살이 찌고 큰 화상이 백마를 타고 오니, 그가 바로 노지심이었다. 마상에서 크게 말했다.

"어떤 놈이 양산박에서 패하여 이곳에 와서 죽고저 하는 놈이냐?"

호연작이 생각했다.

'먼저 저 머리 민 중놈을 죽여 나의 심중의 분기를 풀리라.'

하고 쌍편을 휘두르며 달려드니, 노지심이 철선장을 들고 양군이 남합하여 위엄을 도우니, 서로 싸워 오십여 합에 이르렀으나 승부가 없다.

양쪽에서 징을 쳐 군을 거두어 잠깐 쉬고 호연작이 다시 나와 크게 말했다.

"저 화상은 다시 나와 승부를 결하라."

노지심이 분노하여 나오는데, 양자가 나오며 말했다.

"형님, 잠깐 쉬고 내가 저놈 잡는 것을 보시오."

하고 호연작을 취하니, 호연작이 맞아 싸워 오십여 합에 승부가 없었다.

호연작이 혼자 말했다.

'어찌 이놈도 이렇게 강한가? 과연 녹림중의 수단이 아니다.'

양지도 또한 호연작의 무예가 고강함을 보고 말을 돌려 달아나니 호연작이 따르지 않고 군을 거두어 돌아갔다. 노지심이 양지와 서로 상의했다.

"우리가 지금 당도하여 피곤하니, 쉬어야 합니다. 이십 리를 물러서 하채한 후 내일 칩시다."

하고 군마를 거느리고 산을 의지하여 하채했다.

호연작은 막영 안에서 홀로 탄식했다.

"손쉽게 붙잡으려 했는데, 저런 호적수를 만나다니, 나는 왜 이렇게 운이 없는가?"

하고 막연해하는데, 모용 지부로부터 사자가 왔다.

"백호산의 공명과 공량이 병졸을 이끌고 청주성을 치려고 합니다. 곧 성으로 돌아와 수비를 해달라고 하십니다."

호연작은 그 말을 듣고는 다행이라는 듯 병졸을 이끌고 급히 청주로 향했다.

그런데 호연작이 병졸을 이끌고 성으로 돌아와보니, 이미 한 무리의 군대가 성으로 밀어닥치는 것이 보였다. 그 선두는 백호산 기슭의 공 태공의 자식인 모두성의 공명과 독화성의 공량이었다. 이 두 사람은 이 고장의 어느 부자와 싸워 그 일가를 몰살하고 사람을 모아 백호산으로 들어가 기거하고 있었다. 그런데 청주성 내에 살고 있던 그들의 숙부 공빈이란 자가 모용 지부에 잡혀 있자, 공명과 공량은 산채의 부하들을 이끌고 숙부인 공빈을 구출하러 청주로 밀려왔다가 호연작의 군대와 마주치게 된 것이다.

호연작이 말을 진전에 내놓고 모용 지부가 싸우는 승부를 보려고 하는데, 공명이 창을 비끼고 호연작을 향하니, 호연작이 지부 앞에서 재주를 자랑코저 하고 겸하여 공명이 무예가 낮으므로 큰 소리를 지르며 긴팔을 늘이며 공명을 사로잡아 갔다. 공량은 패군을 데리고 쥐 숨듯이 달아났다.

지부가 호연작을 명하여 쫓아가 치니, 공량이 대패하여 필마로 달아나다가 고묘를 찾아 하루를 보냈다.

호연작이 공명을 잡아 가지고 성으로 들어가니, 지부가 보고 크게 기뻐했다. 큰 칼을 씌워 공빈과 함께 가두었다. 다음날 삼군을 호상하고 한편으로 잔치를 베풀어 호연작을 관대할 때 도화산 소식을 자세히 들으니, 호연작이 탄식하며 말했다.

"쉽게 물리치리라 생각하였는데, 생각밖에 한떼 강인이 와서 도화산 적을 구하니, 한 놈은 살이 찐 큰 화상이고 한 놈은 녹림 중의 수단이 아니므로 잡지 못하였습니다."

지부가 말했다.

"그 화상은 연안부 노충경략의 장전군관 제할 노지심이오 이제 낙발위승하였으니, 부르기를 화화상 노지심이라 합니다. 또 한 사나이는 동경전수부 제사관이니 청면수 양지라 하고 또 한 사람은 행자 무송으로서 전날에 경양강상에서 범을 쳐 잡던

무 도두요. 이제 세 놈이 이룡산에 웅거하여 여러 번 관군이 잡으려 했으나, 아직 잡지는 못하였소."
 호연작이 놀라며 말했다.
 "그놈이 무예 정숙하므로 괴이하게 여겼더니, 원래 노 제할 이었구나. 진실로 명불 허전이나 은상은 걱정마십시오. 오늘 내가 있으니, 그놈을 모두 잡아다가 나라에 바치겠소."
 지부가 크게 기뻐하며 잔치를 베풀어 관대하고 객방을 치워 편히 쉬게 했다.
 한편, 공량이 패잔 인마를 이끌고 가는데, 수풀 속에서 일표 인마가 내달으니, 맨 앞에는 행자 무송이었다. 공량이 크게 놀래어 황급히 말에서 내려 절을 하며 말했다.
 "장사는 어디를 가십니까?"
 무송이 급히 붙들어 일으키며 말했다.
 "댁의 형제가 백호산에 취의했다 하므로 몇 번 보러 산에 이르기가 어렵고 길이 순치 못하여 보기 어렵더니 오늘 무슨 일로 이곳에 왔는가?"
 공량이 숙부 공빈이 성에 갇혔으므로 구하러 갔다가 형을 또 잡혀 이렇게 퇴진한다 하니, 무송이 말했다.
 "공량은 급하게 굴지 말아라. 우리 육칠 형제가 이룡산에 취의하고 있는데, 이제 도화산 이충, 주통이 청주관군이 급히 치는 고로, 우리 산채에 와서 구원을 청하였기에 노, 양 두 두령이 먼저 군사를 거느리고 나와 같이 이르러 호연작과 처음 싸웠는데, 무슨 까닭인지 그놈이 하룻밤 사이에 군을 거두어 돌아갔다. 내가 너의 사정을 전하고 청주를 파하고 숙부를 구하여 주겠다."
 공량이 무송에게 사례하고 있는데, 반식경 뒤에 노지심과 양지가 이르렀다.
 무송은 곧 공량을 이끌어 두 사람과 서로 인사를 하게 한 다음에 말했다.

"내가 송강 형님과 같이 한때 적지 않게 폐를 끼쳤었소. 우리가 본래 의기를 중히 여기는 터이니, 이제 세 곳 삼산 인마를 모두 모아 청주를 치고 모용 지부를 죽이고 호연작을 사로잡은 다음에 창고의 물건을 취하여다가 산채의 가용에 보태는 것이 어떻겠소?"

노지심이 듣고 말했다.

"나의 생각도 역시 그러하니, 곧 사람을 도화산으로 보내어 이충과 주통을 보고 졸개를 이끌고 오라 하여 세 곳 삼산인마가 힘을 합하여 청주를 칩시다."

청면수 양지가 말했다.

"청주는 성지가 견고하고 인마가 강장하고 또 호연작이 영용합니다. 우리가 위풍을 깎아서 하는 말이 아니라 세 곳 산 인마만 가지고는 청주를 함락하기 용이하지 않을 것이고 아무래도 대대군마가 있어야만 하겠습니다. 내가 들으니, 양산박 송공명의 대병이 천하에 크게 떨쳐 강호상에서 급시우라고 부르는 터이오. 더구나 호연작은 그곳의 원수니 양산박의 인마를 청하여 다같이 치면 청주를 함락하기 어렵지 않을게요. 공량 형제가 송강과 지극히 가까운 사이라니, 직접 가서 부탁하면 아니 올 수 없을 것이니, 여러분의 뜻은 어떠하시오?"

"맞습니다. 항상 송삼랑 얘긴 들으면서도, 전 유감스럽게도 아직 만나본 적이 없습니다. 모두 그 사람 말들을 하니, 틀림없이 사내다운 대장부가 틀림없을 겁니다. 그러니까 천하에 이름을 떨친 게 아닙니까? 공 동지가 직접 가서 부탁해 보십시오. 나는 이곳에 남아 놈들과 싸우면서 기다리겠습니다."

공량은 부하들을 노지심에게 맡기고 졸개 하나만을 거느리고 여장을 갖추어 밤낮을 가리지 않고 양산박으로 향했다.

이윽고 양산박 근처에 도착하자 최명판관의 이립의 술집으로 들어가 술을 마시며 길을 물었다. 이립은 자리를 권하고 물어 보았다.
"어디서 오신 손님입니까?"
"전 백호산에 있는 공량이라 합니다."
"송공명 형님으로부터 성함은 익히 들어왔습니다. 참으로 잘 오셨습니다."
이립은 공량을 배에 안내하고 금사탄을 건너 물가에 올라 서로 산채 쪽을 향해 가니, 송강이 마중 나왔다. 공량은 그를 보자마자, 즉시 엎드려 울면서 호소했다.
목을 놓아 울므로 송강이 급히 물어 보았다.
"어디서 오는 길이며 마음에 무슨 원통한 일이 있는가? 숨기지 말고 다 말하면 몸을 가리지 않고 도와 주겠네."
공량이 멀리서 이곳까지 찾아오게 된 전후 사정을 자세히 호소하니, 송강이 듣고 말했다.
"이는 쉬운 일이니 자넨 아무 염려 말게."
하고 공량을 위로한 다음 산채로 올라가 조개, 오용, 공손승 이하 모든 두령과 인사를 나눈 뒤, 호연작이 청주로 달아난 것을 말하고 이제 공명을 잡아간 고로, 공량이 이곳에 와서 도움을 청함을 말하니, 조개가 듣고는 말했다.
"두 곳 호걸들도 오히려 의를 위하여 어진 일을 하였소. 이제 삼랑과 지극히 친한 벗이 위급한 지경에 처하여 있으니, 우리가 어찌 보고만 있겠소? 아우님은 그간 여러 차례 산에서 내려가 수고를 많이 하였으니, 이번에는 산채를 지키도록 하시오. 청주에는 내가 한 번 다녀오겠소."
송강이 말했다.
"형님은 산채의 주인이시니 가볍게 움직이지 마시오. 이 일은 공량이 특히 저를 찾아왔으니, 만일에 제가 가지 않는다면 그 형제가 마음이 편하지 않을 것이니, 이번에는 제가 몇 형제를 데리고 함께 다녀오겠소."

이날은 취의청 위에서 크게 잔치를 베풀어 공량을 접대하고 철면공목 배선을 불러 산에서 내려갈 사람의 수효를 분발하게 하니, 화영, 진명, 연순, 왕왜호가 길을 열어 선봉이 되고, 제 이 대는 목홍, 양웅, 해보요 중군은 주장인 송강, 오용, 여방, 곽성이요 제 사 대는 주동, 시진, 이준, 뇌횡이요 후군은 손립, 양립, 구붕, 능진이었다.

양산박에서 오군(五軍) 인마를 통계하니, 두령이 이십 명이요 마군과 보군이 이천이요 그 밖에 남은 두령은 조개와 같이 산채를 수호하기로 했다.

송강의 무리는 조개를 하직하고 공량과 같이 산에서 내려가 청주에 이르러 공량이 먼저 노지심 등에게 알리니 여러 두령들은 황급히 영접할 준비를 하고 기다리는데, 송강의 무리가 당도했다.

무송이 곧 노지심, 양지, 이충, 주통, 시은, 조정의 무리를 인도하여 서로 보게 할 때 송강이 노지심에게 사양하여 상좌에 앉으라 하니, 노지심이 말했다.

"오래도록 형장의 대명을 들었으나, 연분이 없어 뵙지 못하였습니다. 오늘 이렇게 만나 뵈오니, 이 사람의 마음이 매우 기쁩니다."

송강이 대답했다.

"소인이 무엇을 이를 것이 있겠소? 강호상의 의사(義士)들이 높이 칭송하더니 오늘 뵈어 평생의 원이 풀렸습니다."

양지가 몸을 일으켜 두 번 절하고 하는 말이,

"지난번 양산박을 지날 때 산채에서 여러 두령이 만류하여 주셨지만, 소제가 우직하여 듣지 않았습니다. 오늘 다행히 의사(義士)께서 산채의 정비를 잘하셨다고 듣고 다시 구경을 하게 되었으니, 이것보다 더 기쁜 일이 어디 있겠습니까?"

송강이 말했다.

"의사의 위명이 강호상에서 널리 알려졌지만, 내가 연분이 없어 늦게 만났음이 한입니다."

노지심이 술을 내와 관대하니, 송강이 물었다.

"요사이 청주 소식이 어떠하오? 자세히 일러 주시오."

양지가 말했다.

"공량 두령이 떠난 뒤에 전후 교전이 서너 차례 있었으나, 승패는 없고 이제 청주에서 믿는 것은 호연작 한 사람뿐입니다. 그 사람 하나만 잡으면 청주성 깨치기는 식은 죽 먹기입니다."

옆에 있던 오용이 웃으며 말했다.

"그 사람은 지혜로 잡아야지, 힘으로는 못 잡습니다."

송강이 물어 보았다.

"오 군사는 무슨 계교가 있으시오?"

오용이 좌중을 돌아보며 자세히 말하니, 송강이 크게 기뻐하며 말했다.

"참 그 계교가 훌륭하구려."

하고 그날로 인마를 분발하여 이튿날 차례로 나아가 청주성을 포위하고 소리 지르며 싸움을 돋우니 모용 지부가 급히 호연작을 청하여 상의했다.

"저 도적놈들이 양산박에 가서 송강을 또 데리고 왔다니 어찌 하면 좋겠소?"

호연작이 말했다.

"은상께서는 아무 걱정마십시오. 이제 도적이 먼저 지리를 잃었으니, 저놈들이 물속에서나 저의 마음대로 하였지 이곳에서는 마음대로 안 될 것입니다. 한 놈이 오면 한 놈을 잡고 두 놈이 오면 두 놈을 함께 잡을 것이니 은상께서는 성 위에 올라 저의 시살하는 양이나 보십시오."

하고 곧 갑옷입고 말에 올라 일천 인마를 이끌고 성 밖으로 내달으니, 송강의 진상에서 한 명의 장사가 손에 낭아곤(狼牙棍)을 꼬나잡고 호령했다.

"지부는 탐람하여 백성을 해치는 도적이니, 나의 원수를 오늘에야 갚을까 보다."

성 위에서 모용 지부가 진명임을 알아보고 크게 꾸짖었다.

"이놈 네가 본래 조정의 명관이 아니냐? 나라에서 일찍이 너를 저버리신 일이 없는데, 너는 어찌 도적을 도와 모반하였느냐? 너를 잡으면 죽음을 면치 못할 것이니, 그리 알아라."
하고 호연작에게 말했다.

"장군은 먼저 저 도적부터 잡으시오."

호연작이 곧 쌍편을 휘두르며 나와서 진명을 취하니, 진명이 낭아곤을 꼬나잡고 호연작과 대적했다. 바로 적수라 사오십 합을 싸워도 좀처럼 승패가 나지 않으니, 지부가 보고 있다가 혹시나 호연작에게 실수가 있을까 겁이 나서 징을 쳐 군사를 거두었다. 진명이 따르지 않고 본진으로 돌아오니, 송강이 또한 퇴군하여 십오 리 밖에 하채했다.

한편, 호연작은 진중으로 돌아오자 지부에게 말했다.

"소장이 바로 진명을 잡으려 할 때, 은상께서는 무슨 연유로 징을 쳐 군사를 거두셨습니까?"

"내가 보니 장군이 여러 합을 싸워 전신이 피곤할 듯하여 군사를 거둔게요. 원래 진명은 통제관으로서 화영과 같이 나라를 배반하였으니, 우습게 볼 게 아니오."

"은상께서는 부디 걱정마십시오. 소장이 맹세코 저 도적을 잡겠으니, 아까 싸울 때에 저놈의 곤법(棍法)이 어지러웠소이다. 내일은 잡는 것을 한 번 보십시오."

"장군이 이렇듯 용맹스러우니 내가 무엇을 걱정하겠소. 내일 세 사람을 내어 하나는 동경에 가서 구원을 청하게 하고 둘은 각각 인근 주현으로 보내서 군사를 일으켜 와서 싸움을 돕게 하겠소."

"그것 참 좋습니다."

지부는 그날로 문서 세 통을 만들어 날이 밝으면 군사를 보내기로 했다.

한편, 호연작은 하처로 돌아오자 의갑을 벗고 쉬려고 하는데, 군교 하나가 가만히 와서 아뢰었다.

"성의 북문 밖의 언덕 위에서 기마병 셋이 숨어 성을 정찰하고 있습니다. 가운데 한 사람은 붉은 저고리를 입고 백마에 타고 있으며 좌우 두 사람은 우측이 소이광 화영이고 좌측은 도사의 옷차림을 하고 있습니다."

"그 붉은 저고리를 입은 사람은 송강일 것이다. 도사 차림을 한 놈은 틀림없이 군사인 오용이다. 빨리 기병 백 명을 모아, 나와 같이 그 세 놈을 잡으러 가자."

하고 호연작은 급히 갑옷을 걸치고 쌍편을 들어 일백의 기병을 이끌고, 몰래 북문을 열어 조교를 내리게 하고는, 와락 언덕 위로 쫓아갔다. 송강, 오용, 화영의 세 사람은 멍하니, 성을 보고만 있었다. 호연작이 말을 급히 몰아 올라가니, 세 사람은 말머리를 돌려 슬금슬금 사라져갔다. 호연작이 기를 쓰고 쫓아가 보니, 안쪽 숲 앞에 세 사람 일제히 말을 멈추었다. 호연작이 고목이 있는 곳까지 뒤쫓아 갔을 때, 돌연 함정 속으로 말과 함께 빠져 떨어졌다.

그러자 그 서쪽에서 오륙십 명의 요구병이 뛰어나와 우선 호연작을 잡아 끌어올리고 뒤에서 그의 말까지 끌어갔다. 뒤쫓아 온 다수의 기병들은 화영이 쏜 화살에 맞아 육칠 명이 넘어지니 뒤를 따르던 자들은 모두 혼비 백산하여 달아났다.

송강이 진지로 돌아와 자리에 앉으니, 호위병들이 호연작을 끌어오고 있었다.

송강이 이를 보고 뛰어내려가, 그 묶인 것을 끄르고 몸소 부축하여 앉히고 송강이 그 앞에 정중히 절을 했다. 호연작이 놀라며 말했다.

"무슨 이유로 이렇게 하시오?"

"나 송강이 어찌 감히 나라를 배반하리까만 다만 조정이 탐관오리를 보내서 위엄으로 핍박하는 까닭에 목숨을 살려고 하는 고로, 잠깐 이곳에 몸을 숨겨 화를 피하려 할 뿐인데, 전부터 장군을 은근히 사모하던 바, 이제 만부득이 호위를 범하였으니, 장군은 부디 죄를 용서하시오."

"사로잡혀온 사람이 죽은 목숨인데, 의사는 무슨 연고로, 이렇게 후한 예로 대접하시오? 혹시나 나로 하여금 경사로 올라가서 천자께 고하고 나라에서 죄를 사하고 초안하시기를 구하는 것이나 아니오?"

"아니올시다. 장군이 어찌 돌아가시겠소? 고 태위란 놈이 심지가 편협하여 남의 큰 은혜를 모르고 작은 허물을 기록하는 자입니다. 장군이 많은 군마와 전량을 잃었으니, 어찌 죄를 면하시겠소? 이제 한도, 패기, 능진이 벌써 우리 산채에 입과하였으니, 장군도 만일 의를 맺어 입과하신다면 송강이 진정 위(位)를 장군께 사양하겠소."

호연작이 생각을 해 보니 첫째는 그도 천장지수라 의기 투합하고 둘째는 송강의 예모가 공손하므로 한 번 탄식하고 입과하기를 허락했다. 송강이 크게 기뻐하며 호연작을 청하여 여러 두령과 서로 인사를 나눈 후, 이충에게 척설오추마를 찾아 호연작에게 다시 돌려 보내라 일렀다. 여러 호걸이 공명을 구할 일을 의논하는데, 오용이 말했다.

"호연작을 시켜 청주 성문을 열기만 하면 성지도 힘 안 들이고 얻을 것이오. 겸하여 호연작의 돌아갈 길도 아주 끊게 되오리라."

송강이 그 말을 옳게 여겨 호연작을 청하여 의논했다.

"결코 송강이 성지를 탐내서 하는 말이 아니라, 사실 공명의 숙질이 아무런 죄도 없이 옥에 갇혀 있소. 이를 구하기 위함이니, 장군은 부디 청주 성문을 열게 하오."

호연작이 쉽게 응낙하고 날이 저물기를 기다리어 진명, 화영, 손립, 연순, 여방, 곽성, 해진, 해보, 구붕, 왕왜호 등 도합 두령 열 사람을 뽑아 관군 옷을 입히고 호연작을 따라 십일기 군마가 장령을 받고 청주성문 가까이 와서 외쳤다.

"문지기는 빨리 성문을 열어라. 내가 겨우 생명을 보전하여 돌아왔다."

성 위에 있던 사람이 호연작의 음성을 알아듣고 황급히 지부에게 알렸다. 이때 모용 지부는 호연작을 잃고 어찌 할 바를 몰라 하다가 호연작이 뜻밖에 도망하여 돌아왔다는 말을 듣고 마음에 매우 기뻐 급히 말 타고 성 위에로 나와서 보았다. 십여 기 인마가 있으니, 원체 날이 어두워 알아볼 길이 없고 다만 음성만 알아들어 지부가 물어 보았다.

"장군은 어떻게 돌아오셨소?"

호연작이 대답했다.

"소장이 저놈의 함정에 빠져 잡혀 갔다가 전에 제 수하에 있던 병졸들이 몰래 말을 도적하여 내다 주어 함께 도망하여 온 길입니다."

지부는 그 말을 믿고 군사를 시켜 성문을 열고 적교를 놓았다. 십기 두령이 호연작을 따라 성내로 말을 몰아 들어섰다. 진명이 먼저 낭아곤을 휘둘러 모용 지부를 죽여 말 아래로 거꾸러뜨리고 해진, 해보의 형제는 여러 곳을 돌아다니며 불을 놓고 구붕, 왕왜호의 두 두령은 성 위로 올라가 군사를 모조리 죽이니 송강의 대대 인마가 성 위에 불이 일어나는 것을 보고 일시에 치달아 급히 전령하여 백성을 죽이지 말라 송강이 일렀다. 우선 부고를 수탐하고 옥을 깨쳐 공명과 공빈을 구하여 내고, 한편으로 불을 끄며 또 한편으로는 모용 지부의 일가 노유를 모두 잡아다가 목을 베었다. 가사 집물을 내다 삼군에 분배하고 하늘이 밝은 후에 성 안을 점고하니, 백성의 집이 불에 탄 것이 적지 않고 상한 사람도 많았다. 일일이 계점하여 각기 곡식을 주어 구제하고 부고에 금백과 창고의 곡식을 오륙백 수레에 싣고 또 수백 필 전마를 얻어서 부중에서 크게 경하연을 베풀고 두령을 청하여 함께 대채로 돌아가기로 했다. 이충과 주통은 사람을 도와 산으로 보내어 인마와 전량을 모두 거둔 다음 산채에는 불을 지르고 오게 했다. 노지심은 시은, 조정을 이룡산으로 보내어 장정과 손이랑으로 인마와 전량을 수습하여 보주사를 불사르고 오라 일렀다. 삼일 내에 세 곳 산의 인마가 다 모여들었다. 송강이 대채 인마를 거느리어 먼저 화영, 진명, 호연작, 주통 네 두령으로 선봉을 삼아 길을 열게 하고 지나는 바 고을에 조금도 해를 범하지 않으니, 향촌 백성들이 늙은이를 부축하고 어린 아이를 안고 나와서 향을 피워가며 길에 엎드려 영접했다.

며칠이 되어 양산박에 이르니, 수군(水軍) 두령들이 배를 준비하여 영접하고, 조개가 마보 두령과 졸개를 거느리고 금사탄까지 나와 영접하여 같이 취의청에 이르러 좌정한 뒤, 크게 연석을 모두 베풀었다. 새로 들어온 두령은 호연작, 노지심, 양지, 무송, 시은, 조정, 장청, 손이랑, 이충, 주통, 공명, 공량 등 모두 열두 두령이었다.

이때, 임충이 노지심을 보고 전날 서로 구하여 주던 일을 말하며 사례하니, 노지심이 말했다.

"참, 그 뒤에 아주머니 소식이나 들었소?"

임충이 추연한 낯빛으로 대답했다.

"내가 왕륜을 죽인 뒤에 사람을 보내서 식구를 데려오려고 하였더니, 그 사이 졸부는 고 태위의 역자놈의 행패에 견디다 못하여 자살하고, 장인도 근심으로 인하여 병들어 돌아간 뒤였소."
　노지심이 듣고 탄식하기를 마지 아니했다. 양지는 지난날에 왕륜의 수단으로 서로 만났던 일을 이야기하니, 모든 사람이 듣고 말했다.
　"이것이 모두 인연이오. 결코 우연한 일이 아니오."
하고 말하는데, 조개가 문득 황니강에서 채 태사 생신강을 겁탈한 수말을 이야기하여 한동안 자리가 웃음판이 되었다.
　송강은 이렇듯 산채에 허다한 인마를 더하게 된 것을 기뻐하며 이에 탕융으로 철장총관을 삼아 제반 군기와 철엽연환마갑 등을 지으라 했다. 후건으로 정기포복총관을 삼아 삼재, 구요, 사두, 오방, 이십팔숙 등의 기치와 비룡, 비호, 비웅, 비표 등의 기치며 황월, 백모, 주영, 조개 등을 지으라 일렀다. 산변 사면에 돈대(墩臺)를 쌓게 하고 서쪽과 남쪽 두 곳에 술집을 열어 산에 오르는 호걸을 영접하며 아울러 군정을 알아내 급히 전하게 하니, 산 서쪽 술집은 원래 맡아하던 장청, 손이랑 내외가 주관하게 하고 산 남쪽 술집은 손신, 고태수 내외가 맡고 산 동쪽 술집은 전대로 주귀와 악화를 주관하게 하고 산 북쪽 술집은 또한 이립과 시천으로 주관하게 하며 또 삼관에 채책을 더 짓고 두령을 분정(分定)하여 간수하게 하니, 부령이 정하여지자 두령들이 모두 영대로 거행했다.

제22장
조천왕의 죽음

어느날, 노지심이 송강에게 말했다.
"나의 친한 벗에 이충도 잘 아는 구문룡 사진이란 사람이 있습니다. 이 사람은 지금 화주 화음현 소화산에서 신기군사 주무, 조간호 진달, 백화사 양춘의 무리들과 네 사람이 의를 맺고 지내는데, 내가 한 번 찾아가 보고 그 네 사람을 모두 동지로 불러오고자 하는데, 형장의 의향은 어떠하시오?"
"나도 일찍이 사진의 소문을 들어 잘 아는 터요. 그렇지만, 혼자 갈 수 없으니, 무송 형제와 함께 가시는 게 어떻겠소?"
노지심은 시승 모습을 하고 무송은 따르는 행자 모양으로 차린 다음 여러 두령을 하직하고 산을 내려와 금사탄을 건너서 밤낮으로 화주 화음현으로 들어오자 바로 소화산으로 걸었다.
송강은 노지심, 무송을 보낸 뒤에 마음이 놓이지 않아 신행태보 대종을 시켜 그들의 뒤를 쫓아가서 소식을 알아보라 했다.
한편, 노지심과 무송이 소화산으로 올라가는데, 갑자기 졸개가 쫓아나와 길을 막으며 물었다.
"보아하니, 출가한 사람들인데, 어디를 가시오?"
무송이 나서며 말했다.
"산상에 사 대관인 계신가?"
"사 대왕을 찾으러 오셨으면 잠깐 기다리시오. 소인이 곧 두령에게 알리겠습니다."
"그럼, 빨리 올라가서 노지심과 무송이 찾아왔다고 그래라."
졸개가 곧 위로 올라간 지 얼마 안 되어 신기군사 주무, 조간호 진달과 백화사 양춘의 세 사람이 산에서 내려와서 영접하는데, 사진이 보이지 않아 궁금히 여기며 물었다.
"사진은 어째서 안 보입니까?"
하고 노지심이 묻자 주무가 말했다.
"전번에 사 대관인이 산을 내려갔다가 한 그림 그리는 사람과 만났습니다. 그 그림쟁이는 북경 태명부 사람으로 왕의(王義)라 하고 서악화산(西嶽華山)의 금천성 제묘(金天聖帝廟)에 단행을 하러 오는 길이었습니다. 그런데 옥교지란 딸을 데리고 왔었는데, 이 주의 하 태수란 놈이, 그놈은 채 태사의 문하생으로 나쁜 짓을 하고 백성들을 못살게 구는 못된 탐관오리인데, 이놈이 사람을 보내 묘에 참배를 하러 왔다가 우연히 왕교지의 고운 얼굴에 탐하여 자기 첩으로 달라고 자꾸 졸랐으나, 왕의가 따르지 않았지요. 태수는 그 딸을 유괴해서 첩으로 삼은 뒤 왕의는 주의 경계로 귀양을 보냈습니다. 가는 도중에 또 사 대관인과 만나게 되어 사정 얘기하게 되었지요. 그래서 사 대관인은 왕의를 구출하여 산으로 올려 보내고 관가로 가 하 태수를 죽이려 하다가 일이 발각이 되어 사 대관인이 도리어 잡혀서 옥에 갇히고 또 하 태수는 군마를 일으켜 산채를 소탕하려고 하니, 우리가 무척 곤란합니다."
노지심이 듣고 크게 노하여 소리 질렀다.

"그 좀 같은 놈이 그렇게 무례하니, 내가 이 길로 가서 그놈을 죽이고 오겠다."

하고 곧 떠나려 하는 것을 주무가 말했다.

"성급히 하실 일이 아니오니, 산채에 올라가서 의논하여 하십시다."

노지심이 따르지 않았다.

그러자 무송이 한 손에 선장을 잡고 말했다.

"오늘은 이미 해가 저물었습니다."

노지심이 억지로 분을 참고 사채에 올라와 앉자, 주무가 왕의를 불러내어 노지심, 무송에게 뵈일제, 왕의는 태수의 고약함을 자세히 말하고 주무는 한편으로 소와 말을 잡아 두 사람을 관대하는데, 노지심이 말했다.

"사가(史家) 형제가 없어 술이 목에 넘어가지 않소."

하고 술 한 잔도 안 먹고 내일 아침 일찍 가서 죽이고자 하자 무송이 말했다.

"형님은 일을 경솔히 말고 우선 양산박으로 돌아가 송공명 형님에게 말하고 대대 인마를 거느리고 쳐들어가야 사 대관인을 구해낼 수 있을 것이오."

하고 권했다.

노지심이 말했다.

"사가 형제의 목숨이 조석간에 있는데, 언제 양산박에 가서 군사를 데리고 오고 한단 말인가? 내가 결단코 내일 성내로 들어가서 하 태수를 죽이고 사진이를 구해내 오겠네."

"태수를 죽인다 한들 사진 형제를 어찌 구하여 내겠소? 무송은 형장을 못가게 하리다."

"사형은 노하심을 잠깐 참으시오. 무 도두의 말이 옳습니다."

여러 사람이 모두들 말려도 듣지 않고 이튿날 새벽 사경에 아직 무송과 주무의 무리들이 곤히 자고 있을 때, 자리를 빠져 나와 선창 들고 계도 차고 혼자서 화주성을 향하여 산을 내려 가버렸다.

무송이 날이 밝은 후에 이를 알고,

"내 말을 듣지 않고 기어코 가버렸으니, 이 일을 대체 어떻게 합니까?"

하고 주무와 의논하여 졸개 두 사람을 보내어 사정을 탐정하여 오라고 했다.

이때, 노지심이 성내로 들어가 아무나 붙들고 물었다.

"태수 아문이 어디에 있소?"

"저 다리를 건너 동쪽으로 가면 바로 거기 있소."

노지심은 일러 주는 대로 가다가 다리 위에 이르자, 사람들이 분주히 길을 비키며 그를 보고 말했다.

"화상은 빨리 비켜서시오. 태수 상공 행차시오."

노지심이 속으로 뇌까렸다.

'내가 저를 보려고 하는데, 제편에서 도리어 내 손에 들어오니, 이놈이 죽으려고 했구나.'

하고 태수 행자를 바라보니 태수는 교자를 타고 전후좌우로 십여 명의 우후가 옹위하고 오는데, 각기 손에 편창 철련을 잡고 지나는 것을 보고 노지심이 주저했다.

'내가 혹시 저놈을 치려다가 못 치기라도 한다면 남의 비웃음을 면치 못할 것이다.'

하고 주저하는데, 이때 하 태수는 교자 안에서 노지심이 하는 꼴을 보고 다리를 지나 부중에 이르러 우후 두 사람을 불러서 명했다.

"네, 나를 위하여 아까 다리 위에 서 있던 살찐 화상을 불러 들여다 재를 먹도록 하여라."

두 우후가 분부를 듣고 다리 위에 가서 노지심을 보고 말했다.

"태수 상공께서 청하시니, 들어와 재를 자시오."
'이놈이 과연 나의 손에 죽으려고 이러는구나.'
하고 우후를 따라 부중에 이르니, 태수가 노지심에게 선장과 계도를 놓아 두고 들어와 재를 먹으라고 분부하니, 노지심이 얼른 응하지 않았다.

이것을 보고 여러 사람이 말했다.

"너는 출가인으로 사리를 몰라도 분수가 있지 부당 깊은 곳에 어찌 병장기를 가지고 들어간단 말이오?"

노지심이 혼자 곰곰이 생각했다.

'선장이나 계도가 없어도 그놈의 머리쯤이야 내 두 주먹으로도 때려부술 수 있을 것이다.'

하고 선장과 계도를 끌러놓고 우후를 따라들어오니, 하 태수가 후당에 있다가 손을 들어 소리쳤다.

"저 중놈을 잡아 묶어라."

하니, 양편 삼사십 명의 형리가 내달아 노지심을 잡아 쓰러뜨리고 단단히 결박을 지우니 노지심이 꼼짝없이 묶일 수밖에 없었다.

이때, 하 태수가 노지심을 잡아들여 단 아래에 꿇리고 태수가 문초하려 하자 노지심이 크게 노하여 소리쳤다.

"이 양민을 못살게 굴고 재물만 탐하며 어미를 팔은 도적놈아, 나는 잡혀서 사진 형제와 같이 죽어도 그만이지만, 만약 내가 죽으면 우리 송공명 형장님이 너를 가만 두지 않을 것이다. 너는 귀와 눈이 없느냐. 양산박과 원수지고는 멸망하지 않은 놈이 없으니, 너는 사진 형제를 놓아 주고 옥교지를 풀어 아비 왕의를 찾아 주고 너는 급히 황주 태수를 버리고 너의 집으로 돌아가라. 너 같은 놈이 어찌 관리라 하고 나라 것을 도적하여 먹고 재물을 탐하니, 어찌 백성의 부모라 하겠느냐? 만일 내가 이르는 세 가지 일을 따르면 용서해 주지만, 그렇지 않으면 용서않으리라. 먼저 사진 형제를 나에게 보내라."
 다 듣고 나서 하 태수가 말했다.
 "이놈이 자객질하는 놈인가 의심을 하였더니, 원래가 사진과 한통속이구나. 더 물어서 무엇하겠는가? 저놈을 큰 칼을 씌워 수족을 잠그고 단단히 가두어라. 조정에 알리고 베이겠다."
 이 소식이 화주 일대에 퍼지자, 졸개가 듣고 나는 듯이 산채에 알리니 무송이 듣고 깜짝 놀라며 말했다.
 "우리 두 사람이 같이 화주로 일보러 왔다가 한 명을 잃었으니, 내가 무슨 면목으로 돌아가 여러 두령을 대하노."
하고 장차 어이할 바를 몰라하는데, 산 밑에 졸개가 들어와 아뢰었다.
 "양산박에서 신행 태보 대종이 지금 도착하셨습니다."
 대종은 경위를 듣고 놀라 즉시 신행법을 써 양산박으로 돌아갔다. 사흘 만에 양산박에 도착해 경위를 말하자 송강은 즉시 병정을 집합시켜 총 칠천의 군대를 삼 대로 나누어 출발했다.
 전군에 진명, 임충, 양지, 호연작이며 일천의 군마와 이천의 보병을 이끌었고 중군은 주장인 송공명, 군사인 오용 이하 주동 서령, 해진, 해보의 육인이 기병, 보병 이천을 거느렸고 후군엔 양식을 맡아 이응, 양웅, 석수, 이준, 장순의 오인이 뒤를 이어 기병 이천을 이끌고 화주로 향했다.
 송강의 군대가 삼군 모두 소화산의 기슭에 도착하자, 무송이 주무, 진달, 양춘을 데리고 영접해 연회를 베풀었다.

 그날 해질 무렵을 기다려 송강, 오용, 화영, 진명, 주동의 다섯 두령은 말에 올라타 산을 내려 술시쯤 화주의 성 밖으로 도달하여 언덕에 올라 성을 살펴보았다.
 때마침 이월 중순이라, 월광이 마침 낮과 같이 환히 비치고 하늘엔 구름 한 점 없었다.

보니, 화주성의 둘레에는 몇 개의 성문이 있고 성벽은 높고 지형은 장대하고 넓고 깊은 도랑이 있어 이를 공략할 방안이 서질 않으니, 송강은 눈살을 찌푸리며 얼굴에 근심의 빛이 가득했다.

오용이 졸개 수십 명을 사면으로 보내어 사방의 소식을 알아오라 하니, 두어 날 만에 졸개 한 사람이 왔다.

"조정에서 전사 태위(殿司太尉)를 보내 어사 금령조괘(御賜金鈴弔掛)를 가지고 서악화산에 참배하게 하매 태위 일행이 지금 황하에서 위하로 옵니다."

오용이 듣고 말했다.

"형님은 과히 근심 마시오. 좋은 계교가 있소이다."

하고 이준, 장순을 불러 분부했다.

"너희 두 사람은 이리이리 하라."

하고 계책을 일러 주자 이준이 말했다.

"우리는 이곳 지리에 어두워 곤란하니, 길 아는 사람이 같이 갔으면 좋겠습니다."

백화사 양춘이 나와 말했다.

"소제가 그곳 길이 눈에 익으니, 같이 가겠습니다."

송강이 크게 기뻐하며 세 사람을 산에서 내려보냈다.

다음날 오용, 이응, 주동, 호연작, 화영, 진명, 서녕 등 일곱 사람을 불러 가만히 오백 사람을 데리고 산에서 내려와 위하수 도구에 이르러 큰 배 십여 척을 탈취하여 기다리는데, 오용은 화영, 진명, 호연작, 서녕 등 네 사람에게 명하여 언덕 위에 매복하게 하고 자기는 송강, 주동, 이응의 세 사람과 함께 선창 안으로 들어가고 이준, 장순, 양춘 세 사람은 배를 저어 탄두에 가 숨게 했다.

여러 사람이 하룻밤을 기다렸다.

다음날 새벽이 되니, 멀리서 북을 치고 바라를 치며 관선 세

척이 왔다.
　바라보니, 선상에 일면황기를 꽂고 기 위에 흠봉성지서악강향태위숙(欽奉聖旨西嶽降香太尉宿)이라고 써 있었다.
　주동, 이응이 각각 손에 장창을 들고 송강의 등 뒤에 섰고 오용은 뱃머리에 섰다.
　이윽고 태위의 배가 가까이 오니, 오용이 저의 배를 몰아 막았다. 이를 보고 선창 안에서 우후 이십여 명이 나오며 꾸짖기를,
　"너희 무리가 누구인데, 감히 대신의 배를 막느냐?"
　송강은 몸을 굽혀 예를 베풀고 오용이 뱃머리에서 말했다.
　"양산박 의사 송강 등은 삼가 뵙고자 합니다."
　이 말을 듣고 선상의 객장사가 나와 물었다.
　"이 배에는 조정의 태위께서 타고 계시니 성지를 받들어 서악으로 강향 참배가시는 길인데, 너희 양산박 적구들은 무슨 연고로 이 배를 막느냐?"
　"우리 의사의 무리가 태위의 존안을 뵈옵고 급히 드릴 말씀이 있습니다."
　"네가 어떤 놈인데, 감히 태위를 뵈오려고 하느냐?"
　객장사의 말이 떨어지자 양쪽에 섰던 우후들이 소리질러 말했다.
　"비켜 섰거라."
　"태위께서 잠깐 언덕에 내리시면 의논할 일이 있습니다."
　"무슨 잔말이냐? 태위는 조종의 명관이신데 너희와 무슨 의논할 일이 있겠느냐?"
　"태위께서 굳이 우리를 만나지 않는다면 혹 아이들이 태위를 놀라게 하여 드릴까 걱정됩니다."
　말이 끝나기 전에 주동이 창 위에 매어단 소호기를 한 번 휘두르니 언덕 위에 매복하고 있던 화영, 진명, 서녕, 호연작의

네 두령이 마상에서 활에 살을 먹여 들고서 하구로 나와 강가에 일자로 벌려섰다.

배 위에 사공들이 놀래어 배 속으로 들어가고 객장사가 급히 들어가 태위에게 품했다.

태위가 마지 못하여 뱃머리로 나와 자리를 잡고 앉자 송강이 정중히 예를 베풀고 말했다.

"송강이 현신하오."

숙 태위가 물었다.

"의사는 무슨 이유로 나의 길을 막느냐?"

"어찌 감히 막을 리가 있겠습니까? 다만 태위를 뫼시고 따로 이 사뢸 말씀이 있어 그러하옵니다."

"내가 어제 성지를 받들어 서악으로 참배하러 가는 길인데, 너희와 무엇을 의논할 게 있느냐?"

"태위께서 잠시 언덕에 내리시면 고하겠습니다."

태위가 이에 응하지 않으니, 이응이 호기를 두르니 이준, 장순, 양춘이 배를 저어 가까이 오자 숙 태위가 크게 놀라고 이준, 장순이 손에 날이 시퍼런 첨도를 들고 이쪽 관선에 뛰어올랐다.

각각 우후 한 사람씩 잡아 물에 던지니 송강이 크게 소리 지르며 말했다.

"너희는 이게 무슨 짓이냐? 귀인께서 놀라신다."

이준, 장순이 다시 물로 들어가 두 우후를 건져 배에 올려놓고 저희들은 저의 배로 뛰어올라가니, 숙 태위가 보고 놀라 얼굴이 새파랗게 되므로 송강, 오용이 같이 소리를 질러 꾸짖었다.

"너희들은 썩 물러가고 다시 귀인을 놀라시게 하지 말아라. 내가 천천히 태위를 뫼시고 말씀을 사뢰겠다."

숙 태위가 당황하여 말했다.

"의사는 할말이 있으면 어서 이곳에서 말하시오."
"이곳은 귀인을 뫼시고 말씀 올릴 장소가 아니오니, 잠깐 태위를 뫼시고 산채에 가서 아뢰오리다. 우리 무리가 태위를 해칠 마음은 추호도 없으니, 부디 안심하시고 만일 그러한 마음을 품었다면 서악의 신령께서 용서 않으시리이다."
어쩔 도리가 없자 숙 태위가 마지 못하여 언덕에 오르니 여러 사람이 태위를 옹위하여 말에 태우고 산채를 향하여 갔다.
송강, 오용이 먼저 화영, 진명을 명하여 태위를 뫼셔 오라 하고 두 사람도 말에 올라 여러 종인을 분부하여 산 위에 올랐다.
채에 들어와 태위를 모셔 취의청에 올라 가운데 앉게 하고 여러 장수가 칼을 빼어 손에 들고 양쪽에 뫼셨고, 송강이 그 앞에 사배를 드리고 꿇어앉아 고한다.
"송강은 원래 운성현의 한낱 작은 관원으로 관사의 핍박을 견디지 못하고 부득이 양산박으로 들어간 것이오니, 이는 잠시 화를 피하고 뒤에 행여나 조종에서 부르시길 기다리어 국가를 위하여 나아가고자 하는데, 이제 두 형제가 아무 죄 없이 하 태수에게 잡히어 옥중에 갇혔으니, 태위의 어향(御香) 금령조괘를 잠시 빌려 화주 태수를 속여 두 형제를 구하고 일을 끝낸 후에는 곧 돌려드리겠습니다."
태수가 말했다.
"내가 만일 그렇게 했다가 내일이라도 일이 발각되면 나에게 해가 끼칠 터이니 이 일은 어찌하오?"
"태수께서는 경사에 돌아가시면 모든 일을 송강에게 미루시면 무사할 것입니다."
숙 태위가 상황을 보니 거절할 수 없어 이에 응낙했다.
송강이 친히 잔을 들어 태위를 대접하여 잔치하고, 태위가 데리고 온 사람이 입은 의복을 빌리고, 졸개 중에 태위와 같은 사람을 가려 수염을 깎고, 태위의 의복을 입히고, 숙 태위처럼 꾸몄다.
 그런 후, 송강과 오용은 각각 객장사가 되고 해진, 해보, 양웅, 석수는 각각 우후가 되고 화영, 서녕, 주동, 이응 네 명은 아병으로 꾸미고 주무, 진달, 양춘은 산채에 남아 태수와 수하 관원을 대접했다.
 한편으로 진명과 호연작으로 일대 인마를 이끌고 임충과 양지로 일지군을 거느려 두 길로 화주성을 취하게 하며, 무송은 서악문 아래에 있다가 호기를 신호로 출동하게 했다.

 송강의 일행이 산채를 떠나 하구에 이르러 배에서 내려 화주 태수에게는 알리지 않고 바로 서악묘로 왔다.
 "태위께서 여기 오시는 길에 병환이 나셔서 거동하시지 못하니, 빨리 가마를 대령하도록 하오."
 좌우에 모든 사람이 붙들어 교자에 모셔 곧 악묘에 이르러 관청 안에 모시니 객장사 오용이 관주에게 말했다.
 "이번에 태위께서 성지를 받들어 모처럼 성제께 공양하러 내려오신 터에 본주 관원은 어찌하여 나와서 맞지 않는게요?"
 관주가 황공하여 대답했다.
 "이미 사람을 시켜 기별하였으니, 잠깐 계시면 곧 올 것이외다."
 말이 끝나자마자 본주에서 추관 한 사람이 공인 오륙십 명을 거느리고 주과를 가지고 먼저 태위께 뵈오니, 원래 졸개가 태위로 변장은 했으나, 귀인의 언어는 모르는 터이라 짐짓 병이 든 체하고 상 위에 누웠다.
 오용이 앞으로 나와서 추관을 꾸짖으며 말했다.
 "태위는 천자의 측근으로 천 리의 먼 길을 마다 않고 성지를 받들어 이곳에 이르러 강향하러 오시다가 중로에서 병환이 나셔서 불편하신데, 어찌하여 본주 관원의 무리들은 멀리 나와 영접해 받들지 않는게요?"
추관이 대답했다.
"얼마 전에 공문(公文)이 이르렀으나, 통보가 없어 나와 영접하지 못하였삽고 또 근자에 소화산 도적떼가 양산박 초규를 규합하여 와서 화주성을 치므로 매일 방비하느라 감히 떠나지 못하고 특히 소관을 보내서 먼저 와 주례를 드리게 한 것이니 태수도 곧 인사드리러 올 것입니다."
객장사가 말했다.
"태위께서는 아무것도 드시지 못하시니 태수는 빨리 와서 문안 드리라고 전하시오."
추관이 술을 갖다 객장사를 대접하니, 오용은 다시 태위 앞으로 가서 열쇠를 가지고 와서 잠근 것을 열고 금령조패 싼 것을 내어 깃대에 꿰어 세우고 추관더러 보라고 하니, 추관이 허다한 공문과 내부 물건과 중서성 문서를 보고 객장사를 하직하고 급히 태수에게 보고하니, 태수가 일시를 더 지체할 수 없어 수하의 무리 삼백 명을 거느리고 성을 나와서 악묘로 올라왔다.
객장사 오용과 송강이 하 태수의 많은 부하와 병장기를 가지고 들어오는 것을 보고 소리 질러 꾸짖었다.
"조종의 귀인이 계신 곳에 어찌 싸움패의 무리가 들어오느냐? 어서 물러가라."
하니, 여러 사람이 감히 들어오지 못하고 하 태수 홀로 들어와 태위께 절을 하고 뵈일제, 객장사가 말했다.
"태위께서 태수를 부르시니, 가까이 오르소서."
하니, 가짜 태위에게 다시 절을 하니, 객장사가 물었다.
"태수는 저의 죄를 알겠지?"
"하관이 지은 죄를 모르겠습니다."
"태위께서 칙지를 받들어 참배 오시는 행차가 어떠한 행차인데, 본주 태수가 영접하는 일을 잊었는고?"

"일찍이 통보를 듣지 못하여 맞는 예를 잊었습니다."
"좌우는 태수를 잡아 내려라."
해진, 해보 형제 품으로부터 단도를 빼어 하 태수를 차서 쓰러뜨리고 손을 들어 그 머리를 베어 버리자 송강이 말했다.
"너희들은 무엇을 하고 있노?"
하니, 태수를 따라왔던 삼백여 명 공리의 무리가 놀래어 꼼짝을 못하는데, 화영의 여러 두령이 달려나와 그들을 땅에다 쳐눕히니, 태반은 죽고 나머지 무리들이 묘문으로 도망하여 나오는데, 무송이 칼을 들고 섰다가 낱낱이 다 죽이고 그중에서 강변까지 도망하여 나온 놈은 이준, 장순의 손에 목숨을 잃었다.

송강이 급히 금령조괘를 거두고 화주성으로 쳐들어가 갇혀 있는 사진과 노지심을 구하고 창고를 열어 재물을 수레에 실으니, 노지심이 후당에 들어가 선창과 계도를 찾고 사진은 옥교지를 찾았으나, 벌써 우물에 빠져 죽었다.

일행이 화주성을 떠나 배를 타고 소화산으로 돌아갔다. 일동은 숙 태위에게 인사를 하고 어향, 금령조괘, 정기, 문기, 의장 등 물품을 반환하고 태위에게 심심한 사의를 표했다.

송강은 전량을 수습하고 산채에 불지르고 소화산의 네 호한을 데리고 양산박으로 향했다.

조개를 비롯해 모든 두령들이 멀리까지 송강 등을 영접하러 나왔다. 일동은 산채의 취의청으로 들어가 서로 인사를 한 후 축연을 열었다.

다음날 사진, 주무, 진달, 양춘이 각각 자기의 재물을 들여 잔치를 베풀고 조개, 송강 이하 여러 두령에게 은혜를 칭사하며 분위기가 무르익자 조개가 말했다.

"삼일 전에 주귀가 산에 올라와 알리는 말이 서주 패현 망탕산(芒碭山) 가운데 한떼 무리가 삼천 인마를 모아 도사리고 있으니, 그중에 우두머리되는 한 선생은 성명이 번서(樊瑞)요 작호는 혼세 마왕(混世魔王)이라 합니다. 이는 바람을 일으키고 비를 내리게 하는데, 또 용병 솜씨가 귀신 같고 수하에 부장 둘이 있습니다. 이들 중 하나는 항충(項充)인데, 작호는 팔비나탁이라 하고, 또 한 사람은 성명이 이곤(李袞)인데, 작호는 비천대성이라 합니다. 이 세 사람이 의형제를 맺어 망탕산을 점령하더니, 이 세 놈이 요즘엔 천하에 저희들 적수가 없다 하고, 또한 양산박까지도 쳐부수겠노라 호언하고 있다 하니, 어찌 분하지 않겠소?"

송강이 듣고 크게 노하여 말했다.

"저 도적놈들이 어찌 그렇게 무례할 수가 있을까? 내가 또 한 번 다녀오겠소."

구문룡 사진이 몸을 일으켜 말했다.

"소제 등 네 사람이 처음으로 산에 올라와서 아무것도 하지 못하였으니, 소인 인마를 거느리고 내려가서 저 강적들을 생포하여 오겠습니다."

송강이 크게 기뻐하며 허락했다. 사진이 본부 인마를 인솔하여 주무, 진달, 양춘과 함께 송강을 하직하고 금사탄을 건너 망탕산으로 왔으나, 산세가 험하여 탄식하고 있었다.

일행이 산 아래에 이르니, 매복하고 있던 졸개가 산 위에 알렸다.

이때, 사진이 소화산에서 데리고 온 인마를 한 일자로 세우고, 갑옷 입고 붉은 적토마(赤兎馬)를 타고, 맨 먼저 진전에 나섰다.

그러자 망탕산 위에서 일대의 인마가 나는 듯이 내려왔다. 그 선두의 호한인 우두머리 같은 자는 서주 패현 사람으로 항충, 별명을 팔비나탁이라 하고 단패(團牌)의 명수다.

등에는 스물네 자루의 비도를 꽂아 일백 보 앞의 사람을 겨누면 실수하는 일 없이 적중시킨다고 한다.

오른손에는 표창(標槍)을 가지고 뒤에 세운 깃발 표시에는 팔비나탁이라 넉 자를 썼다.

그 다음 호한은 비현의 이곤, 별명을 비천대성이라 하여 단패의 명수이며, 등 뒤에 스물네 자루의 비도를 꽂아 백 보 떨어진 곳에서도 명중시킬 수 있는 솜씨를 가졌다 한다.

왼손에 방패를 들고 오른손엔 칼을 들었으며 뒤에 세운 깃발 표시엔 비천대성이라 써 있었다.

두 호한은 단패를 내휘두르며 무섭게 쳐들어오니, 사진 등은 방어할 수 없어 우선 후군이 도망치기 시작했다. 사진의 전군은 항전했으나, 주무의 중군은 와르르 흩어져 쫓기며 삼사십 리나 패주했다.

사진은 아슬아슬하게 비도에 맞을 뻔하였고, 양춘은 항충의 칼 하나가 말에 꽂히자, 말을 버리고 겨우 목숨을 건져 간신히 도망갔다.

사진이 병졸을 수습하여 보니 반수를 잃어버렸으니, 주무 등과 상의를 하여 양산박에 구원을 청하는 길을 생각하며 근심하는데, 소이광 화영과 금창수 서녕이 이천의 병졸을 이끌고 왔다.

그 다음날 새벽 때, 송공명이 친히 군사인 오학구 이하 공손승, 시진, 주동, 호연작, 목홍, 순립, 황신, 여방, 곽성 등과 함께 삼천의 군사를 이끌고 왔다. 그날밤 산 위를 바라보니, 모두가 파란 등불이 보이니 공손승이 보고 말했다.

"적진이 모두 파란 등불을 달아 놓았으니, 반드시 그 안에 요술을 부리는 사람이 있을 것이니 내일 빈도가 한낱 전법을 써서 두 놈을 잡도록 하겠소."

이튿날, 공손승이 송강과 오용에게 말했다.

"이 진법은 한말 천하가 삼분되었을 때에 제갈공명이 돌을 벌여 진을 친 법이나 사면팔방에 팔팔 육십사대(八八六十四隊)로 나누어 중간에는 대장이 있으니, 그 형상이 사두팔미요. 이것을 좌우로 선회시키면 천지 풍운(天地風雲)의 기틀과 용호 조사(龍虎鳥蛇)의 형상을 감춘 것이니, 이제 저놈들이 산을 내려오거든 양진을 모두 열어 저희를 기다리는 듯이 하고, 저희들이 한 번 진에 들으면 칠성호기(七星號旗)를 들어 곧 진을 변하여 장사진이 된 뒤에 빈도가 도법을 지어 저희 세 사람이 전후좌우에 길이 없게 한 다음, 함정을 파놓고 저놈들은 몰아다가 그곳에 넣은 뒤에, 요구수를 매복하여 두었다가, 사로잡고자 하는데, 이 계책이 어떠하오?"

송강이 듣고 크게 기뻐하며 곧 대소 삼군이 영을 따르게 하고 다시 여덟 대장을 뽑아 진을 지키게 하니, 그들은 곧 주동, 화영, 목홍, 손립, 사진, 황신, 호연작이고 다시 여방, 곽성을 명하여 중군 일을 맡기고 송강, 오용, 공손승은 진달을 데리고 군사들을 지휘하여 주무로 하여금, 군사 다섯 명을 데리고 가까운 산 높은 언덕에 올라 진중을 탐지하라 일렀다.

이날 사시(巳時)에 삼군이 산을 가까이 하여 진세를 벌이고 기를 두르고 북을 치며 싸움을 돋우니, 문득 망탕산 위에 이십 번 바라 소리가 산천을 울리더니, 세 명의 두령이 일제히 산 아래로 내려와 삼천 인마를 좌우에 벌려 세우니 좌우는 항충 이곤이요 중간은 혼세마왕 번서(混世魔王樊瑞)이니 한 필 검은 말을 타고 진전에 섰으니, 번서가 요술을 할 줄은 아나 진세는 아지 못하는 터이라 이날 송가의 군마가 사면 팔방으로 진세를 벌인 것을 보자 마음에 적이 기뻐하기를 마지 않으며 항충과 이곤에게 분부했다.

"너희는 바람이 이는 것을 보고 곧 오백 곤도수(五百袞刀手)를 몰고 적진 복판으로 달려들어라."

이때, 번서가 마상에서 왼손에 유성추(流星鎚)를 들고 오른손에 혼세마왕의 보검을 집고 입으로 주문을 외니, 광풍이 일어나고 모래가 날리고 돌이 구르며 천지가 어두워지면서 해를 가렸다.

항충, 이곤이 크게 고함치며 오백 곤도수를 휘몰아 풍우같이 짓쳐 들어오니, 송강의 군마가 이것을 보고 곧 양쪽으로 갈라서니 항충, 이곤이 그대로 일제히 진중으로 짓쳐 오므로, 이때 좌우 양편에서 화살이 쏟아지니, 항충과 이곤을 따라 진 속에 든 것은 오직 사오십 명뿐이고 도로 후퇴했다.

이때, 진달이 두 장수가 진 속에 든 것을 보고 곧 칠성기를 한 번 휘두르니 진세가 분분히 변하여 장사진이 되었다.

항충과 이곤이 진중에서 우왕 좌왕하며 나갈 길을 찾으나, 보이지 않는다.

항충, 이곤이 마음이 조급하여 곧 길을 찾아나오려고 하나 나갈 곳이 없고 사면에 벽력 같은 소리가 나니, 더욱 마음이 당황하여 급히 앞으로 달려나가려 할 때, 아뿔싸! 헛곳을 디디고 함정에 빠졌다.

양쪽의 요구수가 요구창으로 걸어 당기고 밧줄로 잔뜩 결박을 지워 산채로 끌고 왔다.

이때, 송강이 채찍을 들어 가리키니 삼군이 일시에 내달아 짓쳐 나오니, 번서는 형세를 당할 길이 없어 군마를 이끌고 산 위로 도망하여 갈제, 삼천 인마를 반수나 잃고 도망했다.

송강이 군사를 거둔 다음 여러 두령과 함께 장중에 앉았는데, 졸개들이 항충, 이곤을 묶어서 휘하에 이르니, 송강이 보고 급히 맨 것을 끄르고 친히 잔을 권하며 말했다.

"두 분 장사는 부디 언짢게 생각지 마오. 송강이 두 분 장사의 대명을 들은 지 오래라, 예로써 청하여 함께 산에 올라 대의를 모으고자 하나 그 편을 얻지 못하였으나, 만일 버리지 않고 함께 산채로 올라가시겠다면 천만 다행이겠습니다."
　두 사람이 듣고 절을 하며 땅에 엎드려 말했다.
　"급시우의 대명을 들은 지 오래건만 인연이 없어 못 뵈었는데, 원래 형장의 의기 이러하시니 우리 두 사람이 좋은 분을 알지 못하여 천지에 용납하지 못할 사람으로 이미 사로잡힌 몸인데, 형장께서 예로써 대접하여 주시니, 만일 죽이지 않으신다면 맹세코 은혜를 보답하오리다. 두령께서 우리 둘 중에 하나만 놓아 주신다면 가서 번서를 데리고 함께 와서 항복을 할까 하거니와 두령의 뜻은 어떠하십니까?"
　"두 분이 함께 가서 내일 안으로 희소식을 가지고 돌아오기만 기다리겠소."
　두 사람이 탄식하며 말했다.
　"진실로 천하 대장부올시다. 만약 번서가 듣지 않으면 우리가 사로잡아 휘하에 바치겠습니다."
　송강이 듣고 크게 기뻐하며 주식을 대접하고 새옷 두 벌을 내어 입게 한 다음 졸개에게 창도와 만패를 가져오라 하여 그들에게 주고 손수 산 아래까지 내려가 배웅했다.
　두 사람이 길에서 송강의 은혜를 감탄하며 망탕산 아래에 이르니, 졸개가 보고 깜짝 놀라며 산 위에 올라가 이르니, 번서가 보고 크게 기뻐하며 말했다.
　"너희는 어떻게 살아오는가?"
　"우리는 만 번 죽어도 마땅하오."
　"형제, 그 무슨 말씀이시오?"
　항충, 이곤 두 사람이 송강의 의기 심중한 것을 세세히 말하니, 번서가 듣고 말했다.
　"송공명이 그렇듯 어질고 의기가 중하다면 천도를 거슬릴 수 없으니, 내일 일찍이 내려가 항복을 하도록 하세."
　그날밤으로 산채 안에 있는 것을 수습하고 이튿날 날이 밝은 뒤에 세 사람이 함께 내려와 송강을 찾아가서 그 앞에 엎드리니 송강이 황망히 세 사람을 붙들어 장중에 들어와 좌정한 후 서로 예를 갖췄다. 세 사람은 여러 두령을 청하여 망탕산 산채로 올라가서 음식을 장만하여 접대하고 한편 삼군을 호상한 다음 번서가 공손승에게 절을 하며 스승을 삼으니, 공손승이 그에게 오뢰 천심정법(五雷天心正法)을 전수하여 주겠노라 하니, 번서가 크게 기뻐했다. 산채의 전량을 수습하고 인마를 모은 뒤에 채책을 불지르고 번서, 항충, 이곤의 세 사람은 송강을 따라 양산박으로 돌아올제, 양산박 근처 금사탄을 건너려고 하는데, 큰길 위에서 한 큰 사나이가 송강을 보고 절을 하니, 송강이 곧 말에서 내려 물었다.

"그대의 성명은 무엇이며 어느 곳 사람이오?"

"소인의 성은 단(段)이요 쌍명(雙名)은 경주(景住)입니다. 소제의 털이 붉고 수염이 누런 것을 보고 남들이 금모견(金毛犬)이라고 부르고 있습니다. 탁주 태생으로 평소 북쪽 지방에 가서 말 도둑질을 하고 살아왔는데, 금년 봄, 창간령 북쪽에 가서 훌륭한 말 한 필을 훔쳤습니다만, 북쪽에선 그 말이 아주 유명하며 조야옥사자(照夜玉獅子)라고 불립니다. 세간에서 급시우라는 인물의 명성을 듣고 있음에 그 말을 헌상해 드리려고 능주의 서남인 증두시까지 왔을 때, 그곳 증가의 오호(五虎)라는 놈에게 빼앗겼습니다. 저는 이건 양산박의 송공명의 것이라고 하니, 그놈이 더욱 노하여 입에 담지 못할 욕설을 퍼붓더니 소인마저 잡으려고 하기에 가까스로 도망하여 아뢰는 길입니다."

"그러하다면 나와 함께 산채로 올라가 일을 의논합시다."

하고 단경주를 데리고 산채로 올라 조천왕과 여러 두령을 보고 취의청에 좌정한 다음에 송강이 번서, 항충, 이곤으로 하여금 조천왕과 여러 두령에게 인사드릴 때 단경주도 또한 참배하니, 조개가 잔치를 베풀어 즐겼다.

송강이 산채에 계속하여 많은 인마를 더하며 사방의 호걸들이 바람을 쫓아 모두 찾아드는 것을 보고 마음이 흡족하여 이운과 도종왕을 시켜 방옥(房屋)과 채책을 더 세우게 하니, 단경주가 다시 조야옥사자를 이야기했다. 송강이 신행 태보 대종에게 명하여 증두시에 가서 소식을 알아오라 하였더니, 사오일 후에 대종이 돌아와서 여러 두령에게 말했다.

"증두시는 인가가 모두 삼천여 호인데, 그중에 증가의 집이 제일이고 주인 이름은 증장자(曾長者)라고 하며 원래 대금국(大金國) 사람으로 아들 오형제를 두어 증가오호(曾家五虎)라 합니다. 큰 아들은 증도(曾塗)요, 둘째는 증밀(曾密)이요, 셋째는 증색(曾索)이요, 넷째는 증괴(曾魁)요, 다섯째는 증승(曾昇)이고, 또 무예 스승이 있는데, 이름은 사문공(史文恭)이고 스승은 이름이 소정(蘇定)인데, 이들은 채책을 세우고 육칠천 인마를 모으고 또 오십여 채 함거를 마련하고 한다는 소리가 맹세코 양산박 여러 두령을 사로잡고야 말겠다는 겝니다. 그리고 조야옥사자라는 말을 지금 교사 사문공이 타고 다니는데, 무엇보다도 화가 나는 일은 시중의 아이들에게 다음과 같은 노래를 가르친답니다.

 쇠방울을 흔드니 신령 마귀 다 놀라네
 쇠수레가 있구나, 쇠사슬도 있구나
 양산을 무찌르자, 수박(水泊)을 쳐부수자
 조개 머리 베어 동경으로 보내자
 급시우를 잡아서, 지다성을 잡아서
 증가오호 용맹을 세상에 널리 알리자

조개가 듣고 나서 노하여 말했다.
"그 축생 같은 놈들이 어찌 이리 무례한가! 이번에는 내가 친히 산에서 내려가 그 놈들을 못 잡을 때는 맹세코 다시 돌아오지 않겠다."
하고 그날로 오천 인마를 데리고 두령 이십 명을 청하여 산을 내려가니, 나머지 여러 두령은 송강과 같이 산채를 지키게 하고 조개를 따라 가는 두령은 곧 임충, 호연작, 서녕, 목홍, 유당, 장횡, 완소이, 완소오, 완소칠, 양웅, 석수, 손립, 황신, 두천, 송만, 연순, 등비, 구붕, 양림, 백승 등 두령 이십 명이 오인 인마를 거느리고 산에서 내려갈제, 송강이 오용, 공손승과 여러 두령이 같이 금사탄에 내려와 작별의 술자리에서 홀연 일진광풍이 일어나며 조개의 군기가 뚝 부러지므로 여러 사람이 보고 크게 놀라니 오학구가 조개에게 말했다.

"이것은 정말 불길한 징조이니, 부디 며칠 후 다른 날 떠나시도록 하시는 게 좋을 것입니다."

조개가 말했다.

"한낱 바람을 이상히 생각하다니, 이제 봄날이 한참 화창한데 저놈을 잡지 않으면 저희들이 기력만 길러 주어 더욱 잡기 어려울 것이니, 여러분들은 나를 막지 마오. 아무래도 지체할 수는 없소."
하고 군사를 이끌고 금사탄을 건너가니, 송강이 대채로 돌아와서 은밀히 대종을 보내어 소식을 알아오라고 했다

한편, 조개는 스무 명 두령과 오천 인마를 거느리고 바로 증두시 근처에 진을 치고, 다음날 여러 두령과 말 타고 나아가 증두시를 살펴보는데, 한떼의 군마가 나오니, 칠팔백 명이 되고 앞에 나오는 호걸은 증가의 넷째 아들 증괴(曾魁)인데, 소리를 높여 말했다.

"너희놈들이 바로 양산박 도적이 아니냐? 내가 바로 너희들을 잡아가 관사에 바치려고 하던 터에 이제 너희가 먼저 죽으

러 왔으니, 이는 곧 하늘이 도우심이다. 빨리 말에서 내려 밧줄을 받지 않고 어찌 우리 손을 움직이기를 바라느냐?"

조개가 크게 노하여 여러 두령을 둘러보자, 한 장수가 곧 말을 몰아 나아가 증괴를 무찌르니 그는 곧 양산박에서 처음으로 조개와 의를 맺어 형제가 된 표자두 임충이다. 두 장수가 서로 싸워 이십여 합에 증괴가 당하지 못하고 달아나니, 임충이 뒤를 쫓지 않고 조개와 영채로 돌아와 상의할 때 임충이 말했다.

"내일 바로 증두시 어귀에 가서 한 번 싸움을 걸어 저희들의 허실을 보고 그 뒤에 다시 의논하기로 하시지요."

다음날 새벽 오천의 병졸을 이끌고 증두시의 앞쪽 평지에 진을 쳐 군고를 올리고 함성을 울리자, 증두시에서는 포성이 터지고 대군을 몰아오고 그 앞에 일곱 명의 호한이 한일자로 줄을 지어섰다. 그 한복판에는 스승인 사문공, 그 위쪽엔 스승인 소정, 아래쪽엔 증가의 장자 증도, 좌편에는 증밀, 증괴, 우편에는 증승과 증색, 모두 다같이 갑옷으로 몸을 감고 있었다. 스승인 사문공은 예의 천리옥사자라는 말을 타고 손에 방천화극을 들었다. 북이 세 번 울리자 증가의 진에선 수량의 함거를 몰고 와 진두에 배치했다. 그러자 증도가 삿대질을 하며 외쳤다.

"이 함거가 눈에 안 보이냐? 내가 너희들을 붙잡아 함거에 실어 도성으로 올려 보낼 생각이니 그리 알아라."

조개가 크게 노하여 창을 들고 중도를 치니 여러 장수가 일시에 쳐나가 양군이 접전을 계속하니, 증가의 인마가 점점 촌중으로 물러 들어가 임충과 호연작은 조개를 좌우로 옹위하여 뒤를 급히 몰아치다가 길이 평탄치 않은 것을 보고 군사를 거두어 돌아오니, 그날은 한마당 싸움에 양편이 모두 많은 인마가 상했다.

조개가 영채로 돌아와 노여워하며 연삼일을 나가 싸움을 청하였으나, 증가에서는 군사 한 명도 얼씬 않더니 나흘째 되는

날에 뜻밖에도 중 두 사람이 조개의 영채 앞에 이르니, 두 중이 무릎을 꿇어 아뢰었다.

"소승은 증두시 동쪽 머리에 있는 법화사(法華寺)의 주장승(主將僧)이온데, 이제 증가 오호라는 것들이 빈번히 저의 절에 와서 금은 채단을 빼앗아가니, 아무것도 남아 있지 않습니다. 소승이 본래 저놈들의 사정을 자세히 아오니, 두령님께서 저놈들을 모조리 잡아주신다면 소승들로서는 이만 다행한 일이 없을까 하옵니다."

조개가 그 말을 듣고 크게 기뻐하며 두 중을 장중(帳中)에 앉히고 술을 주어 먹게 하니, 임충이 말했다.

"형님은 저 중들의 말을 믿지 마십시오. 혹시 증가놈들이 계교를 써서 저 중놈들을 보냈는지 누가 압니까?"

그러나 조개가 그 말을 듣고 말했다.

"저들이 출가한 사람인데, 어찌 거짓말을 할 까닭이 있겠소? 더구나 우리 양산박이 인의를 숭상하여 지나는 길마다 백성을 침략한 일이 없으니, 저희들이 나와 무슨 원수가 있어서 속이며 더욱이 증가군이 패한 일이 없는데, 어찌 간사한 계교를 내겠소. 현제는 의심하지 마오. 만일 의심을 하게 되면 어떻게 큰 일을 하겠소. 이로 인하여 저 중들도 와서 부탁한 것이니 조금도 의심할 데가 없을 줄 아오."

"형님께서 굳이 그들의 말을 믿으시겠다면 제가 형님의 몸을 호위하며 가겠으니, 형님은 군사를 거느리시고 밖에 계시다가 접응하시도록 하십시오."

"아니오. 내가 몸소 가지 않으면, 누가 기꺼이 앞에 나서려 하겠소. 인마를 반씩 나누어, 절반은 아우님이 거느리고 밖에 있다가 접응하도록 하오."

"형님은 어느 두령을 데리고 가시겠습니까?"

"두령 열 사람과 이천오백 명의 인마를 데리고 가겠는데, 유당, 호연작, 완소이, 구붕, 완소칠, 완소오, 연순, 두천, 송만, 백승 등 열 두령을 데리고 가겠소."
하고 그날 늦은 뒤에 밥 지어 먹고 말은 방울을 떼고 가만히 두 중을 따라 법화사에 이르러 조개가 살펴보니, 한낱 옛집이요 도무지 인적이 없으므로 두 중에게 물었다
 "어인 일로 이 큰 절에 인적이 없소?"
 "증가의 축생들이 와서 늘 노략질하는 고로, 하는 수 없이 모두들 다른 곳으로 가고 장로와 몇 명의 시자가 탑원 안에 숨어 지내니, 두령께서는 찾지 마시고 잠시 이곳에서 기다려 주시면 밤이 깊은 뒤에 소승이 저놈들의 영채에 인도하겠습니다."
 "그러면 저놈들의 채는 어디 있소?"
 "북쪽으로 멀지 않은 곳에 증가 형제의 채책입니다. 그곳만 쳐부수면 다른 곳은 자연 패할 것입니다."
 "언제 가려고 하오?"
 "지금 이경은 되었으니, 삼경쯤 가려고 합니다."
 조개가 기다리는 중두 시장에 경점(更點)소리가 들려 밤이 이미 깊은데 중이 말했다.
 "저놈들이 이제는 모두 잠이 들었을 것이니, 가 보시지요."
하고 두 중이 앞장을 서고 조개는 여러 장수와 함께 말에 올라 법화사를 떠나 오 리는 가니, 캄캄 절벽인데, 두 중이 간 곳이 없다. 전군이 감히 행동을 못하고 사면이 울창한 수목이요 인가가 하나도 없는데, 군사가 황망히 조개에게 전하니, 그제야 계교에 빠진 줄을 깨닫고 호연작에게 영을 나려 급히 군사를 돌이켜 되돌아가려 할 때, 미처 백 보도 못다 가서 사면에서 북소리가 분분하더니 함성이 천지를 울리며 왼골에 불빛이 가득한데 조개가 여러 장수를 이끌고 길을 찾아 달아날제, 두어 산 모퉁이를 지나니 일표 인막 길을 막고 활을 날리니, 조개가 미처 피하지 못하고 뺨에 화살을 맞고 말에서 떨어졌다. 삼완

형제와 유당, 백승의 다섯 사람이 조개를 구하여 말을 태우고 촌중을 벗어나올제, 임충이 군사를 이끌고 적병을 막아 대적하여 양군이 싸우다 날이 밝아올 때에 비로소 영채로 돌아오니, 연순, 구붕, 송만, 두천이 겨우 생명을 도망하여 돌아왔고 이천오백 군마가 겨우 일천여 명이 남아 호연작을 따라와서 정신을 가다듬어 조개를 보았다. 화살이 뺨에 박혔으므로 급히 빼니 피가 뻗쳐 나오며 조개는 그대로 혼절했다. 화살에 사문공(史文恭)이라 석 자가 적혀 있었다. 바로 약을 붙였으나, 이 화살이 원래 독화살이라, 이때 독이 이미 온몸에 돌아 조개는 말을 한다.
　여럿이 부축하여 수레에 실은 다음 삼완 형제와 두천, 송만의 다섯 두령으로 하여금 급히 양산박으로 돌아가게 하고 열다섯 두령이 남아서 계책을 상의하였으나, 뾰족한 수가 없어 근심했다.
　"이번에 조천왕이 산에서 내려왔다가 화를 당하였으니, 떠날 때 군기가 바람에 부러져 그 징조를 암시하였는데, 우리들이 군사를 거두어 돌아갈 것이나 송공명의 장령이 있은 다음에야 군사를 거두어 갈 것이니, 어떻게 중도에 중두시를 버리고 가겠소."
하고 사기가 크게 떨어져 모두 돌아갈 마음뿐인데, 이날밤 이경시분(二更時分)에 문득 파수보던 군사가 아뢰었다.
　"앞에서 오로 군마가 쳐들어오는데, 횃불이 셀 수 없이 많고 그 인마의 수를 알 수가 없습니다."
　임충 이하 여러 두령이 깜짝 놀라 나가보니, 삼면 산 위에 횃불이 대낮과 같고 사면에서 고함소리가 진동하니, 임충이 여러 두령과 같이 대적하지 않고 채를 빠져 달아났다. 증가군이 배후에서 몰아치니 일변 싸우며 일변 달아나며 오륙십 리를 후퇴하여 군사를 점고하니, 또 육칠백은 잃었다.

급히 양산박으로 돌아와 취의청에 이르러 조천왕의 병을 보니, 음식과 물을 넘기지 못하고 온몸이 불같아서 송강이 상머리에서 떠나지 않고 눈물이 마를 때 없이 여러 두령과 같이 취의청을 떠나지 못하고 있는데, 그날밤 삼경에 조개의 병세가 조금 나아진 듯 겨우 머리를 돌려 송강을 보고 말했다.
 "현제는 나의 말을 이상히 여기지 마시오. 누구든지 사문공을 잡아 나의 원수를 갚는 자를 내가 죽은 뒤에 산채의 주인으로 하게 하오."
하고 한마디 당부하고 숨을 거두었다.
 여러 두령이 조개의 유언(遺言)을 들었다.
 송강이 조개의 임종을 보니 방성 대곡하며 마치 부모의 상사나 다름없으니, 여러 두령이 송강을 붙들어 나오니, 오용, 공손승이 위로했다.
 "형님은 너무 슬퍼 마시오. 죽고 사는 일이 다 정한 일인데, 그렇듯 마음을 상하실 것이 무엇이오? 아직 큰 일이 남아 있으니, 이것을 의논하시는 것이 옳습니다."
 송강이 눈물을 거두고 향탕을 준비하여 시신을 씻기고 염습하니, 산채의 송강 이하 여러 두령이 다 거상 입고 소두목과 여러 졸개까지 효복(孝服)을 입고 두건 쓰고 임충이 화살을 영위 앞에 꽂아놓고 채 안에 흰 기를 세우고 가까운 절의 중을 청하여 법요를 갖추고 난 후, 송강이 여러 두령과 슬퍼하고 도무지 산채의 일을 다스리는 데는 뜻이 없어 보이니, 공손승이 임충, 오용과 여러 두령과 상의하고 송공명을 산채의 주인을 정하고, 다음날 이른 아침에 임충이 나서서 송공명을 청하여 취의청에 좌정한 다음 임충이 말했다.
 "나라에는 하루도 임금이 없으면 안 될 것이오. 집에는 하루도 주인이 없이 지내지 못할 것이나, 조 두령이 이미 귀천하시고 산채 안의 사업이 주인없이 될 일이겠습니까? 천하가 다 형님의 대명을 흠망하는 터이니, 내일 길일 양신(色辰)에 형님이 산채의 주인이 되어 주신다면 모든 사람이 다 복종하리다."

"조천왕이 유언하시기를 사문공을 잡는 사람이면 누구든 가리지 말고 산채의 주인을 삼으라 한 말을 모든 사람이 다 들었고 맹세한 화살이 영상에 꽂혀 있는데, 어찌 잊으며 더구나 원수를 갚지 못하고 한을 풀지 못하였는데, 어찌 이 일을 거론하리오."

오용이 듣고 말했다.

"조천왕께서 말씀은 그렇게 하셨지만, 그놈을 잡지 못했다 하여 어찌 한시라도 산채의 주인이 없으면 되겠습니까? 형님이 아무래도 이 자리에 앉으셔야지 그렇지 않고는 산채 안의 많은 인마를 관령할 도리가 없습니다. 형님은 아직 권도(權道)로 이 자리에 계시다가 뒷날 다시 의논하여 정하도록 하시지요."

"오 군사의 말이 옳은 듯하니, 그러면 오늘부터 내 권도로 잠시 이 자리에 앉았다가 뒷날에 원수를 갚아 한을 풀어 사문공을 잡는 자는 어떠한 사람을 막론하고 이 자리에 앉게 하십시다."

이규가 옆에 있다가 뛰어나오며 말했다.

"형님, 양산박 주인은 말도 말고 대송황제(大宋皇帝)가 되신다 해도 형님은 하실 것이오."

송강이 크게 노하여 꾸짖었다.

"저 검은 놈이 어찌 쓸데없는 말을 하느냐? 다시 그런 말을 하면 너의 혓바닥을 잘라 버릴 테니 그리 알아라."

"이제 다른 말한 것입니까? 형님에게 황제 되시라고 하였는데, 왜 혓바닥을 베겠다구 그러시며 노하시오?"

오용이 얼른 나서며 말했다.

"저 사람은 사리를 모르는 사람이니, 여러 사람이 저 사람과 식견이 같지 않을 것이니, 형님은 고정하시고 어서 대사를 관장하시도록 하시지요."
 송강이 그의 말을 좇아 분향하고, 임충이 송강을 붙들어 제일파 의자(第一把椅子)에 앉으니, 윗자리에는 군사 오용이요 아랫자리에는 공손승이요 왼쪽에는 임충이 머리요 오른쪽은 호연작이 머리이니 모든 사람이 참배하고 난 다음 송강이 말했다.
 "내가 오늘 이 자리를 맞게 된 것은 여러 형제의 도움에 힘입은 바니 이제 마음을 같이 하고 서로 협조하도록 합시다. 이제 산채의 인마가 많아 전과 같지 않소……."
 이리하여 송강은 임시 수령의 위치로 그 자리에 앉았다. 취의청은 충의당이라 개명하고 진지를 여섯 개로 나누어 각기 그것을 분담케 했다. 즉 충의당은 송강 이하 오학구, 공손승, 화영, 진명, 여방, 곽성의 일곱 두령, 좌군의 진지에는 임충 이하 유당, 사진, 양웅, 석수, 두천, 송만의 일곱 두령, 우군의 진지에는 호연작 이하 주동, 대종, 목홍, 이규, 구붕, 목춘의 칠인, 전군의 진지에는 이응 이하 서녕, 노지심, 무송, 양지, 마린, 시은의 일곱 두령, 후군의 진지에는 시진 이하 손립, 황신, 한도, 팽기, 등비, 설영의 일곱 두령, 수군의 진지에는 이준 이하 완소이, 완소오, 완소칠, 장횡, 장순, 동맹의 여덟 두령, 이상 사십삼 명의 두령 외에 산 바깥쪽 제 일 관문에는 뇌횡과 번서, 제 이 관문에는 해진과 해보, 제 삼 관문에는 항충과 이곤, 금사탄의 소채에는 연순, 정천수, 공명, 공량의 네 명의 두령, 압취탄의 소채에는 이충, 주통, 추연, 추윤의 네 명의 두령, 산 뒤쪽의 소채에는 주무, 진달, 양충, 충의당의 왼쪽 방에는 문서를 맡은 소양, 상벌을 맡은 배선, 인감을 맡은 김대전, 금전, 양식의 관리를 맡은 장경, 오른쪽 방에는 포를 맡은 능진, 선박 제조 담당인 맹강, 갑옷 제조를 맡은 후건, 성벽의 수리 건축을 담당하는 도종왕, 충의양 곁방을 건축, 감독하는 이운, 대장간 총감독 탕웅, 양조 감독인 주부, 연희 접대 담당인 송청, 가구 관리엔 두흥과 백승, 산기슭 사로의 망을 보는 술집은 주귀, 악화, 시천, 이립, 손신, 고태수, 장청, 손이랑, 북방에 말을 수매하는 담당은 양림, 석용, 단경주 이상 팔십팔 명 두령이 각기 자기 담당 장소를 배치받았다.

이튿날 송강이 여러 두령들을 모으고 조천왕을 위하여 군사를 일으켜 원수 갚기를 의논하자 군사 오용이 간했다.

"서민도 거상을 입고는 움직이지 않는다 하는데, 백일이나 지난 다음에 군사를 일으켜 원수를 갚아도 늦지 않을 것입니다."

송강이 그 말을 듣고 옳다고 하며, 산채를 지켜 날마다 조천왕을 위하여 명복을 빌었다.

제23장
북경 함락

 드디어 오용이 계교를 써서 대명부를 치기로 하여 상원일(上元日) 밤에 거사하기로 하고, 먼저 대명부 성내를 소상히 아는 시천을 정탐꾼으로 보냈다. 하여 시천이 성을 넘어 들어가 객점을 찾아 묵고자 했으나, 객점 주인이 혼자 온 사람을 재워 주지 않으므로 밤이면 동악묘 신좌 밑에서 자고 낮이면 성중으로 돌아다니며 등과 등대를 구경하는데, 해진, 해보의 형제는 산 짐승을 지고 지나가며 또 두천, 송만은 동불사(銅佛寺)로 나왔다.
 그날 시천이 취운루(翠雲樓) 곁을 떠나지 않고 있는데, 공명이 머리를 헝클고 몸에는 헌양피 옷 입고 왼손에는 막대를 집고 오른손에는 깨어진 사발 한 개를 들고 더러운 모양을 하고 구경하러 다니다가 시천을 만나니 시천이 좌우를 살핀 후에 불러서 말했다.
 "걸인이 어찌 그리 살이 찌고 윤택한 얼굴이오? 눈이 밝은 공인이 보면 어떻게 하겠소? 빨리 숨고 돌아다니지 마시오."

말이 끝나기 전에 또한 걸인이 나오니, 이는 공량이라 시천이 말했다.

"너는 얼굴이 눈빛같이 희므로 얻어먹고 다니는 사람같지 않으니, 남의 눈에 띄기 쉬울 것이다."

하고 말하고 있는데, 홀연 등 뒤에서 두 사람이 붙들고 말했다.

"너는 좋은 일을 하는구나?"

시천이 고개를 돌리니, 양웅과 유당이라 두 사람에게 말했다.

"너희들은 어찌 그렇게 놀라게 하느냐?"

"나를 따라오너라."

양웅이 여러 사람을 으슥한 곳에 데리고 가서 말했다.

"너희는 어찌 아무 곳에서나 말들을 하느냐? 우리 두 사람이 들었으니까 다행이지만, 만일 공인이 들었었다면 어찌 될 뻔하였느냐?"

공명이 말했다.

"어제는 추연, 추윤 두 사람이 등을 팔러 다니고 노지심, 무송 두 사람은 절에 있는 것을 보았으니, 약속한 날을 기다려 거행합시다."

하고 다섯 사람이 큰길가로 나오다가 한 선생을 만나니 이는 공손승이었다. 능진은 도동의 차림으로 따라가다가 서로 보고 각각 머리를 숙이며 눈인사만 했다.

상원일이 점점 다가오니, 양중서는 먼저 문달에게 군마를 이끌고 비호곡에 나가 적구를 막도록 하고 십사 일에 이성에게 철기(鐵騎) 오백을 거느리고 성을 돌도록 하니, 다음날은 바로 정월 보름 상원 가절(上元佳節)이라 했다.

이날 날씨가 극히 밝아 양중서 은근히 기뻐하며 황혼에 가까워 달이 반공에 오르니, 육가 삼시(六街三市) 각처가 유리를 간 듯하며 성 내의 남녀들은 어깨를 나란히 하여 오고 갔다.

이날 저문 뒤에 채복이 아우 채경에게 옥을 지키라 하고 자기는 집으로 돌아와 문을 들어서는데, 갑자기 두 사람이 뒤쫓아 들어오므로 채복이 놀라 돌아보니 앞에는 시진이요 뒤에는 악화인데, 두 사람이 군관 맵시를 하고 있으니, 채복이 안으로 청하여 들여 마련하여 둔 주식을 내어 대접하려 하니, 시진이 손을 들어 멈추게 하고 말했다.
　"술은 관두고 노원외와 석수를 잠깐 만나보게 하여 주시오."
　채복은 공인이라 이미 어느 정도 눈치를 채고 만일 듣지 않으면 뒤가 좋지 못하리라 생각하고 헌 관복 두 벌을 내다 두 사람을 갈아 입힌 다음 옥으로 데리고 와서 노원외와 석수를 만나게 했다.
　그로써 조금 지나 초경(初更)이 된 뒤에 왕왜호, 일장청, 손신, 고대수, 장청, 손이랑 세 쌍의 내외 여섯 사람이 촌 사람 차림을 하고 사람에 휩쓸려 동문으로 들어오고 공손승은 능진을 데리고 성황묘를 찾아들어가 때가 오기를 기다리고 추연, 추윤은 등을 들고 성 안을 이리저리 한가로이 돌아다니고 두천, 송만은 수레를 몰고 양중서 아문 앞으로 가서 사람 틈에 섞여 있고 유당, 양웅은 각기 수화곤을 손에 들고 몸에는 병기를 감추고 다리 위에 앉아 있고 연청은 장순을 이끌고 수문으로 하여 성 내로 들어와 곧 조용한 곳에 숨어 있었다.
　이때, 시천이 광주리를 옆에 끼고 그 속에 염초화약을 감추고 위에는 여러 가지 조화를 꽂아 들고 취운루 누상으로 돌아오니, 방마다 풍류하고 노래를 부르며 상원 가절을 즐겼다.
　시천이 조화를 팔러 다니는 체하고 각처로 다니며 구경하는데, 해진, 해보를 만났다. 손에 강차(鋼叉)를 들고 사슴과 토끼 등을 매고 다니었다. 시천이 보고 가만히 말했다.
　"초경(初更)이 되도록 어찌 조용하오?"
　해진이 말했다.

"우리가 누 앞에 있었는데, 관군이 급히 두 번이나 들어오니, 반드시 군사가 이르렀을 것이오. 빨리 시작하도록 하시오."

말이 끝나자 누 앞에서 함성이 있었다.

"양산박 군마가 서문 밖에 이르렀다."

하는데, 해보가 시천을 보고 분부했다.

"그대는 빨리 시작하게. 나는 유수사 앞에 가서 접응하리다."

하는데, 이르는 소리가 있었다.

"문달이 패하여 채책을 잃고 성에 들어오고 양산박 적구들이 성 밑에 이르렀소."

이성이 성 위에 있으면서 순라하다가 이 말을 듣고 나는 듯이 유수사 앞에 이르러 군병을 분부했다.

"성문을 닫아라."

이때, 왕 태수가 수백 군사를 이끌고 큰 칼과 철삭을 가지고 길 어귀에 앉아서 백성들을 진압하더니, 이 소식을 듣고 황망히 유수사 앞으로 왔다.

이때, 양중서는 술이 거나하게 취하여 처음에는 이 소식을 듣고도 놀라지 않았으나, 반 시각이 못되어 유성마가 연하여 패한 연유를 아뢰자 그제서야 급히 말을 끌어오라 하더니 그 말이 끝나기도 전에 취운루 위에 불길이 솟아 화광이 월색을 가리므로 양중서는 급히 말에 뛰어올라 삼문 밖을 나가며 그 편을 향하여 말을 몰아 나가려는데, 문득 두 명의 장정이 수레를 밀고 내달아 기를 박고 수레에 불을 지르니 불길이 하늘 높이 치솟아 양중서가 놀라 동문길로 달아나려고 하는데, 두 장정이 소리를 크게 외쳤다.

"우리는 이응과 사진이다."

하고 박도를 들고 달려드니 문을 지키고 있던 군사가 혼비백산하여 달아날제, 뒤를 쫓아 수십 명을 죽이고 마침 달려온 두천, 송만과 더불어 동문을 지켰다.

이때, 양중서는 형세가 불리한 것을 보고 남문을 향하여 말을 달리니 전갈에 어떤 살찐 화상이 철선장 들고 또 범 같은 행자는 쌍계도 들고 쳐들어온다 하니, 양중서가 크게 놀라 급히 말머리를 돌이켜 유수사 앞으로 도망하여 오는데, 해진, 해보 형제가 각기 강차를 휘두르며 좌충 우돌하니, 양중서는 급히 부중으로 돌아오는데, 마침 저편에서 왕 태수가 군사를 몰고 달려온다. 양중서가 그 말 맞아 군사를 합하려고 할 때, 유당과 양웅이 달려들며 수화곤을 들어 왕 태수의 머리를 내려갈기니, 두 눈이 쏟아져 단번에 죽고 양중서가 다시 말머리를 돌이켜 이번에는 서문을 바라보고 달리는데, 성황묘 안으로 포성이 하늘을 흔들며 추연, 추윤 두 사람이 장대 끝에 불을 붙여서 처마마다 불을 지르고 돌아다니며 남쪽 길로는 왕왜호와 일장청이 쳐들어오고 손신과 고대수가 각각 병장기를 둘러 위세를 돋우며 동불사(銅佛寺) 앞에서는 장청과 손이랑 오산(鰲山)에 불을 지르니 북경 성내 백성들이 뿔뿔이 도망했다.
　양중서가 서문을 향해 달아나다가 이성을 만나 함께 남문 문루 위로 올라가 바라보니 성 아래에 숱한 군마가 풍우같이 몰려 들어오는데, 가운데는 대도관승이 화광 중에서 정신을 가다듬어 짓쳐 들어오고 왼편 학사문이요 오른편은 선찬이요 그 뒤를 다시 황신이 따라 인마를 거느리니 마치 기러기가 날개를 편 듯한 형세로 양중서가 감히 나가지 못하고 이번에는 북문 밑에 가서 숨어 바라보니, 불빛이 대낮처럼 밝은 가운데 표자두 임충이 앞을 서서 창을 비껴 들고 뛰어오니, 왼쪽은 마린, 오른쪽 등비요 뒤에는 화영이 군마를 휘몰아 짓쳐 오고 동문 쪽에서는 일대 화광이 충천한 가운데 몰차란 목홍이 앞을 서고 왼편에는 정천수요 오른편에는 두홍인데, 각각 반도를 들고 짓쳐 들어오니, 양중서는 또다시 말머리를 돌려 남문을 향해 달려 가까스로 길을 헤치고 나가 조교가에 이르니, 화광이 충천한 가운데 흑선풍 이규가 이립, 조정 두 장수를 데리고 해잣가로서 쫓아들어 오는데, 웃통을 벌거벗고 손에 쌍도끼를 든 양이 몹시 흉악하다.

이성이 내달아 혈로를 뚫고 양중서를 보호하여 달아나는데, 벽력화 진명과 쌍편 호연작이 쫓아와 길을 막으니, 이성이 쌍도를 휘두르며 싸우나 도무지 싸울 마음이 나지 않는다. 말을 돌이켜 다시 양중서를 보호하여 달아나는데, 왼쪽으로 한도요 오른쪽에는 팽기의 양로병이 함께 내닫고 뒤에서는 손립이 인마를 몰아오고 다시 그 뒤에서 소이광 화영이 활을 당기어 쏘니 이성의 부장이 살을 맞아 말에서 떨어지는 것을 보고 이성은 더욱 싸울 뜻이 없어 달아나는데, 문득 오른편에서 북소리가 대전하며 진명이 연순, 구붕 두 장수를 데리고 짓쳐 오며 진달이 또 시살하니, 이성은 온몸에 피를 흘리며 죽기로서 양중서를 보호하여 달아났다.

이때, 두천과 송만을 양중서의 일문을 다 죽이고 유당, 양웅은 왕 태수의 일문을 다 죽이러 가고 공명, 공량은 옥담을 넘어서 들어가니, 추연과 추윤이 왕래하는 사람을 막는데, 한편 시진과 악화는 채복을 보고 말했다.

"두 형제분이 보시다시피 사세가 이렇게 되었는데, 어느 때를 기다리오. 빨리 내놓으시오."

채복 형제가 미처 대답하기 전에 추연, 추윤의 두 장수가 옥문을 부수고 들어서며 큰소리로 외쳤다.

"양산박 호걸들이 모두 여기 왔으니, 빨리 노원외와 석수 두 사람을 내놓아라."

채경이 황망히 채복에게 전하려 하니, 공명과 공량이 채경, 채복은 아랑곳하지 않고 기계를 취하여 문을 깨고 노준의와 석수의 칼을 벗기어 데리고 나오는데, 시진이 채복에게 말했다.

"절급은 빨리 나하고 집에 가서 가족을 보호합시다."

하고 시진은 채복 형제와 함께 집으로 가서 가족을 보호하고 노준의는 석수, 공명, 공량, 추연, 추윤 등 다섯 형제를 데리고 자기 집으로 가 자신을 모함한 이고와 가씨를 잡으려 했다.

이때, 이고는 양산박 호걸들이 크게 군사를 이끌고 성내로 짓쳐 들어왔다는 말을 듣고 그만 혼이 나가 어찌할 바를 모르다가, 놀란 가슴을 간신히 진정하여 가씨와 의논하고 금은보배를 수습하여 가지고 문을 나와 도망하려는데, 문이 무너지는 것처럼 한떼 호걸들이 짓쳐 들어오니, 두 사람은 황급히 몸을 돌이켜 뒷문으로 나갔다. 뒷문은 곧 물가니, 두 남녀가 길을 찾아 도망하려 할 때 언덕 위에서 장순이 보고 크게 외쳤다.

"저것들이 어디로 달아나느냐?"

이고가 더욱 마음이 급하여 배에 뛰어내리니, 누가 손을 늘려 이고의 머리를 움켜 쥐며 꾸짖었다.

"이놈 이고야, 너 나를 모르겠느냐?"

이고가 들으니, 곧 연청의 음성이라 빌며 말했다.

"연청아, 우리가 예전에 원수진 일이 없으니, 나를 잡아 언덕에 올리지 말아주슈."

연청은 대꾸도 않고 이고를 잡아끌고 또 언덕 위에서 장순이 소리를 지르고 내려오며 가씨를 잡아 옆에 끼고 같이 동문을 향하여 갔다.

한편, 노준의가 여러 사람과 같이 집으로 와 보니, 이고와 가씨는 보이질 않아 여러 사람들로 하여 집에 있는 금은재보를 수습하여 산채에 올려가게 했다.

한편 시진은 채복의 집에 가서 가족과 재물을 거두어 수레에 실을제 채복이 말했다.

"대관인은 부디 성 안 사람을 해치지 않게 하십시오."

시진이 듣고 나서 채복의 말을 군사 오용에게 고하니, 오용이 급히 영을 내려 백성을 살해하지 말라 하니, 그때에 벌써 상한 사람이 많이 있었다.

 이때, 비로소 동이 터오니, 오용이 급히 징을 쳐 군사를 거두고 여러 두령이 노준의를 맞아 유수사에 이르러 서로 만나 석수를 위로할 때 노준의가 옥중의 일을 말했다.

 "채복, 채경 형제가 서로 우리를 돌봐 주어 목숨을 부지하였소."

 오용이 듣고 채복 형제에게 치사했다.

 연청과 장순이 이고와 가씨를 잡아 바치니 노준의가 보고 말했다.

 "아직 가두었다가 추후에 처리하겠소."

 한편, 양중서는 이성과 같이 난을 피하여 도망하다가 문달이 패잔군마를 이끌고 오니, 한 곳에서 군사를 합하여 남쪽으로 달아나는데, 앞에서 함성이 진동하며 혼세마왕 번서가 군사를 몰아 짓쳐 나오니, 왼편에는 항충이요 오른쪽에는 이곤이요 세 호걸이 비도와 비창을 휘두르며 내달으며 그 뒤에는 삽시호 뇌횡이 시은과 목춘을 데리고 길을 막았다.

 이성과 문달이 죽기로 싸워 마침내 한편에 혈로를 뚫자 양중서를 보호하여 달아나니 번서, 항충, 이곤 세 장수는 따르지 않고 뇌횡, 시은, 목춘과 함께 군사를 한 곳에 모아 대명부로 들어와 영을 기다렸다.

 오용은 대명부에 있으며 영을 내려 백성을 편히 있게 하고 한편으로 성 내의 불을 구하고 양중서와 왕 태수의 두 집 가족이 죽은 것은 물론 살아 도망하는 자는 더 묻지 않고 대명부 창고에 있는 금은 옥백과 전량들을 있는 대로 찾아내어 모조리 수레에 싣고 군대를 셋으로 나누어 양산박으로 돌아올제, 먼저 대종을 시켜 송공명에게 아뢰니 송공명이 여러 두령을 데리고 산 아래 내려와 충의당으로 맞아 올려 송강이 노준의에게 먼저 절하니, 노준의가 황망히 답례했다.

송강이 말했다.
"제가 원외를 산으로 모시어 함께 대의를 맺자고 하였는데, 뜻밖에도 도리어 사지에 빠뜨려 하마터면 목숨을 잃게 할 뻔했으나, 하늘이 도우시어 이제 다시 뵙게 되었습니다."
노준의가 말했다.
"위로 행장의 호위를 의지하고 아래로 여러 형제분들에 의기로 힘을 합하여 천한 몸을 구하여 주시니 이 몸이 다 갚지 못하겠습니다."
하고 채복, 채경을 이끌어 송강에게 절하고 말했다.
"이 두 사람이 없었다면 어떻게 이 목숨을 보전하여 오늘 이 자리에 있겠습니까."
송강이 칭사하고 노준의를 이끌어 제일좌 교의(第一座交椅)에 앉게 하니, 노준의는 크게 놀라 뒤로 물러나며 말했다.
"제가 하등 무엇이기에 어찌 감히 산채의 주인이 된단 말씀입니까? 다만 형장을 위하여 채를 잡아 형장의 졸개되어 목숨을 구하여 주신 은혜를 갚는 것이 제 소원입니다."
송강이 재삼 권하였으나, 노준의가 끝내 듣지 않는데, 이를 보고 이규가 벌떡 일어나며 말했다.
"형님, 성품이 어찌 그러시오? 전날에 형님이 좋아서 앉은 자리를 왜 또 남에게 사양하시오. 대체 교의를 순금으로 만든 것인지 밤낮 이 사람 앉아라, 저 사람 앉아라 사양하니, 철우(鐵牛)는 그런 일을 보고 참지 못하오니, 공연히 철우의 성정을 돋구지 마시오."
송강이 낯빛을 붉히며 꾸짖었다.
"네 이놈, 무슨 말을 그렇게 하느냐."
노준의가 옆에서 황망히 권하며 말했다.
"만일 형장께서 이렇게 사양하신다면, 노준의는 떠나야겠소."
이규가 다시 말했다.

"만일 형님이 황제가 된다면, 노원외는 승상이 되고 우리는 다들 장군이 되겠지만, 그것은 다 왕실에서나 할 일이오. 이것은 불과 양산박 물 속에 강도나 앉는 자리니, 사양하지 말고 그대로 전과 같이 지냅시다."

송강이 기가 막혀서 말을 못하니, 오용이 권했다.

"노원외를 임시 동편 별당에 거처하게 했다가 다음에 공을 세우는 대로 다시 모셔 와도 좋을 것 같습니다."

하니, 송강이 그제야 사양하는 것을 멈추고 연청과 함께 머무르게 하고 따로 방사를 정하여 채복, 채경 두 형제와 가족을 쉬게 했다.

그리고 설영이 관승의 식구를 데리고 왔으므로 또한 방사를 정해 주고 송강이 잔치를 베풀어 즐기며 마군, 보군, 수군을 모두 상을 내리고 대소 두목들은 물론이요 졸개들까지 서로 술먹고 즐길제, 충의당(忠義堂) 위에 대연을 열고 대소 두령과 서로 겸양하며 술을 먹는데, 노준의가 몸을 일으켜 말했다.

"음부와 간부를 잡아왔으니, 처리하시기를 바랍니다."

송강이 말했다.

"내가 깜박 잊고 있었소."

하고 좌우를 명하여 함거를 가져오라 하여 이고는 기둥에 매고 가씨는 오른쪽 기둥에 맨 후에 송강이 말했다.

"저 년놈의 죄는 묻지 않아도 다 알 것이니, 원외는 마음대로 하소서."

노준의가 듣고 손에 단도를 가지고 당 위에서 내려가 음부와 간부를 크게 꾸짖고 배를 갈라 심통을 내어 능지 처참하고 시체를 끌어다 버리고 나서 당 위에 올라 여러 두령에게 칭사했다.

한편, 양중서는 성 밖에 피하여 있다가 양산박 군사가 물러갔다는 소식을 듣고 이성 문달과 같이 패잔인마를 거느리고 성 안으로 들어와 각기 자기 집 노소를 찾아보니 열이면 여덟, 아홉이 없어 모두 통곡했다.
 인근 주현에서 군사들을 거느리고 왔으나, 양산박 군마들은 오래 전에 떠나서 각각 군사들을 거두어 돌아갔다.
 양중서의 부인은 화원 속에 숨어서 목숨을 보존했다.
 부인의 말을 따라 양중서는 곧 조정에 주문하고 태사에게 글을 올려 한시바삐 군사를 내려 보내시어 도적을 멸하고 원수를 갚게 하고 성중을 살펴보니 죽은 사람이 오천여 명이요 상한 백성이 셀 수가 없었다. 각부 군마를 통제하면 사상이 삼만여 명인데, 낱낱이 기록하여 수장을 시켜 경사에 보냈다.
 여러 날 만에 동경에 도착하여 태사부 문 앞에 이르러 문 지키는 군사에게 통보하니, 태사가 들어오라고 하여 절당에 들어가 밀서를 올리고 적군의 세력이 너무나 커서 대명부성 침략을 받아 능히 당하지 못한 사실을 세세히 알렸다.
 채경이 처음에는 양산박 적인을 쳐부수고 그 공을 사위 양중서에게 돌리고 자신도 명성을 떨치려 했는데, 모든 것이 물거품이 되자 몹시 노했다.
 다음날 자기가 우두머리로 앞으로 나아가 대명부의 일을 고하니, 천자가 듣고 크게 놀라시었다. 간의대부(諫議大夫) 조정(趙鼎)이 앞으로 나아가 아뢰었다.
 "전번에 보낸 군사들이 번번이 패하였으니, 이것은 지형의 탓도 적지 않을 것이오니, 소신의 어린 소견으로서는 조서를 내리시어 저 무리들을 불러 경사에 이르거든 벼슬을 시키시어 선량한 신하로 만들어 변경에 보내시어 공을 세우게 하는 것이 좋을까 하옵니다."
 채경이 크게 노하여 꾸짖었다.
 "네가 간의대부로 있으면서 도리어 조정기강을 훼손하게 하는가. 창궐하는 소적들은 마땅히 만 번 죽어도 불쌍하지 않은데 어떻게 청하여 국가체면을 돌아보지 않는단 말이오.”

 천자께서 채경의 말을 믿고 따라 조정의 벼슬을 빼앗아 서인을 만들고 연하여 천자가 채경에게 하문했다.

 “도적의 세력이 그토록 강성하다면 누구를 보내어 부술까?”

 “강성하다고 하지만, 기껏해야 오합 지졸, 대군은 필요없습니다. 한 사람은 위정국(魏定國), 또 한 사람은 단정규(單廷珪), 두 사람은 지금 그곳에서 단련사(團練使)로 있습니다만 지금 성지를 내려서 그들을 토벌군으로 삼으면 양산박은 그냥 무너지고 말 것입니다.”

 천자는 곧 칙서를 내려 추밀원에서 사자를 보내라는 분부했다.

 채경은 그 다음날 사자를 능주로 급파시키었다.

 어느날 그날도 주연에게 술이 한창일 때, 오용이 송강에게 말했다.

 “이제 노원외로 인하여 대명부를 함락시키고 백성이 많이 상하고 부고를 깨고 양중서를 성 밖으로 쫓았으나, 제가 어찌 조정에 아뢰지 않았겠습니까? 채 태사는 그의 장인이요 한 권신(權臣)이니, 어찌 방관하리오. 필시 군마를 일으킬 것입니다.”

 송강이 듣고 말했다.

 “군사의 말이 당연하니, 바삐 사람을 보내어 소식을 알아오도록 하십시다.”

 오용이 웃으며 말했다.

 “소제가 미리 사람을 보내었으니, 이제 곧 소식을 알아 가지고 올 것입니다.”

 말을 마치자마자, 밀정인이 돌아와 보고했다.

 “양중서가 조정에 주달하여 군사를 청하고 간의대부(諫議大夫) 조정이 양산박 적인을 부르자고 주달하니, 채경이 꾸짖고 천자가 노하여 관직을 삭탈했습니다. 이제 사람을 능주에 보내어 단정규, 위정국 두 단련사로 하여금, 본주 군마를 이끌고 쳐들어오려 하옵니다."

송강이 듣고 여러 두령을 돌아보며 계교를 묻자, 대도 관승이 말했다.

"제가 산에 올라온 뒤로 아무런 공이 없었는데, 그 두 사람은 포동에 있을 때 많이 상종하여 자세히 압니다만, 단정규는 해전에 능하여 남들이 성수장군(聖水將軍)이라 부르고, 위정국은 화공(火攻)을 잘하여 남들이 신화장군(神火將軍)이라 하는 터이니 소제가 비록 재주없으나, 오천 군마만 내려 주시면 두 장수가 이곳까지 오기 전에 능주로 가서 좋은 말로 달래어 보아, 그들이 항복을 하면 데리고 오고, 그렇지 않으면 사로잡아다가 형장 휘하에 바치겠습니다. 여러 두령께서 수고롭게 싸우는 것을 덜어드릴까 합니다."

송강이 크게 기뻐하며, 학사문과 선찬, 관승과 함께 오천 정병을 이끌고 산에서 내려가게 하여, 송강이 여러 두령과 같이 금사탄에 내려가 전별하니, 오용이 송강에게 말했다.

"관승이 이번에 자진하여 떠났으니, 아무래도 그의 마음을 믿기가 어렵소이다. 달리 좋은 장수를 뒤쫓아 보내서 감독하게 하고, 한편으로 원군을 하는 것이 좋을까 합니다."

"아니오. 내가 보는 바, 관승은 의기를 중히 여기는 사람이라 우리를 배반할 일이 없으니, 군사는 과히 염려 마시오."

"그러하오나 사람의 마음은 모르오니, 임충과 양지로 군사를 이끌고 손립, 황신으로 부장을 삼아 오천 인마를 거느리고 산에서 내려가 원군케 하소서."

이규가 나서며 한마디 말했다.

"나도 이번에 싸우러 가겠소."

"이번 일에는 너는 필요가 없다."

"소제 만일 오랫동안 놀고 먹으면 병이 날 것이니, 형님이 안 보내 준다면 내 혼자라도 가겠소."

"네 만일 명령을 따르지 않으면 너의 머리를 베겠다."

이규가 송강의 꾸짖는 말을 듣고 풀이 죽어 당 아래로 내려갔다.

임충, 양지 두 사람이 군사를 이끌고 관승을 도우러 내려가니, 다음날 사람이 알리기를 흑선풍 이규가 간밤 이경에 도끼 두 자루를 들고 어디론지 가고 없다 하니, 송강이 이 말을 듣고 안타까워하며 말했다.

"내가 어제 몇 마디 말로 저를 화나게 했더니 정말 아래로 도망하였구나."

오용이 말했다.

"아닙니다. 저 사람이 비록 험상궂으나, 의기는 중한 위인이니 다른 곳으로 갔을 리는 만무하니, 며칠 후면 올 것입니다."

송강이 혹시 무슨 일을 저지르지 않을까 염려하여 먼저 대종을 내려보내 알아보게 하고 다시 시천, 이운, 악화, 황정륙을 사면으로 보내서 찾아보게 했다.

이규는 그날밤 도끼 두 자루를 가지고 지름길로 능주를 향하여 가면서 생각했다.

'그까짓 두 놈을 잡는데, 허다한 군마를 보낼 것이 뭐람? 내 혼자 성 내로 뛰어들어가 한 도끼에 한 놈씩 찍어 죽이고 형님을 깜짝 놀라게 하고 또 여러 형제에게 큰소리를 쳐보아야지……'

하고 얼마쯤 가니, 배가 고픈데 그러나 수중에는 푼전이 없다. 원래 급히 내려오느라고 노자를 잊고 왔으므로 이윽고 생각했다.

'내가 전에 하던 짓을 오늘 다시 해 보겠다!'

하고 바로 길가 주막을 찾아 들어가 고기 두 근과 술 세 통을 다 먹고 그냥 도망가려 하는데, 주보가 길을 막으며 값을 내라 하니, 이규가 말했다.
 "내 돌아오는 길에 내리다."
하고 급히 문을 나서려고 하는데, 마침 밖에서 범 같은 큰 사나이가 들어오며 꾸짖었다.
 "시커먼 놈이 참 담이 크구나! 이 술집이 누구 집인데, 네가 술값을 감히 안 내고 가는 거냐?"
 "나는 어디를 가든, 으레 돈 안 내고 먹고 다니는 사람이다!"
 "내가 누군지 알면 네가 똥오줌을 질질 쌀 게다."
 "상관없으니, 어서 말을 해봐라."
 "나는 양산박 호걸 한백룡이고 이 집으로 말하면 송공명 형님이 밑천을 들여 장사하는 집이다."
 이규가 속으로 가만히 생각하니, 우습기만 하다.
 '어찌 저런 놈이 다 있나?'
 그러나 원래 한백룡은 강호상에서 행인을 노략하다가 양산박에 오르고저 하여 한지홀률 주귀에게 말을 하였던 것인데, 주귀가 허락은 했는데, 마침 송강이 등창으로 앓고 있을 때라, 그래 미루고 있어서 아직 이곳에 술집을 열고 있었던 것이다.
 그때, 이규는 허리에서 도끼를 내어 한백룡을 주며 말했다.
 "그럼 이 도끼를 잡아 두어라."
 한백룡은 이규의 계교임을 모르고 아무 생각 없이 손을 내밀어 받으려고 하는데, 이규는 그대로 도끼를 번쩍 들어 그의 면상을 내려치니 오호 불쌍하다. 한백룡은 미처 양산박에 올라가 보지도 못하고 이규의 손에 죽어 버렸다.
 이규는 약간의 노자를 빼앗아 가지고 그 집은 불을 놓아 지르고 능주를 향하여 가는데, 큰길가에 한 사나이가 섰다가 아래위를 훑어보니 이규가 그 사람을 수상히 여겨 물었다.
 "여보, 왜 쳐다보시오?"
 "네가 뉘집 누구냐?"

그 소리를 듣고 이규가 노하여 그 사나이를 잡으려고 하는데, 번개같이 주먹을 들어 치니 이규가 맞고 땅에 주저앉아 가만히 생각했다.
　'그놈의 권법이 보통이 아니군.'
하고 쳐다보며 물었다.
　"여보, 당신 이름이 뭐요?"
　"어르신네 함자는 알 필요 없고 맞은 것이 분하면 자네도 한 번 나를 쳐보게."
　이규가 크게 노하여 일어나려고 하니, 그 사나이는 다시 발을 들어 옆구리를 한 번 지르자, 이규는 다시 땅에 가 엎어지며 말했다.
　"내가 자네를 당하지 못하겠네!"
하고 달아나려고 하니, 그 사나이가 물었다.
　"자네 이름이 무엇이며 어디 사람인가?"
　이규가 돌아보며 말했다.
　"나는 양산박 흑선풍 이규일세."
　"자네 거짓말은 아니겠지?"
　"못 믿겠다면 내 허리에 찬 쌍도끼를 보게."
　"당신이 양산박 호걸이라면 홀로 어디로 가는 게요?"
　"내가 형님과 다투고 능주로 단정규, 위정국 두 장수를 잡으러 가는 길이네."
　"소문에 들으니, 양산박 군마가 벌써 능주로 내려간 모양인데, 그럼 그 두령들을 다 아시우?"
　"암, 먼저는 대도 관승이 갔고 그 뒤로는 표자두 임충과 청면수 양지가 원군하러 갔지."
　그 사나이가 듣고 넙죽 절을 하니, 이규가 답례하고 물었다.
　"자네 이름이 뭔인가?"
　"나는 중산부(中山府) 사람으로 삼대를 전하여 내려오며 씨름으로 먹고 사는데, 부자가 서로 전하고 남을 가르치지 않아 평생에 남의 귀염은 못 받는 까닭에 산동 하북에서 나를 몰면목초정(沒面目焦挺)이라고 부르는데, 요즘 들으니, 구주 땅 고수산 위에 철인이 있어 왕래하는 행인을 살해하니, 사람들이 그를 상문신에게 비하여 이름을 포욱(포旭)이라 하니, 무리들을 모아 가지고 노략질을 한다고 하기에 그곳에 가서 입과를 할까 하던 차요."

"자네 같은 재주로 어인 일로 우리 양산박에 들어올 생각을 안 하나?"

"생각은 있어도 인연이 없어 못했는데, 이제 형님을 알았으니, 이 길로 곧 양산박으로 쫓아가겠소."

"내가 지금 송공명 형님과 다투고 내려온 길이니, 어찌 빈손으로 돌아가겠는가? 우리 고수산에 가서 포욱을 달래어 같이 능주로 가서 단정규, 위정국 두 장수를 죽인 다음에 산채로 올라가면 좋을 것 같군."

"능주성지에도 허다한 군마가 있으니, 형님과 내가 비록 힘이 있다 하여도 당하지 못하니, 우선 포욱이나 달래서 데리고 양산박으로 돌아가는 것이 상책일 것 같소."

두 사람이 이렇듯 한참 공론을 하고 섰는데, 등 뒤에서 시천이 오며 말했다.

"형님 때문에 이 무슨 고생이오. 빨리 돌아가, 송공명 형님의 애를 그만 태우시오."

이규는 초정을 앞으로 불러서 시천과 서로 보게 한 다음 시천이 빨리 가자 하니, 이규가 말했다.

"자네 이곳에서 잠시만 기다리게. 나는 초정과 같이 고수산에 가서 포욱을 좀 보고 오겠네."

"못하겠소이다. 송공명 형님이 몹시 기다리시오."

"만일 이곳에서 기다릴 수 없다면, 먼저 돌아가 형님께 안부

나 전해 주게."

시천이 본시 이규를 두려워하는 까닭에 더 말을 못하고 양산 박으로 돌아가고 이규는 초정과 함께 고수산으로 올라갔다.

한편, 대도 관승은 선찬, 학사문과 함께 오천 인마를 거느리고 능주에 이르러 진을 쳤다.

능주부의 태수는 칙지와 채 태사의 글을 보고 병마단련사(兵馬團練使) 단정규와 위정국을 불러 전하니, 두 장수는 영을 받아 곧 기계와 인마를 수습하여 성 밖으로 나오려 할 때, 홀연 탐자가 보고했다.

"포동의 대도 관승이 군사를 이끌고 본주지경을 쳐들어옵니다."

두 장수가 듣고 크게 노하여 바삐 성 밖에 나와 적을 맞으니, 문기 아래로 관승이 말을 내며 바라보니, 능주 진상에서 북소리가 크게 울리며 한 대장이 투구를 쓰고 털가죽의 붉은 갑옷에 푸른 가죽띠를 띠고 활과 살에 한 자루 창을 들었고 붉은 기에 일곱 자를 썼으니, 신화장군 위정국이다.

한편, 말방울 소리 울리는 곳에 또 한 대장이 나오는데, 역시 투구 쓰고 검은 갑옷 입고 검은 깃발을 들었으니, 성수장군 단정규다.

범 같은 장수 두 사람이 함께 진전에 나와 서자, 관승이 보고 마상에서 인사를 했다.

"두 분 장군은 그동안 안녕하시었소?"

두 장수가 크게 웃으며 꾸짖었다.

"이 미치고 얼빠진 녀석 배반자야! 네가 위로는 나라의 은혜를 저버리고 아래로는 조상을 욕되이 하며, 염치를 모르며, 군사를 이끌고 와서 무슨 말을 하느냐?"

"두 분 장군의 잘못된 생각이오. 주상께서 몽매하여 간신의 농락에 당하며 일가친척이 아니면 쓰지 아니하고, 원수 있으면 아니 갚는 일이 없기로 우리 형님 송공명이 체천행도하여 나로 하여금 두 분 장군을 모셔 오라 하니, 만일 따르신다면 지금 양산박 대채로 올라가시는 것이 어떠하오?"
 두 장수가 듣고 크게 노하여 말을 채쳐 달려드니, 한 사람은 검은 구름 같고 한 사람은 한 무더기 불덩이와 같았다.
 관승이 마주 내달아 싸우려 할 때, 곁에서 부장 선찬과 학사문이 쌍으로 내달아 시살할 때 칼이 마주 치며 일만 줄기찬 기운이 일어나고 창이 서로 부딪치니, 살기가 등등하며 한동안 싸우다가 물불 두 장군이 일시에 말머리를 돌이켜 본진으로 달아나니 선찬, 학사문이 놓치지 않고 뒤를 쫓아 진 중으로 드니 위정국은 왼편으로 들어가고 단정규는 오른편으로 들어가며 왼편에서는 오백 붉은 갑옷을 입은 병사가 일자로 벌려 서며 요구투색을 던져 선찬을 얽어올려 잡아가고, 오른편에서는 오백 검은 갑옷 입은 병사가 일자로 벌여 서며 학사문을 사로잡아 능주 성으로 들어가고 다시 오백 군사를 이끌고 관승을 잡으려고 달려드니 관승이 깜짝 놀라, 뜻밖의 일에 당황하여 미처 손도 못 쓰고 군사를 이끌고 달아나니 두 장수가 위엄을 떨치며 나오므로 관승이 길을 찾아 달아나니 위급한 중에 앞에서 두 장수가 군사를 몰아 들어오니, 왼편은 임충이요 오른편은 양지라 힘을 합하여 능주군마를 쳐부수니 관승이 비로소 인마를 수습하여 위기를 모면하고 그 뒤로 손립과 황신이 또 군사를 거느리고 이르러, 다섯 장수가 한 곳에 군사를 모아 진을 쳤다.
 한편 단정규, 위정국 두 장수가 선찬, 학사문을 잡아 성 안으로 들어오니, 장 태수는 황망히 나와 두 장군을 영접하며 술을 내와 하례하고, 한편으로 함거를 만들어 선찬, 학사문을 가두고 편장 한 사람을 택하여 보군 삼백을 거느리고 함거를 동경으로 보내고 첩서를 조정에 보고했다.
 편장이 영을 받고 보군 삼백 명을 이끌고 함거를 호송하여 동경으로 올라갈제, 길을 재촉하여 한 곳에 이르니, 산에 가득한 것이 모두가 고목이라 마음에 의심하여 지나는데, 홀연 들으니, 바람 소리가 크게 일어나며 한떼 산적이 함성을 지르며 내닫는데, 맨 앞에 선 사람이 손에 쌍도끼를 들고 소리를 벽력같이 지르며 내달으니, 이 사람은 곧 양산박의 흑선풍 이규이고 또한 호걸이 뒤에서 따라오니, 이는 몰면목 초정이었다. 두 호걸이 졸개를 거느리고 길을 막으며 아무 말 않고 함거를 겁탈하니, 편장이 형세가 불리한 것을 깨닫고 함거를 버리고 달아나는데, 또 한 옆에서 호걸 하나가 호통치고 나오니, 얼굴은 시커멓고 두 눈은 불끈 솟았으니, 그 호걸은 곧 상문신 포욱이라. 포욱이 앞으로 달려들며 칼을 번쩍 들어 치니 편장의 머리는 말 아래로 굴러떨어졌다.

　세 호걸이 함거 앞으로 와서 이규가 함거 속을 살펴보니, 뜻밖에 들어 있는 사람은 선천, 학사문이 아닌가? 깜짝 놀라 수레를 깨뜨리고 구하여 내어 연유를 들으니, 두 사람은 싸움에 패하여 사로잡힌 일을 대강 말하고 이규에게 물었다.

　"현제는 어찌하여 이곳에 이르렀소?"

　"송공명 형님과 다투고 산에서 내려와, 먼저 한백룡을 죽이고 그 뒤에 몰면목 초정을 만나 함께 고수산 산채를 찾으니, 상문신 포욱이 하룻사이에 친해져 관대하여 함께 상의하여 능주를 치려고 하던 차에 한떼 관병이 함거를 압령하여 온다기로 별 생각없이 쳐부순 것인데, 의외로 두 분을 구하게 되었소."

　포욱이 그들을 산채로 청하여 올려 소와 양을 잡아 크게 잔치를 베푼 자리에서 학사문이 말했다.

　"형제가 이미 우리와 함께 양산박으로 올라가 대의를 맺을 뜻이 있다면 먼저 본부인마를 이끌고 능주성을 치는 것이 우선인가 하오."

　"이형하고 그 의논을 하고 그러려던 차입니다. 이래도 이 산채에는 말만 해도 이, 삼백 필은 좋은 놈이 있거든요."
하고 곧 오륙백의 부하를 이끌고 다섯 호한은 능주로 진격해 갔다.
　한편, 목숨이 살아남은 군사들이 장 태수에게 보고했다.
　"도적떼를 만나 수인차를 빼앗겨버렸습니다. 부장께서는 돌아가셨습니다."
　단정규와 위정국은 몹시 화가 나서 소리쳤다.
　"앞으로 잡는 놈은 다 여기서 베어 버리겠다."
고 고래고래 소리를 지르고 있자니 관승이 성 외까지 진격, 싸움을 걸어온다 하여 단정규가 오냐 하고 오백의 검은 갑옷군을 이끌고 달려나갔다.
　"이 겁쟁이 놈아, 어서 내 칼을 받아라!"
하고 욕을 퍼부으며 서로 오십 합을 싸우다가 관승은 말머리를 돌려 도망간다. 단정규가 쫓아 십여 리를 가더니 관승이 다시 멀머리를 돌이켜 몇 합을 싸우다가 문득 한 소리를 크게 외치며 칼등으로 단정규의 창 든 손을 내리치니, 단정규가 창을 놓치고 말 아래 떨어지니 관승은 몸을 날려 말에서 내리며 그를 붙들어 일으키며 말했다.
　"장군은 부디 저의 죄를 용서하시오."
　단정규가 그 의기에 감동하여 황망히 땅에 엎드려 항복하니, 관승이 또 말했다.
　"내가 과연 송공명 형님의 앞에서 두 분 장군을 천거하고 특별히 나와서 청함이오."
　"바라오니, 견마의 힘을 다하여 함께 체천행도하오리다."
　관승이 크게 기뻐하며 그와 같이 말머리를 나란히 산을 내려오는데, 임충이 말을 채쳐 마주 나와서 까닭을 물으니, 관승은 이긴 말은 하지 않고 다만 옛정을 펴고 이렇듯 뜻이 맞아 함께 온다고만 했다.

단정규가 진전으로 나가 한 번 크게 소리쳐 부르니, 검은 갑옷 입은 군졸 오백 명이 일시에 양산박 진중으로 들어오고 성 위에서 이 광경을 바라본 군사가 나는 듯이 들어가 태수에게 알리니, 위정국이 듣고 크게 노하여 이튿날 군마를 일으켜 성에서 나와 싸울제, 단정규와 관승이 진전에 나와 바라보니, 문기가 열리는 곳에 신화장군이 말을 내어 단정규가 관승에게 귀순하였음을 보고 크게 꾸짖었다.

"이 배은 망덕한 재주없는 소인배들아!"

하니, 관승이 입가에 웃음을 띠우며 말을 채쳐 나아가 맞아 싸워 십여 합에 이르니, 위정국이 갑자기 본 진으로 달아나니 관승이 따르려고 하므로 단정규가 크게 소리쳐 불렀다.

"장군은 따라가지 마시오!"

관승이 말을 멈추고 서서 바라보니 능주진중에서 오백 화병이 몸에 붉은 옷을 입고 손에 화기를 들고 오십 냥 화차를 몰아 나오니, 수레 위에 화약, 염초 따위를 가득 실었고 군사들은 저마다 등에 호로를 지고 그 속에 유황을 감추었으니, 일시에 불을 지르며 말이나 사람을 상하게 하므로 관승의 군사가 혼비백산하여 사십여 리를 달아나 비로소 멈추니, 위정국은 한마당 싸움에 이기고 군사를 거두어 성으로 들어가니, 성중에 불빛이 가득하고 검은 연기가 자욱하므로 깜짝 놀라 물으니, 이는 원래 흑선풍 이규가 초정, 포욱으로 더불어 고수산 인마를 이끌고 능주성 뒤로 와서 북문을 깨뜨리고 성 내로 들어오며 한편으로 부고의 전량을 겁탈하고 또 도처에 불을 지른 것이니, 위정국은 하는 수 없이 성을 버리고 중능현(中陵縣)으로 들어가 진을 쳤다.

관승이 곧 군사를 이끌고 사면으로 에워싸고 치니, 위정국이 성문을 굳게 닫고 나오지 않는 것을 보자 단정규가 관승에게 말했다.

"이 사람은 고집쟁이인지라 만일 급히 친다면 차라리 죽을지언정 결코 굴하지 아니할 것이니, 소장이 찾아가서 보고 그 사람을 좋은 말로 달래어 항복하게 하오리다."

관승은 듣고 크게 기뻐하며 허락하니, 단정규가 말을 재촉하여 중능현에 이르러 통보하니, 위정국이 나와 서로 본 후 온 까닭을 물으니, 단정규가 말했다.

"이제 조정이 어두워 천하가 크게 어지럽고 간인이 권세를 남용하니, 우리 아직 송공명에게 귀순했다가 뒷날 천자께서 깨우치시면, 그때에 다시 돌아오는 것이 좋지 않겠소?"

위정국이 듣고 한동안 침음하다가 말했다.

"만일 나를 귀순케 하려면 관승이 친히 와서 청하면 모를까? 그 전에는 죽어도 아니 가겠소."

단정규가 즉시 돌아와 그대로 고하니, 관승이 듣고 말했다.

"제가 무엇이라고 안 가겠소?"

하고 곧 한 자루의 칼만 지니고 여러 사람을 이별하고 떠나려 할 때 임충이 간했다.

"사람의 마음을 측량키 어려우니 형장은 그리 쉽게 가시지 마오."

"위정국은 내 옛친구니, 무엇을 의심하겠소?"

하고 중능현에 이르니, 위정국이 크게 기뻐하며 투항하기를 원하고 옛정을 펴며 크게 잔치하고 그날로 오백 화병을 이끌고 관승을 따라 대채로 와 임충, 양지 등 여러 두령과 서로 본 뒤에 곧 군사를 수습하여 양산박으로 길을 재촉하여 금사탄에 이르니, 여러 두령이 산에서 내려와 맞아 함께 산에 오르려 할 때 문득 한 사람이 달려들으니, 여러 사람이 보니 김모견, 단경주 두 사람이라 임충이 물었다.

"너희가 양림, 석용과 같이 북방에 말을 사러 가더니 어찌하여 황망히 돌아오느냐?"

단경주가 임충에게 대답했다.

"소제가 양림, 석용 두 두령과 함께 북지에 가서 힘있고 빛깔 좋은 준마 이백여 필을 사 몰고 청주지방까지 왔는데, 험도신욱보사(險道神郁保四)라는 자가 수백 명의 강적을 몰고 내달아 말을 모조리 뺏어 가지고 증두시로 가버리고 그 통에 양 두령, 석 두령도 어디로 갔는지 모르겠고 저희만 간신히 도망하여 오는 길입니다."

"우리 산에 올라가 형님과 같이 의논하세."

하고 여러 두령과 함께 대채로 올라와 충의당에 이르러 관승이 단정규, 위정국 두 사람을 이끌어 송강과 보게 하고 이규가 또 초정, 포옥을 보게 하니, 송강 이하 여러 두령이 크게 기뻐하며 즐기는데 단경주가 나와서 말을 뺏기고 온 연유를 이야기하니, 송강이 듣고 크게 노했다.

"전자에도 우리가 말을 뺏기고 이제껏 찾지 못하였고 또 조천왕의 원수도 갚지 못한 터에 이제 또 이렇듯 저희가 예의가 없으니, 만일 이번에 소멸하지 못하면 남들의 비웃음을 어찌 면할꼬!"

오용이 나서서 말했다.

"이제 봄날이 온화하니, 싸우기에 좋고 전자에 조천왕이 패한 것은 지리를 잃었기 때문이니 먼저 시천을 보내어 소식을 알아본 뒤에 다시 의논합시다."

하고 곧 시천을 증두시로 보내고 사흘이 되자, 양림과 석용이 돌아와 증두시의 교사 사문공이 큰소리치며 양산박과 더불어 세불 양립(勢不兩立)이라 하던 말을 고하니, 송강이 듣고 나서 크게 노하여 즉시 기병하려고 하니, 오용이 말했다.

"시천이 돌아오는 것을 보고 의논합시다."

송강이 노기가 가슴에 가득하여 말했다.

"이 원수를 갚고저 함이 급한데 어찌 참겠소?"

하고 또 대종을 보내어 급히 알아오라 하니, 수일이 지나서 대종이 먼저 돌아와 말했다.

"증두시가 능주를 대신하여 원수를 갚겠다 하고 군마를 일으켜 증두시 어귀에 대채를 세우고 또 법화사 안에 중군장을 베풀고 수백 리에 두루 정기(旌旗)를 꽂았으니, 어느 곳으로 나올지 모르겠습니다."

그의 말이 끝나기도 전에 시천이 돌아와 고했다.

"소제가 증두시 안에 들어가 자세히 알아왔습니다. 이제 그놈들이 다섯 채책을 증두시 앞에다 세우고 군사 이천 명을 풀어 촌구를 지키고 있는데, 대채에는 교사 사문공이 있고 북채에는 부교사 소정이 증도와 함께 지키고, 서채에는 셋째 아들 증색이 있고, 동채에는 넷째 아들 증괴가 있고, 중앙에는 아비 증롱이 막내아들 증승과 함께 지키고 있는데, 청주 욱보사는 키가 십 척이 넘고 허리가 열 아름이나 되며 작호는 험도신(險道神)이라 하고 우리에게서 빼앗아 간 말은 모두 법화사에서 기르고 있습니다."

오용이 듣고 나서 여러 두령을 충의당에 모아 놓고 상의했다.

"저희가 이미 오채를 세웠다 하니, 우리도 군사를 다섯으로 나누어 치게 합시다."

노준의가 몸을 일으켜 말했다.

"제가 목숨을 구하여 산에 올라온 뒤로 아무런 공도 세우지 못하였으니, 이번에 증두시를 가서 치게 하시면 목숨을 버려 은혜를 갚을까 하오."

송강이 오용에게 물었다.

"노원외가 저렇듯 말씀을 하니, 이번에 선봉을 삼아 가보게 할까?"

오용이 대답했다.

"원외께서 처음으로 산에 올라와 싸움에 익지 못하신 터에 그곳의 길이 몹시 험하니, 선봉은 어려우실 게고 따로이 일지 군마를 거느리고 평천광야에 매복하고 계시다가 중군의 호포 소리를 듣고 나와서 싸우시도록 하시는 것이 좋을까 봅니다."

 송강이 크게 기뻐하여 노준의로 하여금, 연청과 함께 오백 보군을 이끌고 평천소로에 매복하라 하고, 곧 군사를 다섯으로 나누었다.

 중두시 정남대채는 마군 두령 벽력화 진명과 소이광 화영으로 부장 마린, 등비를 데리고 군사 삼천을 거느려 치게 하고, 정동대채는 보군 두령 화화상 노지심과 행자 무송으로 부장 공명, 공량을 데리고 삼천 인마를 이끌어 치게 하고, 정북대채는 마군 두령 청명수 양지와 구문룡 사진으로 부장 양춘, 진달을 데리고 삼천 명을 이끌어 치게 하고, 정서대채는 보군 두령 미염공 주동과 삽시호 뇌횡으로 부장 추연, 추윤을 데리고 군사 삼천을 이끌어 치게 하고, 정중대채는 도 두령 송공명이 군사 오용, 공손승을 데리고 가서 치기로 하니, 부장은 여방, 곽성, 해진, 해보, 대종, 시천이라 군사 오천을 거느려 접응하게 하고, 후군 두령은 흑선풍 이규와 혼세마왕 번서로 부장은 항충, 이곤이라 마보군 오천을 거느리고 그 외의 두령은 각각 채를 지키게 했다.

 한편, 증두시의 탐사인이 이 소식을 자세히 급히 알리니 증장관이 듣고 교자 사문공과 소정을 청하여 군정사를 의논할 때 사문공이 말했다.

 "양산박 초적이 기세가 자못 강하니, 무엇보다도 함정을 많이 파서 계교로서 잡는 것이 상책일 것입니다."

 증장관이 듣고 곧 장객을 시켜 곧 촌중에 수십 군데 함정을 파 놓고, 양산박 군마가 오기만을 기다리는데, 이때 오용이 시천으로 하여금 미리 탐지하여 알고 크게 웃으며 인마를 이끌고 증두시 가까이 나아가니, 오시(五時)는 되었다.
 곧 군마를 주둔시키고 앞을 바라보니, 한 사람이 말을 타고 방울을 흔들며 목에는 꿩의 깃을 달고 짧은 창을 들고 지나가니, 전군이 따르려고 하므로 오용이 말렸다.
 다섯 부대에 전령하여 각각 하채하게 하고 증두시의 인마가 나오기만 기다리는데, 사흘이 지나도록 도무지 소식이 없어 오용이 다시 시천을 보내어 함정 수와 그 상거가 얼마나 되나를 자세히 알아오게 하니, 간 지 하루 만에 돌아와 자세히 보고했다.
 이튿날, 오용이 전대 보군으로 제각기 괭이를 들고 두 대로 나누어 나아가게 하고, 수레 백량에 마른 갈대와 염초 등을 실어 중군에 감추어 두고 각대에 전령하여, 내일 사시에 동서 양쪽으로 보군이 먼저 싸우는 것을 보고는 적진을 습격하라는 것이다.
 다시 증두시의 북쪽으로 진출하는 양지와 사진에게는 기병을 일직선으로 벌려 세우고 깃발과 북소리 고함소리로 허세를 보이라, 그러나 결코 진격해 나아가서는 안 된다는 명령을 내렸다. 한편 증두시의 사문공은 어떻게든 송강군을 유인해내려고 애를 쓰며 함성을 쳐넣고 싶어 죽을 지경이다.
 진으로 가는 길은 좁으니까, 공격해 들어가기만 하면 일은 다 되어, 함정에 빠지는 건 틀림이 없다. 그러는 동안 대낮이 되자 포성이 울렸다. 남문 앞까지 대부대가 밀고 닥쳤다. 동문에서도 전갈이 있었다.
 "살찐 화상 하나가 쇠전장을 휘두르고, 또 행자 녀석이 두 자루의 칼로 이리 뛰고 저리 뛰며 쳐들어옵니다."
 그러자 사문공이 말했다.
 "흐훙, 그놈들은 양산박의 노지심과 무송이다."

하고 그곳에서 실수가 없도록 응원군을 증괴 쪽으로 파견했다. 서쪽 진에서도,

"수염이 긴 놈과 호랑이같이 생긴 놈이 미염공 주동, 삽시호 뇌횡이라 쓴 두 자루의 깃대를 세우고 어마어마한 기세로 쳐들어옵니다."

하는 통지다. 사문공은 그쪽으로도 군사를 보내 증삭을 돕도록 했다.

또 앞채에서 포성이 진동함을 듣고 사문공이 군사를 보내지 못하고, 다만 저희가 짓쳐 들어와 함정에 빠지기를 기다리니 복병이 내달아 잡으려고 하는데, 뜻밖에도 오용이 군마를 몰아 산 뒤로부터 쳐들어오니, 앞에서는 채를 지키느라 감히 움직이지 못하고 양편에 복병들은 갈 곳이 없어 그대로 채 앞에 모여 있는데, 오용이 군사를 급히 몰아 등뒤로 짓쳐 오는 통에 도리어 저의 파놓은 함정 속에 떨어지니, 사문공이 급히 군사를 내어 구하려 할 때 오용이 채찍을 들어 한 번 가리키니 중군에서 바라 소리가 천지를 흔들며 수레 백여 량이 일시에 내달으니, 수레마다 불덩이요 화염이 가득하여 군마가 나오다가 화거에 막히어 나오지 못하고 도로 피하여 퇴군하려 하는데, 공손승이 진중에 있다가 송문고정검(松文古定劍)을 두르고 도법을 행하니, 갑자기 일진광풍이 불꽃을 그대로 거두어다가 남문을 태우니 채책이 연하여 다 탔다.

송강이 크게 이기고 징을 쳐 군사를 거두니 사문공이 밤을 도와 채문을 수정하고 군사를 단속하여 굳게 지키게 했다.

그 이튿날 중도가 사문공에게 말했다.

"만일 적장을 먼저 베지 못하면 토벌하기 어려울 것이오."

하고 채문을 단단히 지키도록 사문공에게 부탁하고 군사를 거느려 갑옷입고 말에 올라 진전에 나와 싸움을 재촉하니, 송강이 여방, 곽성을 데리고 문기 아래 이르러 중도를 보고 노하여

말했다.

"누가 저 도적을 잡아 전일의 원수를 갚을꼬?"

소은후 여방이 그 말을 듣고 곧 말을 채쳐 증도를 맞아 삼십여 합을 싸우니 곽성이 문기 아래 서서 바라보니, 여방의 무예 수단이 증도만 못하여 차차 창법이 기울어 상할까 걱정되어 방천화극을 두르며 내달아 싸움을 도울제, 세 필 말이 진상에서 한뭉치가 되어 싸우니 원래 여방, 곽성 두 장수의 창에 금전묘비를 달았는지라 증도를 잡으려고 쌍극을 일시에 내리치니 증도는 눈이 부셔 창을 막으니, 화극이 한데 연하여 떨어지지 않으니, 증도가 승세하여 곧 창을 들어 여방의 목을 찌르려고 할 때 진상에서 바라보고 있던 소이광 화영이 힘껏 활을 당기어 한 번 쏘니, 증도가 왼편 팔을 맞고 몸을 솟구쳐 말 아래 덜어지니, 여방과 곽성의 쌍창이 일시에 내려오며, 증도는 비명에 죽고 말았다.

십수 기의 종인이 황망히 돌아가 사문공에게 보하니, 증장관이 듣고 크게 우는데 곁에서 이 광경을 보고 증승이 이를 갈며 자리를 차고 일어섰다.

"어서 내 말을 가지고 오라. 형님의 원수를 갚고 오리라."

하고 말에 올라 전채에 이르니, 사문공이 마저 권했다.

"소장군(小將軍)은 적을 우습게 보지 마시오! 송강의 진상에 지략과 용맹을 가진 장수가 많으니, 내가 생각하기에는 가만히 성을 지키며, 한편으로는 사람을 능주에 보내어 조정에 알리고 군사를 많이 데려와, 양산박을 치면 가히 증두시를 보전할 것이오. 그때 도적이 달아나면 내가 비록 재주는 없으나, 장군의 형제와 같이 치면 크게 이길 것이오."

말이 끝나기도 전에 북채의 부교사 소정이 이르러 말했다.

"양산박 오용 그놈이 극히 간계가 많으니, 가히 우습게 보지 마시오 마땅히 구병을 기다리는 것이 상책일 것이오."

증승이 크게 소리를 지르며 말했다.

"나의 형을 죽였으니, 이 원수를 갚지 못하면 강도와 마찬가지요. 그동안 도적의 힘을 키우면 더욱 도적을 무찌르기가 힘들 것이오."

사문공과 소정이 아무리 말려도 안 듣고 말에 올라 수십 기를 거느리고 진전에 나와 싸움을 거니 송강이 보고 벽력화 진명을 시켜 나가서 맞아 싸우게 하려고 할 때 그보다 먼저 한 장수가 쌍도끼를 춤추며 내달으니, 곧 이규라. 증승이 보고 즉시 궁수를 명하여 일시에 쏘게 하니, 이규는 언제나 진에 나가면 매양 벌거벗고 싸우되 항충, 이곤이 항상 가리어 주었으나, 오늘은 홀로 나왔다가 다리에 살을 맞고 그대로 뒤로 자빠지니, 증승의 뒤에서 군사가 나와 사로잡으려고 하므로 이를 보고 송강의 진중에서 화영과 진명이 채쳐나와 죽기로써 구하며, 마린·등비·여방·곽성 네 장수가 또 뒤쫓아 나가서 접응하여 돌아가니, 등승은 송강의 진중에 인물이 많은 것을 보고 그대로 군사를 거두어 돌아갔다.

이튿날, 사문공이 주장하여 싸우지 않으려고 하나 증승이 형의 원수를 갚기 위하여 싸움을 재촉하니, 사문공이 부득이 갑옷 입고 지난번에 앗아온 천리마 조야옥사자를 타고 나오니, 송강이 모든 장수를 이끌고 진세를 이루고 영적할 때 대진하여 사문공이 조야옥사자를 타고 있으니, 송강이 그 말을 보고 가슴에 곧 울화가 치밀어 오르므로 그는 곧 진중에 영을 내려 즉시로 나가 싸우게 하니, 진명이 영을 듣고 나는 듯이 말을 몰아 바로 사문공을 대하여 싸우기 이십 합에 이르러 진명의 낭아곤 쓰는 법이 전같지 못하니, 사문공은 문득 한소리 외치며 창을 빈개같이 내질렀다.

진명이 다리를 찔리어 말 아래 떨어지니 여방, 곽성, 마린, 등비 네 장수가 내달아 간신히 구하여 돌아왔으나, 일진을 또 패하고 송강은 패군을 정리하여 십 리를 물러가 하채하고 영을 내려 진명을 함거에 실어 산채에 보내어 조리하게 하고 가만히 오용과 상의하여 관승, 서녕, 단정규, 위정국 네 두령을 청하여 도우라 하고 송강이 분향하고 축을 외어 한 점괘를 얻으니, 오용이 보고 말했다.

"오늘밤에 적군이 진중에 들어올 게요."

"그럼, 미리 막게 하오."

"이미 계교가 있으니, 형님은 마음 놓으십시오."

하고 곧 여러 두령에게 명하여 좌우에 매복하게 하였더니, 이날 밤에 사문공이 증승에게 말했다.

"이번 싸움에 적장이 둘이나 상하였으니, 저들이 반드시 두려워할 것이니, 이때를 타서 적진을 습격합시다."

"그러면 부교사와 증삭을 청하여 같이 가기로 합시다."

하고 밤 이경은 되어서 말은 방울을 떼고 가만히 송강의 진중으로 들어가니, 채 안이 텅 비어 한 사람도 볼 수 없어 계교에 빠진 줄 알고 급히 몸을 돌이켜 나오는데, 왼편에서 해보가 짓쳐 나오고, 오른편에서 해진이 짓쳐 나오고, 뒤쪽에서 소이광 화영이 갑자기 쫓아나오니, 증삭이 달아나다가 해진의 강차에 맞아 죽고 말았다.

증장관이 이번 싸움에 증삭의 죽음을 듣고 마음 상해하다가 다음날 사문공을 불러 항서를 써보내라 하니, 사문공이 마침내 한 봉 항서를 써 소교를 시켜 송강의 대채에 보내니 송강이 명하여 들어오라 하여 그 소교가 장하에 이르러 글을 바치니 송강이 받아 보았다.

'증두시의 주인 증롱은 머리 숙이고 지난번에는 못난 자식이 적은 용맹을 믿고 말을 앗아 호위를 범한 고로, 조천왕이 산에서 내려오니, 그때 따라야 할 것을 부졸이 무단히 화살을 쏘았으니, 입이 열인들 무엇이라 발명하리오. 그러나 근본을 따지면

이는 본의가 아니라 이제 망하였기로 사람을 보내어 화친을 청하오니, 만일 싸움을 파하고 군사를 쉬기로 하신다면, 앗아 온 말을 모두 돌려 보내고 다시 금백을 보내어 삼군을 호상하리니 삼가 살피소서.'

송강이 글을 보고 오용을 돌아보며 크게 노하여 꾸짖었다.

"너희가 우리 형님을 죽였으니, 어찌 이 원수를 가만 놔두리? 내 너희놈의 고을을 쑥밭을 만들겠다!"

그 글을 가지고 온 사람이 땅에 엎드려 전신을 부들부들 떠니, 오용이 황망히 송강에게 권했다.

"형님, 그것은 잘못된 생각입니다. 우리가 서로 다투는 것이 모두가 의기 때문인데, 이미 저희가 이렇듯 글을 보내 화친을 청하는 터에 어찌 한떼의 분을 못 이겨 대의를 저버릴 것이겠소?"

곧 회서를 써서 십 냥 은자를 상주니, 차인(差人)이 돌아가 회신을 올리니 증장관이 사문공과 더불어 받아 보았다.

'양산박 주장 송강은 증두시 주인 증룡 장전에 회보하노라. 자고로 믿음이 없는 나라는 마침내 망하고, 예의가 없는 자는 마침내 죽고, 의가 없는 자는 마침내 패하는 것은 이치인지라 양산박이 처음엔 네 한떼의 악한 마음으로 인하여 오늘밤 원수를 맺은 것이라. 만일에 강화할 생각이 있으면 두 번에 탈취하여 간 말과 흉적 험도신 욱보사를 잡아 보내고 삼군을 상주는 것은 당연한 일이니 마음대로 하려니와 만일 다시 변괴 있으면 각오하거라.'

이튿날, 증장관이 다시 사람을 보내어 말하기를 만일 욱보사를 요구하면 그곳에서도 사람을 보내어 볼모를 청하니, 오용이 즉시 응낙하고 시천, 이규, 번서, 항충, 이곤 등 다섯 사람을 불러 볼모로 보낼제, 떠나기 전에 가만히 시천에게 일렀다.

"가 있다가 만일에 변고가 있으면 여차여차 하라."

그들 다섯 사람이 떠나자, 양산박에서 관승·서녕·단정규·위정국 네 두령이 오니, 오용이 맞아 중군에 있게 했다.

한편, 시천의 무리가 볼모가 되어 증두시로 가니, 사문공은 다섯 사람이나 보낸 것을 은근히 의심하는 모양이었으나, 증장관은 강화 맺기에 급하여 주식을 내어 관대한 다음, 법화사에 안돈시키고 막내아들 증승을 시켜 욱보사를 데리고 송강의 진중으로 가게 하니, 증승이 욱보사와 더불어 두 번에 빼앗아 온 마필과 금백 한 수레를 끌고 대채에 이르니, 송강이 불러들여 보고 말했다.

"어찌하여 조야옥사자는 안 가지고 왔느냐?"

"그 말은 우리 사부 사문공이 아끼고 타고 다니는 까닭에 못 가지고 왔소."

"그게 무슨 말이냐? 빨리 돌아가서 옥사자를 가져오도록 하라."

증승이 곧 글을 써 종인을 주어 보냈더니, 사문공의 회서에는 이렇게 써 있었다.

'만일 옥사자를 찾으려거든, 곧 물러가거라. 그러면 돌려 보내리라!'

하니, 송강이 듣고 오용과 더불어 상의하나 미처 결정하지 못하고 있을 때 문득 졸개가 보고하기를 청주와 능주의 두 곳에서 원군이 온다 하니, 송강이 말했다.

"증두시에서 이 소식을 들으면 일이 변하기 쉬울 것이오."

하고 가만히 전령하여 관승, 단정규, 위정국은 청주 군마를 막으라 하고 화영, 마린, 등비는 나가서 능주군을 막게 하고 가만히 욱보사를 불러내어 좋은 말로 달래며 십분 은거를 베푼 다음에 은근히 한마디 말했다.

"내 말대로 하여 공을 세운다면, 산채의 두령을 삼을 것이오.

말 뺏어 간 일은 문책하지 않기로 하겠네. 자네 의향이 어떤가?"

욱보사가 듣고 나서 절하며 말했다.

"진심으로 항복하기를 청하는 터이니, 부디 아래에 두고 부려 주시오."

오용이 즉시 계교를 가르쳐 말했다.

"그럼 자네는 혼자서 도망해온 체하고 사문공에게 말하게. 내가 증상과 같이 송강의 채에 가서 살펴보니, 송강은 사실 강화할 의사는 없고 우리를 속여 옥사자만 찾으면 다시 싸울 것이오. 또 들으니, 청주, 능주 두 곳의 구원병이 오는 것을 알고 황망하여 하니, 이때를 타서 계교를 행하여 들이치면 염려없이 이길 것이오, 하고 말하게."

욱보사는 응낙하고 그날 밤으로 사문공의 채로 가서 일러 준 대로 말하니, 듣고 나서 사문공은 그를 데리고 증장관을 찾아보고 말하니, 증장관이 말했다.

"증승이 그곳에 있으니, 어쩌겠소? 만일 이 일이 바뀌면 죽기가 쉬울 것이오."

"송강의 채만 깨뜨리고 보면, 증승은 무사히 구해낼 것이니 아무 염려 마십시오."

"정 그렇다면 교사가 간계를 써서 그름이 없게 하오."

사문공은 즉시 전령하여 북채의 소정과 남채의 증괴에게 대채를 습격케 하니, 욱보사는 법화사로 들어가 볼모로 있는 이규 등 다섯 사람에게 가만히 소식을 통했다.

한편, 송강은 오용과 더불어 의논했다.

"그 계교가 어찌 되겠소?"

"욱보사가 돌아오지 않으면 계교가 들어맞아 반드시 오늘밤에 습격하러 올 것이니, 우리는 곧 채를 비우고 각각 복병하여야겠소이다."

하고 곧 영을 내려 노지심과 무송으로 보군을 이끌고 가서 동채를 치라 하고, 주동과 뇌횡으로 보군을 거느리고 서채를 치라 하고, 양지와 사진으로 마군을 이끌고 북채를 치라 했다.

이날 사문공은 소정·증밀·증괴와 전채의 군마를 거느리고 길을 떠날제, 월색이 몽롱한데 사문공과 소정이 앞을 서고 증밀, 증괴는 뒤를 따라 가만히 송강의 진 앞에 이르러 보니, 채문이 열려 있고 사람의 기척이 없어 그제야 계교에 빠진 줄 알고 급히 군사를 돌려 본진으로 오는데, 증두시 안에서 포성이 울리며 법화사 누상에서 시천이 종고를 어지러이 치자, 동문과 서문 두 곳에서 화광이 크게 일고 함성이 천지를 군마의 많고 적음을 전혀 알지 못했다.

절 안에서는 이규, 번서, 이곤, 항충의 무리가 일시에 짓쳐 나오니, 사문공도 도로 옛길로 달아나고 증장관은 양산박 군마가 양쪽으로 들어옴을 듣고, 마침내 스스로 목 매달아 죽고 증밀은 서로 달아나다가 주동을 만나 한 박도에 목숨을 잃고, 증괴는 동채로 도망가다가 난군 가운데서 밟히어 죽고 소정은 죽기 살기로 북문을 빠져 나갔으나, 등뒤에서 노지심, 무송이 따르고 사진, 양지가 앞을 막아 난전 속에 죽고 따르는 군사들이 밀리어 함정에 빠지니 죽은 자를 헤아릴 수가 없었다.

이때, 사문공은 천리마 옥사자를 타고 나는 듯이 서문으로 나와 급히 달아나는데, 이때에 검은 안개가 사면을 자욱히 덮어 남북을 알지 못하고 십여 리를 달아나니 지명도 알지 못하는데, 문득 바라소리가 어지러이 일어나며 등뒤에서 사오백 명 군사가 짓쳐 나오고 앞에 선 장수가 손에 뭉치를 들고 쳐오니, 사문공이 나는 듯이 말을 몰아가며 전면을 바라보니, 검은 구름이 가득한데 냉기가 밀려오며 허공에는 모두 조개의 혼이라 사문공이 깜짝 놀라 오던 길로 물러가려 할 때, 낭자 연청이 앞을 막고 옥기린 노준의가 뒤를 쫓으며 크게 소리를 질렀다.

"네 이놈! 어디로 도망가느냐?"

하고 박도로 다리를 찍어 내리치고 사문공을 단단히 결박하여 앞세우고 연청은 옥사자를 끌고 증두시로 오니, 송강은 몹시 기뻐하며, 또 한편으로는 노준의 손에 사문공이 사로잡힌 것을 보고 놀랐다.

본채에서 먼저 중승을 베어 버리고 증가 일문의 노소를 하나도 남겨 놓지, 않고 금은보화나 군기 양식은 모두 다 수레에 싣고 양산박으로 돌아와 삼군에게 상을 주었다.

대도 관승이 군사를 거느리고 청주병을 짓쳐 물리치고 소이광 화영이 또한 능주병을 물리쳐 함께 돌아온 것도 이때였다.

송강 이하 여러 두령이 충의당 위에 모여 조천왕의 영정 앞에 뵈이는데, 표자두 임충이 말하여 송강은 성수서생 소양으로 제문을 짓게 하여 치제하고 여러 두령이 모두 효복 입고 제사 지내고 사문공의 배를 가르고 심통을 내어 제 지내기를 마친 뒤, 송강은 충의당 위에 여러 두령과 함께 앉아 양산박 주인 세우기를 상의하니, 먼저 군사 오용이 말했다.

"역시 형님께서 제 일 좌 교의에 앉으시고, 노원외가 그 다음이고 그 밖에 다른 두령들은 다 예전 차례로 지냄이 좋을까 합니다."

송강이 말했다.

"전날에 조천왕이 유언하시기를 누구든 사람을 막론하고 사문공을 잡는 사람으로 산채의 주인을 삼으라 하였으니, 오늘날 노원외가 도적을 잡아와 원수를 갚고 한을 풀었으니, 당당히 산채의 제 일 좌 교의에 앉을 것이라, 군사는 다시 그런 말을 하지 마오."

노준의가 듣고 말했다.

"소제는 덕도 없고 재주도 없으니, 어찌 그런 중임을 맡겠습니까? 말석에 앉는 것도 오히려 과분하옵니다."

송강이 여러 두령에게 다시 말했다.

"내가 겸양하는 것이 결코 아니오. 내가 세 가지 일에 노원외만 못한 것이 있으니, 첫째는 내가 키가 작고 인물이 형편없는데, 원외는 일표 당당(一表堂堂)하며 일신이 늠름하니, 여러 사람이 미치지 못할 게이오. 둘째로 나는 아전 출신으로 죄를 짓고 도망했다가 여러 형제의 후의를 입어 잠깐 제 일 위에 앉았으나, 원외는 부귀한 집에서 귀히 자라나 호걸의 풍채가 있으니, 이도 여러분이 미치지 못할 것이오. 셋째로 나는 문무(文武)를 막론하고 특별히 내세울 것이 없으나, 원외는 힘이 만인을 대적하고 고금을 환히 통하였으니, 여러 형제가 더욱 따르지 못할 일이니 원외가 이렇듯 재덕이 있으니, 산채의 주인으로 모시는 것이 마땅하므로 내가 이미 마음을 정한 터이니 원외는 사양하지 마시오."

노준의가 곧 땅에 엎드려 말했다.

"형장은 다시 그런 말씀을 하지 마십시오. 제가 비록 죽는 한이 있다 하더라도 명을 따르지 못하겠소이다."

오용이 다시 말했다.

"아까 말씀드린 대로 형님이 주인이 되시고 노원외가 둘째가 되면 여러 두령이 다 심복하겠지만, 이렇듯 여러 번 사양하시면 여러 형제가 다들 마음이 불편할 거요."

원래 오용이 여러 사람에게 눈짓하고 이 말을 한 것이니, 흑선풍 이규가 벌떡 일어나며 큰소리로 말했다.

"내가 강주에서 죽음을 각오하고 형님을 구해내어 산에 올라와 형님을 산채의 주인으로 삼고 모셨는데, 오늘날 이렇게 다른 사람에게 사양할 것이 무엇이오. 나는 하늘도 무섭지 않고 땅도 무섭지 않은 사람이라, 맘에 있는 대로 말을 하오. 왜 공연히 거짓말로 사양하는 척 하는 게요? 그렇게 하면 우리는 모두 산을 내려가겠소."

행자 무송이 또한 오용이 눈짓하는 것을 보고 나서서 말했다.

"형님 수하에 많은 사람이 태반은 다 조정의 명관인데, 오늘날 어찌 귀천을 논하십니까?"

적발귀 유당이 또한 큰소리로 말했다.

"당초에 우리 일곱 사람이 산에 올라왔을 때에 형님을 산채의 주인으로 모실 뜻이 있었던 것인데, 정해진 자리를 오고 가고 하면 여러 사람의 마음이 흩어질 것이니, 지금 흩어짐이 좋을까 합니다."

송강이 말했다.

"여러 형제의 뜻이 그러하오면, 이 일을 어떻게 정하여야 옳은지 한 번 하늘에 알아보도록 합시다."

"하늘에 알아보다니, 어떻게 하시는 말씀인가요?"
하고 오용이 물었다.

송강이 말했다.

"이제 우리 산채에 전량이 부족하니, 우리 양산박 동쪽으로 두 곳에 가까운 고을이 있는데, 전량이 풍족한 곳이니 한 곳은 동평부요 또 한 곳은 동창부라 이제 그 두 고을에 가서 전량을 취하여 오기로 하되, 제비 두 개를 만들어서 나와 노원외가 뽑아 누구든지 먼저 공을 세우는 사람으로 산채의 주인으로 삼는 것이 좋을 듯하니, 여러 형제의 의향은 어떠하오?"

"거, 참 좋은 말씀이오."

노원외가 머리를 흔들며 말했다.

"그렇게 번거롭게 하시지 말고 형님이 그대로 주인이 되시고 저는 영을 쫓겠습니다."

그러나, 송강은 노준의 말을 듣지 않고 곧 칠면공목 배선을 불러 제비 두 개를 만들게 한 다음, 하늘을 우러러 던지고 노준의와 더불어 하나씩 집어서 펴보니, 송강은 동평부요 노준의는 동창부라. 곧 여러 사람이 술자리를 베풀어 말없이 술잔을 기울이다가 그 자리에서 인마를 나누니, 송강의 부하는 임충, 화영, 유당, 사진, 서녕, 연순, 여방, 곽성, 한도, 팽기, 공명, 공량, 해진, 해보, 왕왜호, 일장청, 장청, 손이랑, 손신, 고대수, 석용, 욱보사, 왕정륙, 단경주 등 이십오 명 두령과 마보군이 일만이오. 수군 두령 삼원은 완소이, 완소오, 완소칠이니 수군 전선으로 싸우게 하고 노준의 부하는 오용, 공손승, 관승, 호연작, 주동, 뇌횡, 삭초, 양지, 단정규, 위정국, 선찬, 학사문, 연청, 양림, 구붕, 능진, 마린, 등비, 시은, 번서, 항충, 이곤, 시천, 백승 등 대소 두령 이십오 명에 마보군 일만이며 수군두령은 이준, 동위, 동맹이니 수군을 거느려 싸우게 하고, 그 남은 두령은 산채를 지키게 하고 송강은 동평부로 가고 노준의는 동창부로 갈 제, 이때는 삼월 초하루라 백화만발하고 일기는 화창하니, 삼군 장졸이 싸우기에 좋은 계절이다.

송강은 군사를 이끌고 동평부에서 상거 사십 리되는 안사진이란 곳에 진을 쳤다. 먼저 동평부에 격서를 전하러 갈 사람을 물으니, 장하에서 욱보사와 왕정륙이 나와 저들이 가겠다 하므로 송강은 크게 기뻐하며 만일에 항복하고 전량을 주겠다면 군사를 움직이지 않겠으나, 주지 않을 때에는 쳐들어 간다는 뜻으로 격서를 꾸며 두 사람에게 주어 보냈다.

이때, 동평부 태수 정만리는 송강이 군사를 일으켜 안사진에 이르렀다 함을 듣고, 본부 병마도감 쌍창장 동평을 청하여 군정중사를 의논할 때 문리가 보고했다.

"송강이 차인을 시켜 격서를 가져왔습니다."

태수가 곧 불러들이라 하여 욱보사, 왕정륙이 계하에 이르러 격서를 올리니 태수가 보고 동도감에게 말했다.

"이놈이 우리에게 전량을 꾸어달라고 하니, 어찌할꼬?"

하고 옆에 앉은 병마도감을 돌아다보니, 이 병마도감은 본래 하동 상당 사람으로 성은 동(董)이요 이름은 평(平)이라. 쌍창을 잘 쓰므로 남들이 부르기를 쌍창장(雙槍將)이라 하니, 불의를 보고 참지 못하는지라 크게 노하여 말했다.

"격서를 가져온 저놈을 빨리 끌어내다 베어라!"

정태수가 급히 손을 들어 말했다.

"옛부터 두 나라가 서로 다투매 사자를 베는 법이 없으니, 곤장 이십 쳐서 돌려 보내 저희가 어찌하는 양을 보기로 하세."

동평은 노기가 풀리지 않아 욱보사, 왕정륙을 땅에 엎어놓고 이십 장 큰 매를 치니 가죽이 찢어지고 살이 으스러져 유혈이 낭자하므로 끌어다 성 밖에 내치니, 두 사람이 돌아와 울며 송강에게 호소하니, 송강이 노기가 대발하여, 그때에 동평부를 치지 못함을 한하면서 욱보사, 왕정륙은 산채에 보내어 조리케 하니, 사진이 앞으로 나와 말했다.

"소제가 전일에 동평부에 있을 때 창기 이수란(李睡蘭)과 가까이 지낸 일이 있습니다. 이제 금은을 많이 가지고 가만히 성 안으로 들어가 그 계집의 집을 빌려 숨어 있고, 형님은 밖에서 성을 치면 동평이 나와 영적할 것이니, 그때 내가 성루에 올라가서 불을 놓아 치면 대사를 가히 이룰까 합니다."

송강이 듣고 말했다.

"그 계교가 참 좋은 계교요."

하니, 사진이 그날로 금은을 수습하여 가지고 몸에 무기를 감춘 다음에 성내로 들어가 이수란의 집을 찾아가니, 먼저 그 아비가 나와 보고 깜짝 놀라며, 안으로 청하여 들여 딸과 서로 보게 할 때 이수란이 물었다.

"소문에 들으니, 양산박에 올라가 송강의 무리가 성에 와서 전량을 꾸려고 한다더니 여기는 어떻게 왔소?"

사진이 대답했다.

"내 솔직히 말하리다. 나는 지금 양산박에 들어가 두령이 되었다. 일찍이 공을 세우지 못하였으니, 이번에 송공명 형님이 이 고을을 치고 전량을 꾸겠다고 하기에 내가 자원하여 특별히 금은 한 보를 가지고 와서 너를 주는 것이니, 소식을 누설치 말라. 이 일이 성공하면 너를 산채에 데려다 호강을 시켜 줌세."

이수란이 듣고 모호한 대답을 하고 금은을 받아 가지고 안으로 들어가 저의 어미와 상의하니, 어미가 말했다.

"제가 전에 우리집에 드나들 적에는 좋은 사람이었지만, 이제는 도적이라 만일 일이 발각되면 어찌하느냐?"

아비가 옆에서 듣고 한마디 했다.

"그도 그렇지만, 양산박 호걸들이 여간 세력이 성하지 않으니, 만일 성이 무너지면 그들을 괄시할 수도 없지."

어미가 화를 버럭 내며 말했다.

"늙은이가 무얼 안다고 떠들어, 자고로 벌이 품에 들면 옷을 풀어헤치라고 하였으니, 먼저 고하는 자는 죄를 면할 것이니, 한시바삐 동평부에 고하면 다음날에 누를 입지 않을 것이니, 빨리 가서 말해!"

아비가 또 말했다.

"저 사람이 많은 금은을 갖다 우리를 주었으니, 해치려 함은 인정이 박하지 않은가 말이야."

"그 방귀 같은 소리 좀 하지 말아. 옛부터 행창하는 기생이란 것은 사내들을 천 명이고 만 명이고 함정에 빠뜨리는 게 부지 기순데 저 하나를 아껴? 당신이 정 안 가겠다면 내가 고할 것이니 그리 알어!"

아비는 하는 수 없이 딸을 보고 말했다.

"너는 급히 굴지 말고 그를 관대하라. 나는 가서 공인을 데리고 오겠다."

사진이 이수란과 술을 먹으며 보니, 수란의 낯빛이 좋지 않으니, 사진이 물었다.

"네 집에 무슨 일이 있느냐? 얼굴빛이 좋지 못하니……."

"아녜요, 지금 누상으로 올라오다가 발을 헛디뎌 하마터면 떨어질 뻔해서 그래요."

사진이 다시 묻지 않고 술을 먹는데, 창밖에서 함성이 일어나며 많은 공인이 누로 올라와 사진을 잡아 동평부 마을에 이르러 청하에 꿇리니, 태수가 보고 크게 꾸짖었다.

"네 이놈! 겁도 없구나! 너는 감히 혼자서 여길 들어오다니, 만일 이수란의 아비가 고하지 않았다면 성 내의 백성들이 큰 화를 당할 뻔했다.

송강이 너를 어찌 보냈으며, 무슨 일을 하려고 하였는지 어서 사실대로 말하라."

사진이 아무 말도 안 하니, 동평이 말했다.

"저 도적놈이 아무래도 매를 좀 맞아야 말을 할까 봅니다."

태수가 좌우를 호령하며 매우 치게 하니, 뇌자 옥졸의 무리가 달려들어 먼저 두 다리에다 냉수를 뿜고 일백 대를 쳐도 사진이 입을 열지 않으므로 동평이 말했다.

"저놈을 큰 칼을 씌워 옥에 가두어라."

하고 장차 송강을 잡아 함께 동경으로 올려 보내려고 태수와 의논을 정했다.

한편, 송강이 사진을 보내 놓고 그 연유를 적어 노준의 진중에 있는 오용에게 기별하니, 오용이 보고 깜짝 놀라 말했다.

"어찌 창기를 끼고 대사를 이룬단 말이오?"

하고 노준의에게 말하고 밤을 도와 송강의 진중으로 달려와 자세한 말을 듣고 말했다.

"이번 일은 형님이 잘못하셨습니다. 자고로 창기란 것은 마음이 물 같아서 정한 주관이 없고 포주의 손에 벗어나지 못할 것이니 이번에 반드시 실수가 있을 것입니다."

송강이 계교를 물으니, 오용이 곧 고대수를 앞으로 불러 말했다.

"이번에 수고를 좀 해 주게. 걸인의 행세를 하고 가만히 성내로 들어가서 구걸을 하는 체하고 소식을 탐정하여 곧 보고하되, 만일에 사진이 옥에 갇혔으면 옥졸에게 간청하여 한끼 밥을 먹이겠노라 하고 옥중에 들어가서 틈을 보아 전하시오. 우리가 그믐날 밤에 성을 칠 것이니, 아무쪼록 옥을 부수고 나와 성 내에 불을 놓으라고 전하오."

고대수는 머리를 풀어헤치고 헌옷을 입은 채 거지 형상으로 슬그머니 동평부 성 내로 들어갔다. 여기저기 수소문한 즉, 사진은 옥에 갇혀 있다 하여 오용의 선견 지명에 감탄했다.

그 다음날 찬밥 한 사발을 들고 옥사 앞을 왔다갔다 하니까 마침 한 사람의 옥졸이 나타났다. 고대수는 그 옥졸에게 절을 하고 슬피 우니 옥졸은 측은히 여겨 연유를 물었다.

"도대체 무슨 일로 울고 있소?"

"예, 다름이 아닙니다. 옥에 갇힌 사진 어른은 소인의 옛주인이올시다. 서로 헤어진 지가 십 년이 넘는데, 여기저기 떠돌아다니면서 장사한다는 소문을 들었는데, 무슨 죄로 옥에 갇혔는지 알 수가 없군요. 아무도 밥 한 그릇 넣어 줄 사람 없는 것을 알기에, 제가 문전 걸식을 해서 드리려고 왔습니다. 그저 불쌍히 여겨 저를 옥 안으로 들어가게 해 주십시오. 그렇게만 해 주신다면 큰 은공으로 알고 평생 잊지 않겠습니다."

"그놈은 양산박 강도로 참형될 몸이니, 아무도 들여 놓을 수 없다!"

"저야 그분이 무슨 죄를 졌는지 무얼 압니까? 그러지 마시고 제발 저를 거기다 들여 주세요. 이 밥 한 솥이라도 자시게 하고 싶어요. 예전에 입은 은혜를 차마 잊을 수가 없어서 그래요."

고대수는 그렇게 말하고 또 울었다.

옥졸은 가만히 생각했다.

'만일 제가 남자라면 몰라도 늙은 계집이니, 잠깐 만나 보게 해 주더라도 별일 없겠지······.'

하고 마침내 그를 데리고 옥중에 들어가 사진을 만나보게 해 주니, 목에 큰 칼을 쓰고 허리에 사슬을 지고 앉아 있었다.

사진이 고대수를 보고 놀라며 물으려 하자, 고대수는 한편 거짓 울어 한편 밥을 내어 그를 먹이고 약속을 전할 기회만 엿보는데, 절급 하나가 지나다 이것을 보고 소리를 버럭 지르며 말했다.

"저놈은 죽을 죄인인데, 자고로 옥에는 바람도 통하지 못한다 하였으니, 누가 이 계집을 데리고 들어왔단 말이냐? 빨리 나가라. 지체하면 곤장을 쳐 쫓으리라."

고대수는 더 있지 못하고 옥 밖으로 끌려 나오게 되니, 자세한 말은 다 못하고 다만,

"월진야(月盡夜;그믐날 밤) 석 자를 잊지 말아요."

한 마디만 하였을 뿐이다.

사진이 속으로 생각했다.

'그믐날 밤을 잊지 말라니······, 그게 무슨 말인가?'

하고 궁리궁리하며 날을 보내니 어느덧 삼월 스무아흐렛날이 다가왔다.

사진이 앞에 온 옥졸에게 물었다.

"오늘이 대체 며칠이오?"

"오늘은 바로 그믐이야."

사진이 날이 저물기를 기다려 밖이 어둑어둑하여 오자, 한낱 옥졸이 술이 취하여 옆에 서 있으니까 사진이 속여 말했다.

"당신 뒤에 서 있는 사람이 누구요?"
"내 뒤에……?"
하고 옥졸이 돌아볼 사이에 사진은 칼머리로 쳐서 죽이고 다시 칼을 돌에다 부딪쳐 깨뜨려버린 다음 정자 앞으로 나오니, 사오 명 옥졸이 모두 술이 취하여 앉아 있으므로 먼저 앞에 놈을 쳐죽이니 나머지 놈들은 놀라 다 달아나 버리자, 옥문을 열고 그 안에 갇혀 있는 죄수를 다 내어 놓으니, 모두 오륙십 명이 되었다.
이때, 정만리(程萬里)는 옥 안에서 고함소리가 나는 것을 듣고 급히 병마도감 동평(董平)을 불러 상의하니, 동평이 말했다.
"성 안에 필연 첩자가 있으니, 마땅히 옥을 엄하게 지키고 이 기회에 군사를 거느리고 성 밖에 나아가 도적을 잡을까 합니다."
태수가 이를 허락하니, 동평은 공인 삼백 명으로 옥문을 지키게 하고 말을 타고 군사를 이끌어 성 밖으로 나아가니, 태수는 아중의 우후, 압번, 뇌자들을 모두 데리고 각기 창봉을 들고 옥문 밖에서 소리 지르니, 사진이 옥 안에서 밖의 동정이 없음을 보고 감히 경솔히 나오지 못하고, 또한 밖의 사람도 들어가지 못하는 고대수는 다만 안타까워 할 뿐이었다.
동평이 병마를 이끌고 송강의 채를 바라고 짓쳐 나오는데, 복로소군이 송강에게 보하니, 송강이 말했다.
"이것은 고대수가 성 안에서 일이 누설되어 동평이 쳐나오는 것이오."
하고 삼군에게 명하여 군사를 일으켜 나오니, 이때 어느덧 동이 터오니, 양군이 서로 만나 진세를 이루고 동평이 말을 문기 아래 내니 원래 동평은 마음이 맑고 삼교 구류(三敎九流)에 통하지 않는 것이 없고 풍류 음률(風流音律)에 능한 까닭이 산동 하북에서 부르기를 풍류쌍창장(風流雙槍將)이라 했다.

송강이 진전에서 동평의 그러한 인물을 보고 적이 기뻐하며 다시 보니, 전통에 작은 기를 꽂고 기 위에 두 줄 연귀를 썼는데,

영웅 쌍창장(英雄雙槍將)이오
풍류 만호후(風流萬戶侯)라.

하였느니 송강이 칭찬하고 한도에게 명을 내려 싸우라 하니, 한도가 창을 꼬나잡고 말을 몰아 나가서 싸우는데 동평의 창법이 신출귀몰한지라 한도가 당하지 못하는 것을 보고 송강은 다시 금창수 서녕을 보고 도와 주라 하니, 서녕이 구겸창을 들고 내닫자 한도는 곧 몸을 빼쳐 돌아왔다.

동평이 또 서녕을 맞아 싸워 오십 합에 이르러서는 서녕이 또한 당치 못함으로 송강은 서녕이 실수할까 걱정하여 징을 쳐서 군사를 거두니, 동평이 쌍창을 휘두르며 짓쳐 들어오므로 송강이 채를 들어 가리키니, 사면에서 군마가 일시에 일어나 동평을 에워싸고 들어왔다.

송강이 높은 곳에 올라 지휘하여 동평을 진 속에 몰아넣고 동쪽으로 달아나면 동쪽을 가리키고 서쪽으로 도망가면 서쪽을 가리켜서 군졸들이 첩첩이 에워쌌으나, 동평은 조금도 두려워하지 않고 쌍창을 날리며 포위를 뚫고 무인 지경같이 나가 군사를 거두어 성 내로 들어가니, 송강은 곧 군사를 몰아 성 아래에 진을 쳤다.

원래 정만리에게 딸이 하나 있는데, 동평은 아내가 없어 전날에 누누이 사람을 중간에 놓고 구혼을 하였으나, 허락치 않아 항상 서로 불화하였는데, 그날 동평이 군사를 거두어 성 내로 들어가서 혼인 말을 또 하니, 정태수가 말했다.

"나는 문관이요 자네는 무관이라 서로 혼인하는 것이 마땅하

나 이제 도적이 지경을 누르고 있으니, 지금 혼인을 하면 도적의 비웃음을 받을 것이니 우선 도적이나 물리치고 성 안을 편히 한 다음에 다시 의논합시다."

"그럼 그렇게 하지요."

하고 입으로는 응낙하나 마음에는 께름직하여 다음엔 뜻을 바꿀까 의심하고 있는데, 송강은 주야로 성을 치니 정태수가 동평에게 재촉하여 급히 나아가 싸우라 하니, 동평이 노하여 갑옷을 입고 말 위에 올라 삼군을 거느리고 성 밖으로 나와 교전할 때, 송강이 문기 아래 서서 큰소리로 말했다.

"너희 조그만 고을로 어찌 내 수하의 용병 십만과 맹장 천 명을 당할 것이냐?"

"한낱 이름 없는 무장이 어찌 큰 말로 하느냐?"

하고 말을 마치자 곧 쌍창을 휘두르며 송강을 취하려 하니, 화영, 임충 두 장수가 곁에서 내달아 그를 맞아 싸우기를 삼 합이 못되어 패하여 달아나니 송강이 역시 달아난다. 군사들도 사면으로 어지러이 흩어져 도망하니, 동평은 용맹을 자랑하며 말을 채쳐 송강의 뒤를 급히 쫓아 수춘현 근처의 한 촌락에 당도하니, 양편이 모두 초가요 중간에 길이 있어 동평이 계교를 모르고 말을 몰아 따르니, 송강은 어제 이미 왕왜호, 일장청, 장청, 손이랑 네 두령을 양편 초옥에 매복하고 길에는 반마삭을 깔고 그 위에 흙을 덮어 동평이 오면 곧 바라를 쳐서 서로 응하고 반마삭을 일시에 들어 그를 사로잡기로 하였던 것이다.

동평이 송강의 뒤를 급히 쫓아 이곳에 이르자, 한 소리에 양쪽 집 문이 활짝 열리며 반마삭이 일시에 일어나니 말이 놀라 뛰며 동평은 땅에 떨어지므로 왼편에서 왕왜호, 일장청이 쫓아 나오고, 뒤편에서 장청·손이랑이 내달아 동정의 의갑과 투구와 쌍창을 모조리 빼앗고 단단히 결박을 한 다음에 일장청, 손이랑 두 여장이 각각 손에 강도를 들고 호송해 송강에게로 왔다.
 송강이 녹양수 아래 말을 머무르고서 있다가, 두 여 두령이 동평을 잡아 가지고 오는 것을 보자 곧 두 여장을 꾸짖었다.
 "내 너희들에게 동장군을 모시고 오라 하였는데, 어찌 예의 없이 묶어 오느냐?"
하니, 두 여장이 물러가고 송강이 황망히 말에서 내려 손수 묶은 것을 풀고 금포를 벗어 동평을 입히고 그 앞에 절을 하니, 동평이 황급히 답례하므로 송강이 말했다.
 "만일 장군께서 미천한 것을 버리지 않으시겠다면, 장군을 산채의 주인으로 삼으오리다."
 동평이 대답했다.
 "소장은 사로잡힌 몸이라 만 번 죽어도 마땅한데, 만일 산채의 주인이 되라 하오면 소장이 놀라 죽을 것입니다."
 송강이 다시 말했다.
 "저희 산채에 양식이 부족하여 동평부로 꾸러 온 것이지, 다른 뜻은 없소이다."
 동평이 또 말했다.
 "정만리 그놈이 본시 동관의 집 문관선생이라 그 덕에 저런 소임을 얻어 왔으니, 어찌 백성들을 못살게 굴지 않았겠소? 형장이 만일 의심하지 않고 동평을 놔 주신다면 소장이 돌아가 성문을 속여 열고 성 내에 들어가 전량(錢糧)을 취하여 오겠습니다."
 송강이 크게 기뻐하여 의갑 투구와 군기 마필이며 일행 종인을 다 돌려 주고, 동평은 앞에 있고 송강은 뒤에 있어 군사를 이끌고 가만히 동평부 성 아래와 문을 열라고 소리를 치니, 성 위에 있는 군사가 불을 비쳐 본즉, 과연 동도감이라 아무 의심 없이 성문을 열어 동평이 말을 채쳐 들어가니, 송강도 그의 뒤를 따라 말을 살해하지 말라 하고 동평은 아중으로 들어가 정태수를 죽이고 그 딸을 빼앗고, 송강은 옥을 부수고 사진을 구하여 낸 다음 부고를 열어 금은 재백을 모두 수레에 싣고 창고의 양미를 내어 수레에 실어 양산박으로 올려다가 삼완 두령에게 맡기라 하고, 사진은 곧 사람을 데리고 이수란의 집에 가서 그 일문노소를 다 죽이고 가산을 취하여 가난한 백성을 돕고 방을 붙여 백성들에게 선포한 뒤에 회군하여 안산진에 이르니, 백일서 백승이 나는 듯이 말을 달려와서 보고했다.

"노원외가 동창부를 치다가 계속하여 두 번이나 패하였으니, 성 중에 창덕부호기(彰德府虎騎) 출신으로 장청(張淸)이란 장수가 있는데, 돌을 던져 사람을 치면 백발 백중하므로 남들이 부르기를 몰우전(沒羽箭)이라 하고 또 수하에 부장 둘이 있으니, 하나는 화항호 공왕(花項虎龔旺)이요 하나는 중전호 정득손(中箭虎丁得孫)이라, 공왕은 말 위에서 비창(飛槍)을 잘 쓰고 정득손은 비차(飛叉)를 잘 쓰는지라, 노원외가 군사를 이끌고 성 아래 진을 치고 싸움을 재촉하여도 가만 있다 비로소 성문을 열고 나와서 싸울 때, 학사문이 나와서 싸우다가 장청이 달아나므로 학사문이 따르다가 이마에 돌을 맞아 낙마하니, 연청이가 재빨리 활을 쏘아 장청이 탄 말을 맞추어 겨우 학사문의 목숨을 구하였지만, 이래서 한 번 패하고 이튿날 혼세마왕 번서가 항충과 이곤을 데리고 난패를 들고 나가 싸우니, 의외로 정득손이 옆에서 내달으며 비차를 날려 항충을 맞추니, 또 일진을 패하고 두 사람이 지금 배 안에서 조리하고 있어 오 군사가 소제에게 형님께 가서 구원을 청해 오라 하여 이렇게 달려온 것이니 형님은 빨리 가서 구원하십시오."

송강이 듣고 나서 탄식하며 여러 두령에게 말했다.

"노원외가 어찌 이리 운이 나쁠까? 내가 특별히 오학구와 공손승을 제게 딸려 보낸 것도 아무쪼록 일찍 공을 이루도록 바란 것인데, 또 석수를 만날 줄 뉘 알았겠소? 이미 일이 이러하니, 여러 형제는 같이 가서 구원합시다."
하고 송강이 곧 삼군을 거느리고 동창부로 갔다.

　노준의가 송강을 맞아 주둔하고 바로 동창부 칠 일을 상의하는데, 소교가 와서 몰우전 장청이 또 나와 싸움을 재촉한다 하니, 송강이 여러 두령을 데리고 평천광야에 이르러 진을 치고 대소두령이 일시에 말에 올라 문기 아래에 이르니, 장청이 손으로 송강을 가리키며 꾸짖었다.

　"수락의 초적은 빨리 나와 승부를 결하라."
　송강이 좌우를 돌아보고 물었다.
　"뉘 나가서 싸울꼬?"
　금창수 서녕이 곧 말을 달려 장청과 싸우기 오륙 합에 장청이 갑자기 말머리를 돌려 달아나니, 서녕이 구겸창을 들고 그 뒤를 쫓는데 장청이 창을 왼손으로 바꾸어 들고 오른손으로 금대 속의 돌을 꺼내 서녕의 면상을 겨누고 한 번 던지니, 서녕이 미간에 돌을 맞고 말에서 떨어져 공왕·정득손이 나와서 잡으려고 할 때 송강 진상에서 여방, 곽성 두 장수가 급히 내달아 서녕을 구하여 돌아오니, 송강이 크게 놀라고 여러 두령의 예기는 크게 꺾였다.

　송강이 여러 두령에게 물었다.
　"여러 형제 중에 뉘 나가서 싸울꼬?"
　말이 끝나기 전에 등뒤에서 금모호 연순이 송강이 미처 막을 사이도 없이 내달아 장청을 맞아 싸워 오륙 합이 못되어 능히 대적치 못하고 말을 돌려 달아나니, 장청이 따라오며 돌을 던져 호심경(護心鏡)을 맞추니 쨍강 소리와 함께 연순이 말 위에 엎드려 달아나는지라, 송강의 진상에서 큰소리를 지르며 한 장수가 창을 비끼고 나는 듯이 내달으니, 송강이 바라보니 백승장 한도라 송강의 면전에서 능한 것을 자랑코저 장청과 대결하여 십여 합에 장청이 말을 돌려 달아나니, 한도는 그의 돌을 의심하여 따르지 않고 돌아올제, 장청이 쫓지 않음을 보고 몸을 돌려 달려드니 한도가 창을 들어 찌르고저 하는데, 장청이 먼저 돌을 내어 한도의 콧잔등을 향해 날리니 한도는 얼굴에 피를 흘리고 돌아오는 것을 팽기가 보고 크게 노하여 장령을 기다리지 않고 삼첨양인도를 들고 장청을 대하여 미처 싸우기 전에 장청이 돌을 던져 팽기의 칼을 맞추니, 팽기는 감히 싸울 생각도 못하고 돌아오니, 송강이 크게 놀라 군사를 거두어 돌아오려고 할 때 노준의 등뒤에서 한 장수가 크게 소리를 지르며 말했다.

"오늘날 여러 장수가 위풍을 꺾이고 내일에 어떻게 다시 싸울 것이오! 내 나가서 저놈이 돌로 맞추나 못 맞추나 보시오."

하고 내달으니, 송강이 쳐다보니 추군마 선천이 말을 채쳐 장청을 대적하니, 장청이 말했다.

"한 놈이 오면 한 놈을 맞추고 두 놈이 오면 두 놈을 맞출 것이니 네가 어찌 나의 수단에 남아나겠느냐?"

선찬이 꾸짖었다.

"네가 다른 사람은 맞추었지만, 내게는 감히 가까이 못 올 것이다."

말이 미처 떨어지기 전에 장청이 손을 들어 돌로 선찬의 입술을 맞추니 선찬이 역시 낙마하므로 공왕, 정득손의 두 장수가 잡으려고 하는데, 송강의 진상에서 여러 장수가 나아가 간신히 구하여 돌아왔다.

여러 장수가 연달아 패하는 것을 보자, 송강은 크게 노하여 칼을 빼어 자기가 입은 전포 자락을 찢고 맹서했다.

"내가 만일 이 도적을 잡지 못하면 맹세코 돌아가지 않으리라!"

호연작이 송강의 하는 양을 보고 말했다.

"우리는 무엇에 쓰리오?"

하고 척설오추마를 타고 진전에 나와 꾸짖어 외쳤다.
"네 이 장청아, 대장 호연작을 아느냐?"
"이 나라에 먹칠한 패장아, 오늘날 나의 손아귀를 벗어나지 못할 것이다."
하고 돌을 날려 치니, 호연작은 강편을 들어 막다가 팔을 맞고 돌아오니, 송강이 여러 두령에게 말했다.
"마군 두령들은 이미 다 패하였으니, 보군 두령들 중에서 누가 나가 싸우겠소?"
적발귀 유당이 박도를 들고 진전으로 나서니 장청이 보고 크게 웃었다.
"마군도 다 패하여 쫓겨 갔는데, 보군이 무얼 믿고 내닫느냐?"
유당이 크게 노하여 달려드니, 장청은 싸우지 않고 본진으로 돌아갈제, 유당이 급히 그 뒤를 쫓아 장청의 말을 찍으려 할 때, 그 말이 뒷발을 들어 유당을 차고 꼬리로 얼굴을 후려치니, 유당이 놀라 뒤로 물러나려 하자 벌써 돌이 날아들어 유당을 맞추어 땅에 떨어지니, 군사들이 내달아 유당을 사로잡아 진중으로 들어갔다.
송강이 이를 보고 외쳤다.
"뉘 나가서 유당을 구할꼬!"
청면수 양지가 곧 말을 달려 나오니, 장청이 가짜로 싸우는 체하고 돌을 던져 맞추려고 하니, 양지가 눈이 빨라 이를 눈치채고 몸을 기울여 피하자 장청이 또한 돌을 던져 투구를 맞추니 양지는 놀라 안장에 엎드려 돌아오니, 송강이 탄식했다.
"이렇게 예기를 꺾이고 어찌 양산박으로 돌아가겠소?"
좌우에서 곧 주동과 뇌횡이 들고 짓쳐 나오니, 장청이 껄껄 웃었다.
"한 놈으로는 못 당하니, 두 놈이 한꺼번에 나오는구나! 그러나 열 놈이 온들 무슨 걱정이랴!"
하고 두려워하는 빛이 없이 두 개 돌을 손에 감추어 들고 나오며 먼저 뇌횡의 이마를 맞추고, 다음에 주동의 목을 맞추어 땅에 떨어지니, 관승이 크게 노하여 신위를 떨치며 청룡도를 들고 적토마를 달려 주동, 뇌횡 두 사람을 구하여 본진으로 돌아오는데, 장청이 또 돌로 관승을 치니 관승이 청룡도로 막으나, 몹시 놀란지라, 관승이 또한 싸울 마음이 없어 그대로 돌아왔다.

쌍창장 동평이 이것을 보고 속으로 생각했다.

'내가 이제 항복하였으나, 만일 크게 수단을 뵈이지 못하면 산에 올라가도 면목이 없을 것이다.'

하고 쌍창을 비껴 들고 나는 듯이 진전에 나오니, 장청이 보고 크게 꾸짖었다.

"내 너와 가까운 주현에 있어 서로 병마를 통솔하여 온 터에 이제 조정을 배반하고 스스로 도적이 되니 부끄럽지도 않느냐?"

동평이 그 말에 아무 소리 않고 두 장수가 서로 싸워 육칠 합이 되어 장청이 말을 돌려 달아날 때 동평이 말했다.

"네 다른 사람은 맞혔으나, 나를 못 맞출 것이다."

하고 동평이 급히 뒤를 쫓는데 장청이 돌을 들어 동평의 낯을 향해 던지니, 동평이 눈이 밝고 손이 빠른지라 창으로 막아 피하니, 장청이 또한 돌을 던지므로 몸을 굽혀 날아드는 돌을 피하는지라, 장청이 마음이 황급하여 하는 차에 동평의 말이 풍우같이 짓쳐 들어오며 쌍창이 일시에 장청의 후심(後心)을 찌르려 하니, 장청은 몸을 굽혀 창을 피하며 가졌던 창을 버리고 두 손으로 동평의 어깨를 잡아 그대로 말 아래로 던지려 하니, 동평이 또한 마주 팔을 잡고 서로 한뭉치가 되어 떨어지지 않았다.

송강의 진상에서 급선봉 삭초가 이 광경을 보고 도끼를 들고 쫓아나가 구하려고 하니, 공왕, 정득손이 나오며 삭초를 맞아 싸우매 좀처럼 승부가 나지 않자, 임충·화영·여방·곽성 네 장수가 일시에 짓치니 장청은 형세가 불리한 것을 보고 동평을 버리고 말을 달려 본진으로 돌아갈제, 동평은 그를 잡지 못한 것을 한하여 그 뒤를 쫓아가니, 장청이 큰소리 외쳤다.

"받아라!"

하고 돌을 치니 동평이 급히 피하려 하였으나, 돌에 귓전을 맞고 그대로 말을 돌이켜 본진으로 돌아오는데, 삭초가 이를 보고 공왕, 정득손을 버리고 장청을 향해 적진으로 뛰어드니, 장청이 다시 돌을 들어 삭초를 겨누고 치니, 삭초가 피하다가 마침내 뺨에 맞고 피를 흘리며 본진으로 돌아왔다.

이때, 임충과 화영은 공왕을 한편에 포위하여 치다가 사로잡아 돌아오고, 또 한편에서는 여방, 곽성 두 장수가 정득손을 포위하여 쳐서 마침내 사로잡아 돌아왔다.

장청이 문기 아래에서 두 장수가 사로잡혀 들어가는 것을 보고 구하려 하였으나, 혼자 몸이라 어찌 하리오. 다만 유당을 잡아 묶어 가지고 동창부로 돌아오니, 태수가 성 위에서 보고 장청이 전후에 십오 명 적장을 돌로 상하였으니, 비록 공왕, 정득손을 잃었으나, 애석치 않고 또한 유당을 잡아 왔는지라 크게 기뻐하며 술을 내다 하례하고, 유당은 큰 칼을 씌워 옥에 가두었다.

이때, 송강은 군사를 거두어 돌아오자, 사로잡은 공왕, 정득손을 산채로 보내고 노준의와 오용에게 말했다.

"내 들으니, 대량 왕어낭이 해 그림자가 미처 옮기지 않아서 당장군 삼십육 명을 쳤다고 하더니, 오늘 장청이 우리 대장 십오 명을 상하였으니, 그 수단이 왕언장보다 못하다 말 못하겠소. 이제 공왕, 정득손이 잡혔으니, 좋은 계교를 써 잡아야겠으니, 군사가 좀 생각을 하여 보오."
　오용이 말했다.
　"형장은 마음 놓으시오. 소생이 이미 정한 것이 있소이다."
하고 곧 돌에 상한 두령들을 산채로 올려 보내서 조리하게 하고, 노지심·무송·손립·황신·이립으로 수군을 이끌고 내려와 수륙 병진하고, 장청을 속여 성에서 나오면 대사를 이룰 것이오, 했다.

　한편, 장청은 성중에서 태수와 의논했다.
　"우리가 비록 두어 진을 이기었으나, 저희 병력이 별로 상하지 않았으니, 바삐 사람을 보내서 소식을 알아본 뒤 무슨 도리를 꾸밉시다."
　말이 끝나자마자 군사가 들어와 보고했다.
　"서북상으로 어디서 오는 군량인지는 모르오나 백여 수레에 가득 실어 들어오고 또 강 위에 양식 실은 배가 오백여 척이나 들어오는데, 간간이 영솔하여 오는 감관이 있더이다."
　태수가 말했다.
　"저놈의 무리가 혹시 간사한 계교를 쓰는 것이 아닐는지? 다시 사람을 시켜 자세한 것을 알아본 뒤에 의논합시다."
　이튿날, 소교가 돌아와 보고했다.
　"수레에 실은 것이 분명히 모두 양식이오. 배는 위를 덮었으나, 속에는 다 군량인 듯싶습니다."
　장청이 듣고 다시 의심을 안 하고 군사들을 배불리 먹인 다음, 의갑 입고 말 타고 금대 차고 손에 장창 들고 군사 일천 명을 거느리고 가만히 성문을 열고 나가니, 이날 밤에 월색이 가득하고 하늘에 별이 가득했다.
　십 리를 다 못 가서 전면을 바라보니, 한때 수레 위에 기를 꽂고 똑똑히 써 있다.
 '수호채중의 양(水滸寨中糧)'
이라 하고 노지심이 철선장을 메고 검은 직철을 입고 앞을 서서 가니, 장청이 보고 말했다.
 "저 머리 민 나귀놈이 나의 독수를 면치 못할 것이다."
하고 곧 금대에서 돌을 꺼내서 그를 향해 던지니 노지심이 "에쿠!" 한마디 소리를 지르며 그대로 쓰러질 때, 장청의 수하 군사가 내달아 사로잡으려고 하니, 무송이 보고 곧 계도를 들고 죽기살기로 구하여 양거를 버리고 달아나므로 장청은 따르지 않고 허다한 군량을 얻고 크게 기뻐하며 양거를 거느리고 성 안으로 들어오니, 태수가 또 기뻐하며 일변으로 창고에 넣고 장청은 다시 선척에 있는 양식을 빼앗으려 나가니, 태수가 부탁했다.
 "장군! 부디 조심하시오."
 장청이 말을 타고 남문으로 나와 바라보니, 강 위에 허다한 양식 실은 배가 셀 수 없이 많은지라 크게 기뻐 군사를 몰아 물가로 짓쳐 나가는데, 난데없는 검은 안개가 자욱하게 끼며 마보 군인이 가까이 있어도 볼 수가 없으니, 이는 공손승이 도술을 행함이라. 장청이 마음에 급하여 진퇴 양난인데, 사면에서 함성이 진동하며 임충이 철기를 이끌고 풍우같이 이르러 장청의 군사를 몰아 모조리 물 속에다 집어 넣으니, 강 위에는 이준, 장횡, 장순, 삼완형제, 동위, 동맹의 수군 두령 여덟 명이 일자로 벌려 섰으니, 장청이 아무리 용맹 무쌍하나 벗어날 도리없어 드디어 완가 삼형제에게 잡혀 밧줄로 묶여 수채로 돌아가니, 나는 듯이 송강에게 보고했다.

 오용이 군사를 재촉하여 주야로 성을 치니, 태수가 제 혼자서 어찌 감당하겠소. 마침내 성문을 열어 양산박 군사들이 조

수처럼 몰려들어가 먼저 유당부터 구하여 내고, 다음에 부고의 전량을 풀어 반은 산채로 올려 보내고 반은 부중 백성들을 나눠 주고 태수는 청렴한 사람으로 평소 추호도 백성을 못살게 한 일이 없는 고로, 해하지 아니했다.

송강이 고을 정청 위에 올라가 앉자 수군 두령이 장청을 잡아 가지고 이르니, 여러 두령이 그를 보자 두령 가운데 그에게 돌로 맞아 상한 무리들이 저마다 분해하며 죽이려 하니, 송강이 친히 그 묶은 것을 풀어주고 이끌어 청상으로 올라와 사죄했다.

"장군, 내가 호위(虎威)를 범하였으나, 마음에 괘념치 마시오."

말이 끝나기 전에 계하에서 노지심이 수건으로 머리를 동이고 철선장을 들고 장청을 치려고 올라오니, 송강이 가로막으며 꾸짖어 물리쳤다. 장청이 송강의 이러한 의기에 감동되어 머리 숙여 재배하고 항복하기를 청하므로 송강은 술을 갖다 땅에 뿌리며 살을 꺾어 맹세하고 말했다.

"피차 적국으로 다툴 적에 어떤 어려움이 없으리오. 이제 이미 한 형제가 되었으니, 다시 옛원수를 갚으려 드는 사람이 있다면, 반드시 하늘이 도우시지 않을게요."

여러 사람이 듣고 아무 말도 없었다.

이에 군마를 수습하여 산채로 돌아갈제, 장청이 한 사람을 천거했다.

"이 고을에 수의황보단(獸醫皇甫端)이란 사람이 있는데, 이 사람은 말을 잘 알아보고 또 온갖 짐승의 병을 잘 고쳐 침과 약을 쓰면 낫지 않는 짐승이 없으니, 원래 유주 사람으로 눈이 푸르고 머리가 붉으니, 사람이 부르기를 자염백(紫髯伯)이라 하고 산채에서 쓸 곳이 있을 것이니, 이 사람을 불러 가속을 데리고 함께 산에 올라가는 것이 어떠합니까?"

송강이 장청을 시켜 황보단을 불러보니, 과연 늠름하며 수염이 가슴을 덮음을 보고 크게 기뻐하며 칭찬하기를 마지 아니하고, 황보단이 송강의 의기가 그러함을 보고 마음에 기뻐하며 부하되기를 원하니, 송강이 호령을 내리어 여러 두령이 거장과 양식과 금은을 수습하여 떠나게 하고, 두 곳의 전량을 산채로 옮기고 양산박 충의당 위에 이르러, 송강이 공왕과 정득손을 불러내어 좋은 말로 위로하니, 두 사람이 또한 고개숙여 재배했다.

제24장
일백팔 인의 영웅호걸

　송강이 황보단을 불러 산채의 모든 전마를 살피게 하고 또 장청이 산채의 두령이 되었음을 크게 기뻐하여 충의당에 크게 연석을 베풀고 각각 차례대로 앉은 뒤에 송강이 모든 두령을 보니 전후 일백팔 인이라 송강이 말했다.
　"우리 형제가 산에 올라온 뒤로 도처에서 패함이 없으니, 이는 하늘이 도와 주심이요 사람이 능한 것이 아니니, 이제 나를 붙들어 산채의 주인을 삼으니, 이는 다 여러 형제의 영용한 덕이라 내 한마디 할 말이 있으니, 여러 형제는 즐기어 들으시오. 내 강주에서 죄를 짓고 산에 올라온 후, 여러 형제가 나를 우두머리를 삼아 이미 일백팔 명이 되었으니, 참으로 다행한 일이오. 조천왕께서 돌아가신 후로 병마를 이끌고 산에서 내려가면 필승하고 공을 이루었으니, 어찌 하늘이 도우심이 아닐까?"
　송강은 주위를 돌아보며 말했다.
　"사로잡혀도 나중엔 무사하니, 실로 사람이 능하여 그런 일이 아니오. 그중 상하였던 사람이라도 무사히 나아 이제 일백 팔 인이 서로 모였으니, 고왕 금래에 드문 일이오. 전날에 군병을 이끌고 도처에서 생명을 살해하였으니, 가히 죄를 면치 못할 것이니. 내 마음에 한 번 수륙도장을 베풀어 천지신명께서 암암중에 도우신 은혜를 사례하고 첫째는 여러 형제의 몸이 무사하고 마음이 편하기를 빌고 둘째는 오직 바라옵건대 조정이 일찍이 은지를 내리셔 역천 대죄를 사하시고, 부르시면 우리가 당당히 힘을 다하고 몸을 버려 충을 다하고 나라를 구할 것이오. 셋째는 조천왕이 일찍이 천계에 오라 서로 만남을 원하고 비명 횡사하고 불에 타고 물에 빠진 일반 무고한 백성을 위로하여 일찍이 천계에 오르기를 기도하여 착한 일을 행하고저 하나니, 여러 형제의 뜻은 어떠하오?"

여러 두령이 칭선하며 말했다.

"이는 착한 결과 좋은 일이라, 형장의 뜻이 옳습니다."

오용이 나서서 말했다.

"먼저 일청선생으로 초사를 하게 한 다음, 사람을 내려보내 널리 득도한 고사를 청하여 오고, 또 한편으로 향촉, 지마와 화과, 제의며 소찬, 정식을 구하여 오게 하십시오."

이때, 모든 두령이 의논을 정하고 사월 십오일을 정하여 칠일 낮 밤을 계속 재를 올리는데, 충의당 앞에 큰 기 네 개를 내세우고 당상에는 삼층 고대를 모으고 당내에는 칠보(七寶)의 삼청 성상(三淸聖像)을 세웠다.

공손승이 사십팔 명 도사와 같이 축원하여 제칠일이 되니, 송강이 단상에 엎드려 하늘의 보응을 구하였다.

특히 공손승으로 하여금 정성껏 상제께 주문하도록 하여, 매일 세 번씩 정성을 들이더니, 이날 밤 삼경 때에, 공손승은 허황단 제일 층에 있고, 여러 도사는 제이 층에 있고, 송강 이하

여러 두령은 제삼 층에 있고, 소두목 장교들은 단하에 있어 하늘이 보응하시기를 축원했다.

홀연 들으니, 하늘에서 낭랑한 소리와 함께 하늘 문이 열리니 여러 사람이 모두 보니, 순금 소반 같고 두 머리는 빨갛고 중간은 넓으니, 혹 이르기를 하늘 문이 열린다 했다.

여러 사람이 보니, 그속으로 현란한 광채가 사람의 눈을 비치고 보배로운 빛이 둘린 곳으로 한 덩어리 불이 바로 허황단을 바라고 살같이 내려왔다.

단 위를 한 번 돌아 서남간 땅속으로 들어가니, 이때에 하늘 문이 닫혔다.

여러 도사들이 단에서 내려오고, 송강은 사졸을 시켜 철수로 땅을 파 불덩어리를 찾게 했다.

석 자 깊이를 다 못 파서 한낱 돌비석이 나타났는데, 꺼내어 살펴보니 위에는 곧 '용장봉전파두문'이라 알아보는 이가 없는데, 여러 도사 중 한 사람이 성은 하(何)요 법명은 현통(玄通)이라 하는 사람이 송강에게 말했다.

"소도 조상 때부터 전하여 오는 한 책이 있으니, 이런 글을 보는 책이라 소도 가서 보고 오리다."
하고 가더니 돌아와 송강에게 말했다.

"소도가 보니 석갈(石碣)에 쓰인 것이 의사들의 성명이요 한편에는 체천행도 넉 자요 한편에는 충의 쌍전(忠義雙全) 넉 자요 그 나머지는 다 각인의 성명이라 만일 책망하시지 않으시면 낱낱이 번역하겠습니다."

송강이 곧 성수서생 소양(聖水書生簫讓)을 불러 황지를 펴고 한 자도 빠짐없이 쓰라 하여 하도사가 부르는 대로 등사하니, 앞에는 천서 삼십 육행(天書三十六行)은 천강성(天罡星)이요, 뒷면의 칠십 이행(七十二行)은 지살성(地煞星)이요, 그 아래에는 여러 의사의 성명이 적혀 있었다.

하도사가 읽기를 마치자, 모두 엄숙한 침묵만이 흘렀다. 송강은 나직이 말했다.

"미천한 이 사람이 상천 성좌의 우두머리가 되고 형제들도 모두 한 자리에 있을 줄은 몰랐었소. 하늘은 우리가 충의로 뭉칠 것을 가르치셨으니, 이제는 하늘이 정해 주신 천강 지살(天罡地煞)의 순위를 따라 제 본분을 지킬 것이며, 서로 불화를 일으키거나 하늘의 뜻을 거슬러서는 아니 되오."

"천지의 뜻에 의해 자리가 정해진 이상, 누가 거역하겠습니까?"

모두 이렇게 대답했다.

송강은 황금 오십 냥을 하도사에게 사례했다. 그 밖의 여러 도사들에게 후히 상을 주어 보냈다.

송강은 군사 오학구, 주무 등과 상의하여, 당상에 충의당(忠義堂) 새긴 현판을 걸고 산 앞에는 세 개의 관문을 만들고 충의당 뒤뜰에 암자를 지었다.

산정 정면과 그 동서에 두 채씩 건물을 세웠다. 정전에는 조천왕의 위패를 모시었다. 동쪽 채엔 송강, 오용, 여방, 곽성이 서쪽 채엔 대종, 연청, 장청, 안도전, 황보당이 들었다.

충의당 좌측엔 금전양곡과 창고 출납을 맡은 시진, 이응, 장경, 농진이, 오른쪽엔 화영, 번서, 항충, 이곤이 들었다.

또 산 앞 남구 일 관문은 해진과 해보가 지키고 제 이 관문은 노지심과 무송이, 제 삼 관문은 주동과 뇌횡이, 또 동쪽 관문은 사진과 유당이, 서쪽 관문은 양웅과 석수, 북쪽 관문은 목홍과 이규가 지켰다.

이 여섯 관문 이외에 여덟 군데의 요새를 만들었다. 즉 한채 넷과 수채 넷이 그것이다.

진남 한채는 진명, 삭초, 구붕, 등비, 등이, 진동 한채엔 관승, 서녕, 선찬, 학사문 등이, 진서 한채엔 임충, 동평, 단정규, 위정국 등이, 진북 한채엔 호연작, 양지, 한도, 팽기 등이, 동남 수채엔 이준, 원소이 등이, 서남 수채엔 완소오, 동위 등이, 서북 수채엔 완소칠, 동맹 등이 그 밖의 여럿에게도 각기 임무가 주어졌다.

이래서 일체가 준비되니, 길일을 택하여 소와 말을 잡아 천지신명께 제사를 올리고, 충의당과 단금정에 패액을 걸어 체천행도의 행황기를 세웠다.

송강은 성대한 연회를 베풀었고 손수 병부와 인신을 받들어 올리면서 군령을 내렸다.

"여기에 모인 여러 형제들은 각기 직분에 충실할 것이며 잘못을 범하거나 충의에 어긋남이 없도록 하오. 만일 고의로 어기는 자가 있으면 엄벌에 처할 것이며 추호도 용서가 없으리라."

하고 각자의 직분을 임명했다.

이렇게 각 두령들의 부서가 정해지자, 일동은 각기 병부와 인사를 수령했다.

이윽고 연회도 끝나자, 모두 대취하여 자기 처소로 물러갔다.

그중에서도 아직 직무를 받지 못한 사람들은 모두 암자 근처에 눌러 있으면서 명령을 기다렸다.

양산박 충의당에서 명령이 내려지자, 일동은 모두 따르니 송강은 따로 일진을 택하여 향을 피우고 북을 울려 모두들 당상에 모이게 하고,

"지금은 형편이 전과 같지 않아 한마디하겠는데, 이렇게 천강지살이 된 이상에 하늘에 맹세를 하고 추호도 딴 마음을 품지 않을 것이며, 죽으나 사나 함께 하고 환난을 서로 나누어 나라와 민심을 안정시키는 일에 힘씁시다."

일동은 크게 기뻐하며 각기 향을 사르고 무릎을 꿇으니, 송강이 다시 일동을 대표해서 하늘에 고했다.

"저는 한낱 미천한 몸으로 무식하고 재주도 없사오나 천지신명의 은총을 입어 이제 형제들을 양산에 모으고 영웅들과 수박(水泊)에서 만나니, 모두 합해서 백여덟 명이옵니다."

송강은 엄숙함을 더하여 고했다.

"그 수는 하늘의 정하심에 의한 것이오며, 아래로는 민심에 맞춘 것이옵니다. 앞으로 각자가 잘못을 저지르고 대의에 어긋남이 있을 때는, 원컨대 천지 신명께서 벌을 내리시고 만세 후까지도 사람으로 태어나지 못하여 늪에 빠지게 해 주십시오. 저희들이 원하는 것은 다만 서로가 충의를 중히 여기며 서로 도와 나라에 공훈을 세우고, 하늘을 대신해서 도를 행하며, 변경을 지키고 민심을 돌보아 편히 하는 것 뿐이옵니다. 천지신명께서 부디 살피시어 응보를 내려 주시옵소서!"

송강이 맹세를 마치자, 일동도 일제히 일어나서 같은 맹세를 나누었다

이 날은 모두 피를 빨아먹으며 맹약을 세우고 마음껏 술을 마신 후, 헤어졌다.

이날 밤에 노준의가 장중에 돌아와서 우연히 한 꿈을 꾸었는데, 한 키가 크고 몸집이 큰 사람이 손에 보궁(寶弓)을 가지고 스스로 혜강(嵇康)이라고 하며 말했다.

"대송황제(大宋皇帝) 위하여 도적을 잡으려고 내가 홀로 왔으니, 너희들은 스스로 밧줄로 묶어 내 손을 움직이지 말게 하여라."

노준의는 꿈에서도 크게 노하여 박도를 끌고 내달아 찍으려고 하나 찍히지 아니 하니, 원래 그 칼 머리가 먼저 부러졌기 때문에 노준의는 마음에 황급하여 부러진 칼을 버리고 다시 칼 꽂아 둔 시렁으로 가서 골라보니, 많은 칼과 창이 이지러지거나 부러진 것 뿐, 하나도 쓸 것이 없었다.

그 사람은 벌써 쫓아오니, 노준의는 어떻게 할 수가 없어 주먹으로 내려치니 그 사람이 활로 노준의의 팔을 쳐서 부러지며 땅에 거꾸러졌다.

그 사람이 허리에서 밧줄을 내어 결박하고 한 곳에 이르니, 중간에 공안을 배설하고 그 사람이 남쪽을 향하여 앉아서 노준의를 청 밑에 꿇리고 사문하려는 모양이었다.

노준의가 가만히 들으니, 문 밖에서 많은 사람의 곡성이 진동했다.

그 사람이 말했다.

"할 말이 있거든 들어들 오시오."

라고 했다.

가만히 보니 수없는 사람들이 울며 무릎으로 기어들어오는데, 노준의가 보니 모두들 결박을 하였으니, 그는 다른 사람들이 아니라 바로 송강 등 일백칠 인이었다.

노준의 꿈 속에도 크게 놀라 단경주를 보고 물었다.

"저 일이 웬일이오? 어인 연고로, 누가 잡아들 왔소?"

단경주가 가만히 알려 주었다.

"원외가 잡혀온 것을 알았으나, 급하게 구할 수가 없으므로 군사 오용과 상의하고 이 계교를 써서 조정에 귀순하면 원외의 생명을 보전할 수 있을까 하여서 이랬소."

하며 말이 끝나기가 무섭게 그 사람이 책상을 치며 꾸짖었다.

"만 번 죽어도 마땅한 미친 도적놈들아, 너희들이 하늘에 가득히 죄를 짓고 조정에서 여러번 잡으려 하였으나, 너희들이 관군을 모두 살육하여 놓고, 오늘날 와서는 살기를 애걸하여 죽는 것을 벗어나려고 하나, 내가 만약 오늘 너희들을 놔두면 뒷날 무슨 법으로 천하를 다스리겠는가? 하물며 너희들의 마음을 믿을 수 없다!"

하고 회자수를 부르더니, 한 소리 호령에 벽 속에서 벌떼같이 나오는 회자수(劊子手) 이백십육 인이, 두 사람이 한 사람씩 잡는데, 송강, 노준의 등 백팔 인을 잡아서 당하에 내려와서 치니, 노준의가 깜짝 놀랐으나 혼이 몸에 붙지 아니하였다.

　노준의가 언뜻 꿈을 깨어 간신히 눈을 떠서 당상을 보니, 한 개 패액에 푸른 글자로 천하 태평(天下泰平)이라 써 있었다.

　수호지 끝(大尾)

수호지
제3권/ 일백팔 인의 영웅 호걸
(전3권)

1998년 1월 5일 인쇄
1998년 1월 15일 발행

지은이/ 시내암
옮긴이/ 최송암
펴낸이/ 최상일

펴낸곳/ **태을출판사**ⓒ
등록/ 제4-10호(1973. 1. 10.)
주소/ 서울특별시 강남구 도곡동 959-19

*저작권은 본사가 소유하며, 인지의 첨부를 생략합니다.
*파본은 교환해 드립니다.

값 6,000원

주문 및 연락처
우편번호 100 - 456
서울특별시 중구 신당 6동 52-107(동아빌딩 내)
전화 *233-6166, 237-5577*